Papel certificado por el Forest Stewardship Council®

FSC
www.fsc.org
MIXTO
Papel procedente de fuentes responsables
FSC® C117695

Penguin Random House Grupo Editorial

Primera edición en B de Bolsillo: febrero de 2021

Travessera de Gràcia, 47-49. 08021 Barcelona
Diseño de la cubierta: Penguin Random House Grupo Editorial / Manuel Esclapez
Fotografía de la cubierta: © Judit Talavera

Printed in Spain – Impreso en España

ISBN: 978-84-1314-205-0
Depósito legal: B-19.188-2020

Impreso en Novoprint
Sant Andreu de la Barca (Barcelona)

BB 4 2 0 5 0

Las dudas de Alexia

SUSANA RUBIO

A mi madre

Prólogo

Entré en la habitación de mi madre, aprovechando que se había dejado la puerta entreabierta, y procuré que no me oyera. Solo quería coger su móvil para ver sus notas y saber la clave de la caja fuerte, donde seguía estando mi cuaderno requisado. Ella había entrado en mi habitación y había rebuscado entre mis cosas. Las dos podíamos jugar a lo mismo, ¿verdad?

Al ver que mi madre dormía de espaldas a la puerta entré más tranquila. Cogí su Iphone y lo silencié, por si acaso. Marqué la contraseña con decisión. La sabía porque se la había visto teclear muchas veces: era mi fecha de nacimiento. Siempre había pensado que usaba esa contraseña para que nadie la pudiera averiguar ya que hasta entonces era como si nunca hubiera tenido una hija.

El móvil se encendió y me volví para que la poca luz que emitía el teléfono no la molestara. De todos modos, ella jamás dormía a oscuras, la persiana de su habitación siempre estaba levantada. Se veía perfectamente allí dentro.

Busqué la aplicación de notas y no encontré apenas nada. Fui a la de recordatorios, donde tenía apuntadas un par de reuniones, pero nada más. ¡Vaya, mi gozo en un pozo! Seguro que tenía la maldita contraseña de la caja fuerte en su cabeza. Había probado varias combinaciones, pero ninguna de ellas había funcionado.

Iba a dejar el móvil tal como lo había encontrado, pero me picó la curiosidad y miré sus fotos: un documento, otro documento, unos libros de derecho, una tarjeta de algún cliente, unos zapatos de una revista... Si es que era aburrida hasta con las fotos. Un calendario con un bombero, vaya, vaya... Una hoja de reclamación con muchos datos, una factura de un billete de avión y... ¡la hostia! El puto móvil estuvo a punto de caérseme de las manos. Lo cogí con fuerza y me mordí los labios. Si me pillaba mirando sus fotos, lo más probable es que despertara a la bestia.

Miré de nuevo aquella foto, la que casi había logrado que rompiera el teléfono en mil pedazos contra el suelo. No podía creer lo que estaba viendo...

Era mi madre en pelotas con... con el padre de Thiago.

1

Once días antes...

—¿Por qué no vienes? En serio.

Era la enésima vez que Lea me proponía que cenara con su familia en Nochebuena.

—Adam, ¿nos pones otra cerveza, por favor? —le pregunté al verlo pasar por nuestro lado.

—Ahora mismo, guapísima.

El camarero de El Rincón parecía que había despertado y cada día tenía más chispa. Seguía saliendo con Ivone y se les veía bien, cosa que a nosotras dos nos alegraba mucho. Le habíamos cogido una especie de «cariño fraternal» y recurría a nosotras para pedirnos consejos o para preguntarnos dónde podía llevar a su chica a cenar.

—Lea, ya te lo he dicho. Las Navidades son para estar con la familia. Además, el año pasado ya estuve sola. No te preocupes por mí.

—Joder, pero si ni siquiera sabes si estará tu madre en casa. El año pasado se fue, ¿no? Pues ven a mi casa, te lo digo de verdad.

—Lo sé, pero ¿tú sabes cómo me sientan a mí estas fiestas? No es por joderte, Lea. Pero verte con tu familia me hace más mal que bien, ¿lo entiendes?

—Yo qué sé —dijo resignada ante mi argumento.

—Te lo agradezco, loca, pero prefiero quedarme sola en casa. En serio —añadí convencida.

Era cierto. Ver a los demás celebrar las Navidades con sus seres queridos me entristecía más de la cuenta. No necesitaba corroborar cómo el resto de la humanidad sí tenía el calor de un hogar. Las únicas Navidades que había vivido con una auténtica familia habían sido las últimas antes del accidente. Las pasamos en París porque mi padre había logrado alargar su estancia allí desde agosto. Estuvimos exactamente seis meses antes de volver a Madrid y logramos crear un verdadero ambiente navideño en el apartamento de Judith.

¿Había llegado ya el momento de llamarlos? Sí, lo tenía en mente y cualquier día que me diera el punto lo haría, aunque seguía creyendo que primero quería ver a mi padre a solas.

—Como quieras, petarda. Y Nacho ¿qué hace? ¿Se van de viaje al final? —preguntó Lea mirando hacia una mesa donde había un par de chicos.

—Sí, se van a Cádiz a ver a la familia y eso. Mañana a primera hora cogen el avión.

—Joder, se va todo el mundo. Thiago también, ¿verdad?

—Creo que sí, pero no lo sé seguro.

Con Nacho y Thiago todo seguía igual.

Salía con Nacho y nos lo pasábamos genial, aunque ninguno de los dos se comprometía demasiado. A mí ya me estaba bien y a él también.

Con Thiago habíamos coincidido en alguna ocasión con ese grupito de pijos al que yo no soportaba demasiado. Claro que Thiago y yo nos habíamos ignorado mutuamente. Después de aquel tonteo descarado en la discoteca ni él ni yo nos habíamos acercado más de la cuenta. ¿Por qué? Yo tenía mil teorías sobre su alejamiento, pero la principal era que en la discoteca lo había rechazado, con lo cual le había dejado claro que mi opción era Nacho.

De todos modos, lo nuestro era inexplicable; como si la historia se hubiera quedado a medias y necesitara un final. Como si él supiera que yo me iba a enterar en algún momento de que la había cagado con él y estuviera esperando mis disculpas.

—¿Ibas a decirme algo? —me preguntaba con ese tono de sabiondo de vez en cuando al encontrarnos en la biblioteca o en Colours.

—¿Yo? Nada que no sepas —le respondía siempre.

Sí, vale, le debía una disculpa, pero no sabía ni por dónde empezar. Estaba tan lejos de mí que no veía el momento y cuando me lo preguntaba de esa manera no me daba la gana de decirle que sí, que le quería pedir perdón. Tampoco íbamos a arreglar nada. Él lo había dejado claro: no le molaban las personas tan desconfiadas como yo. A eso había que sumarle que yo era una cría para él y que él era demasiado imprevisible para mí. Lo nuestro no tenía ningún futuro, aunque tampoco parecía que estuviera terminado. Yo pensaba en él más de lo debido, no lo voy a negar. Salía con Nacho, pero en demasiadas ocasiones Thiago aparecía en mis pensamientos. Y lo peor de todo era que no lo podía evitar, como si no estuviera en mis manos el solucionar aquella historia.

Yo también lo buscaba; lo seguía con la vista por el bar; me quedaba mirando sus gestos cuando hablaba y sabía que no podía verme; lo observaba cuando trabajábamos juntos en el proyecto, y tampoco podía evitar verlo coquetear con otras. Ahora su repertorio era más amplio y podías verlo una noche con una rubia deslumbrante y otra con una morenaza de mucho cuidado. Seguía liándose con su amiga Débora, quien le comía la boca como una desesperada. Supongo que al saber que yo rondaba por ahí la tía le ponía más énfasis al asunto. Pero lo suyo no era algo serio, estaba clarísimo, porque incluso a ella la había visto enrollándose con otro tío.

—Joder, Alexia, es nombrarte a Thiago y no veas cómo flipas, ¿no?

—¿Eh? —Miré a Lea con el ceño fruncido.

—Llevo cinco minutos de reloj mirándote y tú a tu bola.

—¡Qué dices! Eres una exagerada —le repliqué, molesta.

Molesta porque era verdad y porque no era la primera vez que me lo echaba en cara.

—Mira, si te lo estabas follando aún te perdono...

—Anda, petarda.

—Sí, sí, será que no pensabas en Thiago.

—Pues no —le mentí picada—. Estaba pensando en Adri.

Lea alzó sus cejas y me miró con interés.

—Ya, ¿y?

—Que han pasado tres meses desde que lo conocimos y... y tendrás que recurrir ya al plan B.

Me lo inventé todo sobre la marcha, pero sabía que así cambiaríamos de tema.

—¿Y cuál es ese plan B que te acabas de sacar de la manga?

Nos reímos las dos; si es que nos conocíamos al dedillo.

—La lechuza esa de Leticia no va a venir, así que tendremos que aprovechar estas fiestas. Por ejemplo, fin de año. Deberíamos averiguar dónde y con quién va a ir. O, yo qué sé, incluso hacerle una proposición indecente.

—¿Indecente? ¿A qué te refieres?

—A que salga con nosotras. Mira, si vamos con Natalia..., podemos decirle a Max que se una a nosotras. Incluso podríamos decírselo a Adam e Ivone. Salimos todos así en plan amigos y lo invitamos a venir. ¿Qué te parece?

—No es mala idea porque si sale con su grupo de amigos no lo veremos. Seguro que se van a una discoteca de esas pijas.

—Pues perfecto. Esas brujas que vayan a su rollo y Adri con nosotras. Además, como no estarán ni Nacho ni Thiago, seguro que se apunta.

Lea cogió el móvil y empezó a escribir entusiasmada.

—Hola, morenito mío, ¿te apetece salir con nosotras en fin de año? La fiesta está asegurada y un baile conmigo también —leyó a medida que escribía.

La miré sonriendo y Lea levantó la vista.

—Dile también que no saldrá solo con nosotras dos; que habrá más gente.

—Vale. Añado que vendrán Natalia, Max, Adam, su chica y quien quiera apuntarse.

—Bien, estoy segura de que su respuesta será que sí —afirmé satisfecha.

—Ya te contaré —comentó contenta dejando el móvil en la mesa.

Al segundo apareció en la pantalla un mensaje de Adrián.

—Lee, lee —le pedí con impaciencia.

—«Hola, blancucha mía, contad conmigo. Me va el peligro.»

Las dos soltamos una risilla y Lea le respondió. Yo aproveché para mirar mi móvil y vi que tenía una notificación de D.G.A. Después de aquel mensaje tan impactante donde decía que podría enamorarse de mí seguí charlando con él...

Podría enamorarme de ti.

¿Cómo podía decir eso si apenas nos conocíamos? Pero lo había dicho y ese era su tercer secreto. Se suponía que yo debía revelarle el mío...

Estás ahí, te estoy viendo.

Me sorprendió leerlo de repente, pero sonreí.

No te acojones L.P., dije podría. Verbo condicional. Deben darse unas condiciones.

Me reí y le escribí más animada.

¿Qué condiciones?

¿Eres guapa?

Por supuesto.

¿Lista?

Muchísimo.

Guapa, lista y... divertida. ¿Quién podría no enamorarse?

Alguien que ya lo estuviera.

Le repliqué divertida.

Yo no estoy enamorado, ¿y tú?

¿Yo? Tampoco

Tu corazón sigue intocable... ¿Has mirado si te late la patata?

Me reí de nuevo al leerlo.

Parece que sí, pero no soy fácil.

¿Ese es tu tercer secreto?

Jajaja, mi tercer secreto eres tú.

Al final no profundizamos en ese tema y lo preferí porque enamorarse ya era algo complicado, pero a través de Instagram era un poco irreal. Nuestros mensajes siguieron como siempre, sin sexo explícito, pero con mucha complicidad y muchas risas. Estaba claro que estábamos llegando a un punto al que yo no quería llegar: vernos. Empezó comentándolo él...

¿No tienes curiosidad por saber si soy como un trol?

No puedes ser un trol, en mi cabeza eres guapo de cojones.

Jajaja, vale, ¿y no tienes curiosidad por saber cómo gesticulo?

Reconozco que a veces me gustaría tenerte delante, pero y si... ¿no somos lo que esperamos? Esto se irá a pique, ¿lo sabes?

Me gusta que seas tan directa. Acabas de clavarme un palillo en el ojo.

Jajaja, ¡eso lo digo yo a menudo!

¿Lo ves? No puede ser que esto se vaya a pique. ¿Qué podría acabar pasando? Que seamos sinceros y digamos: seguimos como amigos. De momento es lo que somos, ¿no?

Sí, era cierto. Éramos dos simples amigos.

¿Y si pasara lo peor? Imagina que me gustas y yo a ti no. ¿O al revés?

Entiendo. Cambiaría todo, claro. Pero un poco nos gustamos, ¿verdad?

Lo leí con una sonrisa. Era directo como yo.

Sí, eso es evidente. Pero no es lo mismo hablar por aquí, con mensajitos que piensas bien antes de escribir que vernos en persona.

Yo no pienso mucho antes de escribir.

Me reí a leerlo. Qué tío...

¿Quieres verme? ¿Conocerme?

Lo pregunté temiendo un sí rotundo.

Cuando estemos los dos preparados, sí.

Me gustaba, me gustaba mucho. D.G.A. tenía algo que me llamaba, que me atraía y que sin sexo de por medio lograba tenerme pendiente de él. Lea decía que era un tío raro porque no era posible que no quisiera sexo...

—Petarda, a ver si será una tía... como me ocurrió a mí. Ya sabes que entre nosotras nos entendemos de puta madre.

—¿Y porque no quiera sexo tiene que ser una tía? Anda, anda...

—No me digas que no es extraño.

—Pues no lo veo tan raro. Somos amigos y punto.

Lea me miraba con cara de no creérselo, yo le sacaba la lengua y acabábamos las dos riendo a carcajada limpia.

—¿Sigues con Adri? —le pregunté a Lea viendo que continuaba escribiendo en el móvil—. Te estará diciendo incluso qué se va a poner.

—Un tanga de leopardo —respondió sonriendo, pero con la vista fija en su teléfono.

—Pues seguro que estará bien mono.

Al ver que Lea pasaba de mí eché un vistazo al bar. Era viernes, 22 de diciembre, y se notaba en el ambiente que las Navidades estaban al caer. Me topé con la mirada de un chico y me di cuenta de que nos miraba fijamente. ¿Y este? Retiró la vista para enseñarle algo en su móvil a su amigo.

Era un tipo moreno, con barbita espesa y con unos ojos vivaces. No era guapo, pero tampoco feo. ¿Sería D.G.A.? A veces me pasaba. Creía que lo veía e imaginaba cómo sería nuestro encuentro... ¿Un abrazo? ¿Dos besos? ¿Con timidez? ¿Con nuestra habitual confianza? ¿Me llamaría pequeña?

Aquel tipo se levantó y vino hacia nuestra mesa.

—Perdona...

Lo miré de nuevo y Lea también lo observó.

—¿Eres Alexia?

—Sí..., ¿quién eres?

—No nos conocemos. Es que me estaba preguntando hace un buen rato si eras la del vídeo de *HugoCaptain*...

Vale, hablaba del vídeo de YouTube, el que Hugo grabó preguntándome mil cosas sobre los masáis.

—Sí, sí, es ella —confirmó Lea sonriendo y mirándome a mí en plan «ya has ligado, ¿ves?».

—Vaya, es que sigo a Hugo desde el principio y el tío me encanta.

—Sí, es un *crack* —le dije yo.

—Oye, pues no te importará que...

El tío se quedó callado y Lea, cómo no, le dio pie.

—¿Quieres el teléfono de Alexia o invitarla a salir?

El chico la miró sorprendido y sonrió.

—No, no, gracias. Si a mí quien me gusta es Hugo —respondió él entre risillas.

Lea abrió los ojos un segundo y yo me eché a reír. Si es que siempre estaba liándola.

—Solo quería preguntarte si es tan guapo como sale en los vídeos —me dijo el chico con entusiasmo.

—Más, mucho más —le repliqué, divertida—. Y es un tío genial y superdivertido.

—Me lo imaginaba —dijo aquel tipo—. No sabes lo que daría por conocerlo.

—¿Qué darías? —preguntó Lea de inmediato.

—¡Lea! Ni se te ocurra —le dije en serio y luego miré al chico—. ¿Cómo te llamas?

—Abel —respondió con simpatía.

—Pues, Abel, si quieres me das tu teléfono y yo se lo comento a Hugo, pero entenderás que tiene muchos seguidores y que no podemos asegurarte nada.

—¿En serio? ¡Genial! Con eso me conformo, tranquila, lo entiendo.

El chico me dio su teléfono y justo en ese momento entró Thiago en el bar. Qué oportuno...

—Pues nada, Abel, yo se lo paso —le dije.

—Muchas gracias, Alexia. ¡Ah! Y estás estupenda en ese vídeo —me dijo mientras me daba dos besos para despedirse.

—La maquillé yo —dijo Lea sin cortarse un pelo y Abel también le dio dos besos entre risas antes de irse.

—Lea, eres lo que no hay. ¿No estabas con Adrián?

—Joder, pero viene un tío con cuerpo de bombero a nuestra mesa..., podrá esperar Adri, digo yo.

—Y ya te veía vendiendo a Hugo...

—¿Yooo? —Puso una de sus manos en el pecho e hizo ver que estaba muy indignada—. Parece que no me conozcas, si soy un ángel.

—Sí, sí, ya te he visto.

—¿Y a tu sombra la has visto?

Sonreí porque Lea también se quedaba con todo. Thiago estaba sentado en la barra, conversando con su primo y con una cerveza en la mano.

—No sé de qué me hablas, guapa —le dije cogiendo el móvil.

—¡Thiago! ¡Hola!

«Qué cabrona...»

2

Seguí con los ojos fijos en mi teléfono, sabiendo que Thiago venía hacia nosotras.

Jodida Lea...

—Hola, Thiago...

—Hola, pareja —dijo en un tono más bien serio.

Lo miré y le sonreí con falsedad para volver a escribir. D.G.A. me había mandado un mensaje.

En el fondo creo que te mueres por conocerme, pero te ocurre lo mismo que a mí: tienes miedo a defraudarme y, a la vez, que yo te defraude a ti.

Sonreí ante sus palabras.

—¿Te vas mañana? —le preguntó Lea a Thiago.

—No, al final me quedo.

Lo miré unos segundos y sus ojos verdes se clavaron en los míos. ¿No se iba? Oh, oh...

—Ah, pues acabamos de decirle a Adri que en fin de año salga con nosotras..., como pensábamos que no estarías... —le dijo Lea con cautela.

—¿Con las dos? —preguntó Thiago.

—Y con más gente, claro. ¿Te apuntas? —le preguntó mi querida amiga del alma.

La fulminé con la mirada. Pero claro, lo entendía. Si Thiago se quedaba, Adri saldría con él y sus amigos los pijos.

—Eh..., pues no sé...

Thiago me miró a mí y esperó a que yo dijera algo. Puse los ojos en blanco porque no tenía otra opción.

—Anímate, hombre —le dije con una ironía que él captó.

—No sé, hablaré con Adri...

Lea me miró apurada y me tuve que comer el orgullo.

—Vamos, no seas cortarrollos... Nos lo pasaremos genial...

Thiago se sentó a mi lado, muy pegado a mí y me miró fijamente. Joder, ¿no? Hacía días que no lo tenía tan cerca y no podía evitar no sentir ese calorcillo entre mis piernas.

«Hielo... Agua fría... Un iglú... Un pingüino...»

Nada, daba igual en lo que pensara. Aquel calor seguía allí al notar sus ojos verdes puestos en mí.

—Si me lo pides así... —dijo Thiago al fin con sorna.

Lea soltó una risilla de las suyas y la miré mosqueada.

—¿Ibas a decirme algo más? —preguntó en un tono grave.

—¿Yo? Nada que no sepas —le respondí automáticamente.

Lea me miró como diciéndome que le pidiera disculpas, pero es que el orgullo me podía. Y lo sabía, pero no podía remediarlo. Además pensaba que no me iba a servir de nada, ¿para qué? ¿Para que me lo echara en cara? Lo nuestro estaba más que roto, aunque no estuviera terminado.

Pasé de hacerle caso y volví a concentrarme en mi móvil para responder a D.G.A. Si Lea y Thiago querían hablar, que lo hicieran entre ellos, yo pasaba completamente.

Tengo miedo de que vernos signifique el final de un principio, tienes razón.

El móvil de Thiago sonó justo en ese momento, pero no le hizo caso. Le estaba explicando a Lea que a sus padres les había salido un negocio en Frankfurt y que él había preferido quedarse en Madrid.

—Pues ya hablaremos sobre fin de año —le dijo ella.

—Bien, nos vemos pues —comentó él levantándose.

No le dije nada, aunque sí le di un buen repaso a su cuerpo mientras se dirigía hacia la barra.

—¿Este buen rollo va a ser eterno?

—Es lo que hay y no te quejes —le dije mirándome en el espejo de bolso para repasarme el pintalabios color rosa almendra.

—Es que no hay quien os entienda. Os coméis con los ojos y luego parece que no os soportáis.

—Él lo ha querido así.

Apenas me dirigía la palabra y cuando coincidíamos en el proyecto me trataba casi como a una desconocida. Solo me hablaba para picarme con la preguntita aquella de los cojones o para tirarme alguna puyita molesta.

—O tú lo has querido así —replicó con rapidez.

La miré entornando los ojos.

—¿Tú de parte de quién estás?

—De la tuya, de la tuya, faltaría más —respondió afirmando a la vez con la cabeza.

Me crucé de brazos y la miré esperando a que añadiera algo más.

—No.

—¿No qué? —pregunté extrañada.

—No tengo nada más que decir, señoría.

Sonreí por su comentario y mis ojos buscaron a Thiago. Estaba concentrado con su móvil y me recreé un poco en sus facciones, aprovechando que no me veía.

—Pero está clarísimo que no te gusta nada —sentenció Lea mirando sus uñas negras.

—Cuando quieres eres tan maja.

—¿Verdad? —dijo ella mirando por encima de mi hombro.

—Princesa...

¡Joder! Qué susto. Nacho me dio un beso rápido en los labios y se sentó a mi lado.

—¿Tú por aquí? —le pregunté a Nacho sorprendida.

—¡Hola, Nachete! —Lea lo saludó y seguidamente cogió su teléfono.

—Hola, guapetona. Tenía que pasar por una tienda a recoger unas bolsas para mi madre. Sabía que estaríais aquí y he pasado a verte.

—Muy bien, ¿todo preparado? —le pregunté intentando no desviar mi mirada hacia Thiago.

Joder, es que lo tenía demasiado a tiro.

—Todo listo. ¿Y vosotras qué tal?

—Pues nada, aquí aburridas —dijo Lea con desparpajo—. ¡Uy, mira! Si está Thiago —dijo señalándolo con el dedo para que Thiago se diera cuenta.

Nacho se volvió hacia la barra y se saludaron con un movimiento de cabeza. Después me miró a mí y le sonreí como si me importara bien poco que su amigo estuviera allí. Nacho no sabía que Thiago y yo nos habíamos acostado, pero sí que habíamos tonteado al principio.

—¿Vais a salir hoy? —me preguntó a mí.

—Sí, saldremos a picar algo y eso —le dije sin mucho entusiasmo.

—Nada, una cervecita, un pincho y a casa, que ya saldremos mañana que es sábado. Si lo gastamos todo hoy, no habrá para mañana —soltó ella riendo—. ¿Y tú? ¿Madrugas mañana?

—Sí, bastante. El avión sale pronto así que me toca ir a dormir.

Nacho miró su reloj y se levantó de la mesa.

—¿Te vas ya? —pregunté melosa.

—Sí, tengo que ir a un par de sitios antes de que cierren.

—Te acompaño a la puerta —le dije levantándome para salir con él.

—Claro. Hasta luego, Lea —le dijo él cogiendo mi cintura y entonces se dirigió a Thiago—. ¡Hasta luego, colega!

Thiago lo saludó y salimos del bar en plan parejita.

—Pásatelo bien —dijo Nacho en mi cuello abrazándome.

—Tú también.

Nacho cogió mi rostro y me besó despacio, como siempre. Eran besos de película, la verdad, pero me gustaban.

—Nos vemos, bonita.

—Nos llamamos —le dije yo sonriendo.

—Y no me eches mucho de menos —dijo empezando a andar—. ¡Sé que soy como una droga!

Nos reímos los dos y finalmente miró al frente para seguir calle arriba.

Nacho seguía estando igual de bueno, era muy guapo y además lo sabía, pero vacilaba con estilo, no era un creído de esos que encima son tontos. Era una mezcla que me atraía, aunque por lo visto no lo suficiente como para aguantarme las ganas de mirar a Thiago.

Cuando entré de nuevo en el bar, lo hice con el propósito de ignorarlo, pero Adam me reclamó y estaba con él.

—Oye, Alexia, le estaba comentando a Thiago aquella serie de Netflix de la que me hablaste el otro día...

—*Sense8* —le dije a Adam sin mirar a su primo.

—¡Esa! La empecé a ver hace un par de días y me gustó muchísimo.

—Me alegro —le dije con sinceridad—. Ya verás qué curiosa es...

—¿No es un poco fantasiosa?

¿Se refería a la serie o a mí?

—Es ciencia ficción —le respondí tajante—. Si quieres realismo, puedes optar por ver *Gran Hermano*.

Lo miré con una sonrisa falsa.

—¿*Gran Hermano*? —preguntó con inocencia Adam.

—Soy más de documentales, gracias —comentó con poca simpatía.

—De animales, seguro que sí. ¿De granja? —pregunté más hostil.

—Alguien se ha comido un payaso —dijo Thiago en un tono de fastidio.

Adam se esfumó de la escena al oír su nombre tras la barra.

—¿Estás llamando payaso a tu amigo Nacho?

Thiago abrió los ojos unas milésimas de segundo, pero lo percibí.

—¿Desde cuándo nos hablamos tú y yo? —preguntó con desprecio.

Ya estaba ahí el gilipollas y creído de cuarto. Me jodía horrores cuando adoptaba ese papel y si hubiera podido le hubiera girado la cara de una bofetada. Tal cual lo digo.

Probablemente él notaba cómo me enervaba ese comportamiento y adoptaba esa postura para fastidiarme. Porque aquello era una pose. Joder, yo sabía que él no era así, pero no dejaba de molestarme que me tratara como a una cría.

—Desde que tú, Varela, me has dirigido la palabra cuando yo hablaba con tu primo.

Hizo un amago de sonrisa, pero rápidamente se puso serio de nuevo.

—Un error lo tiene cualquiera —dijo levantando ambas cejas.

—Pues ya eres mayorcito para controlarte las ganas —le repliqué con sorna.

—¿Ganas? —Me miró con gesto interrogante y me crucé de brazos.

—Mira, listo, se te ve el plumero. Es tan sencillo como no abrir la boca mientras tu primo y yo hablamos. ¿Qué pasa? ¿Que te va el morbo?

Me miró fijamente, pero no dijo nada.

—No sé para qué pierdo el tiempo —murmuré alejándome de allí.

Me senté con Lea, mosqueada por su comportamiento. ¿Por qué le molaba tanto picarme?

Me sonó el móvil en ese momento.

Novata, no eres el centro del universo. No lo olvides. Hay muchas Alexias en el mundo.

«Será gilipollas...»

Miré hacia la barra, pero no lo vi. ¿Se había marchado?

Vaya, el señor Varela necesita tirar de mensajitos para replicarme. ¡Ja! Déjame que me ría en tu cara.

Cuando crezcas hablamos si eso...

—¡Dios! Qué imbécil —gruñí con rabia.

—¿Quién? —preguntó Lea levantando la cabeza de su teléfono.

—Thiago, es imbécil perdido.

Lea me miró esperando una explicación, pero volví a teclear en el móvil.

Tú y yo no tenemos nada de que hablar.

Totalmente de acuerdo.

Sentía la adrenalina recorrer mi cuerpo y hubiera sido tan fácil acabar con esa sensación como dejar el móvil, pero mi vena masoca me dominaba y no pensaba en nada más que en discutir con él y decirle cuatro cosas bien dichas.

Si tienes problemas de personalidad, puedo recomendarte un buen psicólogo.

¿El tuyo?

Aquella respuesta fue un golpe bajo y me dolió más de lo que quería reconocer. Me levanté de golpe y salí a la calle, cabreada como una mona, mientras marcaba su número de teléfono.

—Me echas de menos, ya veo —sentenció con una tranquilidad que me dejó muda. Este se iba a enterar—. ¿Alexia?

—¿Por qué me haces esto? —le pregunté con un gemido lastimoso.

Para puta yo.

—Alexia... —murmuró en un tono preocupado—. Nena...

Sollocé de mentira y se lo tragó, por supuesto.

—Alexia, lo siento. Joder, soy un gilipollas redomado. Perdona...

—Perdonado —le dije con la voz muy entera.

Nos quedamos en silencio varios segundos.

—¿Ya? ¿Lo has captado ya, capullo? —pregunté enrabietada.

—¿Tú de qué vas? —preguntó él con gravedad.

—No, ¿de qué vas tú? Usando lo que sabes de mí para joderme y hacerme daño. Eres ruin, por no decir cosas más fuertes.

—¡Me has hecho creer que estabas llorando! —exclamó indignado.

—Y tú...

Entonces caí en la cuenta de que Thiago no sabía nada de que mi madre había insistido mil veces en que fuera a terapia con un psicólogo a causa de mis pesadillas y yo siempre me había negado.

Pero sabía lo de las pesadillas..., lo del accidente... Sí, pero no tenía nada que ver con un psicólogo ni había hecho jamás referencia a eso con él...

Inspiré hondo y saqué el aire despacio por la nariz. De repente no me sentí nada bien.

—¿Yo, qué? —preguntó enfadado.

—Oye, Thiago... —dije con voz trémula.

—¿Otra vez me vas a tomar el pelo?

Sentí que se me cortaba la respiración y que me faltaba el aire.

«Vale, Alexia, respira. Es solo un jodido mareo.»

—Thiago...

Quise decirle que colgaba, pero no me salían las palabras y me puse más nerviosa. Mierda, mierda.

—¿Alexia? Joder, si estás bromeando no me hace ni puta gracia...

—No, no. Cuelgo.

—¿Alexia?

Me apoyé en la pared y cerré los ojos. Respiré lentamente concentrándome en inspirar con tranquilidad y poco a poco se me fue pasando. Ya lo sabía, en el pasado me había ocurrido lo mismo y al final no era nada. Probablemente era por el cúmulo de cosas que tenía en la cabeza: mi padre, Judith, mis pesadillas, la cabrona de mi madre, mi cuaderno requisado...

El móvil vibró en mi mano, pero no le hice caso. Necesitaba un par de minutos más. Miré la pantalla: era Thiago quien me llamaba. No, no quería discutir más con él. Ya había tenido bastante. Le di al botón de silenciar la llamada y entré en el bar.

Era nuestro primer día de vacaciones y Lea y yo habíamos pensado en salir a cenar, pero no me apetecía nada en aquel momento. Le comenté que no me encontraba bien y me miró preocupada. Le dije que solo era cansancio: la facultad, los trabajitos, el proyecto y además el curro de traductora en la empresa del profesor Hernández.

Cuando llegué a mi casa me metí en la cama sin cenar. Afortunadamente la bruja no estaba y no tuve que lidiar con ella.

Mi madre cada día estaba de peor humor y moverse por el dúplex era como andar por un campo de minas: nunca sabías cuándo podía explotar una y dejarte mutilado de por vida.

Lo último que vi antes de dormirme fue un mensaje de Thiago:

Alexia, por favor, solo dime que estás bien.

3

Aquella tarde la madre de Lea le había dicho que no la necesitaba en el centro de estética y decidimos dar una vuelta por la ciudad para mirar algún vestido. Lea quería estar espectacular en fin de año, evidentemente para Adrián. Mi amiga del alma ya había preguntado a Natalia, Max y Adam si querían salir con nosotras. Todos habían dicho que sí y Max preguntó si se podía apuntar un primo suyo. Lea le dijo que no había problema, que cuantos más fuéramos mejor.

—Nos lo pasaremos genial, ya verás —me dijo mirando un vestido negro y vaporoso.

Estábamos en El Corte Inglés; a Lea le pirraba deambular por todas las plantas, especialmente por la de ropa.

—¿Natalia vendrá sola o con su compañero? —pregunté bromeando.

El compañero era Ignacio y desde que había entrado en la asesoría Natalia bebía los vientos por él. ¿Y él? Pues parecía que tenía para todas, pero que no se mojaba por ninguna. O eso decía Natalia.

Nos lo habíamos encontrado algún día de fiesta y Natalia y él se pasaban el rato charlando y tonteando, pero la cosa no avanzaba. Lea ya le hubiera tirado la caña más directamente y yo ya hubiera pasado de él. Pero Natalia no hacía ni una cosa ni otra. Suspiraba cuando hablaba de él y se moría por que Ignacio moviera ficha. Pero el muchacho, o mejor dicho el hombre, no tenía prisa.

—Vendrá suspirando de amor, eso seguro —respondió Lea risueña—. Por cierto, ayer estuve hablando con Estrella...

—¿Qué tal está? —le pregunté.

Estrella se había ido a Barcelona a pasar las fiestas con sus padres.

—Dice que muy bien, aunque nos echa de menos.

—¿A nosotras o a Gregorio?

Estrella había salido alguna que otra vez con el amigo de mi jefe en la empresa de exportación, donde yo iba un par de días a la semana para realizar todo tipo de traducciones.

—A nosotras, por supuesto. Por cierto, ¿qué tal don Marco?

La miré de reojo y sonreí.

—No ha intentado nada más, no te preocupes. Te lo hubiera dicho, petarda.

Mi jefe, Marco, me había propuesto salir una noche con él, cena incluida. Me negué por varias razones. La primera porque yo estaba con Nacho y la segunda porque era mi jefe. Además estaba la diferencia de edad, ocho años, que se dice pronto. No, no tenía prejuicios con el tema de la edad, pero lo veía demasiado hombre, es decir, que sabía demasiado de la vida y yo justo empezaba a vivir la mía.

La respuesta de Marco no fue la esperada: siguió insistiendo en salir conmigo. A veces pensaba que si hubiera salido con él y le hubiera demostrado que no acabaríamos en la cama, el tema se habría terminado ahí. Al decirle que no, había encendido su mecha y se lo pasaba genial provocándome y tonteando conmigo. Yo no le seguía el rollo y eso lo estimulaba más. En ocasiones bromeaba, pero en otras veía el deseo en sus ojos. No me preocupaba demasiado porque me respetaba y lo único que hacía era piropearme e intentar que cayera en sus redes.

—Si no estuviera enamorada de Adri, yo sí que le daría un buen repaso a ese tío.

Sonreí al pensar en Marco. Realmente tenía un buen cuerpo y entre nosotras a veces le llamábamos «el bombero». Estaba musculado, fuerte y tenía una espalda que no se terminaba nunca. De cara no era especialmente guapo, pero era atractivo y era de esas personas que cuando hablas con ellas las ves más guapas y no sabes explicar el porqué: ¿por sus expresiones?, ¿por sus gestos?, ¿por su manera de mirar? Ni idea, pero Marco lo sabía e iba por el mundo pisando fuerte.

Una de las chicas de traducción que estaba en plantilla me había resumido el historial de Marco en una frase: es un tío que no ha salido nunca con nadie. Mira, pensé, otro como yo. Quizá por eso había cierta conexión entre nosotros dos.

Desde el primer día nos habíamos llevado bien y yo pensaba que si no fuera por la edad podríamos haber sido buenos amigos. Pero ocho años son muchos y mientras yo pensaba en divertirme, él... él también, qué leches. Solté una risilla.

—A saber quién es el afortunado de tus sueños. —Lea sonrió al pasar por mi lado en busca de una pieza que conjuntara con una falda negra de tul.

—No me cortes el rollo —le dije sonriendo.

—Si es algo sexual, no te olvides de hacer un trío.

—¿Un trío?

—¿No has hecho nunca uno? —me preguntó yendo hacia el probador.

—Pues que yo sepa no —respondí en la cola.

Había siete probadores y todos llenos. En la cola había varias personas esperando y nos colocamos tras una pareja.

—Pues antes de morir debes probarlo. No hay nada como un dos por dos.

—Joder, Lea. No me lo habías explicado —le dije asombrada.

No tenía ni idea de que ella...

—Una vez.

La miré abriendo los ojos.

—¿Y cómo fue? —pregunté con curiosidad.

—Pues era verano, de eso hace un par de años, y conocí a un italiano guapísimo, pero que siempre iba acompañado de su amigo, que también estaba muy bueno, aunque no tanto.

—Joder...

—Ya te digo, antes de palmarla hay que hacer un trío.

El chico que estaba delante de nosotras en la cola se volvió un segundo para mirarnos y Lea le sonrió con descaro.

—Pues no te digo que no —le dije pensando en ello.

—Vale, ¿ahora mismo con quién harías uno?

—Uf, no sé..., tendría que pensarlo.

—A ver, niña, no hay que pensar demasiado. Escoges dos jamelgos y a divertirse.

¿Con quién? El primero que me vino a la cabeza fue Thiago. Mierda, no, Thiago no. Además Thiago con Nacho... No lo veía, pero... ¿Thiago con Marco? Mmm. ¿Y Nacho?

—¿Ya? —insistió Lea.

—Joder, no. No me metas prisa. Liarme con dos tíos a la vez no es como comprar ropa, hay que pensárselo bien, ¿eh?

Lea rio y aquel chico se volvió nuevamente para mirarme a mí.

—¿No crees? —le murmuré flojito al cotilla aquel.

El chico abrió los ojos sorprendido y se dio la vuelta sin decir nada. Lea y yo nos reímos por lo bajo.

—Te los digo yo —concluyó Lea muy segura.

—A ver, sorpréndeme, listilla.

—Thiago es uno, eso seguro.

Fruncí el ceño como si no fuera verdad.

—Y el segundo... o Marco o aquel modelo que te gusta tanto.

—¿Mariano DiVaio?

Me reí por su ocurrencia.

—¿Y Nacho? —le pregunté sorprendida de que me conociera tan bien.

—Es una fantasía, Alexia, y en las fantasías no suelen entrar las parejas. Bueno, y menos si la vas a compartir con Thiago. Los veo dándose de hostias en la cama por trincarte.

Me reí con ganas y ella se miró las uñas en plan chula.

—Apártate, macho, que Alexia es mía... No, no, déjame que me toca a mí meterle el churro... Vamos, una mierda de trío.

—¿Un trío? ¿Con quién?

Lea y yo dimos un pequeño salto al oír la voz de Thiago detrás de nosotras. Yo me quedé quieta intentando pensar con rapidez si habíamos dicho su nombre durante los últimos diez segundos. Joder, quizá nos había oído.

—¡Vaya! ¿Nos sigues? —le preguntó Lea volviéndose hacia él.

—¡Claro! No tengo nada mejor que hacer —respondió él con una ironía palpable.

Me di la vuelta y vi a Thiago con unos pantalones vaqueros en la mano. Lo miré a los ojos, que estaban clavados en mí.

—Todavía espero una respuesta —me dijo sin parpadear.

No le había contestado al mensaje. Seguía enfadada con él por sus comentarios hirientes: que si había muchas Alexias, que no era el centro del mundo, que si cuando crezcas hablamos...

—Ya la tienes delante —le dije igual de seca que él.

Lea nos miró alternativamente, pero no abrió la boca.

—¿Te parece normal? ¿Colgarme de esa manera? Me quedé preocupado.

Su tono era grave, pero había un matiz de queja que no me pasó desapercibido.

—¿Preocupado? Si te importara un poco, no me irías insultando de esa forma, ¿sabes? Así que no tires la piedra y escondas la mano, que eso se te da muy bien.

Thiago se lamió los labios y vi cómo las aletas de su nariz se ensanchaban para coger aire.

—Está bien —dictaminó serio.

Me volví hacia delante y noté la mirada de Lea clavada en mí. No entendía qué ocurría allí porque no se lo había comentado.

En cuanto entramos en el probador me acribilló a preguntas y no tuve más remedio que explicarle nuestro pique telefónico. Lea se quejó con razón de que no se lo hubiera explicado, pero entendió que si no me encontraba bien solo pensara en meterme en la cama.

—Y hoy no tenía ganas de cosas deprimentes.

—Y Thiago es una cosa deprimente —dijo ella bromeando.

—¡Os oigo! —exclamó él desde el probador de al lado.

Abrí los ojos exageradamente y Lea y yo nos pusimos a reír.

Mientras Lea iba probándose diferentes piezas, yo pensé en Thiago probándose aquellos vaqueros. En sus piernas largas. En su cuerpo perfecto. En su bóxer... ¡Basta!

—Esta me va pequeña —dijo Lea mirándose en el espejo—. ¿Por qué no sales y me coges la talla mediana?

—Anda, dame.

Salí con la camiseta en la mano y en ese momento Thiago salió del probador. Nos miramos y vi que tenía intención de decirme algo, pero mi móvil me salvó. O no, porque era mi madre.

—Dime.

—Esta noche tenemos una cena.

—Ni hablar —le dije con rotundidad.

—Solo es una cena. Después puedes marcharte con tu novio.

No le pensaba decir que Nacho se iba a Cádiz, no era de su incumbencia.

—Es en casa de los Varela.

¿Cómo? ¿Otra vez?

—¿Y a santo de qué? ¿Es que no podéis hacer negocios en el despacho? No pienso ir a casa de los Varela.

Thiago se volvió y me miró. Salimos los dos del pasillo del probador y yo me fui en busca de la camiseta de Lea.

—Sí vas a ir porque te recuerdo que quieres ese cuaderno.

«Qué cerda...»

—Ceno y me voy —le dije en el mismo tono borde.

—No hace falta más —me replicó ella antes de colgar.

¡Joder! ¿A qué venían tantas cenitas? Me iba a dar un puto colapso entre mi madre y Thiago, menuda mala suerte la mía. Podía negarme, pero entonces mi madre me fastidiaría más y yo quería recuperar mi libreta. No soportaba que la tuviera ella.

—Nos vemos esta noche... —oí que decía Thiago al pasar por mi lado y dirigirse hacia el mostrador para pagar.

Lo miré con desprecio. ¿Cómo podías desear y despreciar a alguien al mismo tiempo? Joder, no tenía ningunas ganas de verlo aquella noche y menos en su casa. Una cosa era en fin de año porque iríamos con más gente, pero en su casa... ¿Y si le decía a mi madre que se metiera la invitación por el culo? Me jodería yo y solo yo. A ella le importaba un pito tenerme o no a su lado. La única que saldría perdiendo sería yo porque no me devolvería mi libreta. Y para mí era importante recuperarla. Al cuarto día de estar ingresada le pedí a mi padre que me la trajera en su siguiente visita.

En ese cuaderno estaban plasmados mis sentimientos más íntimos...

Llevo cuatro días en el hospital y sigo sin entender qué nos ha ocurrido. Hemos tenido un accidente y Antxon ha muerto. A mi lado. En una postura irreconocible. Con un gesto de tensión en la cara y con los ojos cerrados como si no hubiera querido ver lo que tenía delante. Y lo que tenía delante era la muerte. La puta muerte. ¿Por qué Antxon? ¿Por qué no yo? Tenía toda la vida por delante.

A los dieciocho años no puede morir alguien, no es justo. Puedes sufrir, puedes agonizar de dolor, pero no morir. Y Antxon se ha ido. Lo han enterrado sin mí. No entiendo nada, no entiendo qué hago aquí, no entiendo por qué me muero de dolor por las noches, no entiendo por qué mi padre me mira como a una desconocida, no entiendo por qué Judith no ha venido... ¿Cree que ha sido culpa mía? Probablemente. Ella ha perdido a su hijo, y dicen que no hay nada peor que eso... Es algo que siempre decía mi padre y que he oído decir a muchas personas. Pero yo también he perdido a Antxon, a mi hermano, a mi amigo, a mi confidente y a la única persona que me comprendía a la perfección.

Con una simple mirada nos entendíamos. Y ya fue así desde el principio. No había dos «no hermanos» que se llevaran mejor que nosotros. Nuestros padres siempre lo decían mientras nos miraban maravillados. Antxon tenía dos años más que yo, pero siempre me trató como a una igual, incluso cuando la diferencia de edad se hacía más patente. Yo con dieciséis era una adolescente total y él con dieciocho empezaba a gozar de mucha más libertad. Pero aun así siempre me tenía presente.

Antxon era una persona increíble. Por eso mismo no comprendo este final. Jamás olvidaré su cara llena de sangre, sus ojos cerrados, su extraña postura y mi grito llamando a mi padre. Como si mi padre pudiera hacer algo. Porque... ¿no son los padres los que lo arreglan todo?

4

ADRIÁN

—Te lo juro, cielo. No voy a dirigirle la palabra.

—Bien, me quedo más tranquila. Si pudiera, aquella rubia te metería la lengua hasta la campanilla.

—Leticia...

—¿Qué? Es verdad.

—Vale, dejemos el tema. ¿Qué tal esas clases?

Y blablablá... como siempre.

La llegada de Lea había trastocado un poco todo mi mundo. Yo era un tío tranquilo, con una vida más bien relajada. Los estudios no me costaban demasiado, tenía buenos amigos y una chica espectacular que parecía salida de una pasarela. Pero desde que la había conocido a ella me daba la impresión de que me había convertido en un experto escalador que quería subir una gran montaña sin protección alguna. La caída podía ser muy dura, pero cuando estaba ante Lea perdía el mundo de vista.

Su manera de gesticular, su forma de mirarme, su sonrisa escandalosa y esos jodidos labios rojos me llevaban de culo. ¿Qué podía hacer? ¿Alejarme de ella? Era complicado. La veía por la facultad a menudo, salíamos de fiesta, coincidíamos en muchas ocasiones y además nos escribíamos mensajes de WhatsApp a todas horas.

Sí, a todas horas.

Todo eso podía deberse a que Leticia no estaba en Madrid, lo sabía. Y que la engañaba también lo sabía. Cada vez que hablábamos por teléfono le juraba y perjuraba que Lea y yo ni nos saludábamos... Joder, si ella supiera. Y no, no me sentía orgulloso por ser capaz de mentirle de esa manera. Más bien al contrario. No me gustaba ser el protagonista de una película de Antena 3 donde el chico tenía una doble vida. Esas películas siempre tenían un final fatídico.

Había empezado a plantearme hablar con Leticia y comentarle mis dudas. Tenía tantas que no sabía por dónde empezar. Como un niñato, las había acabado enumerando:

1. Estar lejos de Leticia me deja un vacío que a lo mejor estoy llenando con Lea.
2. ¿Es Lea la novedad? ¿Por eso me atrae tanto?
3. Si quisiera de verdad a Leticia, no debería fijarme en otra; no soy de ese tipo de chicos.
4. Siempre he sido fiel, ¿por qué con Lea no consigo serlo?
5. ¿Estoy enamorado de Leticia? ¿Es la chica de mis sueños?

Joder, acabaría loco, loco de verdad. Algo en mi cabeza me decía que debía tomar una decisión. Lea no estaría esperando toda la vida y además cabía la posibilidad de que Leticia me pillara. Aquello tenía que terminar, pero ¿cómo lo hacía? Hablar algo tan grave como aquello por FaceTime me parecía muy poco apropiado. Romper con ella así todavía me parecía peor. Había tenido una idea, pero la veía lejana porque era casi imposible que pudiera llevarla a cabo.

—¿Qué has pensado? —me preguntó Thiago con el rostro serio.

—Ir a Helsinki y hablar con Leticia.

Mi amigo frunció el ceño pensativo.

—Me parece una buena idea. No puedes seguir así. Pero ¿qué le dirás?

—Bueno, de entrada no sé si podré ir. Dudo que mis ahorros lleguen para tanto.

—Por eso no te preocupes —me dijo con naturalidad.

—No, claro.

—Yo te acompaño, y si te falta pasta, cuenta con ella.

Lo miré abriendo muchos los ojos. ¿Lo decía en serio? Thiago no bromeaba con esas cuestiones. No era de esos que te tomaban el pelo en asuntos graves.

—Oye, Thiago, te lo agradezco, pero...

—Escúchame, vamos a hacer lo que siempre me dices tú. Si yo fuera tú y tú fueras yo, ¿qué?

Nos miramos unos segundos y le sonreí. Sí, claro. Yo haría lo mismo por él si estuviera en mis manos.

—¿Cuándo nos vamos? —me preguntó alargando su sonrisa.

Joder, me dieron ganas de abrazarle y de decirle que lo quería un montón, pero como buen macho le di un puñetazo en el hombro y nos reímos los dos.

Así pues, uno de los problemas estaba solucionado gracias a mi mejor amigo. Ahora solo quedaba lo más difícil: saber lo que yo quería en realidad.

5

—Lo vuestro es de novela —dijo Lea mientras escogía unos adornos para su árbol de Navidad en la sección de decoración de los grandes almacenes.

—De novela de terror —añadí yo—. ¿Y esta? —Le mostré una estrella con purpurina roja.

—No, mi madre la quiere dorada.

—Seguimos buscando.

Miré a mi alrededor y me di cuenta de que alguien me miraba fijamente. Era Marco con una chica. Ella lo cogía de su brazo y él iba hablando sin parar. Vaya, vaya... Le sonreí y él me devolvió el gesto con un guiño. Seguidamente le dijo algo a aquella chica y vinieron hacia nosotras. Yo bajé la mirada hacia la estrella dorada que me mostraba Lea.

—Hola, guapas —nos dijo Marco con desparpajo.

—Hola, Marco —le saludamos mientras yo me fijaba en su acompañante un segundo.

Su mirada fija al frente me recordó a un amigo de Antxon que era ciego.

—¿De compras? —Ambas afirmamos con la cabeza—. Yo también, con Ana. Es mi hermana. Ana, te presento a Alexia y Lea.

—¿Alexia?, ¿la chica que trabaja contigo?

Su mirada al frente y sus ojos sin parpadear confirmaron que Ana no veía o que apenas tenía visión.

—La misma —dijo él mirándome con una sonrisa dibujada en su rostro.

—No sabía que tenías una hermana. —Le di dos besos a Ana y un aroma dulzón me envolvió.

Lea la saludó del mismo modo.

—La tengo escondida porque es demasiado guapa —comentó él bromeando mientras ella reía.

Se parecía bastante a él y, aunque no era guapa, sí resultaba atractiva, como Marco.

—Es un adulador, ya lo sabéis —replicó ella con cariño.

Marco sonrió a medias y me hizo gracia ver ese gesto en él. Normalmente era un tipo directo y descarado.

—¿Cómo van las fiestas? —me preguntó con interés.

—Bien, de compras y gastando más de lo que tenemos —respondí amable—. ¿Y tú?

—¿Yo? Contando los días para meterme contigo en cuanto regreses a la oficina.

—¡Marco! —le riñó Ana.

Me hizo sonrojar, lo reconozco. Qué tío...

—No le hagas caso —me dijo su hermana—. A veces pienso que es adoptado.

Lea y yo nos reímos y él chasqueó la lengua.

—Es el pequeño de la casa y por eso lo disculpamos —añadió ella con una bonita sonrisa.

—Tendré cuarenta años y seguiré siendo el pequeño —me dijo alzando sus cejas.

—Las ganas —le replicó Lea.

Puse los ojos en blanco y me reí.

—De todos modos, Ana, es culpa de Alexia —le dijo él más serio—. Si no fuera tan lista y tan guapa, no la echaría de menos.

Marco y yo nos miramos unos segundos fijamente hasta que su hermana le contestó.

—Alexia, aunque no lo creas, es un buen chico —me dijo Ana a mí en voz baja y me hizo reír.

Nos despedimos de ellos porque todos teníamos prisa. Salimos de El

Corte Inglés con varias bolsas de ropa, con otra llena de motivos navideños y con mi cabeza dándole vueltas a Marco. Apenas sabía nada de él y haber conocido a su hermana me hacía verlo con otros ojos. Hasta entonces me parecía el típico tío guapo ligón, pero ahora... lo veía distinto, más humano. Y eso me gustaba.

Una vez en casa, me di una buena ducha y me vestí con la formalidad que requería la ocasión: me enfundé unos pantalones pitillos de color negro, una camisa de un rosa pálido y me hice la coleta para provocar a Thiago, esa era la verdad.

Esperé en mi habitación mientras charlaba con Nacho por WhatsApp. Ya había llegado a Cádiz, estaban instalados en un superhotelazo y habían visitado a algunos familiares. Allí tenía muchos primos y aquella misma noche saldrían de fiesta. Juerga andaluza, quién la pillara... Había pasado unos meses en Sevilla y recordaba la ciudad llena de color, de vida y de gente simpatiquísima.

Tras hablar con Nacho me fui en busca de D.G.A. Estaba enganchada a él, no podía negarlo.

¿Te vas fuera estos días?

Aquello era lo último que le había preguntado esa misma mañana.

No, me quedo en Madrid, ¿y tú?

Yo me quedo. Por cierto, vengo de El Corte Inglés de Callao y me ha parecido verte... ¿Traje rojo y barba blanca? Eres mi tipo, pero ¿no deberías hacer un poco de deporte?

Me reí mientras le escribía. Con D.G.A. olvidaba todos mis malos rollos y siempre se me dibujaba una sonrisa en la boca.

¡No fastidies!

Vaya, estaba en activo y ni me había dado cuenta.

Era yo. ¿Por qué no me has saludado? Te hubiera dado un beso picante (la barba pica de cojones).

Volví a reírme con ganas. Este Apolo...

Puedo imaginarlo, la próxima vez el beso te lo doy yo. ¿Disfrutando de las vacaciones?

Más que menos, aunque esta noche tengo cena familiar. Esto es un no parar.

Yo también tengo una cena, ahora mismo estoy esperando a mi madre para irnos. Un palo.

¿Un compromiso de esos aburridos?

Una cena de negocios, supongo.

¿Con unos anfitriones pesados y unos hijos pesados?

Pensé en Thiago... Pesado precisamente no era.

Los anfitriones son agradables; el hijo ya es harina de otro costal.

¿Rarito?

Me hizo gracia que estuviera tan interesado.

¿Te sale la vena cotilla?

Jajaja, me preocupa tu salud mental.

No te preocupes. Da la casualidad de que estudia en mi facultad y...

¿Qué le decía? No me apetecía hablarle de Thiago y de toda nuestra historia.

Y es un poco rarito, sí.

Lo mejor era dejarlo correr.

Oye, ¿y cómo es que haces una cena familiar si mañana es Nochebuena?

D.G.A. tardó unos segundos en contestar y me extrañó porque solía ser rápido escribiendo.

Vienen a cenar unos primos que se van mañana, aquí empezamos antes.

Unos tanto y otros tan poco... Pensé en mi padre y en Judith. Todavía no había respondido su carta. Debían de pensar que pasaba de ellos y lo cierto es que no era así... Quería hablar con mi padre.

Tengo que dejarte. Pásatelo muy bien con tus pre-Navidades.

Y tú con el rarito, peque.

Fijo que sí.

Busqué con prisas el número de mi padre. Papá. Iba a llamarlo, estaba decidido y quedaría con él...

—¡Alexia!

Miré el reloj. Faltaban todavía diez minutos.

—¿Qué?

—Nos vamos.

Di un portazo a mi habitación para que supiera que iba a la cena, pero no con ganas. Al bajar las escaleras la encontré junto a un tipo muy, muy alto, delgado y con cara de buena persona.

«Y este... ¿quién debe ser?»

—Gerardo, te presento a Alexia.

—Hola, Alexia. Soy uno de los socios del bufete.

—Y mi amante —añadió mi madre con frialdad.

La miré flipada. ¿Se había fumado algo, la mujer?

El tal Gerardo carraspeó un poco y me miró apurado. Joder, ¿qué era todo aquello?

—Viene a la cena —indicó ella pintándose los labios delante del espejo de la entrada.

—Sí —afirmó él como si me pidiera disculpas.

—Cuando te cases, si eso, me avisas cinco minutos antes —le dije molesta.

—Alexia, mi vida es mía.

—¿Y la mía también es tuya? —repliqué sin que me importara que aquel individuo se pudiera sentir incómodo.

—Coge algún tampón, ya veo por qué estás alteradita.

«Madre mía, madre mía...»

—¿Recuerdas la libretita? Es de papel, Alexia. Puede quemarse, mojarse o incluso se la puede comer un perro baboso y apestoso.

Fijé mi vista en aquel tipo, que nos miraba alternativamente y con cara de susto. Como para no asustarse ante aquella bruja. Lo raro era que él saliera con ella, tenía cara de buen tío. Opté por callar, no sé por qué, quizá porque aquel hombre me dio lástima.

Salir con mi madre, telita...

Por suerte, en el coche me senté detrás y no tuve que ver su cara de perro conduciendo. Durante el trayecto allí no habló nadie. Si aquellos dos salían, debían comunicarse sexualmente porque lo que era charlar, poco o nada. Dejé de pensar en eso antes de que me entraran ganas de vomitar.

Hasta que llegamos, mi mente estuvo concentrada en una sola persona. En Thiago. Tener que cenar en su casa, con ese mal rollo que había entre nosotros, no me apetecía nada. Por mucho que él me gustara. No me sentía con fuerzas para más piques, más puyitas y para más discusiones. Pensaba que las vacaciones de Navidad me irían bien para perderlo de vista, pero me daba la impresión de que me lo iba a encontrar hasta en la sopa.

El día anterior estaba en El Rincón y, vale, allí trabajaba su primo y era cierto que se llevaban bien, pero a veces pensaba que iba allí porque sabía que yo estaría tomando algo.

Esa misma tarde me lo había encontrado en El Corte Inglés a la misma hora y en la misma planta. ¿No era demasiada casualidad? Si no conociera a Lea como la palma de mi mano, hubiera pensado que ella le iba cascando por dónde andábamos las dos... ¡Joder, claro! Adri... Ellos estaban todo el santo día mandándose mensajes y Adri sabía cada paso que dábamos, casi seguro. ¿Adri le había dicho a Thiago que estábamos de compras en el centro comercial? Sonaba a película. ¿Para qué iba a venir Thiago? No tenía sentido. Si quería soltarme algún comentario borde, lo podía hacer a través de un mensaje.

En fin, en breve lo vería cenando con esos cubiertos inmaculados, en su casa inmaculada y con una familia inmaculada. Genial.

Se me presentaban unas fiestas de puta madre y empezábamos mal. ¿Y mañana? Era Nochebuena y no había pensado cómo montármelo. Quiero decir que no sabía si hacerme una buena cena para mí sola o pedir una simple pizza. Joder, qué penoso si lo pensaba bien.

Llegamos casi sin darme cuenta y antes de entrar inspiré con fuerza para hacerlo con la cabeza bien alta.

«Que no se diga, Alexia, que no se diga...», oí a Lea en mi cabeza, y sonreí.

Nada más entrar en la casa, los padres de Thiago nos recibieron con mucha amabilidad. Eché un vistazo por encima al salón y me gustó la decoración navideña. No era nada recargada y los motivos navideños eran bonitos. En el dúplex mi madre no había puesto absolutamente nada, cosa que en parte agradecía porque así en casa olvidaba por un momento en qué época del año estábamos. Llevaba mal las fiestas, estaba claro. Pero era porque sabía lo que me esperaba: nada.

—Hola, Alexia. —Carmela y Joaquín, los padres del ojazos, me saludaron con simpatía.

Mi madre les presentó a su socio, en mi cabeza socio-amante-follamigo-¿algo más? Era el primer hombre que conocía cercano a mi madre, y si además lo había subido al dúplex, debía de ser por algo.

Mientras ellos cuatro hablaban de tonterías como del frío que hacía o de lo bonito que estaba todo decorado, yo me acerqué de nuevo a las fotografías que había visto la primera vez. Y allí estaba Thiago, con su padre jugando al pádel, con su madre en una boda, con los dos en el jardín de su enorme casa...

—¿Ves algo que te guste, novata? —Su voz a mi espalda me asustó, pero no se lo demostré.

Me volví despacio y coloqué mi larga cola a un lado. Thiago miró mi mano y mi pelo.

—¿Algo que te guste a ti, pijo?

6

—¿Cómo se presentan las Navidades? —me preguntó Thiago con su habitual formalidad una vez sentados a la mesa.

Lo miré y vi que lo preguntaba en serio. Los mayores charlaban de sus cosas y lo lógico era que nosotros entabláramos un mínimo de conversación. Además, sabía que mi madre me miraba de reojo para ver qué tipo de relación teníamos Thiago y yo. No quería que me pillara. Pero ¿qué le podía decir a Thiago? Mis últimas Navidades habían sido una auténtica mierda. Mientras todos las pasaban en familia, yo leía a Stephen King mientras me comía una caja de galletas de chocolate.

—Como siempre —le dije un poco seca y en ruso.

No me daba la gana de que mi madre siguiera nuestra conversación.

—¿Las celebráis en casa? —respondió él también en el mismo idioma.

—No.

—¿Con la familia de tu madre?

Me estaba irritando tanta pregunta porque no era un tema con el que me sintiera cómoda, pero no quise ser borde con él porque tampoco estaba preguntando nada raro.

—Mi madre no tiene parientes aquí y los familiares lejanos ni los conozco. Mi madre no es muy... hogareña.

Me miró frunciendo el ceño y aparté la vista de él. No quería que leyera en mis ojos lo mucho que la odiaba.

—Estas son mis segundas Navidades en Madrid. No celebramos nada y casi lo prefiero. No me llevo bien con mi madre.

Era la primera vez que le explicaba cosas tan personales a Thiago y al segundo me arrepentí. ¿Por qué le contaba aquello?

—Vaya, gracias por confiármelo. Supongo que no es fácil.

Lo miré de nuevo y vi a un Thiago distinto. No era el chico irónico, ni el divertido ni el sexi... Era un chico que escuchaba y parecía entender mi situación. Pero no iba a confiar en él porque temía que usara la información para dañarme. Delante de Lea siempre fingía ser fuerte y le decía que no se preocupara por mí, que lo tenía muy asumido y que no me importaba pasar la Nochebuena sin compañía. No era cierto. No sabía por qué le había dicho aquello a Thiago, no me gustaba mostrarme vulnerable ante él.

—Debe de ser jodido —dijo sin más.

Recordé las Navidades en París, con Judith y Antxon. Aquella noche también salimos los cuatro a dar un paseo, a ver las luces de las calles, a tocar la nieve que había caído aquella mañana y a disfrutar del ambiente navideño. Quedaba todo tan lejos y difuminado que a veces me daba la impresión de que había sido solo un sueño.

—Lea me ha invitado a su casa, pero prefiero quedarme leyendo un buen libro.

—Ya...

—Pero bueno, en fin de año, por lo visto, nos veremos —le dije con la intención de dejar ese tema.

Sabía lo que estaba pensando Thiago: «Pobrecita...». Y eso me repateaba mucho porque lo último que quería era que me tuviera lástima.

—Eso parece, ¿habéis pensado qué hacer?

—La verdad es que no. Vendrán también Max y un primo suyo...

—Lo sé —respondió mirándome fijamente.

Vale, ¿por qué lo sabía? Iba a tener una charlita con Lea porque estaba segura de que Adri le pasaba toda aquella información de primera mano a su amigo.

Aparté la vista de él para servirme un poco de ensalada de langostinos. Estaba todo buenísimo, eso no hacía falta decirlo, pero además los platos estaban presentados con un gusto exquisito, como si estuviéramos en un buen restaurante.

—¿No te gusta? —preguntó Thiago viéndome remover la comida.

—Sí me gusta —respondí apartando mi vista de esos ojazos.

No era necesario estar mirándonos durante toda la cena. Además, así le dejaba claro que no estaba cómoda con él. Representaríamos el papel delante de nuestros padres, pero tampoco era necesario hablar más de la cuenta.

Él estaba cabreado conmigo y tenía razón, porque lo cierto es que no había leído aquella carta y yo lo había acusado falsamente. Pero yo me justificaba pensando que en aquel momento actué de ese modo llevada por una serie de circunstancias. Realmente la culpa de todo era de mi madre, para no variar. Le eché un vistazo y me dio rabia verla hablando tan animada con el padre de Thiago. Pero... ¿me lo parecía a mí o lo miraba con demasiado interés? Empezaba a desvariar y a malpensar de todo lo que hacía mi madre. Era lógico después de la última putada que me había hecho con el tema de la carta.

Quizá aquella cena era mi oportunidad para pedirle disculpas... Si se lo decía en otro idioma y delante de ellos, sería más fácil porque Thiago no podría tratarme como a una pirada. Estaba casi segura de que él había pensado que no andaba bien de la cabeza. ¿Qué debió pasar por su mente cuando lo eché de casa a gritos y sin razón? Lo había pensado más de una vez; seguro que creía que estaba loca de remate.

Durante el postre decidí coger el toro por los cuernos y echarle valor. Total, ¿qué podía perder? Si estaba ya todo perdido con Thiago. Nuestra historia había durado apenas una noche y dudaba que pudiera solucionarse.

—¿Me miras así por algo en concreto? —preguntó Thiago al sentir mi mirada en él.

Parpadeé un par de veces al oír su voz y entonces sí lo miré analizando sus rasgos.

Ojos verdes y rasgados que se achinaban cuando sonreía. Unos ojos increíbles que, aparte de su llamativo color, parecían hablarte y brillaban cuando algo le gustaba mucho. A veces pensaba que quizá era un poco más callado que el resto de los chicos porque con sus ojos te lo decía todo.

Su nariz recta y de tamaño proporcionado resultaba perfecta en su rostro ovalado, donde sus labios carnosos eran los protagonistas indiscutibles. Daban ganas de besarlos y morderlos a pellizquitos. Y yo los había catado...

Justo en ese momento pasó una de sus manos por aquel pelo denso que llevaba siempre peinado de manera informal. No pude evitar pensar que mis manos también lo habían acariciado y que mis dedos se habían perdido en el principio de esa nuca.

—Vas a acabar poniéndome nervioso —me dijo interrumpiendo mis pensamientos.

Seguíamos comunicándonos en ruso y parecía que a nuestros padres les daba igual. Ellos continuaban enfrascados en sus cosas.

—Perdona —le dije intentando quitarle importancia a mi repasillo—. A veces se me va la cabeza.

—¿Te vas a tu mundo?

—Eso es.

—¿Y cómo es?

—¿El qué?

—Tu mundo —respondió con gravedad.

—Mi mundo ideal es muy distinto del mundo real —repliqué con rapidez.

—Cuéntame más —dijo en un tono muy suave.

Lo miré seria. Si no hubiera bebido vino, probablemente no le habría explicado nada, pero el alcohol que corría por mis venas hizo que me soltara un poquito con él.

—Para empezar, en mi mundo ideal mi madre es cariñosa, me adora y nos llevamos fenomenal. Eso lo primero. Compartimos nuestras vidas y ella me explica cosas de su trabajo y yo le explico... mis cosas. Nos queremos y nos respetamos..., cosa que ahora no sucede. En el mundo real, la muy bruja me ha confiscado una especie de diario donde tengo escritas cosas muy personales, ¿te lo puedes creer?

—¿En serio? —preguntó asombrado.

—Es una hija de puta —le dije con cierta indiferencia.

Thiago abrió los ojos unos segundos al escucharme y yo la miré a ella de reojo. Nada, seguía con su falsa sonrisa y charlando con los padres de Thiago.

Esto... ¿No miraba al padre del ojazos con demasiado interés? ¡Bah! Debía ser su *modus operandi,* no me extrañaba nada viniendo de ella. Era una auténtica arpía.

¿Seguía con mi verborrea? Pues sí, qué más daba que supiera que mi madre era una cabrona.

—Me lo pilló de mi habitación. ¿Recuerdas que te dije que nunca entraba? Pues no era cierto. Yo creía que pasaba de mí como de la mierda, pero rebuscó en mis cosas para joderme. Y...

Lo miré pensando que era el momento ideal para explicarle lo de la carta.

—Y fue ella la que abrió aquel sobre.

Thiago alzó sus cejas y no dijo nada.

—Así que te debo una disculpa enorme.

Nos miramos fijamente, yo esperando que me mandara a paseo de un momento a otro.

—¿Desde cuándo lo sabes? —preguntó en un tono grave.

Bajé la vista un segundo a mi cucharilla de postre.

—Hace días... —Lo miré a los ojos, no quería parecer una cobarde—. Quería decírtelo, pero no encontraba el momento. En la facultad apenas hablamos y, cada vez que me preguntas aquello..., lo dices con ese tono tan irónico que me cabrea darte la razón.

Thiago se lamió los labios.

—No muerdo, Alexia —dijo con poca simpatía.

—Lo sé, pero ¿qué importancia tiene ya? —Thiago parpadeó con rapidez dándome a entender que no entendía mi pregunta—. Quiero decir que lo nuestro... lo nuestro terminó en aquel momento y, vale, fue por mi culpa, pero no sabes nada de mi historia ni de lo que significaba esa carta...

Pensé en mi padre, en Judith, en Antxon... y me mordí los labios con fuerza porque sentía que las lágrimas se agolpaban en mis ojos. Y eso sí que no, lo último que iba a hacer era llorar delante de Thiago.

—Vale, entonces explícamelo —pidió con más suavidad.

Fruncí el ceño al pensar si quería contarle mi historia...

—Oye, Thiago, ¿cuándo termináis las clases? —preguntó su padre interrumpiéndonos muy oportunamente.

—En junio, ¿por qué?

Estaban todos atentos a esa conversación.

—Le comentaba a Gerardo que después del verano te marchas a Lyon.

Vaya, otro que se iba de veraneo... ¿Había dicho después del verano?

—Va a trabajar con la editorial Marinné. Es una muy buena oportunidad —dijo su padre mirando de nuevo a Thiago.

Él no dijo nada y yo entendí que antes de acabar los estudios ya tenía trabajo. En Lyon. Lejos.

Nos miramos unos segundos y ninguno de los dos dijo nada más mientras ellos comentaban el futuro prometedor de su hijo. Me daba la impresión de que Thiago no estaba igual de conforme que sus padres. ¿Por qué no se quejaba? ¿O por qué no se negaba? ¡Me jodía tanto que los padres decidieran de ese modo por nosotros! Como si no tuviéramos ni voz ni voto.

—¿Te apetece un cigarro?

Salimos con la excusa de que nos diera un poco el aire. Era diciembre y hacía un frío de cojones, pero nuestros padres estaban en su salsa, bebiendo cava y soltando risotadas. Cuando oía reír a mi madre me daba la impresión de que no la conocía.

Me subí la cremallera hasta arriba y Thiago me ofreció uno de sus cigarrillos. Nos miramos sin decir nada y me adelanté a hablar antes de que siguiéramos con la historia de mi vida.

—¿Así que te vas a Lyon?

—Eso parece —dijo con poco entusiasmo.

—¿No te apetece?

—Entiendo que es una buena oportunidad y que muchos querrían estar en mi pellejo, pero no era mi idea empezar por ahí.

—¿Y eso?

—Me apetecía ir por libre.

Lo miré con interés. A primera vista parecía más tradicional. Ir por libre significaba arriesgarse y quizá cobrar mucho durante unos meses y poco durante otros tantos.

—Pues hazlo. Es tu vida —le dije pensando que nada se lo impedía.

—Mis padres pondrían el grito en el cielo y empezaríamos una guerra que hace mucho tiempo que estoy postergando.

—Ya, bueno, entonces no te quejes.

Thiago me miro serio y le dio una calada a su cigarro.

—¿Qué harías tú?

—Estudiar bien mis posibilidades. Este año acabas el grado y eres de los mejores de tu promoción...

Thiago alzó una de sus cejas. Me entraron ganas de reír, pero me aguanté.

—Eso tengo entendido. Así que probablemente cuando termines no tendrás problemas en encontrar trabajo yendo por libre. Es más, yo que tú empezaría ya. Y así con la pasta me iría de casa si se diera el caso de que vivir aquí no fuera posible o soportable. —Thiago me miraba casi sin parpadear—. Eso sí, deberías olvidar tu vida de pijo y bajar a la Tierra. Ni pádel, ni ropa cara, ni invitar a todo quisqui, como sueles hacer.

Thiago sonrió un poco y yo le di una calada a mi cigarrillo para no mostrar una sonrisa triunfante.

—¿Y todo ese plan es para que no me vaya?

—A mí me da igual lo que hagas.

Vale, sí, mentía, pero no era solo por eso por lo que le decía todo aquello. Thiago debía luchar por lo que quería. Su vida era suya.

—Ya...

—Todo ese plan es para que veas que siempre hay opciones. Aunque todo tiene su parte negativa, deberías renunciar a una vida llena de privilegios.

—No te pareces en nada a la chica que me echó de su casa —comentó de repente.

—He crecido —repliqué con sorna.

—Ya veo. Disculpas aceptadas —dijo con rapidez.

—Gracias. Aquella carta era muy personal y cuando la vi en tus manos se me cruzaron los cables. Todavía no entiendo cómo mi madre fue capaz de abrirla, además sabiendo que era de mi padre.

—¿De tu padre?

Inspiré con fuerza.

—Es una larga historia.

—Tenemos tiempo —comentó con una sonrisa sincera.

¿Ya estaba? ¿No me iba a decir que era una cría? ¿No me iba a decir «Te lo había dicho, la cagaste»? Vale, Thiago tenía tres años más que yo, pero que se tomara las cosas con esa calma me asombraba mucho. Tal vez le importaba ya un pito todo lo relacionado con nosotros. Después de todo ese tiempo probablemente había optado por correr un tupido velo. No era tan extraño. Si yo fuera él... Conozco a una tía, parece que hay conexión, nos liamos y me echa de su casa hecha una fiera sin que me deje apenas explicarme. Después empieza a salir con otro tío, pero me sigue mirando. Madre mía, el papelón de mi vida, ¿no? Si lo analizaba bien, era para pasar de mí como de la mierda.

—Si no te importa, otro día —le dije pensando que no me apetecía ponerme a explicar todo aquello y que no creía que fuera necesario que Thiago supiera mis intimidades.

—Eres un hueso duro —dijo apagando el cigarrillo en el cenicero.

—No te digo que no —añadí con seguridad.

Era cierto, no era una chica floja o débil. La vida me había convertido en lo que era.

—¿Entramos? —preguntó casi afirmando.

Hacía mucho frío y no era plan de quedarnos ahí tomando el fresco. Apagué el cigarrillo y él me ofreció un caramelo. Sonreí por el detalle.

—¿Te dejan fumar? —le pregunté al ver que el caramelo solo era para mí.

—Saben que fumo muy poco, aunque mi padre siempre me da la brasa con el tema.

—Por el pádel —dije con contundencia.

—Exacto —afirmó abriendo la puerta de su casa.

Los mayores estaban tomando el café y no dejaban de hablar. En ese momento le sonó el móvil a Thiago y lo cogió.

—Débora...

Vaya, vaya, su amiguita con derecho a roce.

—Sí..., ya hemos terminado. En cinco minutos estoy...

¿Se iba?

—Que sí, que sí... Dame cinco minutos...

Me senté a la mesa de nuevo y lo miré de reojo observando cómo se guardaba el móvil en el bolsillo del pantalón vaquero. Thiago se despidió de todos educadamente. Sus padres ya sabían que había quedado con sus amigos. Así que me quedé sola y con un dolor punzante en el estómago que ya no me quité hasta que me fui de allí.

Thiago pasaba de mí, vale. Pero dolía, joder, ¡cómo dolía!

7

Luces de Navidad de todos los colores, escaparates decorados con guirnaldas, gente cargada con bolsas de diferentes tamaños, árboles de Navidad con bolas de colores y Papá Noel y su barriga falsa dando caramelos a una multitud de niños que sonreían felices.

Aquel escenario se repetía en todas las ciudades del mundo: en Nueva York, Tokio, Londres, París, Roma... y, cómo no, también en Madrid.

Había decidido dedicar aquella tarde a pasear en lugar de esconderme. Quería empaparme de la felicidad de los demás y era fácil hacerlo paseando por las calles de la ciudad. Empecé por Serrano, donde las tiendas más exclusivas recibían a los clientes con unos villancicos en un tono suave. Alcé la cabeza para ver las luces que colgaban por toda la vía. Había miles de circunferencias de diferentes colores y le daban un aire mágico a la calle. Realmente era bonito y valía la pena verlo.

—Mira, si es la amiguita de Nacho...

Me volví al oír la voz de Gala. Iba bien acompañada: su amiga Felisa, la del pelo azul, y Débora, la lagarta que se follaba a Thiago.

—Fíjate, sí —contestó Débora mirándome con una falsa sonrisa.

Me di la vuelta dejando claro de esa manera que pasaba de ellas, pero las tenía detrás y subieron el volumen de su voz para que las oyera.

—Oye, Alexia, ¿ya se ha ido Nacho? —No me gustaba nada el tonito de Gala, pero seguí ignorándolas.

—¿No se despidió de ti? —le preguntó Débora con una risilla.

—¡Ah, sí! Es verdad, que el viernes pasó por mi casa.

Tensé mi cuerpo al escucharlas. ¿De nuevo más mentiras?

—Nacho le va a durar menos que un telediario. Esta no tiene ni idea de con quién anda —añadió Débora.

—Pues el viernes con esa camisa de cuadros y esos pantalones vaqueros estaba de muerte. Se lo quité todo en un santiamén. Tenía prisa, ¿sabes? Me dijo que tenía que recoger unas bolsas para su madre o algo así.

¡Joder! A mí me había dicho lo mismo... E iba vestido de aquella forma. Alexia, eso no quería decir nada porque se podía haber cruzado con él, simplemente.

—¿Y te ha escrito de nuevo? —preguntó Débora malmetiendo.

—Casi cada día —comentó ella orgullosa.

Me detuve de repente y la miré de frente.

—¿A ti qué te pasa? —le inquirí cabreada.

Me puso el móvil delante y lo vi todo. Nacho, su foto y un mensaje:

Preciosa, quiero que te pongas aquel conjunto rojo con lazos de seda. Ya te puedes ir preparando porque voy a darte duro y por detrás. Como el viernes...

Miré a Gala y ella alzó las cejas.

—No es un tipo de una sola mujer —me soltó con gravedad.

En sus ojos vi una sombra de dolor. Nacho le importaba de verdad. A partir de aquel momento pasaría a ser el cabrón de Nacho, porque estaba claro que me la había metido doblada.

—Hay más mensajes, por si quieres asegurarte.

Me dio el móvil sin miedo y deslicé mi dedo por la pantalla para leer por encima alguno más. Eran todos del mismo tipo. Le pasé el móvil nerviosa, no quería leer nada más. Nacho había roto con ella, pero habían vuelto a liarse. Qué cojones, joder... Este se iba a enterar.

—Te lo dije, ellos no son para ti —añadió Gala cogiendo su móvil.

Las tres me miraban sonriendo y con un aire triunfal. Le hubiera dado una hostia a cada una por mirarme así, pero ¿para qué? Si lo pensaba bien, me habían hecho un gran favor desenmascarando a Nacho, pero la verdad era que en aquel momento sentía hervir mi sangre.

Me fui de allí sin decir nada y con un único pensamiento: qué cabrón, qué cabrón... ¿Cómo podía ser tan falso? ¡Joder! Y eso que me habían avisado... Estaba claro que era una pardilla a quien se le podía engañar con facilidad, pero es que una cosa era echar miraditas a Thiago y la otra follarse a Gala. ¿Por qué fingía Nacho? Si quería irse con otras, era tan simple como decirme «se acabó». ¡Uf! Menuda mierda. Llamé a mi mejor amiga al segundo.

—¿Lea?

—¡Hola, petarda!

Oí risas, gente hablando y algunos niños chillando.

—Esto es una casa de locos, espera que entro en mi habitación.

Se hizo el silencio y dudé en contarle lo que había descubierto. En unas horas Lea y su familia celebrarían la Nochebuena y no quería amargarla con mis problemas.

—¿Qué dices? ¿Dónde andas?

—Estoy paseando por Serrano.

—¡Cómprame algo! Con un bolsito de Loewe me conformo.

Nos reímos las dos.

—Si quieres, te pillo dos.

—Si insistes —añadió entre risas.

—Solo te llamaba para desearte una buena noche, sé que luego ni oirás el teléfono.

—Gracias, petarda. Aún estás a tiempo...

—Que no, pesada. Estaré bien. Mi madre cena en casa y supongo que hará algo especial.

Mentira.

—Está bien, pues mándame un mensajito si te aburres, ¿vale?

—Tranquila, tengo el nuevo libro de Elísabet Benavent, así que voy a estar muy bien acompañada.

Nos despedimos porque su madre la reclamó en la cocina y yo colgué sintiendo la humedad en mis ojos. No quería llorar, pero me moría de ganas; me escocían los ojos y me sentía como una gran perdedora.

Aquella noche era una mierda ya de por sí, pero solo faltaba saber que Nacho me ponía los cuernos y encima con su ex.

De repente, mi frente chocó con algo y no supe qué era hasta que vi a... Marco, mi jefe.

—¡Alexia! ¿Estás bien?

Dejó las bolsas a ambos lados y me miró preocupado mientras yo me frotaba la frente. ¿De qué estaba hecho su pecho? ¿De piedra?

—Lo siento, he salido disparado de la tienda y no te he visto...

—Tranquilo, sobreviviré.

Nos sonreímos y él miró mi frente.

—A ver... Creo que voy a tener que llevarte a mi piso, curarte la herida y después darte un beso.

Lo miré alucinada.

—Eso hacen en las pelis, ¿no? —Soltó una carcajada ronca y me hizo reír.

—Creo que suele ser al revés. Ellas curan a los tipos duros.

—Estoy durito, eso es verdad. —Se dio un par de palmadas en el pecho y seguí riendo.

—He pensado que llevabas chaleco antibalas.

—Es genético —dijo guiñándome un ojo—. ¿De compras?

—Más bien paseando. Ya veo que tú vas cargado.

—Joder, sí. Estoy hasta las pelotas —se quejó arrugando la frente.

—Es lo que toca, pero es chulo ver las caras de felicidad cuando das el regalo, ¿verdad?

Recordé a Antxon en sus últimas Navidades. Yo le había regalado un reloj que había visto en París y del que estaba enamorado. Era carísimo, pero por una vez mi padre aceptó que gastara más dinero de la cuenta. Su cara de alegría se quedó grabada para siempre en mi memoria.

—Sí, eso si no tienes una tía tocapelotas que te hace cambiar cada año los regalos y una abuela borde que te dice que tienes el gusto en el puto culo.

Me reí y él sonrió con picardía.

—Con el buen gusto que tienes tú —dije riendo.

—Eso es muy cierto, obsérvate a ti misma...

Sus ojos me miraron con sensualidad y yo me dejé querer un poquito pensando que Nacho se podía ir a la China y no regresar.

—No seas liante —le dije coqueta.

—Eres tú la que me tiene enredado en esos ojos de gata, muñeca...

Nos reímos de nuevo y él continuó tonteando.

—¿Una cena navideña? Solos. Sin besos. Te lo prometo.

Era un jodido descarado, pero me hacía reír.

—Marco, eres mi jefe, eso lo primerito. Y me llevas ocho años, ocho —le dije con los dedos de mi mano.

—A ver, soy tu jefe entre comillas, porque ni estás en plantilla, ni cobras un euro ni nada parecido. Así que podríamos decir que no soy tu jefe, de momento. Y lo de los años... ¿Qué pasa? ¿Que naciste en el siglo pasado?

Me hizo reír de nuevo.

—¿Que nos llevamos ocho añitos? ¡Eso no es nada! Además, tú pareces mayor, y perdona que te lo diga, que ya sé que las tías sois muy susceptibles con el rollo de la edad.

Es que era la leche. Era una risa tras otra con él. En la empresa ya era así de dicharachero y por eso todas bebían los vientos por él. Pero en la calle era aún más gracioso.

—Está bien —le dije pensando que pasar un buen rato con él no me iría mal.

Un poco de diversión ya tocaba.

—¿Lo dices en serio? —Me miró de reojo y reí.

—Muy en serio. ¿Después de fiestas?

—Hecho, que estos días estoy tan liado que no sé ni dónde tengo la cabeza.

—Pues nos vemos —le dije sonriendo—. Dale recuerdos a tu hermana de mi parte.

—De tus partes...

Se acercó a mí y me dio dos besos demasiado cerca de mis labios. Lo miré alzando las cejas y él levantó las manos como si fuera un inocente a quien no debes disparar. Puse los ojos en blanco y sonrió.

—Te llamo, muñeca.

—Vale, pero deja de decir «muñeca» —le pedí mientras seguía mi camino.

—Te llamo, nena —soltó medio riendo.

Nena... Nena...

Thiago regresó a mi cabeza, como en muchas otras ocasiones. ¿Por qué pensaba tanto en él? Estaba como enganchada. Nuestra historia no estaba terminada, pero la noche anterior me había dejado bien claro cuál era su decisión para conmigo. Le había pedido disculpas, las había aceptado y a seguir con nuestras vidas. Nada más que decir. Estaba en todo su derecho, por supuesto, pero me seguía fastidiando.

Debía quitármelo de la cabeza de una vez por todas.

Cogí el metro para dirigirme al centro y continuar mi paseo por allí. Me apetecía ir a la Plaza Mayor y verla llena de lucecitas. Mi ánimo había bajado de nivel: lo de Nacho no me lo esperaba y, aunque no estaba enamorada de él, creía que lo nuestro podía llegar a ser algo más serio. Le escribí un mensaje diciéndole que se podía ir a la puta mierda, pero lo borré al segundo. Quería ver su cara de póquer cuando se lo dijera. No se lo iba a poner tan fácil. Le mandé otro mensaje muy distinto:

Nacho, voy a estar sin móvil varios días porque mi madre ha tenido problemas con el suyo y le dejo el mío. Nos vemos a la vuelta. Feliz Navidad (Cabrón).

Lo de cabrón lo borré, claro, pero es que me salía solo.

Menudo regalo de Navidad.

Eran ya las ocho de la tarde y se notaba en el ambiente que aquella noche tocaba cena familiar. Se veía mucha menos gente por la calle y muchas personas iban con prisa, buscando regalos de última hora.

Yo los tenía todos a buen recaudo. Bueno, en realidad, «todos» eran tres y en ese momento, visto lo visto, solo entregaría dos.

A Lea le había comprado un conjunto de lencería fina que sabía que le encantaría. Siempre babeaba ante el escaparate, pero nunca se compraba nada porque picaba un poco. Estaba segura de que Natalia y yo tendríamos que convencerla para que no se dejara puesta aquella ropa interior más de un día.

A Natalia le había cogido unos zapatos con un tacón de diez centímetros, ni más ni menos. Era una apasionada de los tacones de aguja y, encima, sabía llevarlos con estilo. Eran de un rojo oscuro, con una pequeña estrella plateada en la parte posterior. Sabía que le gustarían porque el rojo era su color preferido.

Al entrar en la Plaza Mayor me sonó el móvil. Era el cabrón de Nacho y no respondí. No quería discutir aquello por teléfono y no tenía ganas de fingir. Ya me estaba aguantando bastante las ganas de mandarlo a tomar por saco. Le di al botón derecho de mi Iphone para dejar de oírlo, pero a los dos minutos sonó de nuevo.

Joder, qué plasta.

Pero no era Nacho, era un número desconocido y pasé de cogerlo pensando que podía ser él de nuevo con otro móvil. Lo que sí hice fue abrir Instagram al ver que tenía una notificación de D.G.A.

¿Qué tal tu cena? ¿El rarito se comportó? Tengo un mensaje para ti.

Sonreí al leerlo y me detuve en medio de la plaza para responderle.

Se comportó, que ya es. ¿Qué mensaje? ¿Feliz Navidad? Si es que soy adivina...

Llevaba casi cuatro meses escribiéndome con él y parecía que lo conocía desde hacía años. Recordaba todas sus anécdotas, sus comentarios, sus gustos, sus manías... Era curioso cómo podías conectar con alguien sin tan siquiera haberle visto nunca el rostro. Solo esperaba no llevarme un desengaño con él. Y no porque no fuera guapo, sino porque fuera alguien mucho más mayor o una tía o las dos cosas.

Mira en Stories...

Vaya, parecía que estaba esperando mi respuesta.

Busqué su perfil y le di a su historia. Era un vídeo... donde salían sus pies andando, enfundados en unas botas negras, y su voz distorsionada por algún tipo de filtro...

—Feliz Navidad, pequeña. Esta noche podríamos charlar un rato, ¿te parece?

Joder..., qué impresión. Ver que era real, ver que ese vídeo era solo para mí...

Vi las imágenes un par de veces más fijándome en los detalles. Vaqueros oscuros con un roto debajo de la rodilla. Botas negras de cordones muy normales, sin nada que destacar. Y justo en ese vídeo estaba andando por la Plaza Mayor... como yo en ese momento. Sonreí ante la coincidencia. Y pensé en hacer lo mismo que él, aunque con mi voz. ¿Por qué Apolo había usado ese filtro? La verdad era que mucha gente hacía vídeos cambiando la voz, pero me hubiera gustado saber cómo sonaba la suya.

Me grabé andando por aquel pavimento y hablé también en un tono muy bajo.

—Feliz Navidad, Apolo. Te espero esta noche con la boca llena de polvorones.

Lo subí a Stories pensando que mis amistades creerían que estaba un poco pirada, pero me daba igual. No sabían quién era Apolo ni qué significaba aquel mensaje.

Él respondió enseguida:

Esa voz... ¿Seguro que no nos conocemos?

Me reí porque hablando en susurros era complicado reconocer mi voz.

Esas piernas... Yo sí creo que no te conozco. Jajaja.

¿Algo que decir? Mis piernas son únicas, jajaja.

Eres alto. Eso está clarísimo. Y usas un cuarenta y cuatro de pie, mínimo.

45.

Jajaja, ¿ves? Y eres joven, eso también. No he visto a ningún viejo con los pantalones rotos de ese modo.

Pues yo tengo una tía de unos ¿50? que los lleva aún más rotos. Eso sí, fuma marihuana, se tiñe el pelo de naranja chillón, te echa las cartas en cuanto te descuidas y dice más palabrotas que yo.

Jajaja, seguro que tu tía me encanta. No recurras a ella para saber cosas de mí, listo.

Ya lo he hecho. Me dijo que no tenía nada que hacer contigo.

¿Y eso?

Pregunté realmente interesada porque D.G.A. siempre lograba tenerme muy pendiente de sus conversaciones.

Me dijo que eres lesbiana, tiene menos puntería que una escopeta de feria.

Jajaja, ¿a ver si lo voy a ser y no me he dado cuenta?

Yo te echo un guante, para que veas qué majo soy.

¿Me vas a presentar a una amiga lesbiana para que lo compruebe?

No dejaba de reír, aunque procuraba hacerlo disimuladamente porque estaba en medio de la plaza.

Te voy a dar un beso que te voy a dejar sin respiración.

Sentí que algo subía por mi estómago hasta mi cabeza para después ir directamente hacia mi sexo. Uf. Entre nosotros el tema sexo era escaso, pero cuando decía cosas así...

8

THIAGO

Hacía tres meses y siete días desde que había visto por primera vez a Alexia, pero me daba la impresión de que la conocía desde hacía años.

Intentaba alejarme de ella, pero parecía que el destino nos quería bien juntos. En la facultad me resultaba sencillo porque el ambiente de estudio no acompañaba a tontear mucho con ella, aunque seguíamos con nuestras miradas. O me pillaba ella a mí mirándola o la pillaba yo a ella. Era algo tan nuestro que yo no lo compartía con nadie. No era que tuviera suficiente con eso, evidentemente quería más de ella, pero me recordaba constantemente tres cosas: que Alexia estaba con Nacho, mi colega; que Alexia era demasiado joven para mí; y la última y más importante, que mi padre no quería que me liara con ella.

Mi padre me lo había recordado en más de una ocasión y yo no dejaba de repetirle que no se preocupara. Solo cuando le conté que Alexia estaba con Nacho, mi padre dejó de darme la vara.

Pero daba igual todo, mi cuerpo reaccionaba ante ella de una forma que no entendía. A veces crees que montártelo con una tía es la manera de dejar de pensar en ella, pero con Alexia era todo lo contrario. Necesitaba besarla, tocarla y tenerla bien cerca. Cuando pensaba en su cuerpo desnudo debajo del mío..., no podía evitar masturbarme con su nombre en mis labios.

Joder, la deseaba.

Pero mi parte racional, cuando lo pensaba bien, sabía que ella era una complicación y que no funcionaríamos. Alexia era demasiado guapa, demasiado impulsiva y demasiado alocada para mí. Acabaría jodiéndome, lo intuía. Sabía que podía enamorarme de ella si me dejaba llevar, pero también sabía que mi corazón acabaría roto. A Alexia le faltaban un par de años para situarse, para saber qué quería y para actuar con más madurez. Ahora mismo era una bomba de relojería en todos los sentidos y yo no quería sufrir.

No quería, pero iba al bar de mi primo más a menudo que antes solo para verla. Mandaba cojones la cosa. Y no podía evitarlo. Como no podía evitar acercarme a ella. La última vez fue en la discoteca y me dije que no lo haría más. No quería putearla ni a ella ni a Nacho. Además, si yo mismo sabía que no me convenía, ¿por qué tentar a la suerte? El problema era que sentirla de ese modo era inexplicable. Su piel quemaba, sus labios sabían dulces y el aroma que desprendía me dejaba atontado perdido.

—Tío, estás muy idiota —me dijo Adri mientras conducía hacia su casa.

Aquella noche Alexia había venido a mi casa a cenar. De nuevo una jodida cena de negocios que provocaba otro de nuestros acercamientos. Al principio estábamos tensos, pero al final Alexia me había confiado cuánto odiaba a su madre y que había descubierto que aquella carta no la había leído yo. Cuando me lo dijo estuve a punto de saltarle encima y decirle «¿lo ves?». Pero mantuve el tipo, sobre todo porque mi padre no me quitaba el ojo de encima. Me comporté con ella con frialdad y con cierta indiferencia que no sentía, claro. Se disculpó y me enredó un poco más en su tela de araña al ver que no le costaba nada reconocer su error. Quise saber más de ella porque me daba la impresión de que su vida no era nada sencilla. Tras aquella carita bonita y esa apariencia de chica fuerte había sufrimiento, se podía leer en sus ojos.

Después de cenar me fui porque había quedado con Adri, aunque fingí que me llamaba Débora. Ya lo tenía planeado: quise demostrarle a Alexia que no me importaba lo suficiente como para no salir un sábado por la noche y también demostrarle a mi padre que yo pasaba olímpicamente de esa niña.

Mentiras, mentiras, mentiras...

Me pasé toda la noche pensando en ella y acabé explicándole a Adri mis paranoias. No podía quitármela de la cabeza.

—¿Me lo dices o me lo cuentas? —le pregunté con ironía.

—Ya lo hemos hablado, Thiago.

—Joder, ya lo sé, Adri. ¿Qué quieres que haga?

—Es que lleváis siempre un tonteo. A mí me la suda, yo lo digo por ti.

—Le dijo el tuerto al ciego...

Nos reímos los dos porque Adri sí salía con una chica mientras coqueteaba con otra.

—¡Menudo par! —exclamó Adri preocupado.

—¡Eh! Tampoco hacemos nada malo.

No sé a quién pretendía engañar: si a él o a mí.

—Ya, ya..., pero yo tengo un lío en la cabeza...

—Creo recordar que dijiste que estas vacaciones te irían bien porque no verías a Lea. ¿Fue algo así?

Adri frunció el ceño y se peinó el pelo en un gesto inconsciente.

—Sí, y lo estoy haciendo todo al revés. Me manda un mensaje preguntándome qué hago en fin de año y voy corriendo a decirle que cuente conmigo. Soy un pardillo.

—No, hombre, no. Es normal que quieras estar con ella... Te gusta mucho, Adri, reconócelo.

Mi amigo me miró serio y se quedó en silencio. Adri era un tío especial, no era un ligón ni un picaflor y por eso mismo yo sabía que lo estaba pasando mal. Le gustaba Lea, estaba clarísimo, pero no sabía qué hacer. ¿Dejar a Leticia? Ni siquiera lo había verbalizado, aunque estaba seguro de que lo había pensado en más de una ocasión. El tema era complicado, cierto. Leticia y él llevaban saliendo un par de años y era la primera vez que estaban separados tanto tiempo. Tampoco era cuestión de dejar a Leticia así como así, y menos por FaceTime, de ahí su idea de ir a Helsinki para hablar con ella. Yo iba a estar a su lado porque estaba seguro de que Adrián acabaría en los brazos de Lea y entonces sería peor porque mi amigo se sentiría como una mierda. No era de esa clase de personas que podían engañar sin remordimientos.

No me habría gustado estar en su pellejo, la verdad. Yo jugaba con Alexia, pero no tenía pareja; era libre. Ella sí, pero Débora me había comentado la cagada de Nacho. En ese momento pensé que mi amigo era muy gilipollas porque dudaba mucho que Alexia lo quisiera compartir con Gala, aunque... quizá su historia era como la de Gorka.

Con D.G.A., Alexia se soltaba más, y eso que no entendía cómo no me había relacionado con él porque yo le había soltado alguna pista: los secretos..., Eminem..., lo que leía... Pero nada, Alexia seguía elucubrando sobre mí: que si era rubio, que si era guapo, que si... Habíamos empezado a hablar sobre vernos en persona y yo la picaba porque por una parte quería que supiera que era yo, pero por otra parte no quería perder esa relación que manteníamos. Ella confiaba en mí, me explicaba cosas íntimas, me hacía reír muchísimo y permitía que la conociera a otro nivel. Era una Alexia mucho más viva y confiada. Y no quería desaprovechar la ocasión de conocerla.

Sabía que en cuanto se enterara iba a pillar un buen cabreo, eso si me descubría. Aunque se me da bastante mal mentir y estaba seguro de que ella acabaría enterándose de que yo sabía que ella era la Protectora.

Con Alexia me iba el peligro, estaba clarito, clarinete. Como decía ella.

9

Aquella Nochebuena no la pasé tan mal, la verdad.

Cené sola algo ligerito, me di un baño relajante y me puse a leer. Cada poco rato charlaba con D.G.A. Me iba mandando mensajes que yo iba respondiendo ilusionada. Sabía que él estaría en familia y me gustaba que estuviera pendiente de mí. Él sabía que estaba sola porque le había explicado mi situación familiar con mi madre, aunque no le había dicho nada de mi padre y Judith.

¿Era un buen momento para llamarlos?

Tengo que hacer una llamada importante. Quizá tardo un poquito en volver. Déjame algún polvorón, porfa.

Jomo no te dej prija no comejás nada...

Me reí de sus tonterías.

En nada vuelvo, jajaja.

¿Vas a llamar a Papá Noel para que te traiga un Apolo esta noche?

Era listo, sí. Buena manera de preguntar...

Voy a llamar a mi padre. Hace más de un año y medio que no lo veo.

¡Joder! Nena, si lo sé no bromeo.

Ese era otro de mis secretos, no te preocupes. Algún día te lo explicaré todo, pero dame espacio.

Sabía que no me agobiaría; D.G.A. jamás me presionaba y eso me encantaba de él. ¿Había algo de él que no me encantara?

Y yo estaré aquí, ya lo sabes. Suerte con esa llamada. Si me necesitas, aquí estoy esperándote.

En ese momento pensé que debía empezar a tomar decisiones. Llamar a mi padre. Conocer a mi Apolo particular. Y atenerme a las consecuencias.

¿Qué podía ocurrir? ¿Que llamarlo fuera una cagada más? Si después me arrepentía, siempre estaba a tiempo de dar un paso atrás. Ellos me habían dicho que sin presiones.

Busqué en mi móvil su número y le di al botón de marcar. No sabía por dónde andarían ni si estarían durmiendo, pero me arriesgué.

Un tono, dos tonos y descolgó. El tiempo se paró y sentí aquel silencio como si lo pudiera coger con los dedos. Oí mi corazón desbocado y mi respiración.

—A... ¿Alexia?

No pude responder al escuchar su voz con tanta claridad y se me humedecieron los ojos. Me entraron ganas de llorar.

—¿Cariño? ¿Eres tú?

—Papá...

El nudo que se formó en mi garganta impidió que salieran más palabras. Al mismo tiempo varias lágrimas empezaron a correr por mis mejillas. Me mordí los labios y esperé.

—Alexia, mi amor... ¿Cómo estás? Qué alegría... —dijo con un hilo de voz.

Él también estaba afectado, por supuesto. Oí por detrás la voz de

Judith preguntando en un tono agudo si era yo. Los imaginé mirándose con cariño y me animé a hablar.

—Bien, bien. ¿Y tú?

—Bien, estoy en Moscú...

La diferencia horaria solo era de una hora. Era tarde, pero sabía que estarían celebrando la Nochebuena, de un modo u otro. Mi padre era muy tradicional y le gustaban esas fiestas. Allá donde estuviéramos siempre celebrábamos aquella noche con una buena cena.

—No sabes lo que me alegra oírte, hace un momento estaba pensando en ti.

—¿En serio? —le pregunté retirando mis lágrimas con el dorso de la mano.

—Claro, cariño. No hay día que no piense en ti. ¿Cómo va todo? ¿Qué tal tus estudios? ¿Tienes lo necesario?

Sonreí al escuchar su retahíla de preguntas. Ese era mi padre, siempre preocupándose por mí.

—Sí, papá, tengo lo que necesito. Sin lujos —le dije medio bromeando, y él soltó una de sus agudas risillas que me hizo rememorar viejos tiempos.

—Así me gusta —dijo contento—. ¿Y los estudios? ¿Te gusta lo que haces?

Supuse que mi padre quería hacerme un millón de preguntas. Casi dos años sin vernos era mucho tiempo. Yo también tenía preguntas; preguntas que me hacía muchos días cuando pensaba en ellos.

—Me gusta mucho. Es lo que quería hacer, ya lo sabes.

Nos quedamos unos segundos en silencio.

—¿Y tú? —le pregunté—. ¿Sigues viajando tanto?

—Sí, de momento sí porque...

Seguimos charlando sobre nuestras vidas: estudios, trabajos, proyectos, viajes... hasta que llegamos al tema principal: ¿quería verlos?

—Eh... de momento preferiría quedar solo contigo, papá.

—Me parece bien.

Sabía que no se opondría. Además, él era mi padre y, aunque Judith había sido como una madre para mí durante un tiempo, no era lo mismo. El vínculo con mi padre era mucho más fuerte y tras romperse debía recomponerlo con más cuidado.

—Iré a Madrid cuando tú me digas —aseguró decidido, y me sorprendió que no me dijera algo así como «iré cuando pueda».

—Deja que me organice un poco... —le indiqué pensando con rapidez que necesitaba algo de tiempo para asimilarlo.

—Lo que necesites, cariño...

Al colgar tenía una sonrisa de oreja a oreja, una sonrisa de verdad, una sonrisa que llevaba mucho tiempo sin sentir al pensar en mi padre. La ira, la rabia y el rencor habían nublado mi cabeza durante muchos meses, pero su carta, aquella carta, había logrado abrir mi mente y también mi corazón para poder empezar a perdonarlos, y también para perdonarme a mí.

Aquella Nochebuena había cambiado por completo. Pensaba que iba a ser una noche más bien triste y agobiante y al final... ¡Había acabado hablando con mi padre!

—¡Yujuuu! ¡Sí! —me dije a mí misma feliz.

Tenía un subidón de adrenalina y necesitaba contárselo a alguien, pero no sabía a quién. Escribí a Lea.

Locaaa, acabo de hablar con mi padre. Sííí.

Sabía que tardaría en leerme porque estaría liada con su familia y los regalitos.

La siguiente fue Natalia.

Por fin he hablado con mi padre y estoy supercontenta. Mañana hablamos. Muaaa.

Natalia me respondió al momento.

¡Oleee! Eso hay que celebrarlo. Mañana por la tarde nos vemos sí o sí. ¡Me alegro mucho por ti!

Lo sabía. Natalia era un trozo de pan. Últimamente no estaba muy animada y yo tenía mi teoría: su padre le hacía la vida imposible y estaba segura de que le requisaba la poca pasta que ganaba en la asesoría. Un día llegó cabreada como una mona y me puso a su padre de vuelta y media.

—Es un cabrón de mucho cuidado. Cualquier día le pongo cianuro en la comida, a ver si le da algo fuerte y se va al otro barrio.

—¿Qué ha pasado? —le pregunté yo.

Estábamos esperando a que Lea saliera del centro de estética de su madre.

Natalia resopló, pero no me respondió.

—¿Le ha hecho algo a tu madre?

Ella me miró frunciendo el ceño y negó con la cabeza.

—¿A ti?

—Sí —afirmó enfadada.

—¿Qué ha hecho? ¿Te ha puteado?

—Algo así...

Lo primero que pasó por mi cabeza fue mi madre hurgando en mis cosas y quitándome mi libreta llena de recuerdos.

—Te ha quitado algo tuyo...

—No quiero hablar más de él. Es un gilipollas —comentó con desprecio.

De ahí saqué mi teoría de que el padre de Natalia le quitaba su dinero. Mi madre no llegaba a tanto porque estaba mi padre controlando el tema; si no..., a saber.

El tercer mensaje de alegría se lo escribí a D.G.A., quien casualmente estaba en activo.

La temida llamada ha ido genial, me siento otra.

¡Bien! Como tenía que ser. ¿Nos emborrachamos y lo celebramos?

Me reí con ganas.

Jajaja, ¿virtualmente?

¿Me disfrazo de Papá Noel y así seguimos sin vernos?

¿Y yo de qué me disfrazo?

Tú de nada, tú eres mi regalo de Navidad.

Siempre sabía qué decir... En un tono más serio añadió:

Me gusta «leerte» feliz.

A mí me gustas tú.

Abrí los ojos ante mi respuesta, pero fue automática, ni siquiera me había parado a pensar qué estaba escribiendo. Me sentía tan cómoda con él que me dejaba llevar y mis pensamientos fluían con poco filtro.

Y tú a mí me encantas.

Sonreí de nuevo y me relajé. Estaba claro que nos gustábamos, no había nada de malo en decírnoslo. Y más ahora que sabía que Nacho se iba follando a Gala y a saber a cuántas más.

El día de Navidad se me pasó volando. Me levanté bastante tarde, salí a correr, me di una buena ducha, me embadurné de cremas, comí restos de la noche anterior y leí hasta que fueron las seis de la tarde. Había quedado con Lea y Natalia a las seis y media en el Tío Pepe, un bar que estaba a un par de calles de El Rincón. Nuestro lugar favorito de encuentro cerraba el día de Navidad. Lo normal, vamos.

Estaba entusiasmada con la idea de hablar con ellas de aquella llamada. Lea me había respondido a las tantas de la noche y estaba supercontenta por mí. Nada más verme me dio un abrazo que casi me deja manca.

—¡Dos gin-tonics, por favor!

—¡Lea! Que tengo la cerveza entera. —Le señalé el botellín, pero ella chasqueó la lengua y pasó de mí.

—¿Y Natalia? —preguntó mirando alrededor.

El bar estaba lleno porque era de los pocos que ese día había abierto por la zona. Había gente mayor y gente joven conversando a un volumen bastante alto. La música de fondo apenas se oía.

—Supongo que estará al caer —le dije retocando mi pintalabios rojo pasión.

—Mírala, por allí viene. Con esos taconazos va a paso de tortuga. ¡Vamos, petarda! Que te estamos esperando.

Natalia nos saludó contenta y se sentó quitándose la chaqueta de piel verde oscuro.

—¡Otro gin-tonic para la señorita! —gritó Lea como una verdulera.

—Lea, joder, no seas tan burraca.

—Burraca me pusiste anoche con ese notición. Cuenta, cuenta —exigió con una gran sonrisa.

—Pues decidí que era el momento, me vi con fuerzas y le llamé. Fue... emocionante —les dije mirándolas a ambas y carraspeé un poco para continuar—. Charlamos de todo un poco, de cómo me iban las cosas y de cómo le iba a él y a Judith...

—¿Y? —preguntó Natalia ansiosa.

—Quedamos en que nos veríamos pronto.

—¿Cuándo? —me interrumpió Lea.

—No hemos concretado fecha porque le pedí un poco de tiempo, ya sabéis. Quiero prepararme para verlo y no soltarle alguna burrada de las mías.

—Jolines, Alexia, qué bien —comentó Natalia como si me hubiera tocado la lotería.

—Me parece de puta madre, tienes razón en no querer correr. Las cosas de palacio van lentas...

—Despacio —le dije soltando una risilla.

Lea me miró y continuó a su rollo.

—El primer paso ya lo has dado y ese era el importante.

—Lea, el chico ese te sienta bien, ¿eh? —le dijo Natalia dándole un codazo.

Las tenía a las dos enfrente y me sentía absolutamente feliz.

—Adrián, se llama Adrián.

«Llamando a Adrián...»

Las tres miramos el Iphone de Lea al escuchar la voz de Siri. Lea alzó las cejas y yo pulsé con rapidez el botón de altavoz para que pudiéramos escucharlo las tres.

—¡Hola, Lea! Feliz Navidad por décima vez. ¿Cómo está tu cuerpo, rubia?

Sonreímos y ella se acercó al móvil.

—Feliz Navidad, mi morenito. Mi cuerpo está estupendo, como siempre. ¿Y el tuyo? ¿Qué se cuenta?

—Te oigo un poco lejos...

—Es que estoy con las petardas estas y hemos puesto el altavoz. Así que no me digas muchas guarradas.

Oímos cómo reía Adri y nos reímos con él.

—¡Qué casualidad!, yo estoy con Thiago tomando una cerveza. Estamos hasta los cojones de luces, de niños berreando por casa y de turrón. Creo que he engordado cinco kilos, por lo menos.

Nos reímos de nuevo porque Adri era más bien fibroso, dudaba que tuviera un gramo de grasa en alguna parte de su cuerpo.

«Thiago... Thiago...»

—Pues pon el altavoz y montamos una bacanal «iphonal».

Adri rio con ganas y Natalia y yo miramos a Lea. Entre aquellos dos había una historia muy real. No entendía cómo todavía no habían caído el uno en brazos del otro. Me sorprendía que Lea no se lo hubiera comido ya a besos.

—Altavoz puesto...

—Thiago, feliz Navidad —le dijeron ellas casi a la vez entre risas.

—Feliz Navidad, chicas —dijo él un poco más comedido.

—¿Qué te cuentas, Thiago? —le preguntó Lea mirándome a mí.

—¿Yo? Poca cosa. Ya sabes. En boca cerrada no entran moscas.

—No, moscas no, pero sí pollas como roscas —soltó Lea con todo su desparpajo.

Rompimos a reír los cinco... Esta Lea... Era única.

—¿Dónde estáis? —preguntó entonces Adri.

—En un bar que se llama Tío Pepe —contestó Lea—. ¿Y vosotros?

—Estamos en casa de Thiago. Hace un rato que sus padres se han ido y he venido a soplarle la cerveza.

—¿Dormís juntitos? —le preguntó Lea con sorna.

—Sí, claro. Y sin pijama. No sé cómo acabaremos, ¿verdad? —dijo Adri bromeando con Thiago.

—La última vez fue terrible. Adri estuvo una semana sin poderse sentar.

Nos miramos las tres sorprendidas y soltamos otra tanda de carcajadas. Thiago tenía su puntito cuando quería. Pensé en sus ojos verdes y me lo imaginé riendo... Joder, ¿por qué estaba tan bueno?

—Si queréis, podemos ir y jugamos al teto... —sugirió Lea con descaro.

Qué tía, no se cortaba un pelo.

—Yo paso de agacharme —dijo Thiago con rapidez, y me reí con ganas.

Ellas dos me miraron y Lea hizo el gesto de comerse un pene.

—Cerda —la insulté sin pensar que ellos me oían.

—Adivino el gesto que acaba de hacer Lea —comentó Adri.

—A ver —le repliqué yo muy divertida.

Aquella llamada estaba resultando de lo más entretenida.

—Se ha comido un pito, seguro —dijo sin vacilar.

Volvimos a reír con ganas y en ese momento deseé que Adri y Thiago se unieran a nosotras. Pero la cosa se quedó allí y probablemente era lo mejor. Charlamos un rato más con ellos y nos despedimos con una sonrisa sincera en los labios.

Nosotras tomamos otro gin-tonic más y pedimos unos bocatas para cenar. Estábamos hambrientas y sabíamos que iba a caer una tercera copa. Más tarde, nos dimos los regalos entusiasmadas, como tres niñas pequeñas.

Lea me regaló una cajita trasparente con veinticuatro pintalabios, ni más ni menos, y eran todos de la nueva colección de primavera. Al tener su madre el centro de estética, ella siempre iba por delante en estos temas. Por supuesto, el regalo me encantó.

Natalia se arriesgó con un pijama Benetton de ovejas, unas zapatillas a juego y un neceser. Sabía que me gustaba esa marca y sus tonos suaves, así que también acertó de lleno.

A ella le encantaron mis zapatos y Lea soltó algunos grititos al ver la lencería que tanto deseaba.

—Esto tengo que enseñárselo yo a Adri, aunque sea en un despiste.

Rompimos a reír las tres.

«Nada como las amigas...»

10

A la una de la mañana salimos del bar Tío Pepe con una buena cogorza. Sin querer nos habíamos animado y no sabía a partir de cuándo el alcohol se había convertido en agua fresca.

—Yo creo que el Pepe ese nos ha metido algo en la bebida —dijo Natalia abrazándose a una farola.

—Para tocarte el *pepe*, seguro —dijo Lea riendo.

—A mí los tíos con mostacho no me gustan —comentó ella dando vueltas.

—Demasiado pelo —dijo Lea apoyada en la pared.

Estábamos en medio de la calle, alargando nuestra charla.

—Para pelazo, el de Thiago.

Me miraron sorprendidas y entonces me di cuenta de que había verbalizado un pensamiento sin querer.

—Ahora estás libre, no sé a qué esperas —me dijo Lea.

Les había explicado con pelos y señales lo sucedido con Gala y su séquito de brujas. Las dos me habían dado la razón en que no era necesario perder más tiempo con Nacho. Yo no le había pedido exclusividad, pero él sí, así que me parecía de lo más rastrero su forma de actuar. Si quería follar con otras, no hacía falta engañarme.

—Thiago no me conviene —dije balbuceando.

Me costaba hablar, la verdad. Me notaba la cabeza embotada y el alcohol subía y bajaba por mi cuerpo provocando un constante mareo. Me senté en el suelo, apoyándome en la pared. Cerré los ojos y dejé que ellas hablaran.

—No, claro, es muy mala persona —dijo Lea con ironía.

—Y muy feo —añadió Natalia riendo.

—Oye, ¿Ignacio, qué?

—Pues creo que quiere pedirme una cita, pero no se atreve.

—¿Y eso?

—Pues no sé, tendrá sus historias en su cabeza. ¿Una chica que le ha roto el corazón?

—Todo podría ser, aunque tiene más pinta de ser él el que rompe los corazones.

—El mío lo tiene enterito —confesó Natalia en un suspiro.

—Pues mira, no hay nada como ir borracha para mandar un mensaje potente. Siempre tienes la excusa.

—Si lo dices borracho, lo pensaste sobrio —dije yo de repente.

—Tú te callas —dijo Lea riendo—. ¿A que no tienes huevos? —inquirió a Natalia señalándola con un dedo.

—Los mismos que tú —le replicó ella achinando sus ojos—. Si lo hacéis vosotras, lo hago yo.

Lea y yo nos miramos.

—Tú a Adri, tú a Thiago y yo a Ignacio. Borrachas estamos las tres, ¿no?

—Hecho —dijo Lea sacando su móvil.

—Pero no vale un mensajito tipo... estaba pensando en tus ricitos de oro...

—Está bien —dijo Lea—. ¿Quién empieza?

—¡Eh! ¡Eh! Yo no he dicho nada...

—¿Te vas a rajar, gallina?

—Gallina tu tía —le dije picada—. ¿Quién empieza?

Nos reímos las tres.

—Yo misma, que no se diga —comentó Lea—. A ver qué le escribo...

Morenito, tengo el corazón en un puñito. ¿Nos vemos mañana? Te prometo ser muy mala... Ropa interior de encaje... Hasta aquí puedo leer.

—¡Uh! ¡Uh! Más directa imposible —dije yo alzando las cejas.

—Te toca, Natalia —le dijo Lea orgullosa de su mensaje.

—Veamos qué os parece...

Ignacio, no quiero ir despacio. ¿Nos vemos mañana? Te prometo ser una fiera... Zapatos de aguja... Hasta ahí puedo leer.

Lea y yo exclamamos a la vez: «¿En serio?».

—¡A tomar por culo! ¡Enviado! —exclamó mirándonos.

Me tocaba, claro. Me miraron las dos y saqué mi móvil. Si ellas tenían dos cojones, yo tenía tres. ¡Ja!

Thiago, pienso en ti y me deshago. ¿Nos vemos mañana? Te prometo ser una niña buena y no besarte, no meterte mano y no desnudarte con los dientes... Hasta aquí puedo leer.

Natalia silbó al oírme y Lea empezó a reírse.

—¡La vamos a liar parda! —exclamó entre risas.

—¡Bah! —dije yo alzando los hombros.

Al segundo tenía una llamada. Era él.

—¡Hostia! —exclamé dejando el móvil en el suelo como si quemara.

—¡Cógelo! —me ordenó Natalia.

¿Sí? ¿No? Qué más daba...

—Aquí Alexia sentada en la calle, ¿dígame?

—¿Estás sola? —preguntó serio.

—No, estoy con las dos locas estas.

—¡Holaaa! —gritaron las dos y las hice callar.

—¿Y ese mensaje? —preguntó él con el mismo tono grave.

Me mordí los labios y cerré los ojos.

«Déjate llevar, Alexia. Cuando desees algo, déjate llevar.» Eso es lo que decía siempre Antxon.

—Es evidente que me gustas —le dije igual de seria que él.

Thiago no dijo nada, pero podía oír su respiración.

—Y es evidente que yo a ti también.

—¿Has llegado sola a esa conclusión? —comentó en un tono más divertido.

—Han sido años de estudio, señor Varela.

—Ya veo. ¿Y los gin-tonics te han ayudado mucho?

—¿Qué gin-tonics? He bebido Coca-Cola...

—Con ron, por lo menos —comentó.

Estaba segura de que sonreía y sonreí yo también al pensar en sus labios de bizcocho.

—Te comería a besos —le dije.

Déjate llevar.

—Madreee —oí que decía Lea riendo con Natalia mientras tecleaba en su móvil.

—Entiendo que estás borracha.

—Entiende lo que quieras —dije envalentonada—. Pero te recuerdo que me has llamado tú.

Silencio de nuevo.

—Soy un poco masoca —gruñó en un susurro.

—No hables así —me quejé.

—¿Así?

—Así como si fueras a morderme el cuello.

Lea me miró acercándose a mi rostro y le di la espalda.

—Natalia, vámonos que estos se están poniendo guarros...

Las vi dar unos pasos y yo continué a lo mío con una sonrisa.

—Mañana no querrás mirarme a la cara —dijo soltando una risilla.

—Da igual, no te veré.

—¿Cómo que no? Mañana hemos quedado con Adri y Lea.

Fruncí el ceño. ¿Qué decía?

—¿Cuándo?

—A las siete en Colours...

—Me estás tomando el pelo —le dije en voz baja.

—Pregúntaselo a tu amiga.

—¡Lea! —grité apartando el móvil de mi oreja—. ¿Qué coño dice Thiago de mañana?

—Cita a cuatro... Sí... «*Vamos a ser feliz, vamos a ser feliz, felices los cuatro...*» —cantó Lea bailando en medio de la calle.

Me dio la risa, claro, viendo cómo imitaba el acento de Maluma. «Qué lela...»

—Esto... —volví a por Thiago—. ¿Crees que es buena idea?

Él rio por primera vez y sentí un cosquilleo que me recorrió la nuca. Su risa era especial.

—Creo que acabaremos peleados, pero debemos sacrificarnos por nuestros amigos, ¿no crees?

Ya, ya...

—De acuerdo, los dos les haremos un favor. Nos comportaremos como amigos, aunque no lo seamos. Pero con una condición...

—Dime.

—De lo de hoy ni mu.

—¿No podré decirte que me querías comer a besos?

—No —contesté muy digna.

—¿Ni que piensas en mí y te deshaces?

—Tampoco.

—¿Ni que piensas en mí más de la cuenta?

—Yo no he dicho eso —me quejé sonriendo.

—No, pero es verdad.

—Sí, también tienes razón. —Mi tono de resignación lo hizo reír—. ¡Eh! Y tampoco podrás decir que cuando ríes me encantas y siento cosquillitas en el cuello.

—¿En serio? —preguntó dejando de reír.

—Muy en serio, pero como lo digas te la corto.

—Alexia...

—¿Qué?

—Mañana te emborracho —se burló con cariño.

—Y yo a ti —repliqué pizpireta.

—Nos vemos mañana, nena.

Nena... Nena...

—Eso mismo, nene.

Lo oí reírse mientras colgaba y cerré los ojos con una sonrisa tonta en mi rostro. Uf, lo que me llegaba a gustar este chico.

—¡Así se hace, chicas! —exclamó Natalia acercándose a mí.

—Lea, te voy a matar.

—¿A besos? —preguntó ella descojonándose.

—Qué *serda* eres, tía. Me has tendido una trampa con el buenorro. A ver qué me pongo yo mañana...

—¿El vestido rojo pasión, te quiero comer el pollón? —Natalia se tapó la cara al escuchar a Lea y yo le di un culazo.

—¡Que a mí no me gusta, hombre! —exclamé riendo.

—Anda, vamos para casa que mañana tenemos faena las tres —sonrió Natalia pensando en Ignacio.

Él no le había contestado porque probablemente estaría dormido. ¿Qué le diría? Nos moríamos por saberlo, aunque en parte temíamos que él la rechazara. A esas alturas estaba claro que él sabía que a Natalia le gustaba; entonces, ¿por qué no se había lanzado a por ella?

Contra todo pronóstico, él le dijo que sí, que quería verla y que podían ir a tomar algo el viernes, después del curro. Por supuesto, Natalia aceptó encantada y dedicó el martes a la puesta a punto de su cuerpo: depilación extrema, baño relajante, aceites, cremitas y lo que hiciera falta.

Todo eso lo sabíamos porque nos lo fue contando por mensajes de WhatsApp mientras Lea y yo nos preparábamos para «la cita a cuatro Maluma». De ese modo tan romántico la había bautizado mi mejor amiga.

Yo no las tenía todas conmigo, recordaba la conversación con Thiago y solo pensaba: «Telita, Alexia, telita». Me lucí y solo me faltó decirle que se me caían las bragas cada vez que lo veía. Que no era mentira del todo, pero tampoco era necesario que lo supiera. ¿Con qué cara lo iba a mirar?

Jodido Thiago. La culpa era mía por chula, porque era más chula que un ocho. Había leído mil veces el mensaje que le había mandado y cada vez me sentía más idiota. ¿No se suponía que él pasaba de mí? ¿No me lo había dejado bien claro? Parecía una desesperada yendo tras él. Y lo peor de todo era que durante la llamada él me había seguido el rollo sin problemas, como si me faltara un tornillo.

No sabía qué actitud adoptar en aquella cita. ¿Iba de digna? ¿De enfadada? ¿De seria? ¡Bah! Para qué planificar nada si después todo me salía al revés. Total, el ridículo ya lo había hecho la noche anterior. Natalia le había echado huevos al asunto con Ignacio y Lea tenía poco que arriesgar, Adri estaba curado de espantos. Pero mi mensaje... lo único que daba a entender era que estaba colada por él.

¿Qué pensaría de mí? La versión oficial era que yo seguía con Nacho. Y seguiría siendo esa; ya le había advertido a Lea de que no soltara prenda sobre ese tema. Primero debía hablar con el cabrón de Nacho y no quería que se lo dijeran otros. No me daba la gana de darle la opción de que viniera con el discursito preparado.

Realmente estaba sorprendida conmigo misma porque no me había afectado demasiado. Que te engañen no es plato de buen gusto, pero me habían advertido tanto sobre él que creo que mi subconsciente ya me había preparado para recibir una noticia así. Lo único que me fastidiaba era que fuera tan falso y que pensara que yo era una pardilla de tres al cuarto. Valoraba la sinceridad y Nacho era de todo menos sincero. O eso o su polla lo dominaba, que también podía ser.

Por lo demás, no me importaba mucho. Lo pasábamos bien y el sexo era bueno, pero de eso había a patadas. Había muchos Nachos por el mundo, no me preocupaba. En cambio, solo había un Thiago.

Vuelta a lo mismo, a Thiago. ¿Qué tenía ese chico que no podía dejar de pensar en él? Todo me llevaba a él, para bien o para mal. Ya no sabía si aquello empezaba a ser una obsesión. Quizá si follábamos de nuevo...

«¿Qué dices, Alexia? ¡Ni hablar!»

No era esa la cuestión y lo sabía, entre Thiago y yo había una conexión distinta.

Y eso me asustaba a la vez que me atraía. Era todo complicado con él. Con lo sencillo que era comunicarme con D.G.A.

¿Cómo estás, pequeña?

Lo de pequeña ya era tan común que cuando no me lo decía lo echaba de menos y todo.

Hoy de resaca, pero aguantando el tipo. ¿Y tú?

Aquí me tienes leyendo a Dolores Redondo.

¿Sí? Me encanta esta autora.

Si es que estamos hechos el uno para el otro.

Me reí al leerlo.

Tres preguntas, vamos. A ver si coincidimos o no.

Le propuse aquello recordando un juego que le pirraba a Lea: nos preguntábamos cosas más o menos íntimas y así nos íbamos conociendo mejor.

Jajaja, adelante.

Voy, primera pregunta: ¿qué parte de tu cuerpo te gusta más?

Esa es fácil, mis ojos.

¿Azules? ¿Verdes? ¿Color miel?

Me arriesgaba a que no me respondiera porque no hablábamos casi nunca de nuestro físico.

Verdes.

Vaya... otro ojazos.

¿Y a ti?

preguntó seguidamente.

Mis labios, siempre los llevo pintados.

¿Siempre?

Excepto cuando duermo, pero incluso en casa me los pinto. Tengo cientos de barras de pintalabios. Si algún día quieres hacerme un regalo, ya sabes.

Jajaja, ¿y tiene algún significado llevarlos pintados?

Sin el pintalabios me siento desnuda, es una costumbre.

Mmm... desnuda... interesante.

Jajaja, segunda pregunta: ¿cómo fue tu última relación?

Vaya..., esto se pone serio, ¿eh? Un desastre porque ella era muy celosa. ¿Y la tuya?

Me puso los cuernos.

Lo dije pensando en el cabrón de Nacho.

Eso duele.

No creas, creo que sabía que acabaríamos así.

Y no estabas enamorada porque no has conocido el amor. Esa patata...

Jajaja. Tercera pregunta: ¿qué tres adjetivos te describen mejor?

Mmm... seguro, decidido y precavido. Joder, qué soso suena, ¿no? Jajaja.

A mí me gustan las personas que saben lo que quieren y van a por ello. Sin miedo. Yo... impulsiva, resolutiva y directa.

Bonita combinación, pequeña.

¿Hablas de ropa interior?

Jajaja...

Así era con Apolo, todo la mar de sencillo, de divertido, de entretenido y de ocurrente. ¿No podía Thiago parecerse un poquito a él?

11

Lea pasó a recogerme para ir a Colours, a nuestra gran cita. Yo estaba un poco nerviosa porque no sabía cómo comportarme con Thiago. Me había pasado media noche dando vueltas en mi cama y no había sacado nada en claro. En cambio, Lea estaba la mar de feliz.

Cuando entramos en Colours faltaban todavía quince minutos para la hora convenida, así que nos sentamos a esperarles a una de las mesas. Eran casi las siete y había gente, pero el local no estaba a rebosar como en otras ocasiones.

Pedimos una cerveza y a los cinco minutos entró Thiago. No pude evitar darle un buen repaso. Vaqueros desgastados, cazadora negra y, debajo, una camiseta de un gris oscuro.

Nuestros ojos se encontraron y no sonreímos ninguno de los dos.

—Viene Thiago —le dije a Lea interrumpiendo su discurso de todas las cualidades que poseía Adri.

Lea se volvió y él sonrió. Por lo visto para mí no había sonrisas, mal empezábamos. Nos saludó y me dio dos besos apoyando una de sus manos en mi cintura. Se sentó y nos quedamos mirándonos mutuamente en un silencio tenso.

—Me voy al baño, que tengo un apretón —dijo Lea tan tranquila ante mis ojos sorprendidos.

Ten amigas para esto...

—¿Qué tal todo? —preguntó Thiago mirándome de esa forma que me ponía tan nerviosa.

—Bien, ¿y tú? Ya veo que al final te has escaqueado del viaje.

—No me apetecía nada irme...

—Qué rebelde —le dije para picarlo.

Thiago juntó sus labios y sonrió. Dios, ¿por qué estaba tan bueno?

«Jodidos labios de bizcocho...»

—Puedo adivinar qué estás pensando —dijo con su habitual calma.

—Fíjate, yo también —le repliqué burlándome.

—Sorpréndeme, novata.

Aquel era mi mote y ya no me lo quitaba ni con lejía. La verdad era que no me molestaba, más bien al contrario, pero a él no se lo iba a confesar, por supuesto.

—Por cómo me mirabas creo que pensabas que hoy estoy especialmente guapa.

Se lo dije con desparpajo y sin cortarme un pelo. Él era un descarado cuando quería, así que yo no iba a ser menos.

Thiago sonrió de medio lado y soltó una de sus risillas.

—Estás especialmente guapa —dijo con rotundidad—. Cierto. Pero he pensado más cosas.

Me miró de reojo mientras bebía de su botella. ¿Este chico había asistido a clases de cómo volatilizar las braguitas de una chica con solo su mirada?

«¡Alexia, céntrate!»

—Más cosas —repetí yo pensando con rapidez—. Vale, has pensado también si iba a decirte algo de lo de ayer...

—¿Ibas a decirme algo?

Nos reímos los dos y me encantó escuchar el sonido de su risa. Era tan caro de oír...

—Ya lo sabes, había bebido.

—Estabas muy graciosa.

—Perdona, soy graciosa.

—¿En serio?

—Y muy chistosa. Lo que te dije ayer fue de chiste y...

—Vamos, Alexia, ¿vas a mentirme?

Se puso serio y me miro entornando sus ojos.

—Vale, pues era verdad, ¿algún problema?

—¿Yo? Encantado de la vida. Ese mensaje lo voy a guardar siempre —dijo sonriendo de lado.

—Se me fue un poco la boca —comenté como si no tuviera importancia.

—Se te fue mucho, pero ese es tu encanto.

Aproximó su silla a la mía y lo sentí demasiado cerca.

—Eh..., Thiago, que corra el aire, ¿no?

—¿Estoy muy cerca?

—Hay algo que se llama espacio vital.

—¿De veras? —preguntó con su mejor sonrisa.

—Deja de tomarme el pelo, listo —le dije en un intento de parecer indiferente ante el calor que sentía.

—A ver, novata, que yo sepa somos dos... amigos no, porque amigos no somos...

Me miró alzando sus cejas.

—Amigos no —le confirmé.

—Pues eso, somos dos compañeros que están aquí charlando tranquilamente de... ¿de qué hablábamos? Tus labios pintados me despistan un poquito.

Uf... Me estaba buscando y al final me iba a encontrar.

—Hablábamos de que estás casi encima de mí —le dije cruzando mis brazos y retirándome hacia un lado.

—Encima, dice. Se me ocurren tantas maneras de estar encima...

Un escalofrío recorrió mi columna vertebral al recordar su cuerpo desnudo junto al mío y me mordí los labios.

—¿A ti también? —preguntó jugando conmigo.

«¿Quieres jugar? Prepárate...»

Ladeé un poco la cabeza, entreabrí mis labios y me acerqué a él como si lo fuera a besar. Thiago abrió un poco los ojos, sorprendido ante mis intenciones.

—Esto..., hablando de amigas, ¿dónde están las tuyas? —le pregunté haciendo referencia a Débora, claro.

—Ni idea —contestó sin mover un pelo.

Qué mamón..., el tío era difícil de doblegar.

—¿Saben que eres un chico malo?

Me detuve a pocos centímetros de sus labios.

—Todavía no... —Su tono ronco llegó directamente a mis partes íntimas y me obligué a no ser yo la que cayera en sus redes.

Pasé la lengua por mis labios muy despacio y lo miré como si me lo fuera a comer de un momento a otro. No fingía, pero no tenía intención de besarlo, claro que no.

«¿Seguro que no?, ¿ni un poquito? ¡Alexia, no!»

Thiago miró mi boca y seguidamente mis ojos.

—Alexia...

—¿Qué?

—Como compañera que eres, necesito que me eches un guante.

—¿En qué?

Estaba haciendo un verdadero esfuerzo por no comerme esa maldita boca.

—Necesito describir ciertas sensaciones que desconozco y solo tú puedes ayudarme.

—¿Yo?

No entendía de qué cojones hablaba.

—Sí, tú. Es para un trabajo de una optativa. Tengo que saber describir en alemán qué se siente al besar a una chica que se resiste...

Tragué saliva ante su insinuación y cerré los ojos unos segundos.

«Vamos, Alexia, sepárate de él a-ho-ra-mis...»

Sus labios rozaron los míos y una corriente subió por mi cuerpo hasta mi cabeza.

«Dios...»

—Necesito... —Su tono suave acarició mi boca—. Saberlo...

—No... no puedo... —le dije pensando que él sabía que estaba con Nacho.

Empezó a besarme despacio mientras una de sus manos acarició mi cuello para acoplarse mejor a mí. No pude pensar en nada más, solo sentirlo. Sus labios carnosos besaron los míos con un deseo contenido de muchos días y no pude resistirme. Lo deseaba tanto como él a mí, así que le besé del mismo modo, lo que dio pie a que Thiago se atreviera a introducir su lengua en busca de la mía.

Solté un gemido ahogado al recibirlo en mi boca y nuestras lenguas se acariciaron con una tranquilidad agónica que provocó mil sensaciones en mi cuerpo. Mi piel ardía, mi corazón palpitaba con rapidez y mi mente se había quedado totalmente en blanco. Solo pensaba en él, en sus besos, en tenerlo de nuevo dentro...

No... no... Se suponía que salía con un chico, joder.

Me separé bruscamente de Thiago y ambos nos miramos con deseo.

Afortunadamente, el sonido de mi móvil cortó esa situación.

—¿Lea?

—Estoy fuera fumando un cigarrito.

—¿Y para eso me llamas?

—Y para decirte que te dejo cinco minutos más, que Débora y su séquito están a punto de entrar y que te he visto el tanga mojado.

—¡Cerda! —le dije riendo.

—No pasa nada. Te separas un poco del guaperas y ya está.

—Gracias por el aviso y entra ya.

—De nada, mujer fatal.

Lea se rio y yo puse los ojos en blanco.

—Fatal estás tú. Cuelgo.

Thiago me estaba mirando con interés.

—Era Lea para decirme que tu amiguita está a punto de entrar —le informé intentando hacer ver que ahí no había pasado nada.

—Genial —dijo recostándose en su silla—. Ahora ya tengo material para mi trabajo. Gracias por el beso.

Nos miramos recordando aquel contacto.

—No vuelvas a besarme —respondí dirigiendo mi vista al frente.

—De acuerdo, pero dime una cosa.

—¿Qué?

—Si necesito más ayuda, ¿puedo pedírtela?

Lo miré de reojo y le vi sonreír. ¿No podía ser un poco más feo? ¿O más simple? ¿O menos divertido?

—Si es del tipo te beso y te meto mano, no.

—Ya...

Thiago se acercó de nuevo a mí.

—¿Eso es porque no te ha gustado o porque te ha gustado demasiado?

Me mordí los labios al sentirlo tan cerca y me aguanté las ganas de mirar sus ojos verdes. Estaba segura de que vería deseo en ellos.

—Eso es información confidencial —dije observando que Débora y un par de chicas más entraban en el bar en aquel momento.

—Entonces me inventaré la respuesta.

—Tú sabrás.

—Dudo que me equivoque. Voy a saludar a esas.

Se fue hacia la barra y lo observé con detenimiento mientras hablaba con sus amigas.

«Jodido Thiago...»

Con él no sabías nunca a qué atenerte y quizá era eso lo que me tenía tan enganchada a él.

—¿Qué ha pasado? —preguntó Lea sentándose de repente a mi lado.

—¡Tía! ¡Qué susto!

—Claro, si estás embobada mirando al ojazos.

—Qué va...

—Y el beso que he visto... ¿también me lo invento?

Alcé las cejas en un gesto de resignación.

—Ha sido un impulso.

—Un impulso —repitió Lea en un tono aburrido.

—Un fallo técnico, una cagada. Llámalo como quieras.

—Pues, chica, yo he visto un beso de película.

—Y tú ¿para qué miras?

Nos reímos las dos.

Miré de nuevo la ancha espalda de Thiago mientras hablaba con Débora.

—Lea, no sé si esto es buena idea... —le dije con cautela.

—¿Qué coño dices? —me preguntó ella alarmada.

—Que quizá debería irme.

—¡Joder, Alexia! Habíamos quedado tú y yo, ¿y ahora me dejas plantada? Además viene el amor de mi vida, ¿no me vas a hacer ese favorcillo?

Puso cara de gatito maltratado y no pude resistirme a esa mirada.

—Lea, es que no quiero que Thiago piense que...

—A ver, petarda, siempre has sabido decir no. ¿Qué pasa? ¿Que Thiago puede contigo? Es solo un tío, ¿eh? No tiene superpoderes ni nada parecido.

«¿Seguro?»

—Así que déjate de chorradas —acabó diciendo Lea.

Sí, vale, tenía toda la razón del mundo. Dos no se enrollan si uno no quiere, ¿no?

—Está bien, está bien...

Así era nuestra amistad. Si había que hacer sacrificios, pues los hacíamos y punto. Aunque ir con un tío bueno a cenar tenía poco de sacrificio, la verdad.

Al cabo de un minuto Thiago volvió a nuestra mesa, justo en el mismo momento en que Adri entraba. Adri, con su pelo a lo afro, despeinado, sus ojos grandes y bonitos y su sonrisa atractiva. Podía entender a Lea, el chico era guapito y además entre ellos había una conexión especial. Nos saludamos con alegría y aquellos dos se miraron como si llevaran años sin verse. Eso estaba a punto de caramelo...

—Por cierto, ¿qué sabes de Nacho? —me preguntó de repente Thiago.

Lea y yo nos miramos unos segundos antes de que yo respondiera.

—Nada, está bien —dije cogiendo la botella de cerveza.

—¿Sabe que salimos los cuatro? —me murmuró Thiago al oído.

Lo miré de reojo de nuevo.

—Te recuerdo que Nacho es tu amigo.

—Y yo te recuerdo que no estás casada.

Lo miré sorprendida. ¿Es que le daba igual?

—Y yo te recuerdo también que soy una novata, una cría y una caprichosa —le dije con una sonrisa falsa.

Thiago juntó sus labios y los lamió. Uf..., cada vez que hacía eso me moría de ganas de hacer lo mismo con mi lengua en su boca. Además, lo hacía de forma inconsciente y no tenía ni idea de lo sexi que estaba cuando hacía ese gesto.

—Quien haya dicho todo eso de ti es gilipollas.

Sonreí al escucharlo. Menudo liante.

—Si estás intentando camelarme, vas listo, pijo. Esta noche si no te comportas te dejaré plantado, ya sabes que no sería la primera vez.

—Es verdad, esta noche solo amigos.

Nos miramos los dos sin parpadear.

—Oye, Thiago, ¿a ti qué te pasa conmigo?

—Eso quisiera saber yo —dijo más serio.

Se pasó una de sus manos por el pelo.

—Vale, vamos a intentarlo —dijo de repente.

—¿Intentar qué?

—Vamos a fingir que somos dos amigos que se caen de puta madre, nada más.

Lo miré fijamente.

—¿Y que no se besan? —pregunté tanteándolo.

—Exacto.

Nos sonreímos con una complicidad que no era normal. Yo lo intentaba, juro que lo intentaba, pero todo hubiera sido más fácil si no me lo fuera encontrando en todos los lados.

—Vas a conocer al Thiago enrollado y divertido —me dijo entornando sus ojos.

Lo recordé en mi cama, abrazado a mí. Allí ya era enrollado y divertido...

Pero... ¿de dónde salía todo ese buen rollo? ¿Por qué Thiago parecía otro de repente?

«Sabe lo de Nacho.»

Joder, seguro que aquellas arpías le habían ido con el cuento y Thiago lo sabía todo.

—Thiago...

—¿Mmm?

—No estoy casada, pero...

Se acercó a mí y me miró serio. Sus ojos verdes analizaron los míos, pero mantuve el tipo. Quería que fuera él quien me lo dijera.

—Vale, tienes una historia entre manos.

Se recostó hacia atrás y se pasó una mano por el pelo, resoplando.

—Lo siento —dijo en un tono bajo.

—¿Qué sientes?

—Tienes que hablar con él antes. Vale, lo entiendo.

—¿Sobre qué? —le pregunté directamente.

Frunció el ceño antes de hablar.

—A ver, Débora me comentó algo... Ahora me haces dudar...

—¿Qué te contó?

—Que Nacho se había liado con Gala y que ella misma te lo había dicho. ¿Es cierto?

Ni siquiera él se fiaba de ellas...

—Lo es —aseguré con calma.

Me miró esperando que yo dijera algo más.

—No tengo mucho que hablar con él, Thiago. Está claro que Nacho es un cabrón de mucho cuidado. —Fue a hablar, pero lo interrumpí—. Lo sé, estaba avisada y no quise hacer caso a nadie.

—Bueno..., debo decirte que Nacho estaba distinto contigo y que pensé que quizá quería sentar la cabeza. Después de aquel golpe que tuvisteis con su coche, me confesó que le gustabas mucho y que quería hacer las cosas bien. A partir de ese día intenté..., ya sabes, mantener las distancias contigo.

De ahí su frialdad, pero ¿de qué había servido? De nada, solo para incrementar nuestras ganas, estaba clarísimo.

12

LEA

Estaba ya tan colada, tan loca por él, que no veía a otros chicos, y eso era signo inequívoco de que Adri me había calado. ¿Qué podía hacer? Me mordía las uñas pensando que él estaba con otra, que charlaba con ella por las noches y que yo quizá era un simple entretenimiento. Además sabía cómo era Leticia físicamente y a veces me sentía pequeña a su lado. Era una tontería, pero esa chica parecía sacada de una jodida revista de moda y yo... yo era resultona, simplemente.

Sí, me fustigaba sin necesidad, pero aquella indecisión de Adrián me estaba matando. Necesitaba besarlo, sentir su piel junto a la mía, era una cuestión física, era real y no podía ignorarlo. Ser su amiga ya no me bastaba. Ir con él a tomar algo y cenar como dos amigos tampoco. Yo quería más y empezaba a pensar que debía presionarlo. Hasta entonces había sido paciente, pero la paciencia empezaba a agotarse y mi cuerpo pedía a gritos alguna muestra por parte de él.

¿Qué podía hacer? ¿Hablar con él en serio? Quizá sí, quizá ya había llegado el momento. Yo entendía que salía con una chica, pero él debería entender que esta situación empezaba a tensarse demasiado. Adri no podía pasarse la vida así y yo tampoco. Tenía claro que esa misma noche, la noche que salíamos los cuatro, iba a ser la decisiva.

Quería una respuesta.

—Estos dos... —me dijo Adri en Colours en algún momento en que Alexia y Thiago charlaban a su rollo.

—Estoy por llamar a un bombero. —Cogí mi cerveza y le di un trago.

—¿Un bombero guapo y musculoso? —preguntó Adri levantando sus cejas.

—Hombre, puestos a pedir..., pues sí.

—Me vas a poner celoso —dijo mirándome a los ojos de esa manera que lograba que mis braguitas se esfumaran de repente.

—Eso estaría bien —murmuré un poco atontada.

—Lea.

—¿Qué?

—Quería hablar contigo de algo...

Oh, oh...

—Dime —suspiré temiendo lo peor.

—Voy a ir a Helsinki... con Thiago.

De puta madre. Que te vaya bonito, le hubiera dicho. Pero me callé.

—Esto..., tengo que hablar con Leticia y no quiero hacerlo por teléfono. Ya sabes.

—No, no sé. —Fingí una indiferencia que no sentía en esos momentos.

En mi cabeza había un enorme cartel luminoso, tipo Las Vegas, donde ponía: ADRI SE VA A HELSINKI A FOLLARSE A SU LECHUZA.

Joder...

—Creo que debo explicarle algunas cosas.

¿Algunas cosas?

—¿Yo soy una cosa? —pregunté esperanzada.

—No, no, no digo que seas una cosa. Joder, qué lío. —Se pasó una mano por el pelo negando con la cabeza y le sonreí.

—Explícate —le pedí.

—Tú me gustas mucho y... ella tiene que saberlo.

Nos quedamos callados. ¿Qué quería decir aquello? ¿La iba a dejar? ¿Iba solo a decírselo esperando que ella lo convenciera de lo contrario? Uf...

—Y eso significa... —Alcé mis cejas esperando su respuesta.

—Que voy a romper con Leticia porque..., aunque no sé si tú y yo llegaremos a ser algo, creo que después de dos años de relación debería ser honesto con ella. Y no puedo esperar a que regrese.

En mi cabeza empezaron a desfilar muchas Leas, en plan desfile del Orgullo Gay, cantando, celebrando la noticia y sobre todo bailando feliz. Ole, ole.

—Me parece muy bien —dije con mucha formalidad.

—¿Lea?

—¿Mmm?

—No finjas conmigo.

Nos miramos unos segundos y rompí a reír abrazándolo...

—¡Yujuuu!

13

Si charlar por teléfono con ellos fue divertido, estar los cuatro juntos fue lo más. Reí como nunca y me lo pasé genial, esa es la verdad. Thiago no me provocó más y yo me sentí muy cómoda con él. Realmente cuando quería era muy ocurrente y divertido. Me gustaba verlo riendo, me podía quedar embobada como una lela, pero me obligaba a mí misma a comportarme con normalidad con él. Habíamos dicho que nada de besos, aunque las miraditas iban y venían.

Débora y sus amigas apenas estuvieron media hora en el local, así que no hubo problema alguno con ellas. Además, estaba claro que Adri y Thiago pasaban de ellas, cosa que agradecí interiormente a Thiago porque no me apetecía discutir más con aquella panda. Con lo de Nacho ya había tenido suficiente.

—¡Yujuuu!

Aquella era Lea abrazada a Adrián. ¿Qué le habría dicho?

—Bueno, chicos —los interrumpió Thiago—, ¿quién tiene hambre?

—Yo, bastante —respondió Lea.

—Pues nos comemos, ¿no? —Thiago dijo eso sin apartar la mirada de mí y aquellos dos soltaron una buena risotada—. Quiero decir que vamos a comer algo.

—¿Comer o lamer? —le pregunté yo jugando a lo mismo.

Mi lengua recorrió mis labios despacio y él me miró embobado.

—¿Thiago? ¿Hola, Thiago? —le pregunté con socarronería.

Lea y Adri seguían con sus risas. Thiago y yo resultábamos un buen entretenimiento y antes de que él dijera una de las suyas, mejor la soltaba yo.

—Aquí planeta Tierra llamando a Thiago, el abducido —dije con voz nasal.

Nos reímos los cuatro a carcajada limpia. Thiago estaba para comérselo. Siempre lo pensaba: cuando reía tenía otra expresión y el color verde de sus ojos brillaba especialmente.

—Un poquito de sensatez, señores —acabó diciendo él entre risas—. Aquí la señorita novata me estaba provocando y sois testigos.

—Yo no he visto nada —dijo Lea con rapidez—. ¿Y tú? —le preguntó a Adri.

—¿Yo? Nada de nada —respondió él entre risas.

—Fíjate qué amigo tengo —me dijo Thiago—. Se vende por una rubia.

—Tú dirás —le dijo Adri y Lea lo miró con ojitos.

Ay..., ¿cuándo iba a dar algún paso este chico? Y no me refería a liarse con Lea, sino a poner en orden sus sentimientos.

—¿Dónde cenamos? —pregunté yo con algo más de seriedad.

—Yo te llevo donde quieras —respondió de inmediato Thiago.

—Tengo piernas —le dije riendo.

—Lo sé y muy bonitas —me replicó acercándose a mí con peligro.

Lo miré de soslayo y sonreí.

—Recuerda el trato —le dije.

—¿Qué trato? —preguntó Lea.

—Es secreto —respondió Thiago en un susurro.

—Estás tú muy chistoso, ¿te has comido a un payaso? —le dijo Lea bromeando.

Me miró a mí y yo lo ignoré.

—Thiago, ¿y si vamos a Escápate? —propuso Adri.

—¿Escápate? —preguntó Lea.

Thiago y Adri se miraron y sonrieron.

—¿Qué es eso? ¿Un bar de pijos? —les pregunté yo viendo aquella mirada cómplice.

—Sorpresa, cuando lo veáis entonces hablamos —me respondió Thiago.

—No sé si fiarme, Lea —le dije fingiendo un tono severo.

—Yo creo que son buenos chicos, un poco críos, pero ya sabes..., la edad...

Adri y Thiago nos miraban atentos.

—¿Tú crees? No sé, ya sabes que no debemos fiarnos de los guapos.

—Pues estos dos son un rato guapos.

—¿Has visto qué espalda gasta el amigo? —pregunté como si estuviéramos solas cuchicheando.

—¿Y tú crees que el de mi lado...?

—Lea, no me hables de medidas —le dije como si la riñera.

—A ver, chicas —intervino Adri un poco nervioso—. Estamos aquí, ¿lo sabéis?

Lea y yo nos reímos con ganas y ellos nos siguieron.

—Voy a pagar —dijo Thiago con intención de levantarse.

Fue a coger su cartera, pero lo detuve sujetando su mano. Sentí un escalofrío al tocarlo, pero ignoré esas sensaciones.

—Ni se te ocurra, invito yo —dije con rotundidad.

—Ni hablar —replicó él.

—¿Eres de esos tipos machistas que creen que una chica no debe pagar?

Sonrió de medio lado.

—¿Tengo pinta de machista? Lo mío es generosidad, que es muy distinto.

—Ya veo. Pues como eres tan generoso vas a dejar que pague yo.

Nos miramos de hito en hito y como siempre que lo miraba así desapareció todo a mi alrededor, en plan película. Sus ojos verdes eran increíbles y podía pasarme horas con la mirada fija puesta en ellos.

Me obligué a levantarme de la silla e ir a pagar. Sentía la mirada de Thiago en mi nuca, pero ignoré lo que me hacía sentir.

Al salir volvió a jugar conmigo y yo con él. Era divertido.

—Pasa, pasa —le indiqué con la mano sujetándole la puerta.

—Las novatas primero —dijo acompañando sus palabras con un gesto de la mano.

—¿No debería dejar pasar a la gente mayor? —le pregunté imitando su gesto.

—¡Oh, oh! Alexia, ¿así que me estás llamando viejo?

—Lo eres o, por lo menos, eres más viejo que yo —le dije.

—Lo haces para mirarme el culo, lo sé —dijo con una sonrisa pícara.

Solté una buena carcajada porque lo cierto es que le había mirado el trasero en más de una ocasión.

—Más quisieras, abuelo. Tira.

Thiago pasó por delante sonriendo y me gustó verlo de ese buen humor. Nos fumamos un cigarrillo de camino al metro para ir al restaurante. Yo iba charlando con Thiago del proyecto de Francés. Ahí teníamos tema para horas.

—¿Quieres un caramelo? —me preguntó Thiago tras apagar el cigarrillo.

—No, gracias —le dije—. No lo voy a necesitar —añadí sonriendo.

—Nunca se sabe. Eso es como llevar las braguitas sin agujeros por si alguien te las tiene que ver.

Me reí con ganas al oírlo.

—Joder, Thiago. —Me miró por encima de su hombro—. ¿Es que usas braguitas?

—No, yo no. Pero es algo que mi prima siempre dice. Además, ya viste que uso bóxer.

La imagen de Thiago en ropa interior vino a mí con tanta nitidez que salivé y no dije ni mu.

—Vale, Alexia, deja de imaginarme. —Su tono bromista me hizo despertar de ese sueño.

Ay, madre. Qué poca voluntad tenía y cuánto me iba el peligro. Salir los cuatro juntos, con ese rollito con Thiago no era lo más conveniente para mi salud mental. Pero ahí estaba yo, con dos pares.

Durante el viaje en metro charlamos los cuatro, como si nos conociéramos de toda la vida, como amigos de verdad, aunque si te fijabas bien las miraditas entre nosotros eran constantes. Además, Adri se acercaba más de lo normal a Lea, y eso me llamó la atención porque él siempre solía respetar bastante las distancias. Su mano estaba tocando la de Lea en la barra de metal y sus cuerpos se iban rozando con el vaivén del metro. Estaba segura de que mi amiga estaría cardíaca perdida y que en cuanto pudiera me diría que tenía el tanga desintegrado. Sonreí al pensarlo mientras ellos charlaban.

Bajamos del metro y procuré ponerme al lado de Lea para hablar con ella, pero Adri tenía ganas de estar con mi amiga y se puso entre nosotras dos. En fin, ya cotillearía con ella después. Para no dejar a Thiago solo, me coloqué a su lado y seguimos a la parejita.

Cuando entramos en el restaurante me quedé sorprendida. Nunca había oído hablar de este lugar ni sabía nada de él. Escápate era un restaurante muy original, tanto que el suelo estaba cubierto de arena de playa y las mesas junto a sus bancos eran superbajas.

Pero me gustó, debía reconocer que aquel par sabía impresionar.

Lea y Adri se sentaron en el mismo banco y a Thiago y a mí nos tocó compartir otro. Eché un vistazo al local mientras ellos comentaban la carta decorada con motivos marinos. Era todo muy chulo, la verdad, y estaba impresionada. Me había sentado sobre mis propias piernas y aquella luz tenue que envolvía el local le daba un aire tan distinto que por un momento pensé que estaba en algún chiringuito de Barcelona o de Málaga. Toqué la arena con los dedos, como cuando jugaba con mi padre en alguna de esas playas...

—¡Eh! Papi, ¿hacemos un castillo?

—Pero ¿tenemos princesa para el castillo?

—Ya buscaremos una —le respondí yo, concentrada en mi tarea.

—Yo veo una ahora mismo.

—¿Dónde? —le pregunté alzando la vista y buscando por la playa.

—Mi princesita Alexia —respondió mi padre sonriéndome.

—A ver, papá, yo no soy una princesa. Las princesas tienen una mamá reina y un papá que es un rey muy bueno.

—Yo sería un buen rey —dijo él riendo.

—Pero no tenemos mamá...

La historia de mi vida. Ya de pequeña echaba en falta algo que no había tenido nunca, ¿era posible eso? Por lo visto sí.

—¿Alexia? —oí que Lea me llamaba.

Levanté la vista y me di cuenta de que los tres me estaban mirando expectantes.

—¿Qué?

—Decíamos que podíamos compartir algunos platos, ¿qué te parece? —me preguntó Lea fijándose en mis ojos.

Me conocía lo suficiente como para saber que se me había ido la cabeza y la tenía en mis cosas. Era algo frecuente en mí.

—Genial.

—¿Estabas en la luna? —me preguntó Thiago directamente.

Lo miré a él y me fijé en que aquellas luces provocaban que el verde de sus ojos fuera más oscuro.

—Algo así —le respondí escueta.

—Creo que voy a cambiar lo de novata por...

Cogió su barbilla como si pensara algo muy importante y me miró con picardía.

—Por reservada.

—Estaba recordando cosas...

Vi de reojo que Lea y Adri estaban a lo suyo. No sabía de qué hablaban, pero siempre le daban al palique con tanto entusiasmo que se olvidaban del resto con una facilidad tremenda.

—Cosas —repitió Thiago.

Lo vi coger un poco de arena y la dejó caer con suavidad encima de mi mano. Sonreí y yo hice lo mismo. Me fijé en su mano grande, en sus uñas perfectas y pensé en esas manos recorriendo mi piel. Tragué saliva al recordarlo y ordené a mi cabeza que pensara en otra cosa.

Thiago me cogió la mano y la enterró en la arena.

En ese momento sonaba «Esperándote» de Manuel Turizo; la música estaba muy flojita, pero se oía perfectamente.

«*Aprovecha que andas sola, que ahora nadie te controla, yo quiero bailar contigo mientras se pasan las horas...*»

Thiago y yo nos miramos y no dijimos nada. Introdujo su mano en la arena y entrelazamos nuestros dedos.

No puedo describir lo que sentí... Era algo fuera de lo normal, algo extraño...

Ambos mirábamos nuestras manos y nos acariciábamos de ese modo, como si jugáramos con la fina arena, pero la realidad era que aquel contacto no tenía nada de juego.

«*Mientras yo aquí estoy velando por sacarte lo que te está matando...*»

Sentí su mirada en mí, pero me obligué a no levantar la vista porque no quería ir más allá. Aquello ya era bastante...

«*Cada día esperándote, imaginándome tus besos, pero los desperdicias con él. Ando todo el tiempo esperando...*»

Retiré mi mano y justo en ese momento llegó el camarero. Me repetí varias veces mentalmente que no quería hacer las cosas mal. Una cosa era el jueguecito entre Thiago y yo, y otra cosa era aquello. Aquello se había puesto serio en dos segundos y ese roce había provocado en mí más sensaciones que una sesión de sexo con Nacho. Joder, ¿qué coño me pasaba con Thiago?

En cuanto pedimos al camarero, me repasé los labios con ayuda de mi pequeño espejo. Había estrenado un pintalabios, regalo de Lea, y me quedaba divino ese color rosa suave.

—¿Siempre los llevas así? —me preguntó Thiago.

Me estaba mirando con su bonita sonrisa.

—¿Pintados? Sí, me gusta. Es como una pieza más de ropa. En casa también los llevo pintados siempre.

—Siempre no —dijo con rapidez.

Vale, cuando nos acostamos en mi casa iba completamente desmaquillada. Y por la mañana también.

—Casi siempre —dije con retintín.

—Estos me gustan porque no manchan —dijo con naturalidad.

Lo miré alzando las cejas y ambos nos reímos porque había parecido que hablaba como una chica. Sabía que se refería a que ese pintalabios era permanente y no manchabas al besar, pero había sonado muy gracioso en sus labios.

—Si quieres, ya te lo pasaré —le dije entre risas.

—Según cómo me lo pases no me importará —soltó con su habitual rapidez.

—No sabes tú nada, pijito —repliqué sonriendo.

—Novata, yo sé poco a tu lado.

Nos miramos con esa intensidad que ya era habitual.

—¿A qué te refieres? —pregunté con cautela.

Cambió de idioma y me habló en italiano. Estaba segura de que sabía lo mucho que me gustaba la sonoridad de esa lengua.

—En algunos momentos pienso que eres una cría de dieciocho años y en otros me doy cuenta de que estoy ante una chica fuerte, madura y con las cosas muy claras. Esa mezcla tuya es...

Se lamió los labios y yo tragué el nudo que tenía en la garganta. Sus palabras me dejaron descolocada y sentí que el techo de aquel local caía encima de mí a plomo. ¿Qué estaba haciendo Thiago? ¿Es que quería que me enamorara de él?

—Es fascinante —concluyó en italiano.

«Madre mía, madre mía...»

El camarero nos interrumpió para servirnos las bebidas y Adri nos explicó cómo era la comida en aquel restaurante. El precio era decente porque no servían platos de alta cocina, pero se comía bien y las raciones eran abundantes. Y no mentía. Cuando nos trajeron los platos los compartimos entre los cuatro y Lea y yo alabamos el buen gusto de nuestros acompañantes. Estaba todo riquísimo, y yo, que soy de buen comer, lo disfruté como una niña ante un buen dulce.

La cena fue genial, para qué mentir. Se percibía el buen rollo entre los cuatro: se notaba que entre Adri y Lea había algo especial, se notaba que ellos eran íntimos, igual que nosotras, y se notaba que Thiago y yo manteníamos las distancias con mucho temple, pero con ganas de acercarnos.

Charlamos como descosidos de mil temas y nos reímos muchísimo porque tanto Lea como Thiago eran bastante payasos. Cayeron un par de botellas de vino y al final de la noche la chispa del alcohol nos hizo reír más de la cuenta y estar más relajados. Tanto, que yo estiré mis piernas enfundadas en unos tejanos encima de las de Thiago, como si fuera lo más normal del mundo.

Ay, Alexia...

14

Llegó el final de la cena con más risas porque todos acabamos probando el postre de los demás.

—Esto es una bacanal en toda regla —dijo Adri riendo mientras metía su cuchara en mi *mousse* de chocolate.

—Yo creo que esta noche acabamos los cuatro enrollados —le dijo Thiago a Adri mientras colocaba una de sus manos en mi muslo derecho.

Oír sus palabras y sentir su mano ahí provocó una subida de temperatura de ¿cien grados?

Lea me miró unos segundos, pero ellos siguieron hablando de... de aquello.

—Pero ¿los cuatro juntos o cómo? —le preguntó Adri lamiendo su cuchara.

Lea debía de tener el tanga y la faldita desintegrados. Pensé que si la miraba de cintura para abajo me la encontraría desnuda por culpa de Adri. Lógicamente me entró la risa.

—Mírala, la novata se parte de risa. Yo creo que lo suyo será que primero yo me enrolle con Alexia y tú con Lea, ¿no? Después ya veremos.

Lea abrió los ojos y yo no podía parar de reír.

La mano de Thiago me dio un leve pellizco y lo miré frunciendo el ceño.

—¿Ese «después» significa que podemos ir a tu casa y montárnoslo allí los cuatro? —Joder con Adri, tenía la lengua suelta aquella noche.

—¿En la misma habitación? —le susurró Thiago lo suficientemente alto para que lo oyéramos.

En un instante nos vi. Sí, sí. Vi a Lea liándose con Adri y a su lado Thiago y yo en plena faena.

«¡Madre mía, vale, Alexia!»

—Eh..., dejad el tema, ¿vale? —les pedí más en serio.

—¡Fíjate! Si están aquí las chicas, creía que habíais ido al baño —nos dijo Thiago bromeando.

—Qué cabrones sois —les soltó Lea sabiendo que se habían vengado por nuestra broma de antes.

—¿Nosotros? No hemos hablado de medidas... todavía —le dijo Adri a Lea clavando sus ojos en ella.

¿Chispas? Allí había un fuego de los gordos. ¡Arde Madrid!, estuve a punto de decir, pero me callé. Aproveché que Thiago estaba mirándolos para robarle una de las frambuesas que acompañaban a su *coulant* de chocolate. Cuando me la iba a meter en la boca, Thiago me cogió de la mano y me la quitó con su boca. Sentí el calor en mis dedos y lo miré entre sorprendida y excitada. Me enseñó la frambuesa entre sus dientes e intentó hablar con ella, pero no entendí nada de lo que dijo y me reí. La cogió con sus dedos y me la mostró.

—Digo que si la quieres tendrás que cogerla.

Y dicho esto se la colocó de nuevo entre los dientes. Sonreí ante su descaro y le dije que no con la cabeza.

—*Gallilla* —lo dijo mal, pero entendí que me llamaba «gallina».

—Y tú eres un listo.

Alzó sus hombros como si no fuera verdad y me reí de nuevo. Este tío era la leche. Uno de sus dedos me indicó que me acercara y negué de nuevo con la cabeza.

—¡Venga, Alexia! Que no se diga —me animó Lea al darse cuenta de qué iba nuestra conversación de besugos.

La miré y nos reímos las dos. Menuda tontería llevábamos encima.

—Tu amiga está cagada —le dijo Adri para picarme—. No tiene nada que hacer contra mi amigo.

—Eso no te lo crees ni tú. Alexia tiene más huevos que muchos tíos, que lo sepas —se jactó ella, orgullosa de mí.

—Ya será menos...

Dejé de oírlos y me acerqué a Thiago bien despacio, calculando la distancia correcta para no tocar sus labios. Él ensanchó su sonrisa y me miró con deseo. Mi sexo palpitó al saberme tan cerca, pero solo tenía una orden en mi cabeza: coge la frambuesita y retírate... Re-tí-ra-te..., ¿sí? Es sencillo. Dale.

Era imposible, joder. Yo lo sabía, pero el alcohol había convertido mi cerebro en una gran masa de nubes. Vamos, que no pensaba con claridad porque era evidente que coger la frambuesa de sus dientes sin tocarlo era inviable.

Rocé la fruta y ladeé mi cabeza para atraparla. Rocé sus labios y no pude apartarme. Thiago eliminó ese centímetro que nos separaba y marcó su boca en la mía pasándome con su lengua aquella fruta. Al sentirme acariciada por su lengua caliente solté un leve gemido de placer. Thiago se separó y nos miramos con un deseo contenido. Mis ojos brillaban como los suyos y mi sexo pedía a gritos sentir de nuevo sus labios en los míos y más cosas...

«Alexia, piensa con sensatez.»

La misma historia de siempre. Mi cabeza decía qué me convenía, pero mi cuerpo iba por otro lado.

Mastiqué despacio la fruta, saboreándola y sin dejar de mirar a Thiago.

—Sabe a ti —le dije con ganas de picarlo.

Yo también sabía jugar fuerte. Su sonrisa se alargó y miró hacia el techo unos segundos para volver a por mis ojos.

—Y a ti —susurró apretando mi muslo con su mano.

Cogí otra de sus frambuesas con un movimiento rápido y se la pasé por delante de los labios. Thiago me miraba sonriendo.

—¿La quieres? —le pregunté coqueta.

Alzó una de sus cejas esperando mi propuesta. Ladeé mi cabeza y coloqué la baya en mi cuello, cerca de mi rostro.

—Ven a por ella...

Joder, jugaba con fuego y lo sabía, pero con él las cosas fluían y me veía incapaz de cortar aquello. Es más, me lo pasaba bien tonteando con

Thiago, era divertido y tampoco íbamos a pasar de allí. Pero ¿no me estaba pasando de la raya? Quizá sí, pero no era consciente o no quería serlo. Estábamos de fiesta, los cuatro, bebiendo vino y echando unas risas. ¿Qué había de malo en ello? Solo era un coqueteo inocente.

Thiago se acercó con una lentitud exagerada y me mordí los labios al verlo dirigirse hacia mi cuello. Noté el calor que emanaba de su boca antes de que rozara con sus labios mi piel. Me besó despacio, como si quisiera grabar aquel momento en su cabeza tal y como estaba haciendo yo en la mía. Cerré los ojos unos segundos para sentirlo con más intensidad y suspiré cuando se separó de mí.

—¿Suspiráis, milady?

Nuestros ojos se enredaron de nuevo. Aquel verde me llegaba al alma y me moría por saber todo lo que escondían esas pupilas. De repente, sentí unas ganas inmensas de saberlo todo de él. ¿Y... eso? No reconocía aquellas sensaciones.

Parpadeé un par de veces y me separé un poco asustada por lo que Thiago provocaba en mí.

—Creo que voy al baño —le dije algo mareada por todo.

—¿Estás bien?

—Sí, sí.

Retiré mis piernas de encima de él y se levantó veloz para ofrecerme su mano y ayudarme a incorporarme.

—¿Os vais? —preguntó Lea de repente.

—¿Eh? No, no, voy al baño.

—Creía que ya nos dejabais plantados —soltó ella como si nada—. Te acompaño, que este vino es muy diurético.

—Recto y a la izquierda —nos indicó Thiago.

—Recto lo voy a poner yo —le murmuré a Lea yendo hacia los baños.

—¿Qué dices?

—Joder, que Thiago me tiene histérica.

—Sí, te he visto más tensa que yo cagando sin pestillo.

—¡Lea!

—¿Qué? Si es una polla, te folla, tía.

—¡Lea, por Dios!

Me detuve en seco para hacerla callar.

—O paras o me piro —le dije en serio.

—Vale, ya freno, petarda. Pero a ver, que yo me aclare. ¿Estás enfadada porque te busca o porque no quieres enrollarte con él?

Entré en el baño y la miré fijamente.

—¿Tú qué crees?

—Lo segundo. Hacéis una pareja tan cuqui...

—Joder, Lea, que esto es serio.

Me metí en el baño y ella esperó fuera.

—Tampoco exageres, que no ha pasado nada, ¿no? Tocar no es malo, hombre.

—No, claro.

—Novio no tienes, ¿verdad?

—Evidentemente, Nacho se puede ir a la mierda —le dije con contundencia.

Salí del baño y entró Lea.

—Pues ya está. Además, que solo nos estamos divirtiendo.

—¿Y tú con Adri?

—Si te lo cuento vas a subirte por las paredes.

—¿Por qué?

—Nos hemos metido mano... Mientras vosotros estabais a vuestro rollo, Adri ha colocado una de sus manos en mi pierna desnuda y... he visto a la virgen de los colores.

—¿Calores o colores? —le pregunté riendo.

—Yo qué sé. Voy más caliente que el palo de un churrero.

—¡Joder, Lea! Que hoy la liamos.

—Tú no sé, pero yo sí, petarda. Que voy a sufrir una combustión espontánea como ese chico no me solucione lo de ahí abajo.

No podía dejar de reír. Qué tía.

—Pues nada, supongo que querrás ir a tomar algo con ellos. Tendré que hacer el sacrificio...

Lea salió y soltó una buena carcajada.

Cuando regresamos del baño me fijé en que Adri y Thiago hablaban más bien serios y que cuando llegamos dejaron de charlar. Supuse que Adri le había comentado algo a Thiago de lo que había ocurrido con Lea y que quizá se sentía mal. Llevaba dos años con la lechuza y no debía de ser fácil tomar esa decisión. Pero estaba aquí con nosotras y nadie le había obligado a venir, así que Adri quizá debería analizar más sus actos que sus pensamientos.

De todos modos, al ver a Lea se le pasó rápidamente la seriedad porque no hacían más que decirse tonterías y reír. Thiago y yo mantuvimos las distancias y continuamos charlando de otras cosas. De vez en cuando mi cabeza me decía: si es que es Él, Alexia, ¿no lo ves?

—¡Chicos! ¿Tomamos una copa aquí o preferís ir a otro lado? —preguntó un Adrián de lo más contento.

Los miramos ambos un poco pasmados porque Lea y él estaban juntitos, pero no me refiero a uno al lado del otro, sino que Lea estaba en el regazo de Adri y estaban literalmente abrazados.

—Eh..., como queráis —les dije yo intercambiando una mirada con Lea, que me sonreía feliz.

¿Ya sabía dónde se estaba metiendo?

—Podríamos ir a Followers —sugirió Adri.

—Sí, ¿sabéis dónde es? —preguntó Thiago.

—Está cerca de aquí, ¿no? —contestó Lea.

—Sí, a un par de calles. Podemos ir andando.

Pedimos la cuenta, discutimos con ellos por no dejarnos pagar, salimos y nos dirigimos hacia aquel pub. Era un local más bien grande donde había una pista para bailar y una barra en forma de U bastante larga que siempre estaba llena de gente hablando y bebiendo.

Pedimos unos gin-tonics y, aunque había bebido un poco, me impresionaba mucho ver a Adri y a Lea cogidos por la cintura. Estuvimos los cuatro explicándonos anécdotas varias y riendo a carcajada limpia hasta que un chico nos interrumpió.

—Perdona —se dirigió a mí—. ¿Eres Alexia?

Joder, ¿otro del YouTube? No podía ser...

—Sí, soy yo. ¿Te conozco?

Los cuatro estábamos atentos a aquel chico alto, de unos veinte años y con un rostro agradable que me era conocido.

—Soy Pablo...

Mi cerebro hizo las conexiones oportunas y se me iluminó la bombilla. Sabía quién era.

—Pablo... —le dije observando bien su cara.

Sí, era él. Con dos años más, con un poco de barbita y con unas gafas que antes no llevaba.

—¿Qué tal estás? —me preguntó con cautela.

Di un par de pasos para separarme de ellos.

—Eh, bien. Bueno, ya sabes.

—Al verte..., al verte no he podido evitar venir a saludarte.

Era un tipo tranquilo, que hablaba más bien flojo y de forma muy educada.

—Ya... ¿Y tú qué tal?

—Bien, bien. Yo empecé ADE hace un año y me va muy bien.

—Yo he empezado Traducción este año y estoy encantada.

—¿En la Complutense?

—En On. —Esa era la manera en que los universitarios llamábamos al campus Madrid On.

—¡No me digas! Yo también voy allí.

—¡Vaya! Quizá nos hemos cruzado y ni nos hemos visto.

—Pues sí, aquello parece una selva.

Nos reímos los dos y recordé a Antxon y Pablo riendo a carcajada limpia por cualquier tontería.

Pablo era nuestro vecino en Madrid, vivía en la puerta de enfrente y desde el primer día hubo muy buen rollo entre ellos dos. Tenían la misma edad y la misma afición por las chicas. Desde que llegamos a Madrid hasta el día del accidente transcurrieron apenas dos semanas, pero Pablo pasó muchas horas con él.

—Oye, ya no hablamos nunca porque te perdí de vista, pero... a veces pienso en él.

Lo miré sintiendo que el corazón se me encogía.

—Si no hubiera ido a esa fiesta...

Era la fiesta de un grupo de amigos de Pablo y hacía días que Antxon hablaba de ella porque tenía ganas de hacer vida en la ciudad y estaba entusiasmado con la idea de instalarse definitivamente en Madrid con nosotros. La verdad era que el futuro parecía en aquellos momentos idílico.

—Pablo, la culpa no fue de nadie —le dije yo sorprendiéndome a mí misma.

—Ya.

Él lo sabía y yo lo sabía. No podíamos andar diciendo ¿y si...? ¿Y si no hubiera ido a la fiesta? ¿Y si hubiera salido cinco minutos antes? ¿Y si yo no lo hubiera acompañado? ¿Y si el coche hubiera estado en el garaje? ¿Y si ese camión hubiera hecho noche en cualquier motel de carretera? A saber. La vida estaba llena de casualidades y de miles de cosas que no podías controlar. Yo había terminado pensando que aquel había sido su destino.

Vi en los ojos de Pablo un brillo especial. ¿Iba a llorar? No, no..., porque si él lloraba yo podía acabar derramando un mar de lágrimas.

—Me alegro de haberte visto —dijo con voz trémula.

—Y yo. Y a ver si nos vemos por el campus —le dije intentando ser más fuerte que él.

—Dales recuerdos a tu padre y a Judith —me dijo más tranquilo.

—Sí, de tu parte. Y tú a tus padres.

Nos dimos dos besos con abrazo incluido por su parte y nos sonreímos al decirnos adiós. Lo vi irse e inspiré con fuerza. No dejaba de cruzarme con mi pasado, por mucho que quisiera mantenerlo a un lado.

En cuanto me reuní con los tres, Lea me acribilló a preguntas.

—¿Quién era? ¿Trabaja contigo o qué? La verdad es que me suena.

—No creo que te suene, era mi vecino hace un par de años.

Al ver que a Lea le cambiaba la cara, le advertí con la mirada que dejara el tema.

15

—¿Un chupito? —preguntó Lea de repente—. O dos si son pequeños. ¡Vamos!

Adri pidió cuatro chupitos de licor mientras Lea charlaba de no sé quién. Yo tenía la cabeza en otro lugar.

—¿La ves? Es esa...

—Tienes buen gusto, hermanito.

—Lo sé, sister *—me dijo Antxon con la mirada puesta en aquella chica rubia.*

No la conocía demasiado, pero andaba loco tras ella. A Antxon le había entrado por los ojos. A pesar de que era un tipo guapo, era bastante selectivo y no se liaba con la primera que pillaba.

—¿Y a qué esperas? —le insté sonriendo.

—No quiero dejarte sola —me dijo mirándome con ternura.

—Tengo dieciséis años, por favor. Espabila. Yo estaré por aquí, tú tranquilo.

—¿Segura?

—Que sí, no seas padrazo. Te prometo que no me alejaré de aquí. ¡Uy! Mira ese chico qué mono. Hasta luego, hermanito.

Lo dejé plantado mientras yo iba a hablar con un desconocido. No era algo que hiciera habitualmente, pero así animé a Antxon a ir a por aquella rubia.

La cosa funcionó porque se pasaron toda la fiesta juntos charlando, bailando y dándose algún que otro beso.

Antxon se fue de la fiesta con el número de la chica en el bolsillo y con la promesa de llamarla al día siguiente.

Esa llamada jamás llegó...

—No sabes lo que daría por entrar en tu cabeza...

Thiago me asustó y me lo quedé mirando. Me estaba ofreciendo el chupito y lo cogí con una sonrisa. Brindamos los cuatro y nos lo bebimos de un trago. El licor me sentó bien y el calorcillo me animó un poco.

En ese momento sonó «L'amour toujours» de Dzeko & Torres, y Lea se puso a bailar como una loca en cuanto oyó los primeros acordes. Era una canción del 2000 que solían poner a menudo en los pubs y que acabábamos bailoteando como dos descosidas, o como tres descosidas cuando venía Natalia. Me cogió de la mano y empezamos a movernos medio abrazadas, riendo y sintiendo la música en nuestro cuerpo.

Adri y Thiago no se quedaron atrás y vinieron hacia nosotras. Adri cogió a Lea y Thiago me abrazó por la espalda para movernos al ritmo de la música. ¿Se podía ser más feliz? No necesitaba más. Veía a mi amiga disfrutar, reía con Thiago y sentía sus cosquillas en mi cuello, bailaba con él como si no hubiera un mañana...

La música cambió radicalmente con unos acordes muy lentos con la canción «Lo siento» de Beret y me sentí un poco descolocada. Thiago me volvió para que lo mirara y me acercó a él para bailarla juntos. Nos miramos fijamente y empezamos a movernos muy despacio.

«*Lo siento por hacerte perder el tiempo, por pensar que hacer otro intento. Por tenerte, lucharte y sentirte te haría feliz. Reviento porque a veces ni yo me entiendo, cómo voy a entender lo nuestro si nunca te entendí ni a ti...*»

Joder, ¿esa letra la habían escrito para nosotros?

—*Si vas a quedarte que sea conmigo...* —canturreó Thiago.

Uf, solo me falta oírlo cantar y diciendo eso...

Me acurruqué en su pecho y sentí los rápidos latidos de su corazón. No quise pensar, solo sentir. Pero no dejaba de repetirme que esa historia solo iba a traernos complicaciones.

«Si te hice daño, no fue sin quererte, sino sin querer. Dime solo que prefieres si tienes la opción de tener o temer.»

Thiago pasó una de sus manos por mi pelo y me dejé acariciar. Su respiración no era pausada y la mía tampoco. Esa cercanía con él me aceleraba el pulso, pero podía más el deseo que la razón. Lo miré sabiendo que sus ojos verdes se clavarían en los míos. Bajó despacio y pensé que me quería besar, pero desvió sus labios hacia mi oído.

—El primer día que te vi supe que eras diferente...

Se me formó un nudo en la garganta y me mordí el labio pensando que me iba a deshacer entre sus brazos.

—Supe que nos conoceríamos...

Sus labios rozaron un segundo mi cuello, el tiempo suficiente para que una ola de calor recorriera todo mi cuerpo.

—Y supe que debía alejarme de ti porque podías hacerme daño.

Me separé un poco de él buscando su mirada. ¿Lo decía en serio? Parecía que sí...

—Oye, Thiago..., lo siento, no quise echarte del dúplex de aquella forma... Yo...

Empezó a sonar «What's Going On» de 4 Non Blondes y miré a mi alrededor.

—Buenísima la serie —dijo Thiago.

Era una de las canciones de *Sense8*, la serie que le había recomendado a Adam cinco días atrás. Thiago había comentado que era fantasiosa.

—Así que te gusta. —Le señalé el pecho.

—¿Bailamos? Me encanta esta canción —contestó afirmando con la cabeza y cogiendo mi dedo.

Entrelazamos nuestros dedos y bailamos mirándonos con esa intensidad tan nuestra hasta que llegó el estribillo y Thiago empezó a cantar.

—*And I say hey, hey... I said hey, what's going on?*

Eso pensaba yo..., ¿qué pasaba entre Thiago y yo? Decidí en ese momento dejar de darle más vueltas y me puse a cantar con él, como en la serie.

—*And I say hey, hey... I said hey, what's going on?*

Nos reímos los dos, con una complicidad que se veía a leguas.

—¿Te la sabes porque...? —le pregunté divertida al ver que la cantaba entera.

—Porque la tengo en el móvil, en mi lista de canciones preferidas —respondió.

—Así que eres el malo de la serie intentando ligarse a la chica buena —bromeé.

—Si aparecieras de repente en mi dormitorio vestida en ropa interior como ella, probablemente sería muy malo...

Joder, mi temperatura subió de repente y Thiago juntó su cuerpo con el mío en un movimiento brusco.

—¿No crees? —Su voz ronca me dejó la garganta seca.

Podíamos poner la excusa del alcohol, la música aquella, las luces, el vaivén de nuestros cuerpos..., pero la verdad era que allí había un deseo contenido durante meses.

Con uno de mis dedos reseguí su perfecto rostro y Thiago miró mis labios y después mis ojos. Rodeé su cuello con mis manos y él ladeó un poco la cabeza en busca de mi boca, despacio, muy despacio, mientras seguíamos escuchando la canción.

—*And I scream from the top of my lungs, what's going on?* —murmuró tan cerca que me provocó unas deliciosas cosquillas en los labios.

La canción decía que gritaba a pleno pulmón preguntando qué pasaba y yo hubiera añadido que sentía todo mi cuerpo a punto de explotar. O me besaba o me iba a dar algo, y no en plan metafórico.

—Nena...

Su boca se marcó en la mía y sus dedos, en mi piel.

—Thiago...

Acaricié su nuca y nos besamos a la vez, con cierto desespero mientras nuestros dedos reseguían nuestra piel. Su lengua buscó la mía y nos saboreamos con anhelo. Nos separamos unos segundos para coger aire y nos miramos con deseo.

Thiago me arrastró hacia una de las paredes más cercanas del local y me atrapó con su cuerpo. Solo lo veía a él, pero me daba igual, solo lo necesitaba a él.

Volvió a por mi boca y le correspondí con avidez. Besos, lengua, mordiscos, caricias y aquello iba subiendo de temperatura inevitablemente. Sus dedos se introdujeron por debajo de mi camiseta y al sentir sus manos ásperas perdí el sentido.

—Thiago —gemí en sus labios.

—Alexia, no hagas eso...

—¿El qué? —pregunté ida totalmente.

—No gimas así en mi boca...

Sus labios besaron mi cuello y eché la cabeza hacia atrás. Si seguíamos así, montaríamos un número, pero de los buenos.

—Vámonos —me pidió con voz ronca.

—¿Dónde? —atiné a decir.

—A mi casa...

Nos miramos en la oscuridad de aquel pub. Ambos lo deseábamos, estaba clarísimo. Pero... ¿y Lea y Adri?

—No te preocupes por Lea...

Thiago me señaló en dirección a mi amiga. Estaban en medio de la pista, bailando muy pegados y besándose con ganas. Otros que iban a quemar Madrid...

Thiago apoyó uno de sus brazos en la pared y me miró desde su altura.

—Estoy solo —me dijo en un susurro.

Cerré los ojos un segundo y cuando los abrí lo tenía de nuevo en mi boca. Y ante sus labios, su lengua, su aliento y su forma de besar, entre tranquila y apasionada, perdí el norte.

—Vamos —farfullé entre besos.

—Joder, Alexia...

—¿Qué?

Seguíamos charlando mientras continuábamos besándonos.

—Me tienes loco, muy loco.

—¿Eso es bueno o es malo?

—Contigo todo es bueno, nena. ¿Nos vamos? —preguntó cogiendo aire.

Le dije que sí con la cabeza y Thiago atrapó mi mano para llevarme hacia nuestros amigos.

—Adri. —Su amigo lo miró y Lea me buscó.

Nos sonreímos las dos y vi en sus ojos una felicidad infinita. Le hubiera hecho un millón de preguntas, pero no era el momento.

—Esto... nos vamos. ¿Qué hacéis vosotros? —le preguntó Thiago.

Lea me miró abriendo los ojos y me hizo un guiño.

—Nosotros nos quedamos —comentaron ambos a la vez.

Supuse que no querían correr más de la cuenta y vivirlo todo de golpe. Aquella historia entre ellos se había cocido a fuego lento y no era cuestión de darse un atracón el primer día. Lo entendía. Lo mío con Thiago era... era distinto. Nosotros ya nos habíamos acostado y nuestra historia no era nada convencional.

Realmente, si lo pensaba, entre él y yo habían sucedido muchas cosas en muy poco tiempo. Nuestra conexión había sido rápida e intensa. Nos buscábamos constantemente, aunque supiéramos que acabaríamos peleados o discutiendo.

Salimos de aquel pub y Thiago me empujó con suavidad hacia un portal para besarme impaciente.

—Nena...

—¿Mmm?

—¿Estás segura?

Nos miramos fijamente.

—¿Lo dices por Nacho?

—Sí...

—Nacho no se merece que piense en él en estos momentos —le dije un poco enfadada.

Cada vez que lo pensaba... y encima con Gala, joder.

—¿Estás... mal por él?

Miré unos segundos la punta de nuestros pies pensando en que no, no estaba mal, aunque me jodía esa falta de sinceridad por parte de Nacho. Yo no le había exigido nada, siempre había sido él quien había marcado nuestra relación. Cosas así me hacían dejar de creer en la gente. Hoy digo blanco y mañana negro...

Thiago alzó mi rostro con uno de sus dedos.

—No, solo que es uno más que me falla. La historia de mi vida.

Pensé en mi padre, en Judith, en Antxon y en lo sola que me sentía, aunque estuviera rodeada de tanta gente.

Thiago, como si intuyera mis pensamientos, me abrazó bajo aquel portal y me cogí a él como si fuera mi única salida a esos tristes pensamientos...

—¡Cariño, hemos comprado un árbol de Navidad! —Mi padre me contagió su entusiasmo al instante.

—¿En serio?

—Vamos, está ahí fuera, ayúdame a entrarlo...

Aquella mañana la pasamos los cuatro decorando el árbol y explicándonos anécdotas varias sobre otras Navidades. Ninguno sabía que serían las últimas en familia, las últimas de Antxon.

Después del accidente no dejaba de vernos a los cuatro bajo ese árbol, riendo, charlando y felices. No dejaba de pensar que la felicidad es fluctuante, es efímera, es tan débil..., y no dejaba de pensar que ninguno de nosotros podía imaginar que en menos de dos meses todo cambiaría de esa forma. Nosotros nos quedamos vacíos y con ese dolor persistente en nuestro corazón. Pero Antxon lo perdió todo. No iba a disfrutar de más Navidades, no iba a reír más con su madre, no iba a contarme más historias de su adolescencia, no iba a conocer a la chica de sus sueños... Se había terminado todo, así, sin más, sin avisar.

¿Cuántas veces había oído que la vida no era justa? Hasta ese momento no supe qué significaban en realidad esas palabras. La puta vida. Aunque no sentía el mismo dolor que hacía año y medio, este iba menguando muy lentamente. Quería creer que con el tiempo dolería menos, pero seguía siendo injusto que Antxon hubiera muerto.

—¿Alexia?

Thiago me sacó de mis reflexiones.

Nos miramos a los ojos de nuevo y acarició mi rostro con sus pulgares.

Lo necesitaba, Thiago tenía algo que me llenaba el alma. Me di cuenta en ese momento y, aunque me asusté un poco, no cedí al miedo.

—¿Nos vamos? —pregunté con un hilo de voz.

—¿Segura?

—Más que nunca.

16

THIAGO

Cuando entramos en Escápate y vi su cara, se me olvidaron todos los malos pensamientos. «Qué cojones», pensaba, «estamos aquí cuatro días y yo ahora mismo necesito estar con ella.»

—Vaya... —Alexia lo miraba todo con esos ojos preciosos que podían dejarte inmóvil con un solo parpadeo.

El local era bastante grande, estaba cubierto de una arena fina de playa donde había unas mesas bajas con unos bancos de madera. El local estaba muy bien ambientado y parecía un chiringuito al lado del mar. Siempre había mucha gente y era complicado reservar mesa media hora antes, como habíamos hecho nosotros, pero afortunadamente el dueño del local era amigo de los padres de Nacho y nos hizo el favor de añadir una mesa para cuatro.

—¿Tendremos mesa? —me preguntó Alexia volviéndose hacia mí.

A veces tardaba unos segundos de más en responder a sus preguntas porque sus labios me pillaban desprevenido.

—¿Eh? Sí, Nacho conoce al dueño.

—¿Estás bien? —me preguntó mirándome por debajo de esas largas pestañas.

—¿Me ves mal? —le pregunté bromeando.

Alexia sonrió y recordé sus dientes en mi cuello mientras yo empujaba dentro de ella. Mi polla reaccionó dentro del pantalón y me obligué a pensar en otra cosa. Lo jodido fue que Alexia siguió jugando conmigo y me dio un repaso de abajo arriba. Estoy seguro de que vio mi entrepierna abultada, pero disimulé todo lo que pude.

—Te veo muy...

—Déjalo —le dije chasqueando la lengua.

Alexia rio y la miré encantado.

Con lo claro que lo tenía todo. Con lo mucho que sabía a mis veintiún años. Con la de veces que me había dicho que Alexia no me convenía. Y ahí estaba yo..., mirándola como un auténtico pringado. Estaba claro: la teoría era muy sencilla, pero la práctica..., la práctica con Alexia era bastante complicada.

Aquella noche con ella estaba siendo de lo más divertida, aunque iba cambiando de posición de vez en cuando porque mis erecciones eran demasiado continuas. Alexia me ponía a mil y no quería parecer un jodido salido.

A ratos me preguntaba qué significaba Nacho en su vida, pero algo me decía que si Alexia estaba tan cercana a mí era porque había tomado una decisión en firme.

Durante la cena nos habíamos provocado y rozado, habíamos tonteado, pero en Followers no pude evitar dar un paso más. Sentirla de nuevo entre mis labios era algo tan exquisito que solo pensé en tenerla desnuda junto a mi cuerpo para saborear su piel una vez más. Solo de pensarlo se me aceleraba el corazón.

Y aquí estábamos, en un taxi camino de mi casa, con los dedos entrelazados y mirándonos de vez en cuando en un silencio cargado de deseo. Nos atraíamos desde el primer día, pero jamás pensé que esa chica acabaría volviéndome loco.

Al entrar en mi casa la cogí en volandas y ella rodeó mi cadera con sus piernas. Nos empezamos a besar con prisas y apoyé su espalda en una de las paredes de la entrada. Su boca caliente, su olor, la agitación de sus pechos contra el mío..., era como estar en casa, como si Alexia y yo lo hubiéramos hecho miles de veces. Se acoplaba a mí a la perfección y en ese momento entendí que no habría otra.

Era Ella.

Deslizó sus uñas por mi nuca y besé su cuello buscando sus hombros. Alexia jadeaba con suavidad y me volvía loco con esos ruiditos.

Apreté mi erección en su sexo y gruñí con ganas de estar dentro de ella.

—¿Subimos? —le pregunté soltando sus nalgas para que bajara.

—Supongo que estamos solos —dijo con una sonrisa pícara.

—Muy solos —respondí besándola de nuevo.

Recordé unos segundos las palabras de mi padre: no vayamos a repetir los mismos errores...

A tomar por culo mi padre. Mi padre no lo sabía, pero Alexia no era como Carol, así que me iba a pasar sus consejos por allí. Además, era mi vida y eran mis sentimientos.

Yo quería estar con ella, con todas las consecuencias.

17

Entrar en su habitación, abrazados, besándonos, acariciándonos... era como un sueño que había repetido miles de veces en mi cabeza.

No me dio tiempo a observar apenas nada. Una cama en el centro donde nos tendimos sin dejar de tocarnos y un ambiente cálido donde su aroma lo envolvía todo.

—Estás bonita aquí —dijo mirándome con una sonrisa sincera.

—Me gusta estar en tu cama. Huele a ti...

Sus labios me silenciaron de nuevo y nos besamos lánguidamente, como si ahora que estábamos en su cama no quisiéramos que aquello terminara.

Una de sus manos se introdujo por debajo de mi camiseta y me acarició con suavidad hasta encontrar mi sujetador. Pasó sus dedos por encima y sentí cómo mis pezones se ponían duros. Bajó la copa del sostén con cuidado y me acarició con tanta parsimonia que arqueé mi espalda pidiendo más.

—Alexia, Alexia... ¿Quieres volverme loco del todo?

Su voz en mi cuello me hizo cosquillas y su boca me fue dando pequeños besos mientras sus manos seguían con aquellas caricias. Su otra mano tiró de mi camiseta para quitármela y le ayudé para después buscar su boca.

—No..., déjame mirarte. —Sus ojos verdes se clavaron en los míos y seguidamente en mi cuerpo—. Llevo demasiados días recordándote y no sabía si era fruto de mi imaginación... Pero no, eres suave, eres perfecta...

Besó mi estómago desnudo mientras se desprendía de mi sujetador y gemí con suavidad cerrando los ojos. Lo que sentía con sus roces me superaba. Se deshizo de su camiseta con rapidez y me abrazó acariciando su piel con la mía. Una de sus manos bajó hasta mis tejanos y los desabrochó con maestría mirándome fijamente. Alzó una de sus cejas y nos sonreímos.

—Tienes un máster.

—¿Un máster? —preguntó riendo.

—En soltar los botones de los pantalones. —Escuché sus carcajadas roncas y lo miré alelada mientras me despojaba de los pantalones.

—Lo que tengo son muchas ganas de ti —replicó más serio introduciendo su mano en mis braguitas.

Llevaba toda la noche derritiéndome, pero en ese momento estaba tan húmeda que sus dos dedos resbalaron entre mis pliegues.

—Uf... Alexia...

Hundió su cabeza en mi cuello y deslizó dos dedos en mi interior. Gemí y él gruñó buscando mi boca de nuevo. Me lancé a por él y busqué su sexo. Al tocarlo, Thiago jadeó y apreté mi mano en su duro miembro. Le bajé la cremallera con las dos manos mientras él seguía quieto dentro de mí. En cuanto liberé su polla y la atrapé entre mis dedos, volvió a deslizar los suyos en mi interior con un ritmo mucho más marcado.

—Thiago...

—Alexia...

Sus labios bajaron hasta mi pecho y empezó a mordisquear mis pezones con suavidad. No podía con todo y empezaba a sentirme saturada de tanto placer, aunque a la vez quería más, mucho más. Me sentía al borde del orgasmo, pero no quería dejarme ir tan pronto.

—Vamos, Alexia, no te contengas... Te conozco...

No pensé en sus últimas palabras y me dejé llevar. Exploté en cinco segundos sintiendo el movimiento de sus dedos, las caricias en mi pecho y sus constantes jadeos al sentir la presión de mi mano en su sexo.

—Diosss —dije aliviada y mordiéndome el labio inferior.

—No voy a poder borrar la imagen de tu cara en la vida —dijo con una gravedad que me sorprendió.

Thiago era intenso, en todo. En sus palabras, en su forma de ser, de besarte, de mirarte.

Hubo una pausa forzosa para quitarse los pantalones y colocarse el preservativo, pero Thiago me atrajo hacia su cuerpo de nuevo y me coloqué encima de él. Nuestros sexos se rozaron y él cerró los ojos unos segundos. Estaba para comérselo entero y sentí algo dentro de mí que no supe reconocer.

—¿Estás bien? —preguntó al abrir sus ojos verdes.

—Perfectamente.

No quise decirle que... ¿qué? ¿Que tenía sentimientos por él?

«No pienses tanto, Alexia.»

Sus manos amasaron mis pechos con suavidad y yo acaricié su pene con delicadeza. Estaba más que preparado para mí, así que alcé un poco las caderas y la coloqué en la entrada mi sexo.

«¿Ya? No, todavía no. Me apetecía ver el deseo en sus ojos un poco más.»

—Thiago...

—¿Mmm?

—¿Cómo te gusta?

—¿El qué? —Su tono sensual me hizo sonreír con picardía.

—Despacio... Rapidito... Fuerte...

—¡Ah! ¿Se puede escoger...?

Nos reímos y me gustó esa confianza que se respiraba entre nosotros.

—Se puede escoger —contesté con seguridad.

—A ver..., déjame pens...

La introduje de golpe y Thiago entreabrió sus labios sorprendido por el placer. Lo miré con malicia y él se lamió los labios.

—Chica mala —susurró en un jadeo.

—Chico guapo —repliqué moviéndome de nuevo.

Ambos cerramos los ojos unos momentos para sentir con más fuerza aquel placer. Solté un suspiro y Thiago gimió flojito.

—Mejor de lo que recordaba...

—Mucho mejor —dije en sus labios.

Me besó de nuevo con pasión y a partir de ahí una vorágine de besos, caricias, lamidas, pellizcos, gemidos y jadeos acompañaron nuestros rítmicos movimientos hasta que Thiago quiso tomar el mando de la situación y me colocó debajo de él sin salir de mí.

—¿Fuerte? —preguntó con voz ronca.

—Fuerte —respondí loca de deseo.

Empezó a moverse despacio para ir acelerando sus embestidas. Se sostenía con uno de sus brazos mostrando todos los músculos y su otra mano estaba en mi cadera, dejando sus dedos marcados en mi piel. Mis manos estaban en su espalda acompañando sus movimientos.

—Nena..., eres especial...

Nos sonreímos antes de dejarnos llevar por el deseo y fundir nuestras bocas en un beso eterno. Sus caderas incrementaron el ritmo para llevarnos al clímax en pocos segundos. Nos corrimos casi al mismo tiempo: empecé yo gimiendo algo más fuerte y me siguió casi al momento. Fue increíble cómo se acoplaron nuestros jadeos, cómo nos tensamos a la vez y cómo nuestras pieles sintieron la misma electricidad.

«Dios... como nunca...», pensé.

No podía compararlo con nada, con nadie, ni siquiera con nuestra primera vez. Todo lo ocurrido entre nosotros había explosionado entre nuestros cuerpos.

Thiago salió despacio de mi cuerpo y se fue al baño para quitarse el preservativo. Yo me quedé en su cama, con los brazos por encima de mi cabeza, desmadejada y sintiendo un alivio infinito. ¿Qué era esa sensación tan placentera? Normalmente, después de follar me sentía a gusto, satisfecha, pero en ese momento estaba en una nube de algodón. Casi como si flotara. Sonreí al pensar que parecía que me había metido algo.

—¿De qué te ríes? —preguntó Thiago mirándome desde el quicio de la puerta.

Observé su cuerpo desnudo, no tenía desperdicio el chico. Estaba musculado, pero no de forma exagerada. Su vientre tenía tableta, aquello lo recordaba bien.

—Me siento genial. —Me incorporé apoyando el peso en mis codos y nos miramos con esa sonrisa especial—. ¿El baño, por favor?

—A mi derecha, la primera puerta.

—Gracias. —Me levanté sin importarme mi desnudez.

Ambos estábamos cómodos. Aparte de mi cicatriz, no me escondía de nada. Yo era esa que veía, ¿para qué fingir algo que no era? Incluso con él la cicatriz había dejado de tener importancia. Thiago no la había tocado en ningún momento y yo me había dado cuenta de ese detalle. Supuse que no quería arriesgarse a que me apartara o a que se me cortara el rollo. El ojazos estaba siempre en todo.

Pasé por su lado y él me dio un buen repaso con el que me sacó una carcajada.

—Que no me entere yo de que ese cuerpo pasa hambre... —Su tono bromista me hizo reír con más ganas y entré en el baño con una gran sonrisa.

Me miré en el espejo y me vi... distinta. ¿Por qué? Estar con Thiago me convertía en una persona mucho más positiva, como si él me insuflara el aire que a veces me faltaba.

Me aseé y regresé a su habitación. Toda nuestra ropa estaba bien colocada en una de las sillas y Thiago, sentado en su cama esperándome. Nos miramos sin parpadear y me acerqué a él como una gatita, despacio y con precaución.

—¿Vas a quedarte? —preguntó atrapando mi mano.

Me atrajo hacia él y me tumbé a su lado. Nos tapamos con su nórdico y ambos volvimos a sonreír.

—¿Quieres que me quede?

—Exijo que te quedes. —Su mano amasó mi pelo y acarició mi nuca.

Pensé en mi madre. Le había comentado que esa noche salía, pero no le había dicho nada de dormir fuera, por supuesto.

—¿Qué hora es?

Thiago miró hacia su derecha y un reloj nos indicó la hora.

—Las dos y media...

—Le mandaré un mensaje a mi madre. Mañana tendré que oírla, pero...

—Valdrá la pena —acabó la frase por mí y marcó su boca en la mía.

Cogí el móvil y escribí a mi madre un mensaje escueto.

Me quedo en casa de Lea a dormir.

La excusa ya la pensaría cuando la tuviera delante, eso si se dignaba a preguntarme algo, claro.

—Ya está. Total, para lo que nos vemos.

—¿Es tan... así?

—No, es peor.

Thiago me miró a los ojos y volví a sentir esa conexión con él.

—Me sorprendió cuando me dijiste que era una hija de puta.

—Nunca ha sido una madre para mí, ni antes ni ahora. Es recíproco, no te preocupes. Ella no sufre, si es eso lo que estás pensando.

—Joder, es difícil de entender.

—Sí, lo sé. No tiene nada que ver con mi padre. Él es adorable.

—Como tú...

Sus dedos acariciaban mi pelo y los míos reseguían su pecho desnudo. En esos momentos me sentí más cerca de él que de nadie, como si Thiago pudiera entender todos mis malos rollos. Me toqué la cicatriz al pensar en mi pasado y él se percató de mi gesto. Puso su mano encima de la mía y me tensé unos segundos.

—Alexia..., si compartes las cosas malas, todo es más llevadero.

Sí, tenía razón. Si cuentas tus penas, si explicas qué te ocurre, si sacas lo malo que hay en ti, todo se relativiza y parece que sea menos grave de lo que tú piensas o sientes. Y eso hice. Sin pensar en qué iba a ser de nosotros al día siguiente, le expliqué toda mi historia: la separación de mis padres, el rechazo de mi madre, mis numerosos viajes con mi padre, que era quien me criaba, cómo conocimos a Judith y Antxon, nuestras últimas Navidades... El puto accidente, mis operaciones en la pierna, su muerte, su jodida muerte, el vacío, las lágrimas, el dolor, la culpa que me separó de mi padre y Judith y mi llegada al piso de mi madre como si fuera un estorbo para ella.

Thiago me escuchó atento y fue haciendo alguna pregunta, pero procuró interrumpir poco. Sabía que me costaba hablar de mí, de mis cosas, y no quiso cortar el hilo de mi explicación.

Al terminar me abrazó y no dijo nada. Yo tampoco.

Nos dormimos así, abrazados, sintiendo la respiración del otro y sabiendo que estábamos donde queríamos estar. El uno junto al otro. No hablamos de nosotros, de lo que había pasado, de cómo íbamos a tratarnos o de lo que queríamos. Aquello quedaba en un segundo plano, en ese momento yo me abrí a él y él supo que le estaba regalando mucho más que una simple historia.

Le estaba dando parte de mí.

—Alexia, así me gusta verte.

—¿Antxon?

—¿Creías que había desaparecido? ¿Para siempre? ¿Por qué piensas eso constantemente? Estoy en tu cabeza, en tu mente, en tus pensamientos. Casi cada día.

—No, no es lo mismo...

—Alexia, deja de torturarte.

—No puedo. Te veo a mi lado, muerto. Debería haber sido yo...

—¿Por qué?

—Porque tú eras... único.

—¿Y tú, Alexia?

—No, no, no. —Volví mi cabeza varias veces negándolo.

—¿Acaso no lo eres?

—No, Antxon, no, no...

—Sí, hermanita, sí...

—No... —Sollocé al ver que Antxon se convertía en humo—. ¡No!

—Chis, Alexia...

Me desperté de golpe.

¿Dónde estaba? ¿Y Antxon? De repente sentí una mano acariciando mi cadera y me asusté.

—Nena, soy yo...

«Vale. Es Thiago.»

Respiré más tranquila. Puse mi mano encima de la suya.

—Thiago...

—¿Estás bien?

—Sí, sí...

—¿Eran pesadillas? —preguntó con cautela.

—Algo así —contesté volviéndome hacia él—. A veces parecen tan reales que cuando despierto dudo que haya sido un sueño.

—Has dicho su nombre...

Nos miramos a los ojos en la semioscuridad de su habitación.

—Sí, a veces hablo con él en sueños. Pensarás que estoy chalada —añadí inmediatamente.

—¿Por qué iba a pensar eso? Me parece muy normal que lo tengas tan presente. Fue como un hermano para ti.

—Sí, realmente sí.

—Dime..., ¿cómo era?

Sonreí al escuchar su pregunta.

—Te hubiera caído bien —concluí en pocos segundos—. Y tú le hubieras gustado, aunque te advierto que te habría mirado con lupa. Era peor que mi padre —dije soltando una risilla.

—Te controlaba —dijo sonriendo.

—Me protegía. Solo tenía dos años más que yo, pero era el señor prudencia. Siempre bromeábamos con eso porque yo era justo todo lo contrario.

—¿La señorita impulsiva?

—Muy impulsiva —contesté riendo.

—Es uno de tus muchos encantos, novata. —Me guiñó un ojo y fui a por sus labios instintivamente.

Thiago me correspondió con su aliento caliente y nuestros cuerpos desnudos reaccionaron al segundo, ávidos de alcanzar de nuevo otro de aquellos gloriosos orgasmos...

Thiago salió de mi cuerpo y ambos jadeamos fuerte.

—¡Dios!, me vas a matar...

Lo miré y me reí al escuchar sus palabras mientras un pensamiento fugaz recorría mi mente: «Podría enamorarme de ti...».

¿Perdona? ¿Yo había pensado eso?

18

La luz que entraba por las rendijas de la persiana me despertó. Thiago dormía plácidamente, con su cuerpo pegado a mi espalda, con su mano en mi muslo y con su respiración pausada cerca de mi nuca. Sonreí al pensar que habíamos pasado de casi ni hablarnos a estar así... ¿Era aquello una pequeña tregua de un día o duraría más tiempo? Nada impedía que estuviéramos juntos. Thiago no salía con nadie y yo iba a romper con Nacho en cuanto él pusiera los pies en Madrid.

«Pero, Alexia, hay más factores.»

Mi madre era uno de ellos. Si se enteraba de que andaba con Thiago, empezaría a tocarme los cojones de nuevo y no me devolvería el cuaderno, eso seguro. Tenía que conseguir sacarlo de esa maldita caja fuerte, pero no sabía cómo. Quizá si buscaba en su móvil podía encontrar la contraseña. Pero era una idea absurda porque mi madre no se separaba de su teléfono.

De todas formas, no hacía falta preocuparse por algo que todavía no sabía si sería un problema porque no estaba segura de qué quería Thiago de mí. ¿Era un simple rollo? ¿Quería que nos liáramos así de vez en cuando en plan «follamigos»? ¿Algo más serio? ¿Y yo? Porque hasta ayer no quería saber nada de él... y fíjate dónde me encontraba: en sus brazos, ni más ni menos.

El sonido de mi móvil me asustó y lo cogí antes de que despertara a Thiago.

—¿Sí? —Descolgué sin mirar quién era.

—Buenos días, muñeca.

¡Joder, era Marco!

Thiago me abrazó más fuerte y ronroneó en mi cuello.

—Eh..., hola... —atiné a decir, incómoda.

«Qué oportuno...»

—¿Duermes todavía? —me preguntó divertido.

—Más o menos, ayer salimos y eso...

Thiago pasó una de sus manos por mi vientre desnudo y sentí un fogonazo de calor.

—Es que estoy por tu barrio y quería invitarte a un café.

—¿Por mi barrio? No estoy en casa... Estoy en casa de una amiga.

—Vaya, tú te lo pierdes, muñeca.

Thiago besó mi hombro y cerré los ojos unos segundos al sentirlo.

—Otra vez será —le dije queriendo cortar ya aquella conversación.

—Te tomo la palabra, preciosa. Hasta otra...

—Hasta otra. Un beso...

—¿Un beso simple? ¿Uno doble o uno potente?

Me reí al escucharlo y Thiago me miró de reojo.

—Uno muy simple —respondí dejando de reír.

—Tómate un café doble, estás muy siesa.

Me dieron ganas de reír de nuevo, pero me aguanté.

—Hasta luego —me despedí antes de colgar.

Me volví hacia Thiago, que me miraba bastante serio.

—Era Marco.

—Ajá.

—Mi jefe en la empresa del profe.

—¿Un jefe que quiere algo contigo?

Su tono era totalmente neutro, así que me era imposible saber si lo decía por simple curiosidad o si estaba molesto.

—Bueno, tiene ocho años más que yo, aunque es un bala perdida. Ya sabes.

—Entiendo, ¿un Adonis?

Sonreí al recordar a D.G.A.

—Sí, algo así. Supongo que le gustan todas, y una de ellas soy yo. A pesar de eso, es un tipo majo.

Thiago me miró a los ojos fijamente.

—¿Y a ti?

—¿A mí qué? ¿Si me gusta? —Joder, qué preguntita...—. Es simpático y muy divertido, pero no es mi tipo. Además, es muy mayor.

—No es tan mayor —aseguró él.

Lo mismo había dicho Marco, pero yo sí veía mucha diferencia de edad entre los dieciocho y los veintiséis.

—Yo creo que sí, aunque no digas nunca de esta agua no beberé. En Tokio tenía una compañera que se enamoró de su profesor y le llevaba doce años. Y encima profe, ¿sabes? No veas qué marrón...

—Podrías enamorarte de tu jefe —comentó alzando sus cejas.

«Podría enamorarme de ti...»

—¿Te preocupa? —pregunté alejando esos pensamientos de mi mente.

—¿Debería?

—Hablar contigo es como resolver un jeroglífico, ¿sabes? Habla claro.

—Te temo.

Abrí los ojos al ver que lo decía en serio. Pasó una de sus manos por mi pelo y nos mantuvimos la mirada. Yo seguía pensando por qué decía eso de mí. Quizá porque...

—¿Porque soy una cría para ti?

—No, Alexia, no es por eso. Cuando quieres, eres más madura que yo, tienes las ideas muy claras y sabes lo que quieres en muchos aspectos de tu vida, pero en cuanto a relaciones... Me acojonas.

—¿Crees que no sabría llevar una relación?

Thiago miró hacia el techo y colocó una de sus manos bajo su cabeza.

—No lo sé.

—Ya. Quizá yo soy muy impulsiva, pero tú te pasas de prudente, ¿no crees?

—Me da miedo dejarme llevar contigo y que acabes destrozándome. Es simplemente eso.

—Simplemente eso, casi nada —repliqué picada.

¿De qué tenía pinta? ¿De devorahombres? Venga ya.

—Ponte en mi lugar —dijo mirándome.

Lo pensé durante unos segundos y no lo entendí. Él también podía hacerme daño a mí.

—¿Y si eres tú el que me rompe el corazón a mí? ¿Y si eres tú el que cae en brazos de tu amiga mientras yo te creo a ciegas? Fíjate en Nacho...

—No me compares con él, no tenemos nada que ver.

—¿Ah, no? Porque a simple vista sois muy parecidos: dos tíos buenos, con buen cuerpo y perseguidos por miles de tías.

—Sabes que no nos parecemos en nada.

—No lo tengo tan claro —comenté para picarlo.

—Si salgo con alguien soy fiel, puedes preguntarle a cualquiera. Nacho no. Somos muy distintos en ese y en otros aspectos.

Lo sabía, eran muy diferentes en cuanto a carácter y manera de actuar.

Salí de la cama y Thiago me observó mientras buscaba mi ropa.

—Mira, Thiago, mejor lo dejamos aquí. Yo no quiero obligarte a que me creas.

—Nena, no es eso...

Me coloqué mis braguitas y el sujetador y le señalé con el dedo.

—Sí lo es, tú estás acojonado y yo no quiero estar así con alguien. Y menos contigo.

—¿Conmigo?

—Ya me entiendes.

—No, no te entiendo.

Me puse los pantalones con rapidez y me calcé. Quería irme de allí cuanto antes. Aquella conversación me estaba agobiando porque veía que Thiago pasaba de mojarse conmigo.

«De puta madre.»

—Me refiero a que lo nuestro... lo nuestro no es una historia cualquiera.

Thiago ladeó la cabeza y me puse la camiseta con tan mala suerte que no encontraba el puto agujero por donde meter la cabeza.

—Mierda —farfullé enfadada.

—¿Te ayudo? —Thiago tiró de la prenda hacia arriba y me lo encontré de frente, desnudo, musculoso, guapísimo... y sujetando mi camiseta por encima de su cabeza.

—Dámela —le pedí, procurando no mirar ese cuerpazo.

—Cógela —dijo sabiendo que no llegaba.

—Thiago... —le advertí mosqueada.

—Mira —dijo señalando su sexo erguido.

Madre, madre mía... Me subieron todos los calores de repente.

—No puedes irte —susurró en un quejido irónico.

«Qué cabrón...»

—Poder puedo...

—Pero no quieres —terminó la frase por mí y nos miramos a los ojos con deseo—. Ven —me ordenó moviendo su dedo índice.

Negué con la cabeza mostrando el poco orgullo que me quedaba.

—¿No? Está bien... Entonces no tendrás camiseta.

Me cogió por la cintura y me atrajo hacia él, apretando su sexo contra mi abdomen.

La verdad era que me deshacía solo de sentirlo de esa forma junto a mí.

—¿Te irás así? ¿En sujetador? —me habló en mis labios y me miró con sus pupilas dilatadas por el deseo.

Estaba para comérselo, esa era la verdad, pero no quería ponérselo tan fácil. Me escurrí de entre sus brazos y cogí su camiseta que estaba colocada en la silla.

—Usaré la tuya —le dije sonriendo victoriosa.

Sonrió de medio lado y estuve a punto de lanzarme a por él, pero justo entonces sonó el timbre de la puerta exterior de su casa. Thiago me miró y frunció el ceño.

—Voy a ver quién es...

Se colocó los tejanos con rapidez, sin el bóxer, y puse los ojos en blanco al verlo salir con el torso desnudo y descalzo. ¡Dios!, cómo estaba el tío...

Lo seguí por curiosidad. ¿Y si eran sus padres? En teoría regresaban el 2 de enero, faltaban todavía varios días... y además ¿por qué iban a llamar ellos?

Thiago descolgó el videoportero y apareció una imagen de Débora junto a Gala y Felisa. ¿Y eso?

—¡Hola, Thiago! ¡Abre!

—Eh...

—Vamos, que te has dormido, como si lo viera. Son las doce de la mañana y habíamos quedado, ¿recuerdas?

—Sí, sí...

Thiago le dio a un botón y colgó el telefonillo. Entré en la habitación, recuperé mi camiseta y cogí mi pequeño bolso para irme de allí. Por lo visto, se nos había terminado el tiempo.

—Esto, Alexia...

Thiago estaba apoyado en la puerta de su habitación, como un jodido modelo, despeinado, a punto para hacerte el amor.

—¿Qué? —No quise mirarlo para que no viera que me fastidiaba mucho la aparición tan oportuna de sus amigas.

¿Y a qué venían? ¿A jugar a la Play con él? Sí, claro.

—Había quedado y no me acordaba.

—Genial, yo ya me iba.

Pasé por su lado casi sin mirarlo, pero me cogió del brazo para detenerme.

—¿Eh? ¿Qué pasa?

—¿A mí? Nada.

Seguía con la vista al frente.

—Alexia, que nos conocemos...

—Perdona, pero no me... Apenas me conoces.

Sonó el timbre de su casa.

—Joder —gruñó por lo bajo—. Espérame un segundo, ¿vale?

Si me quedé allí fue para no cruzarme con aquellas arpías. No me apetecía nada ver sus miradas de desprecio, sabía qué pensarían: esta no ha tardado nada en follarse a otro. Y no, no era que me importara lo que pensaran, pero no quería liarla porque me tenían calentita.

Aunque no salí de la habitación, pegué la oreja a la puerta.

—¿Estabas durmiendo? —le preguntó Débora—. ¿O es que tienes compañía?

—¡Qué dices! —le replicó Thiago.

«Vale, gracias.»

—¿Y Adri? —preguntó Gala.

—Supongo que no tardará. Id pasando vosotras y yo me cambio en un momento.

¿Cambiarse? ¿Para qué?

—He traído el biquini blanco... —oí que decía Débora.

—¿El del tanga? —preguntó Felisa.

—Ese mismo, van a quedar unas fotos chulísimas. Gracias, cariño, por dejarme usar tu piscina.

Hubo un silencio durante el cual yo imaginé a Débora comiéndole la boca a Thiago. Ya tenía suficiente.

—De nada —contestó él—. Vamos, os acompaño y ahora voy yo...

Aproveché el momento para largarme de su casa, con un cabreo de los míos y pensando que mis preocupaciones sobre un incierto futuro con Thiago estaban resueltas.

A tomar por culo.

19

DÉBORA

Si alguien sabía cuándo Thiago había estado con otra, esa era yo. Y nada más abrirnos la puerta de su casa lo olí: había dormido con una tía, y quien dice «dormido» dice «follado».

Habíamos quedado en su casa para hacerme unas fotos en su piscina cubierta. No era muy grande y estaba mucho mejor la exterior, pero a finales de diciembre no era cuestión de coger una pulmonía.

Thiago era un alma generosa y no sabía nunca decir que no a un amigo. Y eso era lo que yo era: una buena amiga que se lo quería calzar a todas horas, pero que no siempre lo lograba. ¿Qué sentía por él? Estaba loca por Thiago, pero no era algo nuevo, siempre lo había estado. Creo que cuando éramos unos críos de cuatro años ya me gustaba. Estaba casi segura de que al final sería mío. De momento nos íbamos liando de vez en cuando, y yo pasaba de agobiarlo. Sabía que si insistía, él acabaría separándose de mí, así que lo único que debía hacer era esperar a que se diera cuenta de que yo era lo que buscaba.

La espera era dura, no voy a negarlo. Lo había visto largarse con otras tías y lo había visto salir con alguna. Pero el final era siempre el lógico: volvía a mí.

Últimamente rondaba a esa tal Alexia, pero estaba cantado que no iban a entenderse. Esa chica era demasiado impetuosa y directa, y a Thiago le gustan las chicas más recatadas, más serias y menos peleonas. Alexia no era en absoluto su tipo, por muy guapa que fuera. Y, evidentemente, yo sí era su tipo.

Además, visto lo visto, si Thiago seguía follándose a otras era porque pasaba bastante de Alexia. Es más, lo había verbalizado en alguna ocasión, pensando que no lo oíamos: Thiago sabía que Alexia era demasiado niña para él y que no le convenía.

¡Bah! No debía preocuparme por ella. Debía preocuparme por colocarme ese biquini blanco minúsculo con el que estaba segura de que se la pondría dura. Aquella sesión de fotos había sido una excusa más de las mías para estar cerca de él. Le había dicho que quería hacerme un *book* de fotos para una agencia de modelos. Era mentira, pero daba igual. La cuestión era que íbamos a pasar un par de horas con él, después nos invitaría a uno de sus deliciosos vinos y quizá acabáramos haciendo la siesta juntos...

20

Aquella mañana del antepenúltimo día del año me propuse hacer algo productivo. Tenía los trabajos de la universidad ya adelantados, así que decidí ir a la empresa a echar un cable. Me habían dado vacaciones, pero si iba estaba segura de que aceptarían mi ayuda gustosamente.

Desde el primer día que pisé las oficinas todos habían sido muy amables conmigo. Trabajaba mucha gente en diferentes secciones que ocupaban dos plantas de un edificio de Chamberí. Por fuera era más bien viejo, así que cuando entré me impresionó el buen estado de todas las oficinas, la moderna decoración y la enorme sala que tenían para tomar el café.

En esa misma sala fue donde conocí a mi jefe. El profesor Hernández me acompañó el primer día que fui a trabajar para ir explicándome el funcionamiento de LOFT. Era un negocio de exportación bastante importante y como sócio estaba superorgulloso de él, por supuesto.

Cuando vi a Marco pensé que era un estudiante cualquiera porque estaba sentado en la esquina de la mesa que presidía aquella sala. Charlaba con un par de chicas, y estas reían como gallinas cluecas. No nos conocíamos porque durante mi entrevista él había estado fuera, en Londres.

—Marco. —Se volvió y vi a un tipo más mayor de lo que esperaba, de ojos simpáticos y mirada penetrante—. Te presento a Alexia.

—¡Ah! ¡La famosa Alexia! —exclamó al tiempo que me tendía la mano con una bonita sonrisa.

Aquellas chicas se apartaron un poco de nosotros tres.

—Encantada, señor —le dije con mucha formalidad, y Marco juntó sus cejas en un gesto divertido.

—¿Señor? No me fastidies, que aún no tengo los treinta, ¿eh?

Soltó una risilla y me reí con él.

—Marco, a secas.

—Está bien, Marco «a secas».

Una sonrisa canalla me indicó que el que iba a ser mi jefe era un ligón de mucho cuidado. Solo le faltaba el cartel de alerta en la frente.

—¿Cuándo empiezas? —me preguntó con interés.

—Cuando me digáis...

—Uy, uy, no digas mucho eso por aquí... En cuanto te descuidas, ya te han atrapado en sus redes...

Supuse que hablaba de la empresa, pero ese tonito que usaba me hacía dudar. Más tarde me di cuenta de que Marco siempre hablaba de ese modo. Te pedía una simple traducción, y con esa voz grave que tenía parecía que te pedía un beso con lengua de diez minutos. No era de extrañar que la mitad de las chicas estuvieran loquitas por él. La otra mitad se había rendido.

Lo curioso del caso era que a mí me caía bien y que no me disgustaba esa forma descarada de ligar porque a la que podía me pedía para salir. Yo había acabado por pensar que lo hacía más para entretenerse que por otra cosa. Estaba segura de que ni se acordaría de aquella cena que me había propuesto cuando tropezamos por Serrano.

—Buenos días, Alexia, ¿vienes a trabajar? —preguntó Lidia entusiasmada.

Lidia era una chica de veinticinco años muy agradable que estaba en plantilla. Al principio había estado aprendiendo con ella porque había que seguir un protocolo en la empresa. Yo aprendía rápido y ella era un encanto. Al poco dejé de necesitar su ayuda y como veían que no tenía problemas me iban encargando trabajos cada vez de más responsabilidad.

—Sí, me aburría un poco. ¿Qué tal todo?

—Pues ahora que estás aquí genial porque Zeus se ha ido un par de días y voy de culo.

—Aquí me tienes —le dije sentándome a mi pequeña mesa, que estaba cerca de la suya.

—Me salvas el día. No, el día no, ¡la semana!

Me reí porque estaba segura de que exageraba, pero me alegró saber que le podía echar una mano.

—Mira, tenemos que traducir todos estos correos. ¿Sí?

—Sin problemas —le dije abriendo el archivo que me indicaba.

Me puse los cascos para escuchar música con Spotify y me concentré en aquellos escritos.

Al cabo de media hora recibí un mensaje. Era Thiago.

Me había ido de su casa como la jodida Cenicienta dos días atrás. Y no nos habíamos dicho nada desde entonces. No estaba enfadada con él, estaba molesta conmigo misma. Por creer que entre nosotros había algo especial, por no entender que entre nosotros solo había habido sexo. Sexo del bueno, pero solo sexo.

Leí el mensaje sin abrir la aplicación, por si acaso no me interesaba responder de inmediato.

Quiero pensar que estás viva, como no das señales de vida y te fuiste a la francesa...

Mientras leía el mensaje por tercera vez recibí una notificación de Instagram, era D.G.A. Vaya, o todos o ninguno.

¿Cómo van esas vacaciones, pequeña?

Me vas a llamar loca, pero estoy currando en la empresa de traducción. ¿Tú qué tal?

Estás muy loca, pero me gustan tus locuras. Pues yo no sé si ir a la peluquería o tomarme un Martini en la Plaza Mayor. ¿Te vienes?

No me tientes, jajaja. Creo que le estoy salvando la vida a mi

compañera, no querrás que la deje morir ¿no? Me quedan unas tres horas, seguro.

Lástima, hoy tengo comida con Eminem, ya sabes...

Me reí al leerlo. Qué payaso era...

Dile que después se pase por mi casa, para cantarme, ¿eh?

Que no me entere yo de que ligas con otros.

Sonreí de nuevo.

¿Eres celoso?

Eso es una pregunta trampa, lo sé.

Jajaja, que no.

Si digo que sí, no mola, y si digo que no, tampoco, porque parece que paso de todo. ¿Lo ves?

Qué rebuscado eres cuando quieres, jajaja. Es cuestión de ser sincero, ¿recuerdas?

No soy celoso, pero estoy pendiente de lo mío. ¿Y tú?

No, tampoco, aunque no lo he comprobado en una relación larga, claro.

Pensé en Thiago y Débora... No, no eran celos. Yo sabía que él era totalmente libre de hacer lo que quisiera, aunque me picara. Vale, me picaba, pero no era lo mismo que tener celos.

¿Voy a tener que pedirte para salir? Jajaja.

No, gracias. La última vez me salió rana, jajaja.

Me acabas de romper el corazón... Podríamos salir virtualmente.

Creo que eso ya lo hacemos, jajaja.

Hablaba con él más que con mucha gente y la confianza que nos teníamos era considerable.

¿Qué haces esta tarde? ¿Buscar el vestido de fin de año como mi prima?

Jajaja, no porque ya lo tengo preparado hace un mes. Esta tarde quería ir al cementerio.

Vaya, me encantaría poder estar a tu lado.

Lo sé.

D.G.A. sabía ya toda la historia, evidentemente.

Te dejo que, si no, no cobraré a final de mes.

Sí, sí, esos cero euros son importantes, jajaja. Cuídate, pequeña.

Un besazo, Apolo.

Me quedé mirando unos segundos el móvil. ¿Respondía a Thiago? Pues no. Tampoco sabía que había leído su mensaje y que tenía el móvil delante de mis narices. Podía hacerlo esperar, eso suponiendo que esperara algo.

Continué un buen rato más con aquellos correos y sin darme cuenta transcurrió una hora más. Lidia estaba como yo, superconcentrada en su trabajo. Tanto que no me percaté de que tenía a alguien a mi espalda.

—Esto sí que es una bonita sorpresa...

Estuve a punto de caerme de la silla del susto y él me cogió.

—Perdona...

—¡Marco! —Me puse la mano en el corazón y él sonrió con picardía.

—Sabía que acabarías enamorada de mí, pero ¿tan rápido?

Puse los ojos en blanco mientras me quitaba los auriculares y le sonreí.

—¿Qué haces aquí? Te di vacaciones. —Se sentó en la esquina de mi mesa y clavó sus ojos en los míos.

—Necesitaba trabajar —contesté sin rodeos.

—Iba a por un café, ¿te apuntas?

—Quiero acabar esto...

—Entonces, ¿a la una te espero y nos tomamos una cerveza?

Alcé mis cejas en un gesto de desconfianza.

—Solo una, te lo prometo. A las dos tengo una reunión.

—¿Y no deberías comer antes?

—¿Una cerveza y unos pinchos? —preguntó en un tono que me hizo reír.

—Vale, vale —le dije colocándome los cascos de nuevo.

Me guiñó un ojo y se fue a por su café. Este tío no se rendía nunca y al final había logrado llevarme a su terreno. Seguí a lo mío, dejando de pensar en Marco, en Thiago, en Apolo... Tanto chico a mi alrededor y sin nada claro.

—Alexia... —oí que Lidia me llamaba y me quité un auricular—. Es la una, hora de comer, muchacha.

Miré el reloj y me sorprendió lo rápido que había pasado el tiempo.

—Vaya, ni me había dado cuenta. Me queda solo un correo. Lo termino en un par de minutos y te los paso todos, ¿vale?

—¿En serio? ¡Eres una *crack*!

—Gracias, gracias. —Lidia me plantó un beso en la frente y me reí.

Ella empezó a recoger sus cosas mientras yo acababa aquel pequeño texto. Nada más irse lo terminé y entonces recogí mis cosas.

¿Y Marco? Estaría liado en alguna reunión o con algún cliente. No importaba, ya nos tomaríamos esa cerveza otro día.

Bajé las escaleras pensando qué hacer aquella tarde después de ir al cementerio. Lea había quedado con su prima para acompañarla a mirar un vestido de novia y Natalia estaba en el curro. Aquella noche era la gran noche de Natalia porque la cita con Ignacio seguía en pie. Esperaba que la cosa funcionara bien porque ella estaba muy ilusionada.

Al salir a la calle decidí dar un paseo hasta el dúplex. Estaba algo lejos, pero el sol resplandecía a aquella hora del mediodía y me apetecía andar por Madrid. Tan solo di dos pasos y lo vi... ¿Thiago? Joder. Puta casualidad de la vida. ¿Qué hacía él por ahí? Observé sus andares y cómo miraba despistado hacia la carretera hasta que de repente sus ojos se dirigieron hacia donde estaba yo. Y me vio. Alzó sus cejas y sonrió como si nada. Maldita sonrisa...

—Vaya, ¿vienes de la oficina?

Me dio dos besos cerca de mis labios y su mano se quedó en mi cintura.

—Sí, tenía ganas de trabajar un poco. ¿Y tú? ¿Qué haces por este barrio?

—Un par de calles más abajo hay una tienda de pádel donde compro cosillas.

—¿Y has comprado algo?

—No tenían lo que buscaba, volveré otro día. Por cierto, te he escrito un mensaje...

—Ya, pero estaba muy liada...

Me miró a los ojos y se acercó un poco a mí.

—¿O no querías responder?

—¿Por qué no iba a querer contestarte? —Aguanté el tipo como pude porque me moría por besarlo.

—Porque te fuiste de mi casa sin decir ni adiós.

—Estabas muy ocupado —le dije con retintín.

—Ya veo. ¿Te molestó que vinieran mis amigas?

—Para nada. Tú sabrás con quién vas —le dije muy digna.

—Pues a mí sí me molestó no encontrarte.

—Te duraría poco, estabas bien acompañado. —Se acercó unos centímetros más—. ¿Qué habrías hecho? ¿Decirme: «Lo siento, Alexia, te acompaño a la puerta»? Me sabía el camino.

—¿Darte un beso de despedida?

—¡Eh! —Marco apareció a mi lado de repente y Thiago y yo nos separamos—. Pensaba que ya no te iba a pillar.

Marco miró a Thiago y le dedicó una de sus sonrisas amistosas.

—Hola, soy Marco. —Le tendió la mano y Thiago lo saludó con más seriedad.

—Thiago, un amigo de Alexia.

El día y la noche, vamos.

Marco se dirigió a mí.

—¿Te apetece esa cerveza todavía?

«Tierra trágame.»

—Eh...

Thiago tenía sus amiguitas, ¿le debía alguna explicación? Que yo supiera, ninguna.

—Claro que sí, pensaba que estabas reunido.

—Estaba colgado al teléfono con doña Pestañas.

Nos reímos los dos en cuanto la nombró. Se refería a una de sus clientas y le habían puesto ese apodo porque siempre llevaba las pestañas llenas de pegotes de rímel; era algo exagerado.

Thiago nos miró sin decir nada.

—¿Te apuntas? —le preguntó Marco de repente.

Si decía que sí, me daba algo.

—¿A una cerveza fresca? ¿Quién puede negarse?

Miré a Thiago muy sorprendida. ¿Y ese morro?

—Donde beben dos, beben tres —dijo Marco divertido.

Y ahí estaba yo, con los dos jamelgos, uno a cada lado, en dirección a la cervecería que había enfrente.

¿No querías caldo? Pues toma dos tazas.

21

No me lo podía creer. Me puse nerviosa pensando qué podía salir de allí. ¿Por qué Thiago había dicho que sí? ¿Para fastidiarme? Él sabía quién era Marco y sabía que me tiraba los trastos porque yo misma se lo había explicado después de recibir aquella llamada en su casa.

¿Y Marco? ¿No se había dado cuenta de que Thiago estaba muy cerca de mi boca? Dudaba que no se hubiera percatado. Entonces, ¿por qué le invitaba a venir con nosotros?

Joder, tíos... Después dicen de nosotras: que si somos raras, que si no hay dios que nos entienda, que si hablamos otro idioma... ¡Venga ya! Ellos sí que eran complicados.

—... ¿verdad, Alexia?

Me volví hacia Marco y lo miré frunciendo el ceño. No había oído qué me había dicho porque iba pensando en ellos dos.

—Me parece que estaba en su mundo —dijo Thiago, y entonces lo miré a él.

Marco soltó una risilla y le hice una mueca a Thiago.

—Muy gracioso, Varela.

Entramos en el bar y ambos me cedieron el paso. Sentí los cuatro ojos en mi espalda y por un momento recordé aquella charla con Lea sobre hacer un trío. Madre mía, noté un calor extremo entre mis piernas y dejé de imaginar a aquellos dos desnudos y cerca de mí.

Nos sentamos a una de las mesas y Marco se ofreció a pedir en la barra porque conocía bastante a los camareros del lugar. Thiago y yo nos miramos en silencio. Se apoyó en la silla y se cruzó de brazos.

—¿Lo ves? Me refería a esto.

¿A esto? ¿De qué coño hablaba? Lo miré dándole a entender que no sabía a qué se refería.

—Cuando te dije que te temía. Eres así, Alexia.

—Así ¿cómo?

—Ya lo sabes, impulsiva. Te fuiste de mi casa sin más y en cuanto me descuido has quedado con tu jefe.

—A ver... Me fui porque allí sobraba, eso lo primero. Y lo de mi jefe ha sido un plan de última hora. Tiene una reunión en poco más de media hora, así que solo íbamos a tomar una cerveza.

—Cerveza, tonteo, risas. Sé lo que es eso.

—Que yo sepa, tú y yo no tenemos nada. Creo que lo hablamos el otro día.

—Que yo sepa, no terminamos la conversación. Esperaba que dieras algún paso y me dijeras algo así como... «Lo siento, Thiago, te dejé con un palmo de narices, pero es que se estaba quemando el dúplex».

Nos miramos con intensidad hasta que vimos que Marco regresaba a la mesa.

—En un minuto tenemos aquí los pinchos y las cervezas. Yo tengo que irme pronto. Lo siento, Alexia, te prometo que cuando cenemos juntos tendremos tiempo para charlar. Podríamos quedar después de fin de año, ¿cómo lo tienes?

—Eh...

—Yo es que en fin de año salgo con los amigos y la liamos parda —añadió Marco guiñándome un ojo.

Sonreí ante su comentario. Lea, Natalia y yo también la solíamos liar a base de bien. El año pasado acabamos bailando y cantando a grito pelado las tres delante del Palacio Real... Nada raro si no fuera porque eran ya las diez de la mañana...

—Pues te llamo después de fin de año. Yo tengo vacaciones, así que podríamos quedar entre semana, ¿ok?

—Sí, vale —le dije incómoda.

Sentía la mirada penetrante de Thiago puesta en mí.

—Y en fin de año ¿qué hacéis? —preguntó Marco mientras el camarero nos servía la comida y las bebidas.

—Pues este año salimos juntos —le respondió Thiago con mucha calma.

—¿Con más gente? —preguntó Marco con interés.

Si me hubiera ido, quizá ni se habrían dado cuenta, pero no me atreví a largarme, claro.

—Sí, con otros amigos. Todavía no hemos concretado dónde iremos, pero supongo que cenaremos en mi casa, ya sabes.

¿En su casa?

Lo miré y Thiago me devolvió la mirada al momento.

—Por cierto, esta noche podrías venir con Lea. Le digo a Adri que se pase y mientras cenamos podríamos decidir qué hacer en fin de año.

—Eh...

—¿Sabes qué? Que sí, aprovechamos que no están mis padres.

Sacó el móvil en un santiamén y lo vi escribiendo algo con rapidez.

—Dicho y hecho. Adri se lo comenta a Lea, a las nueve en mi casa. ¿Te paso a buscar?

Abrí los ojos sorprendida. Thiago me hablaba como un amigo, pero..., joder, me estaba liando con todo el morro para verlo aquella noche en su casa.

—No te preocupes, iré con Lea.

—Es que Adri pasará a buscar a Lea, por eso te lo digo.

Nos miramos con intensidad y carraspeé nerviosa.

—Vale, pues pásame a buscar.

—Perfecto, preciosa —dijo Thiago en ruso.

—Vaya, ¿hablas ruso? —le peguntó Marco extrañado.

—Joder, sí, perdona. A veces se me escapa con Alexia.

—¿Y eso? ¿Lo has estudiado?

—Estudio Traducción.

—Es el mejor de su clase —intervine yo cogiendo mi cerveza.

—Está bien saberlo, cuando acabes nos puedes pasar tu currículum. Ahora mismo estamos cubiertos, pero nunca se sabe.

—Thiago tiene otros planes —comenté con ironía.

—¿Ah, sí? —le preguntó Marco esperando que Thiago se explicara.

—No es seguro, pero posiblemente tenga trabajo en Francia.

—En una editorial de mucho prestigio —añadí yo.

—Pero no es seguro, todavía no lo tengo claro. Quizá, cuando llegue el momento, hay algo que me retiene en Madrid.

Thiago clavó sus ojos en los míos y lo miré unos segundos atontada. Me disculpé con ellos para ir al baño y cuando entré me apoyé en una de las paredes resoplando. Joder, qué percal. Estaba segura de que Marco se había dado cuenta de que Thiago no era un simple amigo. No era que me importara, pero tampoco era necesario que mi jefe estuviera enterado de mi vida personal.

Cuando regresé a la mesa, ellos charlaban de pádel, ni más ni menos. Por lo visto Marco también practicaba ese deporte y estuvieron cinco minutos largos hablando de *overgrips* o algo parecido. El resto del tiempo hablamos más relajados de cosas banales como el trabajo o los estudios. Afortunadamente, no volví a ser el centro de atención.

Marco se marchó a las dos en punto y Thiago y yo nos quedamos solos. ¿Y ahora qué?

—Es muy simpático. —Thiago me miró serio.

—Lo es.

—Y le gustas —dictaminó sin cambiar su gesto.

—Eso ya te lo dije yo —le repliqué quitándole importancia.

—Un poquito de competencia siempre viene bien —dijo al aire y lo miré sorprendida.

Thiago sonrió de lado y se acabó la cerveza de un trago.

—¿Comemos juntos?

—¿No tienes planes? —le pregunté con sorna—. Mira tu agenda primero.

—Ninguno, y si los tuviera, los mandaría a tomar por saco.

Solté una risilla y él continuó hablando.

—¿Un italiano?

—Perfecto, pero invito yo —le dije retándolo.

Me miró alzando una de sus cejas.

—Alexia, la chica que no dejaba que un chico pagara la cuenta ni a la de tres.

Sonreímos los dos a la vez.

—Thiago, el chico cabezón que seguía anclado en el siglo pasado. ¿Por qué supones que debes pagar tú?

—Eh...

—¿Lo ves? Ni tú lo sabes.

—Porque es un gesto de generosidad y me siento raro si pagas tú.

—Vale, porque tus amiguitas son unas chupópteras y no deben sacar la cartera ni por asomo.

Thiago rio y yo lo miré embelesada. Qué guapo era, joder...

—Tienes razón, estoy acostumbrado a eso y me han educado así. No he visto sacar nunca el monedero a mi madre. Quizá será por eso...

—Pues conmigo ya puedes ir cambiando el chip; no soy una princesita Disney.

—No, no, eso lo tengo claro.

—¿Insinúas algo?

—Para nada —dijo alzando sus manos.

—Entonces está decidido. ¿Dónde vamos?

Thiago alargó su sonrisa y se recostó en la silla de nuevo.

—Como eres tan decidida, elige tú. Donde gustes.

—Genial, conozco un italiano cerca de Sol donde cocinan de maravilla. Me encanta ese sitio, ¿vamos?

Como ya era un poco tarde y nos daba miedo que cerraran la cocina y nos quedáramos con las ganas, decidimos coger el metro. Era un restaurante de dos plantas con la decoración típica italiana, con manteles de cuadros rojos y blancos y donde te recibían siempre con mucha amabilidad.

En cuanto pedimos, Thiago volvió a sacar el tema de mi huida a la francesa de su casa.

—Ahora en serio, Alexia. Me jodió que te fueras de aquel modo.

—Vale, y a mí me jodió que nos interrumpieran.

—A mí también, si me hubiese acordado antes de que había quedado con ellas, lo habría retrasado. Débora me pidió el favor de hacerse unas fotos en la piscina cubierta.

¿Se liaría con ella después?

—Ya. Débora, la tía que te follas. ¿Entiendes que me jodiera o es que a ti te da todo igual?

—Tía que ni miraría si yo estuviera con alguien.

Me observó fijamente y me puso nerviosa.

—Pero como no estás con nadie, a saber qué haríais...

No quería decirlo, pero al final mis pensamientos escaparon de mi boca.

—No me lie con ella, si es lo que te estás preguntando. Joder, Alexia, acabábamos de estar juntos. ¿Tú crees que me apetecía después de... de hacerlo contigo?

—No lo sé, no creo que te conozca tanto como para saberlo.

—Mi cama sigue oliendo a ti y creo que no voy a cambiar las sábanas en un mes.

Nos miramos fijamente y noté que se me formaba un nudo en la garganta. Madre mía, como siguiera con ese rollito, acabaría en sus brazos otra vez y eso... eso no podía ser porque... porque no, porque no quería pillarme por él y porque... uf, yo qué sé. No había razones de peso, la verdad. Exceptuando la tontería de mi madre de que no quería que saliera con el hijo de su cliente. Ya ves tú.

El camarero vino a servirnos el vino, y cuando le preguntó a Thiago si quería probarlo, él le indicó que lo hiciera yo. Le sonreí por su gesto y probé el vino como si fuera una auténtica experta.

—Está perfecto —dije muy formal.

Thiago me miraba sonriendo.

—Oye, me imagino viviendo contigo y tú arreglando los enchufes de la casa —lo dijo en un tono más bien serio.

—Y tú cocinando, por supuesto. ¡Ah! Y nada de rosa y azul para nuestros niños.

Thiago soltó una sonora carcajada y yo me uní a él.

—Creo que a mi madre le daría algo —comentó entre risas—. Es muy tradicional.

—No te preocupes, yo la espabilaría.

Volvimos a reír sin darnos cuenta de que hablábamos de un futuro juntos. ¿Un futuro? Si ni siquiera sabíamos situarnos en el presente, porque en ese momento... ¿qué éramos Thiago y yo? ¿Dos amigos que habían follado un par de veces? Poco más...

—¿Tú quieres tener hijos? —preguntó divertido.

—Joder, Thiago, tengo solo dieciocho años...

—A ver, leí en un artículo que esa es una pregunta básica en una relación.

—¿En serio? —lo corté con interés.

—Sí, hay muchas parejas que empiezan y no hablan de ese tema porque parece que corres mucho, ¿no? ¿Y qué pasa después? Que cuando llevan un año juntos y enamorados se enteran de que uno quiere hijos y el otro no. Putada. —Me reí por su tono.

—Pues sí, una gran putada porque a ver qué haces.

—Claro, por eso te lo pregunto.

Thiago clavó sus ojos verdes en los míos y me mordí los labios. ¿Me estaba preguntando aquello por algo...? No, no, seguro que no.

—Pues sí quiero hijos, mucho más adelante, claro. Pero sí, me imagino siendo madre y eso... ¿Y tú?

—Yo también quiero hijos..., muchos.

—¿Muchos?

—Bueno, un par seguro.

Nos reímos de nuevo y nos miramos con complicidad.

El camarero llegó con los platos; Thiago había pedido unos tallarines al pesto y yo unos espaguetis con crema de setas y trufa. Y entonces la charla trató sobre la comida, sobre Italia y sus costumbres y sobre la gente de allá. Thiago había viajado a Italia en más de una ocasión, con sus padres y con el instituto.

—Cuando me dijiste que habías viajado por medio mundo, me morí de envidia.

—Bueno, lo mío no era por diversión, pero aun así no me quejo. La verdad es que conocer tantos países te da otra visión de la vida.

—De ahí que seas así.

—¿Así? —Enrosqué los espaguetis en mi tenedor y esperé la respuesta.

—Así de especial. Es un piropo.

Nos sonreímos y me dio a probar de su comida.

—Riquísimo —le dije asintiendo con la cabeza.

Recordé mi última vez en ese restaurante. Fue con Antxon un par de días antes del accidente. Fruncí el ceño al pensar que en ese momento ni nos hubiéramos imaginado que sería la última comida juntos y solos. Antxon quiso probar la pizza mejicana y no pudo con ella. Picaba tanto que se bebió medio litro de agua del tirón. Lo que me llegué a reír en ese momento... Y ahora, ahora ya no está.

No habrá más comidas, ni más secretos, ni más confidencias. Antxon ha desaparecido para siempre. Para siempre, dos simples palabras que lo significan todo en este momento. ¿Por qué? ¿Quién lo decidió? Si hubiéramos salido cinco minutos más tarde quizá él estaría vivo...

—Oye, Antxon, que paso de ir al baño. Está ocupado y hay dos chicas más haciendo cola.

—Por mí no te preocupes, yo tengo buenas vistas —me dijo mirando hacia aquella chica rubia con la que había ligado.

—Da igual, ya iré al baño en casa. No soporto esperar tanto...

—Eres como mi madre. —Se rio y lo miré divertida—. Si la vieras en el súper..., parece que hace malabarismos para ponerse en la cola más corta, pero nunca atina y acaba esperando más de la cuenta.

Nos reímos los dos.

—Lo sé, el otro día fui con ella y...

Y salimos de la fiesta justo en ese momento.

¿Y si hubiera ido al baño?

¿Estaría vivo?

22

Después de comer dimos un corto paseo y estuvimos charlando de temas muy diversos. Con Thiago podías hablar de cualquier cosa, siempre tenía algo que decir, y si no, te escuchaba con atención.

—Esta noche hemos quedado, ¿recuerdas?

—Qué jeta tienes —le dije medio riendo.

—¿Yo? Para nada. Tu jefe me ha recordado que quedan un par de días para fin de año y no hemos decidido nada. Tendremos que organizarnos, ¿no?

Thiago rio y yo con él.

—Bueno, pues entonces nos vemos esta noche —le dije pensando que podía ir al cementerio desde allí.

Tenía planeado ir aquella tarde y, aunque estuviera muy a gusto con Thiago, no iba a dejar mis planes a un lado.

—Te acompaño a casa —replicó sabiendo que estábamos a medio camino.

—Eh... No voy a casa.

Thiago me miró a los ojos y yo me lamí los labios.

—Quería ir...

—¿Puedo acompañarte? —preguntó cortándome.

—Eh... No te he dicho adónde.

—También es verdad. —Ensanchó su sonrisa—. ¿Adónde quieres ir?

Dudé en decírselo o no, pero tampoco era necesario esconderse.

—Al cementerio. Quería ir dando un paseo.

—¿Te molesta si voy contigo?

Lo miré sorprendida.

—No sé...

—Te prometo que ni te enterarás de que estoy a tu lado y así charlamos durante el paseo.

Me gustó que quisiera estar un rato más conmigo y me gustó más que quisiera venir al cementerio. La gente solía huir de esas cosas.

Durante el trayecto Thiago volvió a preguntarme por Antxon y me explayé, la verdad. No solía hablar de él y su interés me hizo soltar la lengua. Me fue haciendo una pregunta tras otra y yo respondí entusiasmada. Sin darme cuenta nos plantamos frente a su lápida y entonces callé. Tenía un ramo de rosas blancas encima con una tarjeta donde se podía leer: «Te quiero, Judith».

Me mordí el labio al pensar en el dolor de Judith. Si a mí me dolía..., ¿qué debía sentir ella? Empezaba a ver que la pérdida de Antxon me había vuelto egoísta ante ella. Estaba tan centrada en mi sufrimiento que me costaba ver el de los demás. Ahora mismo lo veía de otra forma: ella era su madre, ella lo había llevado en el vientre, ella lo había criado y de repente no había regresado a casa.

—Joder —murmuré dándome cuenta de todo aquello como si se abriera una nueva puerta en mi mente.

Thiago me cogió de la mano y lo miré unos segundos. Ni me acordaba de que estaba a mi lado. Agradecí su gesto y entrelacé nuestros dedos.

Aquellas flores las traía algún florista. Siempre había flores, del tipo que fueran. Yo nunca le llevé flores porque sabía que a Antxon no le gustaban. Judith también lo sabía, pero yo suponía que era su manera de decirle que no lo olvidaba. ¿Cómo lo iba a olvidar? En la vida, como yo.

—¿Tú crees que tu padre y mi madre...?

Antxon y yo estábamos haciendo cola en una atracción de Disney. Nos habíamos conocido el día anterior y ya parecíamos íntimos. Algo extraño en mí porque me costaba hacer amigos de verdad.

Pero Antxon se te metía bajo la piel y ya no salía. Era especial.

—¿Si podrían ser pareja? —le pregunté sonriendo.

—A mí me molaría.

El día anterior lo habíamos comentado medio en broma, pero por lo visto Antxon le había dado vueltas al tema.

—Mi padre siempre ha estado solo, a mí también me gustaría, aunque... apenas nos conocemos, ¿no?

—Yo soy muy de pálpitos —dijo colocando su mano en el corazón—. Y sé que tú eres la hermana que quiero.

Me reí por su seguridad. ¿Cómo podía decir eso?

—Tú ríete, hermanita. Soy medio brujo.

No podía dejar de reír, pero me gustó eso de «hermanita».

—Oye, mamá —Antxon se volvió hacia su madre—, Alexia y yo hemos pensado que estaría bien que salierais juntos.

—Antxon... —Su madre se sonrojó y mi padre esbozó una gran sonrisa. Le gustaba Judith, claro clarinete.

—¿Qué? Os lo decimos por si tenéis alguna duda por nosotros, ¿verdad, hermanita?

Acabamos los cuatro riendo ante las palabras de Antxon. Era único.

—No debería haber muerto —murmuré.

Thiago me rozó la mano con su pulgar y apreté los dientes para no llorar. No quería llorar delante de él. De repente me encontré entre sus brazos y apoyé mi cara en su pecho.

—Eres fuerte, Alexia. Estoy seguro de que Antxon estaría orgulloso de ti.

—No lo sé...

—Otra no hubiera levantado cabeza y más con una... con una madre como la tuya —titubeó al decirme aquello, pero al final lo soltó—. En cambio, tú... aquí estás, fuerte como un roble, risueña como la que más, con genio, con carácter. No tienes ni idea de lo mucho que trasmites, Alexia.

Sonreí con tristeza. Me gustaba lo que decía, aunque yo no me veía tan fuerte. Lo era, vale, lo sabía, pero muchas veces me entraban ganas de tirar la toalla.

—Y si crees que has sido débil en algunos momentos, solo piensa que es lo normal. Eres humana, no una máquina. Yo en tu lugar...

Nos miramos a los ojos.

—No sé si hubiera podido.

—Seguro que sí —dije intentando quitarle hierro al asunto.

—No lo tengo tan claro. Como tú bien dices, he vivido entre algodones, en la abundancia y con pocos problemas. Mi vida al lado de la tuya ha sido un remanso de paz. Yo no he sufrido ninguna muerte de alguien cercano.

No, pero casi... Adri le había explicado a Lea la historia de Thiago con Carol, una chica despechada y muy celosa que había intentado quitarse la vida por él. Había que estar mal de la cabeza para hacer eso. Te puede gustar mucho un chico e incluso puedes estar muy enamorada, pero ¿hasta ese punto? Ni hablar. Antes que nada una debe quererse a sí misma, después vienen los demás. ¿Morir de amor? En plan metafórico mil veces, pero en la realidad ni loca.

Salimos del cementerio cogidos de la mano, en plan pareja, pero no me resultaba nada extraño. Era como si fuera lo normal entre nosotros.

—¿Pedimos un taxi y te acompaño?

Miré el reloj: eran casi las seis de la tarde y yo necesitaba una ducha. Afirmé con la cabeza y cogimos el primer taxi que pasó por allí. Durante el camino nos mantuvimos en silencio, aunque Thiago no me soltó de la mano. Al llegar frente a mi edificio nos despedimos con rapidez porque había bastante tráfico a esas horas. Me recordó que me recogería a las nueve de la noche y me dio un beso casto en la mejilla.

«Este Thiago...»

Un día te miraba con ojos de depredador y te envolvía en sus redes de ligón y al siguiente te daba un casto beso en la cara.

Me encantaba.

Al llegar al dúplex me recibió Snoopy con sus caricias cariñosas, lo que significaba que mi madre no andaba por ahí.

Entré en la cocina y me preparé un café pensando en lo bien que había estado con Thiago: la comida, el paseo, su consuelo... Clavé mi mirada en el armario tras el cual estaba la caja fuerte de mi madre.

—¿Tú sabes la contraseña de la jodida caja, Snoopy?

Maulló y me reí. A veces parecía que hablaba y tenía más de persona que mi madre.

—Sé que si la supieras me la dirías. En el fondo me prefieres a mí, también lo sé.

Snoopy se paseó entre mis piernas varias veces hasta que se fue de la cocina con su cola bien tiesa.

Subí a mi habitación y me di una ducha relajante. Después me tumbé en la cama y me puse a leer hasta que a las ocho me planté delante de mi armario pensando qué ponerme. Oí que se abría la puerta del piso: era mi madre charlando con alguien. Era raro porque apenas teníamos visitas. ¿Sería su amante Gerardo?

—Gerardo, no seas tan exagerado. Solo es por un tiempo. Y me dijiste que no había problemas.

—Lo sé, lo sé, pero entiéndeme. Mi mujer va a venir antes, ¿cómo le explico yo todo esto?

¿Mujer? Joder, joder.

—Eso es cosa tuya, yo ni entro ni salgo. Quedamos en eso y ahora no puedes echarte atrás.

Joder con la zorra. Menuda amante se había buscado Gerardo. Mi madre tenía empatía cero, si lo sabía yo.

—Alexia, entiéndeme...

—Invéntate lo que quieras. Dile que trabajamos más horas, que te he subido de categoría o que ahora estás obligado a asistir a ciertas cenas... Tú mismo.

Cerré la puerta porque no quería oír cómo el amante de mi madre, por lo visto casado también, se arrastraba como un perro faldero ante ella.

Al momento me llamó Lea.

—Petarda, ¿quién ha montado esa cita a cuatro de nuevo? ¡Te voy a comer a besos!

—Yo no he sido... Ha sido cosa de Thiago..., que si te cuento...

—Cuenta, cuenta...

Y le resumí en diez minutos todo lo que había sucedido aquel día: desde el encuentro con Marco, las cervecitas y los pinchos con los dos, la comida con Thiago y nuestro posterior paseo.

—¡Madre mía, estamos que nos salimos!

—Y con Adri, ¿qué tal? —le pregunté en un tono meloso.

—Fenomenal. Parece que tiene las cosas claras y hoy mismo estaba buscando un vuelo a Helsinki.

—¿Para cuándo? —pregunté alegrándome por Lea.

Ya era hora...

—Pues el primero que pille después de fin de año y que no se vaya de precio. Tengo unas ganas de que hable ya con ella porque en el fondo...

Se quedó callada y supe qué pensaba. La conocía como a la palma de mi mano.

—En el fondo nada. Analicemos la situación, ¿vale? Adri se va a gastar una pasta que no tiene en ir a Helsinki porque es un tío honesto y no quiere dejarla por chat, cosa que dice mucho, mucho de él. No hay nada peor que un tipo que te deje a través de una mierda de mensaje, que los hay.

—Ya, ya.

—No va a decirle que duda y que no sabe qué hacer. Ahora lo tiene claro.

—¿Y si al verla...?

Vale, sí, existía esa posibilidad.

—Lea, ¿prefieres seguir con la duda? ¿Prefieres esperar a que ella vuelva? En el caso hipotético de que Adri se dé cuenta de que la quiere, pues, Lea, dos piedras, ¿entiendes? Él se lo pierde y tú a empezar de cero.

—Qué fácil es decirlo —comentó en un suspiro.

—A mí me lo vas a contar.

Nos reímos las dos, pero ambas pensamos lo mismo: cabía esa jodida posibilidad, pero era mejor echarle valor que no vivir una historia imaginaria.

—Te dejo, que me llaman —dijo Lea con rapidez y colgó.

Acabé de vestirme y cuando bajé me encontré a mi madre con el tal Gerardo entre papeles varios. Y la caja abierta. Miré por encima de su hombro y mi madre alzó una de sus cejas de bruja.

—¿Sales otra vez?

—Soy una salida —le dije con retintín, y Gerardo me miró sorprendido.

—¿Vendrás a dormir? —preguntó con contundencia.

Thiago..., su casa..., no creo.

—Si acabamos tarde, quizá me quede a dormir en casa de Natalia, con Lea.

—¿Y Nacho?

—Nacho esta noche sale con sus amigos, los pijos.

—Thiago incluido —dijo mirándome a los ojos—. Creo que sus padres están fuera.

Me hice la sorprendida.

—Pues me alegro por él.

Miré otra vez por encima de su hombro y me pareció ver mi libreta en la caja abierta. Hubiera sido tan fácil darle una sonora hostia a mi madre para recuperar en aquel momento algo que era mío, pero... yo no era así. Podía pensarlo, pero hacerlo era harina de otro costal... Por mucho que la odiara, no iba a usar la violencia física, nada justificaba pegar y menos a una madre, aunque tuviera menos de madre que yo de monja.

Quizá si la distraía... Miré el reloj: me quedaban exactamente quince minutos. Le había mandado un mensaje a Thiago diciéndole que me esperara al final de la calle, no quería que mi madre viera su coche por allí.

—Gerardo...

El tipo alto y flacucho con cara de buena gente me miró un poco asustado.

—¿Qué tal tus Navidades? ¿La familia bien?

Mi madre clavó su mirada en mí, pero la ignoré.

—Eh..., sí, sí.

—¿Tienes hijos? —le pregunté con toda mi jeta.

Podía tener hijos de otro matrimonio, ¿no?

—Sí, dos niños. De tu edad, más o menos.

Joder, encima...

—Vaya, a ver si los voy a conocer.

—No creo —dijo él con rapidez.

—¿No tienes que irte? —me cortó mi madre.

—¿Cenáis fuera? —le pregunté yo dedicándole una falsa sonrisa a ella.

—No, tenemos trabajo —dictaminó mi madre con gravedad mientras cerraba la caja fuerte.

A la mierda. Ya no hacía falta hablar más con ellos.

—Que os cunda, parejita —dije con retintín mientras me iba de allí.

—Alexia, ¿y ese interrogatorio? —oí que le preguntaba él a media voz.

—Es una cría, ¿no lo ves? No se entera de la misa la mitad.

«Sí, claro. Y tú eres muy lista... Se pilla antes a un mentiroso que a un cojo, ¿lo sabes, mamá?»

23

NACHO

Llevaba días sin hablar con Alexia y empezaba a estar realmente mosqueado. Parecía que la jodida tierra se la hubiera tragado. La llamé un par de veces al móvil, pero ante su mutismo dejé de insistir. Me mandó una mierda de mensaje diciéndome que su teléfono lo tenía su madre, pero ¡joder!, podría haberme llamado con el móvil de alguna amiga...

Estuve a punto de preguntarle a Adri o a Thiago, pero al final lo dejé correr. No quería que supieran que quizá Alexia pasaba de mí... Pero ¿por qué? Hasta entonces parecía que la cosa iba bien y que nos entendíamos. A mí me gustaba mucho porque era una chica especial, divertida, inteligente y fogosa cuando se terciaba. Me gustaba tanto que había pasado de algunas insinuaciones e incluso de las invitaciones directas de Gala. Yo quería centrarme en Alexia y no repetir errores.

—Nacho, nos vamos a Madrid.

—¿Cómo?

—Mañana ya puedes ir preparando la maleta —dijo con rotundidad mi madre.

—¿Qué ocurre?

La idea era pasar allí todas las fiestas, con la familia...

—Tu padre tiene que estar en la ciudad el primer día del año por un asunto serio, así que nos vamos pasado mañana en el AVE. No hemos encontrado billetes de avión.

Joder, aquello sí que era extraño, pero... la parte buena era que vería a Alexia mucho antes de lo esperado.

—¿A qué hora llegaremos a Madrid? —pregunté pensando en mis planes personales.

—Hacia las diez de la noche —respondió mi madre—. No habrá cena de fin de año...

Eso significaba que podía darme una ducha rápida, cenar cualquier cosa e ir a por Alexia. Pero ¿cómo iba a saber por dónde andaría? Lea... Adrián... Gala... Quizá Gala sabía algo.

Hola, Gala. ¿Cómo va eso?

Bien, cariño, ¿y tú?

Jodida manía de seguir llamándome cariño.

Bien. Voy a subir antes de lo previsto. Para fin de año estoy ahí.

¿En serio? ¡Genial! Vamos a hacer una pequeña cena en casa de Débora para después ir a Magic, ¿te apuntas?

Me pillas out. ¿Y los chicos?

Adri y Thiago salen con las tontas aquellas, ya sabes.

Vaya, vaya...

Irán también a Magic o eso me ha dicho Adri.

En fin de año solíamos salir todos juntos, por lo que me extrañó que Thiago y Adri pasaran de ir con ellas. Adri sabía que ellas podían irle con el cuento a Leticia, así que no entendía por qué se arriesgaba tanto. Y Thiago... ¿Tenía algún interés especial en estar cerca de Alexia?

Esperaba que no, por el bien de su integridad física.

24

—¿Natalia?

Justo al salir del portal recibí su llamada y respondí mientras iba andando hacia el final de la calle.

—¿Te pillo mal?

—No, no. He quedado para cenar con Thiago... y con Lea y Adri. Ya sabes.

—Sí, algo me ha dicho en un mensaje. Estaba loca de contenta.

—¡Oye! ¿Y tú qué tal con don Guaperas?

Aquella tarde, después del trabajo, Ignacio y ella habían quedado para tomar algo juntos.

—Uf..., ha ido genial, la verdad. Yo estaba nerviosa, pero a los cinco minutos se me ha pasado. Es un tío de lo más divertido y no veas cómo mira...

—¿Te hacía ojitos?

—Nos hacíamos ojitos. Creo que aquel mensaje le llamó la atención. Hemos estado un par de horas juntos y no hemos dejado de tontear. ¡Es tan... guapo!

—Guapo es un rato, eso es verdad...

—Me ha dicho que podríamos quedar otro día con más tiempo.

—¡Ole! Eso es que quiere conocerte, y en cuanto te conozca, ¡zas!, ya es tuyo.

Natalia rio y yo con ella.

Divisé el coche de Thiago aparcado en una zona de carga y descarga.

—¿Mañana en el bar como siempre? —preguntó feliz.

—Allí nos vemos a las siete. Te dejo, que me espera Thiago.

—Dale un beso de mi parte.

—Otro para ti, petarda.

Abrí la puerta del coche y Thiago me miró sonriendo.

—Buenas noches, señorita Suil.

—Buenas noches, señor Varela.

Cerré la puerta y al volverme lo pillé mirándome las piernas.

—Son solo unas piernas —le dije chasqueando los dedos frente a sus ojos.

—No, perdona. Son tus piernas.

—Ah, menos mal que no son las del vecino. No podría con toda esa pelusa...

Nos reímos a la vez y Thiago se acercó a mí para darme otro beso de esos castos en la mejilla. Empezaban a gustarme también...

Arrancó el coche y se incorporó al tráfico con soltura. Charlamos como dos amigos de toda la vida, sin incomodidades ni palabras forzadas. Estábamos a gusto. Acabamos hablando de Lea y Adri y me reconoció que Leticia no le gustaba para su amigo, pero que siempre lo había respetado.

Adri y Lea nos esperaban ya en casa de Thiago. Adri tenía una llave y entre los dos estaban acabando de preparar la cena que Thiago había encargado en uno de sus restaurantes favoritos.

—Así que de cocinar nada, ¿no? —le dije con retintín.

—No quería arriesgarme —contestó alzando sus cejas un par de veces.

Había pedido unas tablas de embutidos, quesos y *foie* con tostadas. De segundo, la especialidad de la casa: medallones de solomillo con peras caramelizadas.

Nos sentamos los cuatro y disfrutamos de la cena mientras no dejamos de charlar de todo y de nada. Thiago estaba a mi lado y de vez en cuando me rozaba como quien no quiere la cosa. Por dentro me reía porque estaba segura de que era a propósito. Pero yo me hacía la sueca y no le daba coba.

Cayó solo una botella de vino porque no quisimos abusar del alcohol, pero no paramos de reír hasta que mi móvil sonó. Era Natalia de nuevo. ¿Se habría equivocado?

—Petarda, ¿qué pasa?

Tras unos segundos de silencio escuché un llanto desconsolado.

—¡Natalia! —Miré a Lea, quien a su vez se levantó de la silla con rapidez.

—Lo siento...

¿Qué sentía? ¿Qué cojones había pasado?

—Natalia, cariño. —Me levanté también y les di la espalda a los chicos, quienes nos miraban preocupados—. ¿Estás bien? ¿Te ha pasado algo?

De repente vi el rostro de Antxon ensangrentado y tuve que cerrar los ojos para quitarme esa visión de la cabeza.

—Yo, sí... Es mi madre...

—¿Tu madre?

—Necesito que vengáis, Alexia. Solas.

Vale, sin problemas.

—¿Estás en casa?

—Sí...

Le indiqué con la cabeza a Lea que nos teníamos que ir.

—¿Necesitas una ambulancia o algo? —pregunté por si acaso.

—No lo sé... Tiene sangre y no entiendo lo que dice.

Joder, joder.

—¿Está consciente?

—Sí...

—Vale, tranquila. En diez minutos estamos allí.

La oí llorar de nuevo y le dije que se calmara. Colgó llorando y me quemó algo por dentro.

—Nos vamos, Lea. La madre de Natalia está herida y delirando o algo así, y Natalia solo llora.

—Hostia puta... —murmuró mi amiga con la mano en la frente.

—¿Qué ha pasado? —preguntó Thiago intranquilo.

—No lo sé —le dije nerviosa—. Solo lloraba y lloraba, joder...

—Os llevo —comentó Thiago con rotundidad.

—Me ha pedido que vayamos solas —le dije mirándolo a los ojos.

—No pasa nada, os dejamos ahí y nos vamos.

—Gracias...

Nos fuimos de allí como alma que lleva el diablo. Lea hablaba por los codos haciendo mil elucubraciones sobre lo que podía haber sucedido. Yo, en cambio, iba en absoluto silencio, absorta en mis propios pensamientos.

Me temía lo peor.

Thiago colocó su mano en mi muslo y me miró un segundo mientras conducía.

—Tranquila, Alexia, ya verás como todo irá bien.

Su tono calmado me dio confianza y por unos segundos deseé que tuviera razón. Yo siempre me imaginaba lo peor y, por lo visto, Thiago no era como yo.

En cuanto llegamos, Lea y yo bajamos del coche con rapidez y nos despedimos de ellos con un simple adiós. Lo entendían, por supuesto. La situación era delicada.

Llamamos al tercero A, el piso de Natalia, y nos abrió de inmediato. Unos minutos antes le había mandado un mensaje diciéndole que ya llegábamos, solas.

Lea y yo subimos por las escaleras, casi dando saltos, porque el ascensor no funcionaba. Al llegar arriba Natalia nos abrió con los ojos abotargados, las mejillas rojas y el labio inferior hinchado y con una herida abierta. Peor aspecto imposible, pero lo primero era saber cómo estaba su madre.

—¿Y tu madre? —pregunté entrando en su piso.

¿Había habido un terremoto y no nos habíamos enterado? Estaba todo revuelto, las sillas del salón mal puestas, los cojines por el suelo, algunos libros caídos y su madre tumbada en el sofá. ¿Qué cojones era todo aquello?

—Está mejor...

Lea y ella se abrazaron y yo me acerqué a su madre. Tenía una bolsa de hielo colocada en su frente.

—Trini...

—Hola... Natalia, te he dicho que no era necesario molestar a nadie.

—No es molestia, ¿qué ha pasado? —le pregunté con rapidez.

—Nada, nada —respondió ella un poco seca.

Miré a Natalia y negó con la cabeza. Observé de nuevo a su madre y pude apreciar sangre en el cuello de su camisa.

—¿Tiene una herida en el cuello?

Trini frunció el ceño.

—No es nada, de verdad. Natalia se ha puesto nerviosa y por eso os ha llamado.

Natalia no era una histérica.

—Mamá, estabas como ida y no sabías lo que decías.

—Ha sido del golpe, ya está.

—¿Se ha caído? —pregunté intentando saber qué había pasado.

—Sí, eso mismo —contestó su madre.

Natalia me miró con tristeza. No me lo creía.

—Te ayudamos a recoger esto —comentó Lea empezando a poner las cosas en su sitio.

—¿Ha sido tu padre? —le susurré a Natalia.

Ella respondió afirmativamente con un solo movimiento de cabeza.

Hijo de puta. Si es que lo sabía..., al final había acabado zurrando a su madre. Mierda de adultos. Si me pillaba a mí, lo iba a llevar crudo, porque era capaz de clavarle un cuchillo en sus partes nobles. Cabrón. Más le valía no aparecer por ahí en esos momentos porque me hervía la sangre, sobre todo al fijarme en la cara de Natalia. Ver a tu madre hecha un trapo por culpa de tu padre tenía que ser muy duro.

Ayudamos a Natalia, le preparamos un té a su madre y le dijimos a nuestra amiga si quería charlar un rato, pero ella prefirió quedarse al lado de su madre. Lógico, muy lógico. Quedamos en vernos al día siguiente, en el bar, como siempre.

—Si necesitas algo, sea lo que sea y a la hora que sea, no dudes en llamarme. Tendré el móvil a mano —le dije al oído antes de irnos.

Natalia me lo agradeció con una mirada y yo, por unos segundos, me sentí como si la abandonara a su suerte. ¿Qué ocurriría cuando regresara su padre? ¿Habría más palos? ¿Más represalias? Joder... Sabía de mil historias de malos tratos, pero que el cabrón del maltratador fuera el padre de una de tus mejores amigas... era espantoso. Me costaba entenderlo, la verdad. Mi madre era una bruja con escoba incluida, pero aquello era peor. Usar la violencia para... ¿para qué? Para someter a alguien que estaba en inferioridad de condiciones físicas. Era para decirle al cabrón del padre de Natalia que se metiera con alguien como él. Qué fácil era pegarle a una mujer y qué poco decía eso de los hombres, por llamarlos de alguna manera. No eran ni hombres ni eran nada. Eran unos mierdas.

Al día siguiente me levanté con un mal rollo increíble al recordar lo sucedido. No había tenido pesadillas porque me había pasado media noche despierta, mirando el móvil cada dos por tres. ¿Y si Natalia me necesitaba?

Thiago me mandó un mensaje y, nada más responderle, me llamó. Estuvimos diez minutos largos hablando del tema y me sentí respaldada por él, pero seguía sintiendo ese nudo en el estómago. No me iba a quitar esa sensación en días, lo sabía.

Lea y yo hablamos a primera hora para saber si alguna de las dos había recibido noticias de Natalia. Nada.

A mediodía nos mandó un mensaje diciéndonos que su madre estaba mejor y que por la tarde nos veíamos donde siempre. Se me hizo el día interminable porque necesitaba hablar con ella, saber cómo estaba, entender la situación, aunque mucho temía que aquello era incomprensible.

—¿Tú crees que nos lo explicará todo? —Lea estaba asustada, como si aquello la superara.

Eso me ponía más nerviosa porque Lea era una tía decidida, sin miedos.

—No sé, deberíamos dejar que hable... Supongo que no es fácil.

Nuestra amiga no nos había dicho más porque estaba su madre delante y no quiso dejarla sola. Lea y yo nos habíamos montado nuestras propias historias, pero la verdad solo la sabía Natalia.

—¿Te fijaste en su labio? —preguntó reticente.

—Sí, tenía un buen golpe. Quizá se interpuso entre ellos y acabó recibiendo.

Lea ahogó un gemido y yo miré hacia la puerta. Era Natalia.

—Hola, chicas...

—Natalia... —Yo cogí su mano y Lea la abrazó.

—¿Cómo estás? —murmuró Lea en su cuello.

—Bien...

Imposible estar bien, por supuesto.

—Gracias por venir... Sé que estabais con Thiago y Adri...

—No pasa nada —dictaminé yo muy segura.

Lo primero era lo primero.

—Para eso estamos las amigas, petarda —dijo Lea sentándose.

Natalia se colocó entre las dos y nos miró alternativamente antes de empezar su versión de los hechos.

Su padre había ido a tomar algo con un representante de la tienda de comestibles y habían acabado bebiendo demasiadas cervezas. Se le acabó el efectivo en su cartera y quiso pagar con la tarjeta, pero resultó que estaba caducada. Pilló un cabreo de los suyos y subió a su casa gritando y diciéndole a su madre que era una descuidada. Su madre se encaró porque la tarjeta era cosa de él, no iba a estar ella pendiente de todo lo suyo. Y su padre la golpeó. Era la primera vez y Natalia se asustó tanto que se interpuso entre ellos y empujó a su padre. Él, furioso, le devolvió el empujón y ella trastabilló y se dio de cara contra una de las paredes. De ahí ese moretón en su labio inferior.

—¿Y qué va a hacer tu madre? —preguntó Lea muy seria.

—Nada, ya visteis que no quiere ni decirlo.

—¿Nada? —Mi tono agudo indicó que estaba flipando.

¿Cómo que nada? ¿Iba a dejar que esto se quedara ahí? ¿No sabía

Trini que aquello volvería a ocurrir? Otro día regresaría de nuevo borracho o simplemente de mal humor porque no le salían los números de la tienda y volvería a zurrarla. Y cada vez sería peor. Eso lo sabía todo el mundo, joder. ¿Por qué hacía ver su madre que no pasaba nada?

—Alexia, es cosa de mi madre.

—Y tuya —le dije cortante.

No estaba en absoluto de acuerdo con aquella postura.

Sus ojos me miraron con tristeza, pero no podía estar de su lado si opinaba como su madre. Lo sentía mucho.

—Os agradezco en el alma que vinierais ayer porque estaba histérica con todo aquello, pero ahora necesito que sigáis a mi lado y que no nos juzguéis.

Joder...

—Entiendo que es difícil comprenderlo, pero cada uno sabe lo que se cuece en su casa y de momento no... no voy a hacer nada.

—Vale, Natalia, lo entendemos —dijo Lea mientras yo me quemaba por dentro—. Pero ¿y si se repite?

—No... no volverá a suceder.

¿Y ella qué sabía? Era una manera muy tonta de autoengañarse.

—¿Cómo lo sabes?

—Porque yo estaré pendiente.

¿Pendiente? ¿Las veinticuatro horas? Era imposible.

—Evitaremos situaciones conflictivas...

Mandaba huevos la cosa. Daba igual lo pendientes que estuvieran, aquel cabrón acabaría apaleando de nuevo a su mujer. Era siempre lo mismo en todos los lados.

El año anterior en el instituto habíamos trabajado en profundidad este tema con una profesora. Ella misma había sido maltratada por su marido, un tipo joven y guapo. Nos dejó bien claro que cuando se traspasan ciertas barreras es imposible volver atrás. Estos hombres machistas se creen superiores a las mujeres y, además, son incapaces de afrontar sus propias frustraciones. ¿Resultado? El perfil del padre de Natalia.

Aquella profesora me marcó y nos puso sobre aviso.

—Un tipo maltratador no vendrá el primer día y os dará una bofetada u os dirá «Cariño, no te pongas esa falda que es muy corta». No, chicos. Al principio son tan agradables como cualquiera, por eso debéis estar bien atentos a algunas señales. Nada de tú eres solo para mí; nada de no quiero que salgas con tus amigas porque te quiero mucho. Eso no es amor.

Algunas de sus charlas se me quedaron muy grabadas dentro porque veía algunas de aquellas actitudes en gente de mi edad. ¡Joder, en gente de catorce, quince o dieciséis años! ¿Cómo era posible? Y lo peor era que algunas chicas aceptaban con gusto sentirse tan controladas: «Me vigila el móvil porque me quiere, me controla dónde estoy porque está enamorado de mí, quiere siempre salir conmigo porque no puede estar sin mí...». ¿Perdona?

—Chicos... —Aquella profesora siempre sonreía, a pesar de la seriedad del tema y de que había vivido el maltrato en sus propias carnes—. Tened claro que eso no es amor, eso es puro control. Amor es confiar, es libertad, es querer compartir amistades, es dar y recibir por igual...

Costaba creer que todavía hubiera tanto energúmeno suelto en el siglo XXI. Nosotras debíamos pararle los pies. No quería meterme en la vida de Natalia, pero esto no podía quedar así.

25

Aquel fin de año iba a ser un poco extraño porque tenía demasiadas historias en mi cabeza. Me tumbé en la cama, después de una larga ducha, y me detuve a pensar un poco en todo aquello.

La desilusión con Nacho... Había pasado de llamarme más veces, ni siquiera había intentado contactar conmigo de otro modo. Se había conformado con ese mensaje. Vale, es verdad que yo no había tardado nada en liarme con Thiago, pero esa no era la cuestión. El tema era que él me había prometido que nos íbamos a divertir y me había insinuado en varias ocasiones que pasaba de todas las tías. Sin yo preguntárselo. ¿Qué necesidad tenía de mentirme? Quizá yo hubiera aceptado un rollo parecido al de Gorka, sin ataduras, sin compromisos y simplemente acostándonos cuando nos viniera en gana. No lo entendía todavía, la verdad. De ahí mi decepción con él.

Con Thiago me había ocurrido todo lo contrario. Estaba... distinto, receptivo y superpendiente de mí. ¿Dónde quedaba todo aquello de que yo era una cría? ¿Había pasado a la historia o al regresar de vacaciones aparecería también aquel Thiago tan serio y formal? Quería creer que, al saber que Nacho me la había metido doblada, él había dado algún paso que, de otro modo, no hubiera dado por respeto a su colega. Realmente me gustaba mucho y me encantaba pasar las horas con él, por no hablar de estar entre sus brazos en su cama. Había sido perfecto, aunque me hubiera ido de su casa muy cabreada. Estaba segura de que Débora se moría por sus huesos y que no me lo pondría fácil.

Debía aceptar que ella era una amiga, pero, claro, era una amiga que se lo quería cepillar a todas horas. Algo así como Marco conmigo, pero yo no tenía ninguna intención de liarme con él. Debía pensar que Thiago tampoco. ¿Debía cenar con Marco o rechazar su invitación? No tenía ni idea. No había nada de malo en que cenáramos juntos porque en ese preciso momento yo no me sentía atada a nadie. Estaba claro que mi historia con Nacho había terminado, pero ¿y con Thiago? No sabía en qué punto estábamos, si es que estábamos en algún punto, porque con él nunca se sabía.

Resoplé cansada de tanto tío en mi cabeza y pensé en Natalia.

¿Cómo se debía sentir ella al saber que su padre era así? Porque una no escoge a los padres, toca lo que toca. Yo sabía que ella quería mucho a su madre y que tenían una buena relación, ¿cómo no iba a estar preocupada todo el día? Sus padres trabajaban juntos en la tienda. ¿Y si al hombre se le iba la pinza y le hacía algo allí? No, lo dudaba. Esos tipos eran unos gusanos y se escondían en sus casas para hacer daño a sus mujeres.

Podía sentirme afortunada por tener a mi padre... Quería llamarlo y desearle un buen fin de año, pero me sentía un poco agobiada. Al final me decidí porque estaba segura de que él esperaba mi llamada con ansia.

—¡Hola, cariño!

—¡Hola, papá!

—¿Cómo estás? ¿Cómo va todo?

—Bien, bien. ¿Y vosotros?

—Bien, cariño. Estamos preparando las maletas para irnos a Londres. Mañana cogemos el primer vuelo.

—Vaya... ¿No celebráis fin de año?

—Lo celebraremos en casa, con una buena cena, pero mañana madrugamos, así que no habrá bailes con la corbata en la frente.

Nos reímos ambos y yo recordé dos años atrás a mi padre con su corbata de cuadros en la frente mientras brindábamos por el año nuevo en París. Antxon no podía dejar de reír al verlo y Judith lo miraba encantada.

—¿Tú sales con tus amigas?

—Sí, hemos quedado para cenar y después saldremos por Madrid.

—¿De discoteca?

—Sí, es lo mejor, porque ahí no hay peligro con los coches.

Nos quedamos los dos unos segundos callados. Yo pensando en Antxon y él creo que también.

—Oye, papá... Podríamos ir decidiendo qué día nos vemos —dije dubitativa.

No lo tenía claro del todo, pero no quería postergarlo hasta el infinito.

—¡Claro que sí! Ya sabes, cuando tú me digas, cojo un vuelo y me planto en Madrid.

—Bueno..., mejor te aviso antes, ¿no?

—Con que me avises un par de días antes, tengo suficiente. Con la empresa no tenemos problemas con los vuelos, ya lo sabes.

—Genial, pues en la próxima llamada lo concretamos.

—Tengo muchas ganas de verte —dijo en un tono más suave.

—Yo también, papá.

—¿Tienes de todo? ¿Te falta algo? ¿Necesitas algo?

«Tu cariño, tus besos, tu sonrisa...»

—No, no necesito nada.

«Bueno, sí, que alguien se case con mi madre y se la lleve a la Conchinchina.»

Pero prefería no tocar ese tema con mi padre de momento. No quería hacerlo sufrir más.

Nos despedimos tras varios minutos de charla y quedamos en vernos pronto. Cuando colgué me sentí mucho mejor, la verdad. Nada como un padre que te quiere sin importarle los continuos rechazos que había recibido de su hija durante el último año.

Cerré los ojos unos segundos con una sonrisa en los labios. Hablar con él había mejorado el día y parecía que seguía mejorando porque recibí una notificación de D.G.A. La abrí inmediatamente antes de que saliera de Instagram. Quería desearle un buen fin de año.

Pequeña, ¿cómo va eso?

Hola, Apolo. Aquí me pillas preparando mi traje espacial para esta noche. ¿Y tú, qué tal?

Joder, ¿qué te vas a poner? Jajaja. Te iba a preguntar por dónde vas a salir, pero creo que te veré sin problemas.

Jajaja, es un vestido plateado, muy sencillo, aunque muy corto, te aviso.

Fiu fiuuu. ¿Sales por La Latina?

No, vamos de discoteca, así no nos perdemos, jajaja.

Nosotros también, así pasamos de coches. Cogemos un taxi y listos. ¿A qué discoteca vas?

Me quedé bloqueada. ¿Se lo decía?

Primero dime adónde vas tú.

Nosotros nos hemos decidido por Magic. Estuvimos hace un par de años y nos reímos muchísimo porque montan juegos y rollos de esos. ¿Y tú?

Hostia... Qué casualidad... ¿Le decía la verdad o le mentía? Joder, ¿cuánta gente habría en Magic aquella noche? Era imposible vernos. Nosotras estuvimos el año pasado en otra discoteca y allí no cabía ni un alfiler. Estaban las tres salas hasta los topes e incluso la terraza parecía un hervidero de gente.

A Liberty, este año hemos decidido probar con esta disco, a ver qué tal.

¿Una disco para pijos? No sé si te pega, jajaja.

Una de mis amigas ha insistido en ir allí porque hay uno chico que le mola y eso...

Joder, se me daba fatal mentir. Esperaba que D.G.A. no se diera cuenta.

Si te aburres, ya sabes dónde encontrarme. Busca al más guapo.

Jajaja, si cambio de planes, buscaré al más caradura.

Así seguro que me encuentras. Por cierto, a las doce brindaré contigo mentalmente, que lo sepas.

Yo haré lo mismo, Apolo.

Y pediré un deseo...

Sonreí y me atreví a preguntar.

¿Cuál?

Conocerte.

Uf...

Al final le había mentido porque temía que me buscara o yo qué sé. Además, Thiago estaría con nosotros y solo me faltaba destapar allí mi tonteo con D.G.A. Yo era muy libre de hacer lo que quisiera, pero no quería que Apolo supiera de mi vida personal ni que Thiago supiera de la existencia de mi amigo de Instagram. Y vale, había pocas posibilidades de que nos encontráramos, encima sin saber ni qué cara teníamos. Pero no te podías fiar, así que mejor dejarlo aquí.

Finalmente decidimos cenar algo rápido en casa de Thiago porque era el único que tenía la casa libre. Por lo visto, sus padres no regresarían hasta el día 2, así que no había problema. Procuraríamos ensuciar muy poco y lo dejaríamos todo bien recogido antes de irnos a la discoteca.

Max fue el primero en llegar, después de nosotras tres, y nos presentó a su primo Sergio. Era un chico alto como él, un poco rellenito y con cara de simpático.

Más tarde llegó Adri, quien se comió con los ojos a Lea. Ella llevaba un vestido gris con una falda con mucho vuelo y unas sandalias a juego preciosas. Estaba muy guapa.

Las tres habíamos optado por vestidos cortos, aunque hiciera frío en la calle porque en las discotecas te asabas de calor.

Natalia llevaba un vestido rojo de gasa muy bonito y yo uno plateado que marcaba mis curvas, pero con discreción.

La que no vino nada discreta fue Ivone, la chica de Adam. Llegaron juntos, y ella lo eclipsó con un vestido azul sin espalda, estaba increíble.

Tras hacer las presentaciones pertinentes nos sentamos a la mesa para cenar. Habíamos quedado en que cada uno traería algo de comer y de beber y lo compartiríamos todo. Como éramos pocos nos organizamos con rapidez y a las diez en punto ya estábamos sentados alrededor de una mesa llena de comida variada.

Thiago y yo nos sentamos juntos y, aunque yo intentaba demostrar que entre nosotros solo había una simple amistad, nuestras miraditas eran constantes. Esos ojos verdes me tenían loca y era complicado disimularlo.

La cena estuvo genial, y charlamos y reímos mucho porque Thiago, Adrián y Max se iban turnando para decir tonterías varias. Lea no se quedaba corta y yo iba observando con ojo crítico a Natalia porque la tenía delante de mí. Parecía que estaba cómoda, pero masticaba con cuidado porque el labio le dolía, podía ver la mueca que hacía cada vez que abría la boca para comer.

—Oye, Alexia, no te he preguntado por Nacho —comentó Max con total naturalidad.

No había caído en decirle nada, claro.

Thiago y el resto me miraron.

—Pues ya te contaré, pero vamos a dejarlo.

—Vaya... —comentó Max mirándome fijamente.

—Ivone, ¿dónde te has comprado ese vestido tan chulo? —preguntó Lea en un intento por cambiar de tema.

La miré agradecida y ella me sonrió.

—Si te digo dónde, no me vas a creer...

La cena transcurrió sin más preguntas indiscretas y al terminar recogimos entre todos con más risas de lo normal gracias al vino.

Yo iba colocando los platos en el lavavajillas y Max se me acercó por detrás.

—Sea lo que sea, yo estoy contigo —me dijo en el oído.

—Gracias, Max. Ya hablaremos. Paso de pensar en él esta noche.

—Pues sí, vamos a pensar en lo mucho que vamos a ligar.

Nos reímos los dos.

—Ni se te ocurra hacerme la competencia —le dije bromeando.

—¿Te refieres al ojazos?

—No sé de qué me hablas —comenté poniendo los ojos en blanco.

Max rio con más ganas mientras se iba a por más platos.

—Ya, ya...

—¿Te ayudo? —El cuerpo de Thiago se pegó al mío y sentí una corriente por mi columna.

Cerré los ojos unos segundos, saboreando ese momento.

—Gracias, ya termino.

—Dios..., qué bien hueles...

Enterró su rostro en mi pelo y me mordí los labios. Me estaba poniendo cardíaca.

—Thiago, sé buen chico —le rogué con poca convicción.

—¿Por qué? Si a ti te gusta cuando soy malo. ¿Me has perdonado ya por ser malo?

—¿Por dejarme plantada por tus amigas? —le recordé con ironía.

—Alexia, si hasta ahora me he comportado contigo, ya sabes por quién era... Pero ahora, dime que no hay nadie y...

Me obligó a volverme hacia él.

—¿Y? —Alcé una de mis cejas.

—Y escribiremos nuestra propia historia...

Me miró de aquella manera que me dejaba alelada.

—¡Eh! ¡Eh! Aquí porno no, ¿eh?

Adrián apareció de repente con las manos llenas de platos.

—Ten amigos para esto —me dijo Thiago con gravedad y me reí mucho...

Me encantaba esa mezcla suya de chico serio y chico divertido.

—A ver, parejita, más platos —dijo canturreando Max.

—¿Parejita? Yo no veo ninguna pareja, ¿o te refieres a Adri y Thiago?

—¡Eh! A mí no me líes —soltó Adri saliendo de la cocina entre risas.

—Porque no querrás —murmuró Max por lo bajini y yo me reí un montón.

Cuando Max desapareció, Thiago me miró y alzó sus cejas.

—¿He oído bien?

—Perfectamente —le confirmé cerrando el lavavajillas—. Es bisexual.

Él me miró para ver si mentía.

—No es tan raro, Thiago. En mi clase hay varias personas que son bi.

—Ya, ya..., pero yo creía que él estaba colado por ti.

—¿Qué dices? Es como un amigo-hermano para mí, y yo para él, claro.

—Vaya...

—¿Creías que era competencia de esa sana que tú dices?

—Contigo no me extrañaría que tuviera que competir con el mundo entero —lo dijo bromeando, pero sus ojos traspasaron los míos.

Uf..., me lo comía.

—Vamos, chicos, las uvas... —nos avisó Lea desde el salón.

Quedaban diez minutos para las doce de la noche y ya lo teníamos todo preparado.

—Alexia...

Me volví hacia él antes de salir de su cocina.

—¿Qu...?

Su boca besó la mía inesperadamente y una ola de calor me recorrió de pies a cabeza. Madre mía...

26

Tocaron las doce, comimos las uvas entre risas y empezamos a besarnos unos a otros. El último en besarme fue Thiago y lo hizo despacio y rozándome más de la cuenta.

—Feliz año nuevo, novata.

—Feliz año, pijo.

Nos sonreímos con una mirada cómplice. No sabía en qué punto exacto se encontraba nuestra relación, pero había decidido dejarme llevar. ¿De qué servía pensar tanto? Lo suyo era vivir el momento y que pasara lo que tuviera que pasar.

De allí nos fuimos a Magic. Todos teníamos ganas de música, de bailar y de beber un poco más. Era pronto, pero ya estaba bastante lleno. Mucha gente había tenido el mismo pensamiento que nosotros: pasar toda la noche en la discoteca y olvidarse del coche. Aquella noche no era nada recomendable ir conduciendo por Madrid de un lado a otro.

Nosotros íbamos de gala, y la discoteca también estaba decorada con banderines, con felicitaciones de fin de año, con globos dorados con el número dos mil diecinueve, con lazos y cintas de purpurina... Realmente una decoración festiva que te subía el ánimo.

Como mirar a Thiago...

A ver, era evidente que lo encontraba guapo, pero vestido con esos pantalones de pinza que se iban estrechando hasta llegar al tobillo y aquella camisa negra que llevaba arremangada hasta el codo, estaba para comérselo.

—¿Por qué me miras así? —preguntó divertido.

—¿Tú qué crees?

—Te recuerdo a alguien —contestó con su habitual rapidez.

—Exacto —le repliqué del mismo modo.

Nos reímos los dos y brindamos con nuestras copas. Aproveché ese momento para observar a Natalia. Si no hubiera sabido lo que había ocurrido en su casa, habría pensado que en su vida todo seguía con la misma normalidad. Yo era mucho más visceral y me costaba disimular de ese modo mis sentimientos. Estaba segura de que Natalia por dentro estaba hecha una mierda. Pero ahí la teníamos, sonriendo, contenta y bailando con Lea la última de Twenty One Pilots.

—Es lógico que quiera divertirse...

Miré a Thiago sorprendida. Joder, ¿es que estaba en mi cabeza o qué?

—A veces me das mal rollo —le dije aún flipada.

Él soltó una de sus carcajadas y sonreí al oírlo.

—Eres única —dijo entre risas.

—Perdona, no soy yo la que adivina los pensamientos.

—Alexia, estabas mirando a Natalia fijamente. No era tan difícil adivinarlo.

—Quizá solo miraba cómo bailaba...

—Si no te conociera quizá, pero como te conozco sé que vas más allá.

—Me lo tomaré como un cumplido —le dije sonriendo al pensar que me gustaba que me conociera.

Si alguien dice conocerte es porque le interesas.

En ese momento me acordé de D.G.A. y me entraron ganas de saber quién era. Miré a mi alrededor, buscándolo, aunque era una tontería porque no sabía cómo era. En el fondo esperaba ver a un chico y que mi intuición femenina me dijera: «¡Es ese!». Pero no, eso no iba a suceder.

—¿Buscas a alguien? —me preguntó Thiago observándome.

—Eh..., no.

—¿Has quedado con alguien en especial? —preguntó alzando sus cejas y bromeando.

—Qué gracioso. Solo miraba el ambiente y... eso.

—¿Y qué tal?

—¿El qué?

—El ambiente.

Le di un codazo y él rio de nuevo.

—No sabes lo que conseguirías con esa risa tuya —dictaminé más seria.

—¿Algo de ti?

—Estás muy divertido, ¿no?

—¿Cómo no voy a estarlo si voy a empezar el año contigo?

Nos miramos con deseo y nos sonreímos levemente.

Yo también me sentía feliz por varios motivos, y uno de ellos lo tenía enfrente, eso era evidente. Pero también se debía a que había charlado con mi padre, a que parecía que Lea iba a conseguir al chico de sus sueños, a que Natalia empezaba a ir por buen camino con Ignacio, a que acababa de sentir la mano de Thiago buscando la mía...

—¿Bailamos? —Me rozó el oído y sentí un escalofrío recorriendo todo mi cuerpo.

Dejamos la copa a un lado de la barra y nos adentramos hacia la pista, junto a nuestros amigos que bailaban «So payaso» de Extremoduro. Thiago me acercó hacia él de un solo movimiento y me atrapó de la cintura. Me reí y él me sonrió.

«*Me tiemblan los pies a su lado... La empiezo a besar...*»

Empezamos a movernos de forma sincronizada y Thiago cantó alguna que otra estrofa de la canción.

—Estás guapísima —me susurró en el oído de repente.

Me mordí los labios ante su provocación y él se lamió los suyos. Madre mía, me moría por besarlo.

—¡Buenas noches, gente del ambienteee! —Se oyó por el altavoz.

El *disc jockey* nos saludó y nos explicó que aquella noche iban a realizar algunos juegos en los que esperaba que todos participáramos. También nos dijo que como la noche era muy larga iba a poner música de todos los colores. Genial porque no soportaba la idea de pasarme toda la noche bailando pachangueo.

Después de aquella canción Thiago y yo bailamos con los demás y me encantó verlo divertirse con Max, con Adri, en fin, con todos. Nos íbamos mirando a la que podíamos y de vez en cuando nos rozábamos, pero en ningún momento dejamos de lado a nuestros amigos por estar juntos. Lea y Adri hacían lo mismo y procuraban mantener las distancias. Sus amigas, las pijas, habían decidido ir también a Magic, así que la misma Lea le había dicho que debían comportarse con normalidad, porque ninguno de los dos quería que le fueran con el cuento a Leticia. Adri quería decírselo él mismo, era lo menos que podía hacer.

—Vaya, vaya, ese vestido te debe de haber costado una pasta...

Joder, si antes pensaba en ellas antes aparecían. Aquella era Gala hablándome demasiado cerca para mi salud mental.

—¡Joder! Cómo huele a cloaca —comenté al aire, y ella me miró con desprecio.

—Eres una barriobajera —me escupió con rabia—. Deberías haberte quedado con las tribus aquellas, te pegan más.

La miré frunciendo el ceño.

—¿Así que me has visto en el vídeo de Hugo?

—De casualidad —respondió en un tono despectivo.

—Entiendo que estés celosa, a ti te habría encantado que todos esos seguidores te hubieran visto, aunque fueran dos segundos.

—Antes que ser tú preferiría ser una asquerosa cucaracha.

—Perdona, ya lo eres —le repliqué con rapidez.

¿De qué cojones iba? Débora se acercó a nosotras y Lea también.

—¿Algún problema, Alexia? —me preguntó Lea muy chula.

—Ninguno, creo que los malos olores ya se iban.

Débora me miró como si le debiera algo, pero dio media vuelta y se fue a saludar a Thiago.

—¡Gente del ambienteee! Necesito parejas, muchas, de cualquier raza, condición sexual, religión o lo que sea. ¡Vamos! ¡Vamos! ¡Y quiero besos, genteee! Muchos besos, muchos. ¡Premio para la pareja que se bese con más amorrr!

Un enorme foco blanco empezó a recorrer las cabezas de la gente.

Mis ojos detectaron un movimiento a mi izquierda, no era una visión nítida, pero era alguien con una camisa negra... Centré mi vista y vi a Débora colgada del cuello de Thiago mientras se morreaban a menos de un metro de mi cuerpo.

—La puta de oros... —murmuré con ganas de vomitar retirando la mirada de ellos dos.

¿Qué coño era todo aquello? ¿Una jodida tomadura de pelo? ¡Hostia! Miré hacia Thiago de nuevo y lo único que conseguí fue comprobar que no me había equivocado: Thiago y Débora se estaban comiendo la boca.

De puta madre.

Primero Nacho y ahora Thiago.

Vale, quizá le había besado ella, pero no daba la impresión de que a él le disgustara, joder.

Giré sobre mis talones y me dirigí hacia los baños.

—¡Alexia!

Era Lea, que venía corriendo hacia mí.

—¿Qué ha pasado?

—Nada, lo de siempre. No te puedes fiar de los tíos.

Entramos en el baño y allí pudimos charlar sin gritar.

—¿Qué hacía Thiago con esa?

—¿A mí me lo preguntas? Yo qué sé —dije resoplando agobiada por todo.

—Yo alucino con estos tíos...

—Bueno, no te preocupes. Por mí se puede ir a la mierda.

Me retoqué el pintalabios mientras Lea me aconsejaba no precipitarme porque quizá Thiago se había visto atrapado en las redes de aquella lagarta.

—No hay excusas, Lea. Tú siempre lo dices: dos no se besan si uno no quiere.

—Sí, ya, pero...

—¿De parte de quién estás? —le pregunté molesta.

—Alexia, no digas tonterías.

—Joder, es que no entiendo de qué va ese tío. Me pillo por él y luego me putea. Pues se acabó, este no sabe quién soy yo.

—Miedo me das...

—Vamos, necesito una ronda de chupitos.

Nos dirigimos a la primera barra que encontramos.

—¿Te pongo algo, guapísima? —Me volví hacia la camarera que se dirigía a mí.

—Sí, gracias. Dos chupitos de tequila dobles.

—Joder, Alexia...

—Es fin de año, no me seas mojigata.

La camarera me guiñó un ojo y me lo preparó en un santiamén.

—Yo invito a uno —dijo divertida.

—¿Y eso?

—Creo que estás de bajón.

Le di el billete y cuando me devolvió el cambio me cogió de la mano. ¡Uy! ¿Quería tema la chica?

—Y esto también te irá bien.

Retiró su mano y yo cerré la mía al sentir algo dentro. La camarera se fue a atender a otra persona y yo miré mi mano con cautela. Era coca, joder. La guardé en mi bolso sin que me viera Lea y observé a aquella camarera. Por lo visto, iba repartiendo mierda sin problemas, como el que regala un caramelo. Madre mía, cómo estaba el patio.

Nos tomamos los dos chupitos seguidos, brindando a nuestra salud. Con el alcohol me animé, pero seguía sintiendo una quemazón en el centro del estómago que no sabía cómo me la iba a quitar. No podía borrar de mi mente la imagen de Thiago besando a Débora. Me había jodido, la verdad. Y eso era porque Thiago empezaba a colarse dentro de mí. No lo iba a permitir, no me podía fiar de él, estaba claro. ¿Cómo puedes fiarte de alguien que tiene como amigas a esas brujas?

—¿Vamos? —preguntó Lea con cautela.

Afirmé con la cabeza sintiéndome más valiente gracias al alcohol.

Nada más llegar vi a Thiago apoyado en la barra charlando con Débora. Genial.

Pasé de él, por supuesto, y me fui con los demás, que bailaban ajenos a todo en medio de la pista.

—¡Genteee! Seguimos con esta noche especial donde todo fluye: fluye el amor, fluye la amistad, fluye el glamour... ¡Así que vamos a seguir con el próximo juego! Buscamos a alguien, le decimos «o te reto o jugamos al teto»...

La gente se echó a reír y yo también. Qué ideas...

—Nos miramos a los ojos muy serios y ¡oh, oh!, el que ríe primero pierde y el que pierde paga la copa...

La gente hizo caso al *disc jockey* y empecé a oír la frasecita aquella a mi alrededor.

—O te reto o jugamos al teto... Eh, perdona...

¿Me lo decían a mí? Pues sí, tenía delante un tipo bastante atractivo con una barbita de días que me acababa de soltar aquello. Su cara seria me permitió observarlo bien y me fijé en que tenía unos ojos muy bonitos. Su labio tembló un poco y empezó a reír de repente. A mí también me dio la risa. Qué juego más idiota...

—Hola, soy Roque.

—Hola, Alexia...

Nos dimos dos besos y nos sonreímos.

—¿Te invito a esa copa? Me toca pagar...

Me miró con picardía y acepté. El chico pidió dos gin-tonics y me ofreció uno con una bonita sonrisa.

—¿Estás sola? —preguntó agachándose un poco para hablarme al oído.

—No, no, tengo a los amigos desperdigados por aquí. ¿Y tus amigos?

—Ahí están, bailando. —Me señaló un grupo de tres chicos que se divertían en la pista—. Estaba a punto de pedirme algo cuando el *disc jockey* ha dicho eso del reto...

Nos reímos los dos de nuevo. Brindamos con su mirada puesta en mí y bebí otro largo trago. Empezaba a sentir la cabeza embotada, pero casi mejor, no quería pensar en Thiago. Joder, ¿cómo podía ser tan... cerdo? Al final había resultado que Thiago era igual de cabrón que Nacho. Si es que tenía un ojo...

—¿Pensando en nuevos propósitos?

Roque cortó mis pensamientos con esa pregunta y lo miré sonriendo.

—Algo así.

—¿Y cuáles son?

—Ser una niña buena —le dije con coquetería.

Él dibujó una media sonrisa y se apoyó en la barra.

—Pues ya lo pareces.

—Las apariencias engañan —le repliqué alzando mis cejas.

—No te creo —dijo divertido.

—¿Ah, no?

—A mí me da que eres una buena chica, aunque esos ojos de gata pueden liar a cualquiera en cuanto te lo propongas.

Bebí pensando que yo no era de ese tipo de chicas..., pero nunca es tarde si la dicha es buena. Me lamí los labios y Roque se fijó en ese gesto.

—Madre mía, niña, no hagas eso a menudo porque puedo no responder...

—No sé de qué hablas —dije haciéndome la tonta.

Se acercó a mí y me cogió de la barbilla. Sentí su mano áspera y por unos segundos estuve tentada de apartar sus dedos de mí de un manotazo, pero el alcohol me relajó al segundo. «No pasa nada, joder.»

—Eres superbonita. —Me miraba sin decidirse y al final se separó de mí—. ¿Un chupito?

No me dio tiempo de responder. Roque pidió dos chupitos de tequila, brindamos y nos lo tomamos de una vez. Uf, demasiado alcohol por mis venas. Me volví hacia la pista y vi a todo el mundo pasándoselo bien, bailando, siendo feliz... ¿Y Thiago? Ni rastro de él.

Debía de estar con Débora y sus amigas. ¡Genial!

27

THIAGO

—¡Thiago! ¿Qué tal?

Débora vino a saludarme con sus amigas y me alegré de verlas.

—Bien, ¿y vosotras?

—Ahora mucho mejor. —Me hizo un guiño antes de darme dos besos.

—¡Gente del ambienteee! Necesito parejas, muchas, de cualquier raza, condición sexual, religión o lo que sea. ¡Vamos! ¡Vamos! ¡Y quiero besos, genteee! Muchos besos, muchos. ¡Premio para la pareja que se bese con más amorrr!

Débora y yo reímos al oír al *disc jockey* y de repente me cogió del cuello y me besó. Con los tacones que llevaba y su altura no le costó llegar hasta mi boca. Su lengua se introdujo en la mía y me quedé tan sorprendido por su descaro que no supe reaccionar al momento. Vale, desde fuera podía parecer que nos estábamos besando, pero era ella quien recorría mi boca con su lengua. Hasta que la detuve.

—Débora...

Volvió a por mi boca apretando con fuerza sus labios en los míos.

Joder, ¿qué le pasaba a Débora?

—Oye, basta —dije echándome hacia atrás.

—¿Por qué? —preguntó con los ojos vidriosos pasando su mano por mi sexo.

—¿Qué haces? —Me extrañó esa manera de ir tan a saco.

Débora era mucho más sutil.

—Necesito follarte.

La cogí de la mano y la llevé hacia la barra.

—Débora, ¿qué te pasa?

—¿A mí? Nada. Tengo unas necesidades, solo es eso.

Se acercó a mí y volvió a tocarme sin pudor. No sentí nada, claro. Por muy tío que fuera, esa manera de actuar no me molaba un pelo.

—Débora...

—Nos hemos metido un éxtasis.

Alcé mis cejas, no muy sorprendido porque ya sabía que ellas de vez en cuando tomaban pastillas y cosas parecidas.

—Por favor, me pones un agua —le dije al camarero observando el sudor de la frente de Débora.

«Si se viera como la veo yo ahora, no volvería a probar esas mierdas...»

—Bebe —le ordené cuando el camarero me dio el agua.

Miré hacia la pista buscando a Alexia porque la había perdido de vista. Nada, por allí no parecía estar, aunque Lea tampoco, así que pensé que quizá habían ido juntas al baño.

Débora se bebió la botella de un solo trago. Qué ganas de joderse el cuerpo.

—Creo que necesito un poco de aire fresco.

—Vamos —le dije más serio llevándola hacia la terraza.

Dio la casualidad de que allí estaban Gala y Felisa.

—Vaya, vaya, la parejita feliz —comentó Gala sonriendo.

—Ya os vale a las tres —les dije en un tono hosco—. Algún día vais a tener un mal viaje. Y tú —me dirigí a Débora—, bebe agua, por favor.

Me quedé allí unos minutos hasta que estuve seguro de que podía dejar a Débora con sus amigas.

—Eres la chica de sus sueños —oí que le decía Gala a Débora nada más dar el primer paso para irme.

No era la chica de mis sueños, pero sí mi amiga y alguien con quien me había acostado en bastantes ocasiones, así que me preocupaba por ella, por supuesto.

La chica de mis sueños o de mis dolores de cabeza era otra.

¿Dónde estaba Alexia?

28

Estuve charlando con Roque. Era un chico hablador y simpático, pero estaba nerviosa porque no tenía a Thiago localizado. ¿Y a mí qué más me daba? Pues se ve que sí me daba, y mucho, porque empecé a sentir que me faltaba el aire del agobio.

—Voy a al baño.

—¿Estás bien?

—Sí, sí...

—Estaré por aquí, guapísima.

Me fui de su lado y me dirigí al baño. Al entrar había un bullicio exagerado: chicas charlando, otras maquillándose, un par haciéndose una raya de coca... Joder. Yo llevaba la mierda esa encima. La saqué del bolso y me acerqué a ellas.

—Perdona, me han dado esto...

—Mira qué suerte la tuya —dijo la rubia de pelo ondulado.

—A ver —dijo la otra de ojos negros y pelo oscuro acercándose a mi mano—. Coño, podrías compartir...

—No, si no la quiero —les dije pasándoles la droga.

—¡Joder! Qué guay...

Me metí en uno de los baños y me costó vaciar mi vejiga porque me era complicado mantener el equilibrio sin tocar la taza. Antes prefería mearme encima que tocar aquello. Cuando salí, me refresqué la nuca con agua y la rubia se dirigió a mí. Ellas seguían a lo suyo.

—Vamos, chica. Tómate un tiro.

—No, no, gracias —respondí intentando fijar la vista en el espejo.

Bien, parecía que el maquillaje seguía en su sitio y el pintalabios intacto.

—Venga, que es tuya, cariño. —La chica de ojos negros me cogió de la mano y me plantó delante de tres rayas de coca hechas a la perfección.

La rubia me colocó un canutillo en la mano.

—Las tres a la vez, vamos —me animó.

Ellas dos se agacharon para meterse aquello y yo las observé un poco asqueada. La rubia tiró de mí hacia abajo y me vi esnifando aquello. ¡Joder! ¡Qué asco! Me limpié la nariz intentando quitarme aquel picor y ellas se rieron de mí.

—Anda, bebe. —La rubia me pasó una pequeña petaca y la olisqueé: era whisky a palo seco.

Bebí para quitarme el gusto amargo de la boca e hice una mueca al notar el sabor del licor. No me gustaba nada. Ellas rieron y yo sonreí bastante atolondrada.

—Hasta otra —les dije yéndome de allí.

«*Mujer tan bella y yo con una botella...*» Sonaba «Bella» de Wolfine y salí más animada.

—Bonita, qué casualidad...

Era Roque, que estaba apoyado en una de las paredes.

—¿Bailamos?

—¡Uy, estoy un poco mareada! —le dije bastante eufórica.

—Si quieres, puedo ayudarte —dijo atrapando mi cintura y pegándome a él.

Me reí porque me hizo gracia su tono de seductor, se veían a un kilómetro cuáles eran sus intenciones.

—No hace falta, ese truco ya me lo sé.

—¿Qué truco? —preguntó antes de marcar su boca en la mía.

¡Eh, eh!...

Me separé de él y me miró con deseo.

—Roque, creo que te has confundido conmigo —le dije señalándolo con el dedo.

Volvió a pegarme a su cuerpo de un solo movimiento.

—¿Ah, sí? Pues a mí me parece que te gusta este jueguecito...

Sus labios mordisquearon mi cuello y sentí un amago de erección presionando mi abdomen. No, no quería liarme con ese tipo y no por nada, porque era guapote y simpático, pero lo último que me faltaba era enrollarme con un desconocido.

—Mira, Roque...

Volvió a por mi boca y metió su lengua en busca de la mía. Quise empujarlo con mis manos en su pecho, pero me las cogió y me inmovilizó en dos segundos. Sentí un agobio tremendo hasta que se separó de mí para mirarme con un brillo de deseo en los ojos.

—¿Nos vamos?

—No —le dije muy decidida.

—Tengo el coche fuera, solo un rato...

—Suéltame, tengo que irme.

—Perdona, pero ya la has oído.

¿Era Thiago? Vaya, por fin aparecía...

—¿Y tú eres...?

—Un amigo de Alexia.

Su tono grave me recordó lo borde que podía ser cuando quería. Roque no se encaró, simplemente me soltó las manos y yo me dejé arrastrar por Thiago. Me cogió del brazo y me separó varios metros de Roque.

—¿Qué cojones haces, Alexia?

No quise mirarle. ¿Sabría que me había metido mierda de aquella? Joder, debería darme igual, pero por alguna extraña razón no quería que se enterara.

—¿Alexia?

No dije nada. Estaba un poco colapsada, mareada y con ganas de perder de vista a Thiago. Quizá si no le contestaba se iría..., pero no.

—¿De qué vas? —gruñó cabreado.

Lo miré y vi rabia en sus ojos.

—¿De qué vas tú? —le escupí gritando—. Estoy hasta el coño de ti, ¿me oyes? No quiero verte más. Nunca más.

—¿Y eso por qué? ¿Y qué haces con ese tío?

Negué con la cabeza incrédula ante sus palabras. Era él quien se estaba comiendo el filete de su amiga, no yo. Era complicado discutir con alguien con la música a todo volumen. Teníamos que hablar tan cerca que era difícil no mirarse a los ojos.

—Vamos fuera —dijo cogiendo mi mano y arrastrándome hacia la salida.

Nada más salir respiré con ganas el aire fresco. No me encontraba demasiado bien. La mierda esa corría por mis venas con energía y no estaba especialmente receptiva.

—Mira, Thiago. Esto siempre es lo mismo y yo estoy hasta arriba de ti y de tus historias. Tienes unas amigas que me dan asco y no quiero volver a verte ni a ti ni a ellas ni a su puta madre.

Thiago parpadeó un par de veces y frunció el ceño.

—Por mí os podéis ir todos a la mierda. Tú, el primero.

—No hay quien te entienda —dijo pasando la mano por su pelo.

—¡Ja! Déjame que me ría. Eres tú quien se estaba enrollando con Débora. ¿Cómo puedes ser tan cínico?

—No me he enrollado con ella.

—No, claro. Ahora soy ciega —le dije moviéndome nerviosa.

—¿Tienes frío?

Lo último que sentía era el frío de la noche, y eso que iba en tirantes en pleno diciembre.

—No.

—¿Por qué te mueves así, entonces?

Su mirada inquisitiva no me gustó un pelo. ¿Quién se creía que era? ¿Mi padre?

—Porque me sale de allí. Te he visto, Thiago. Te he visto perfectamente. —Volví al tema porque no quería que me tomara por tonta.

—Débora me ha besado a mí.

Solté una carcajada áspera y le di un empujón en su hombro, en plan colegas.

—Claro, machito, claro. Si es que no sé por qué he dudado. Se te veía muy apurado, sí, señor.

—No he sabido reaccionar antes...

—Menuda excusa —le dije sintiendo que me mareaba.

Joder..., entre el alcohol y la coca me estaba dando un viaje de mierda. ¿Por qué había esnifado la farlopa? Sabía que me sentaba fatal.

Me apoyé en la pared, cerré los ojos y sentí cómo temblaban mis rodillas.

—Alexia...

Thiago me cogió por la cintura y su cercanía me enojó aún más.

—Vete —murmuré.

—No voy a dejarte aquí.

—Vete a morrearla. Yo también morrearé a otro.

Dios, sentía la cabeza a punto de explotar.

—Alexia...

—Me voy con mis amigas —intenté parecer despreocupada, pero Thiago no se lo tragó.

—No, Alexia, tú no vas a ningún lado.

Nos miramos fijamente, pero dejé de mirarlo sintiendo que me estaba analizando. ¿Se me notaría? Siempre diciendo que aquello era una mierda y resultaba que había terminado el año metiéndome una jodida raya de coca.

—¿Qué coño has tomado? —me inquirió muy serio.

—Eso tú, que eres el comecoños oficial del grupo. —Intenté salirme por la tangente.

—¿Vas a decírmelo? —Él también pasó de responder a mi provocación.

—A ver... Han sido tres chupitos y dos copas, más el vino de la cena y más la putada de verte. Suma —le dije entornando los ojos.

Empezaba a costarme seriamente fijar la vista. Estaba todo cubierto por una neblina que cada vez se iba haciendo más densa.

—Joder, Alexia...

Me cogió con más fuerza al notar que yo trastabillaba con mis propios pies. Puto equilibrio. Alguien estaba sacudiendo el planeta y de ahí que yo no me aguantara de pie. Thiago me apoyó con suavidad en la pared y me sujetó con una mano mientras con la otra sacaba su móvil.

—¿Adri?... Estoy con Alexia... Sí, dile a Lea que está conmigo... Nos vamos a casa.

—No, no —le dije al mismo tiempo que movía el dedo a uno y otro lado—. Yo quiero otra copa y bailar y morrearme con todos.

—Hasta luego, Adri.

—Me duele la cabeza. —Respiré hondo y seguí hablando—. Thiago, estoy mareada.

Me apoyé en su pecho y me abrazó.

—¿Hola? Sí... Necesito un taxi... En Magic... Gracias.

A los cinco minutos estábamos en ese taxi camino de su casa. No quise pensar en lo ridículo que resultaba todo: Thiago se liaba con su amiga y después se hacía cargo de la penosa de Alexia.

—Putas drogas —murmuré para mí misma.

—¿Qué te han dado? —preguntó él con suavidad.

Al estar en el taxi me dio menos apuro decírselo. Allí dentro no me iba a meter la gran bronca.

—Coca.

—Joder, Alexia. Si siempre has sido la primera en rechazar esa mierda.

—La camarera me la ha puesto en la mano, yo se la he dado a la rubia y la morena en el baño y ellas...

—Ellas ¿qué?

—No me he dado casi ni cuenta. No lo sé —suspiré cansada.

Estaba agotada de luchar por todo. Mi madre, mi cuaderno, Nacho, Thiago, Débora, Gala... ¿No podía salirme algo bien?

—Hemos llegado —me advirtió Thiago.

Siguió cogiéndome de la cintura hasta llegar a su cama. Me sentó con delicadeza y mi cuerpo se balanceó hasta que me obligué a estar quieta.

—Ya está —farfullé.

Thiago se agachó y al verlo en esa pose pensé que era el tío más guapo que había conocido nunca. Me estaba quitando los zapatos.

—Todo esto es porque tú pasas de mí. —Me froté la nariz y miré hacia el techo.

—Ya hablaremos mañana —dijo en su tono severo.

—Te has liado con ella delante de mí, no te lo perdonaré nunca. Soy muy rencorosa, ¿sabes?

Thiago se sentó a mi lado y no dijo nada. Me bajó la cremallera del vestido.

—¡Joder, Apolo!

Me miró muy sorprendido.

—¿Qué... qué dices?

—Eh..., es un amigo mío.

—¿Y?

Me levanté de golpe con la clara intención de ir a por mi móvil. No le había dicho nada, ni me había acordado de felicitarle el año nuevo. Todo porque estaba embobada con Thiago, joder. Lo había buscado en un momento dado por Magic, pero no le había escrito ni un simple mensaje.

—Tengo que... ¡Dios! —Me tapé los ojos con la mano, obligándome a cerrarlos porque me estaba mareando por momentos.

Thiago me cogió con rapidez y me obligó a sentarme de nuevo. Mi cabeza se apoyó en su hombro y me sentí idiota perdida.

—Se va a cabrear... y con razón —dije en un murmullo.

—Si es un buen amigo, lo entenderá...

—Lo es. Es muy guay. Me hace reír mucho y es un poco chulito, pero te caería bien.

—Seguro que sí.

Cerré los ojos y una pesadez se apoderó de mi cuerpo y de mi mente. Quería dormir.

—Vamos, nena...

—Mmm...

Thiago me tumbó en la cama y con poca ayuda por mi parte me quitó el vestido y seguidamente el sujetador.

—No mires —le dije medio sobada.

Thiago soltó una risilla y yo sonreí en mi interior. Me vistió con una camiseta que olía a él y la agarré con fuerza para acercármela y aspirar su aroma.

—Dios..., eres tú en camiseta.

Él me cogió de nuevo y me levantó sin esfuerzo alguno para meterme en su cama.

—No me dejes sola —supliqué acojonada en aquel momento.

Había bebido demasiado y me había metido una raya, yo sabía que todo aquello podía provocarme una noche cargada de pesadillas, de gritos, de accidentes, de sangre...

—Por favor...

—Tranquila, Alexia. Me quedaré contigo. —Su tono suave me relajó.

Si dormía conmigo, la noche iría bien.

—¡Nooo! Antxon, nooo...

Empecé a llorar desconsoladamente.

—Nena... Chis...

Seguí llorando. Oí a Thiago, pero mi mente continuó mostrándome a Antxon con la cabeza partida en dos mientras me hablaba como si no le ocurriera nada. Esperpéntico...

—Alexia, siempre seré tu hermanito.

—Antxon, no, no eres tú...

—Sí, sí, hermanita.

—¡Nooo!

—Alexia... Nena... —Abracé a Thiago como si fuera mi salvavidas. En parte lo era.

Aquella pesadilla se repitió cinco veces más durante la noche.

29

Abrí los ojos y sentí que me dolían los párpados. Dios..., y mi cabeza iba a estallar. Puta resaca.

Noté la almohada mojada bajo mi mejilla, me había pasado la noche llorando en sueños, pero las lágrimas habían sido reales.

Intenté saber sin moverme si Thiago estaba en la cama. Si lo estaba, se había separado de mí lo suficiente como para que no lo notara. Joder, seguro que no lo había dejado dormir nada y había acabado marchándose de mi lado.

Cerré los ojos. Tenía ganas de llorar, pero me las aguanté. Me dolían los ojos y la cabeza, me notaba la piel reseca y me imaginaba que el rímel estaría esparcido por mi cara. Tenía que levantarme y asearme antes de que Thiago me viera, pero me quedé paralizada al sentir que entraba en la cama y me abrazaba con ternura.

Acopló su cuerpo al mío y me colocó bien los mechones de pelo para que no me molestaran. Cerré los ojos y me dormí con una placidez increíble.

—¡Eres un cabrón!

¿Estaba Nacho en mi cabeza?

—Nacho, a ver...

—¿Qué tengo que ver? Déjame hablar con ella.

Dios..., ¿qué cojones estaba soñando?

—Nacho, Alexia no se encontraba bien y la traje a casa.

—Thiago, he hablado con Gala esta mañana. Lo sé todo.

—Lo sabes todo —repitió Thiago.

Me levanté de la cama y me metí en el baño. Me lavé la cara y me miré en el espejo. Madre mía, qué pintas. Salí de puntillas de la habitación y oí que Nacho seguía despotricando contra su amigo. Todavía no entendía qué hacía Nacho en casa de Thiago. ¿No se suponía que estaba en Cádiz?

—Siempre lo habíamos dicho, no íbamos a meternos en la relación de un colega. Y tú...

—Joder, Nacho, eres tú el que no sabe mantener la polla en sus calzoncillos.

—¿Y tú? ¿Y con mi chica?

—Creo que deberías hablar con ella, pero no ahora. Está durmiendo y ha pasado mala noche.

—Qué bonito, me estás poniendo tierno. Sois los dos unos cabrones.

—Nacho, fuiste tú quien se lio con Gala, no jodas.

—¿Cómo?

—A mí me lo explicó Débora, pero a Alexia fue la misma Gala quien le enseñó tus mensajes.

—¿Qué mensajes?

Se hizo un silencio tenso y yo dejé de respirar esperando que reconociera su desliz.

—Los que le mandaste a Gala después de tirártela. ¿Tengo que explicártelo todo? Hostia, Nacho, no seas tan cabrón. Le has puesto los cuernos, a mí no hace falta que me mientas.

—Pero ¿qué coño estás diciendo? Yo no me he tirado a Gala, joder. ¿Eso ha dicho ella? La madre que la parió...

¿Cómo? Me agarré al marco de la puerta con fuerza. No podía ser que Gala me la hubiera metido doblada... Bajé las escaleras a toda leche, sin darme cuenta de que iba con una simple camiseta y sin nada más.

—Joder, Nacho, el día antes de marcharte estuviste con ella y... he visto tus putos mensajes. No seas tan cabrón, ¿puedes? —le grité nerviosa.

Nacho me miró incrédulo.

—Alexia, no sé qué coño te ha dicho Gala, pero, sea lo que sea, no es cierto. No he estado con ella ni tengo intención de hacerlo. Y ella lo sabe. No le he mandado mensajes de ningún tipo...

—Los leí —le escupí enfadada.

—Los leíste... ¿Y miraste la fecha?

Fui a replicarle, pero apreté los labios mientras pensaba en ese detalle. ¿Miré la fecha? No. ¿Cómo que no? No, no la miré. Leer aquellas palabras me dejaron descolocada y ver a Gala dolida por compartir a Nacho me dio a entender que todo lo que me decía era cierto... Y no... quizá no... ¿O sí? Mierda, no sabía a quién creer en ese momento.

—Alexia, sería un mensaje de... de antes de estar contigo. Así de simple. Gala te ha mentido, joder, y tú la has creído a la primera de cambio. Me parece perfecto.

Se habían cambiado las tornas y ahora el enfadado era él. Hostia, hostia... No podía ser, no podía ser que hubiera caído en una trampa tan sencilla como aquella y que ni le hubiera preguntado a él. La creí a pies juntillas, a ella y a las zorras de sus amigas.

—Vale, ahora entiendo por qué has pasado de mí como de la mierda. ¿Cómo has podido tragártelo? ¿Y por qué no hablaste conmigo?

Lo miré sin decir nada. Había varias respuestas a eso: su mala fama y Thiago, Thiago, Thiago...

Dios, hubiera dado medio brazo por desaparecer de allí en ese momento.

—Yo qué sé, Nacho. Me lo dijo convencida e incluso dolida... Tuve su móvil en las manos y vi aquellos mensajes...

—Claro, y lo más lógico es que creas que es todo verdad.

Resoplé agobiada.

—Y te lías con Thiago, con mi colega. No eres mucho mejor que Gala, ¿sabes?

Lo miré con la cabeza gacha y los brazos cruzados. No podía negarlo. Aunque aquella noche no hubiera pasado nada, era cierto que Thiago y yo nos habíamos acostado.

Una sombra de dolor cruzó por sus ojos y lo sentí de verdad. Joder...

en pocos minutos había pasado de ser el cabrón de Nacho a la víctima de mis acciones.

—En cuanto me enteré de eso..., tuve claro que tú y yo habíamos roto... —intenté justificarme, pero no había excusa posible, lo sabía.

—¿Sin hablarlo, Alexia? —preguntó rabioso.

—Para mí estaba clarísimo y lo único que quería era mandarte a tomar por culo, ¿lo entiendes? —Estaba mosqueada, pero más conmigo misma que con él.

—No, no entiendo nada. Solo sé que te has follado a Thiago, que no has dudado en hacerlo y que me has decepcionado, Alexia. —Esto último lo dijo levantando los brazos y dando un paso atrás.

Joder, estaba dolido de verdad y todo porque yo no sabía hacer las cosas con más calma.

—Nacho...

—Nada, princesa, quédate con él. Ahora soy yo el que pasa de ti.

Dio otro paso hacia atrás y yo me acerqué a él, pero con un gesto de las manos me indicó que no lo tocara.

Nacho desapareció y yo me quedé cabreada y muy dolida. ¿Cómo había podido ocurrir todo aquello? Joder, me había dejado engañar. Yo y todos los demás, porque Thiago y Adri también se lo habían tragado. Pero era yo la que estaba con Nacho, era yo la que sabía que él quería ir en serio conmigo, era yo la que había apostado por lo nuestro pasando de los rumores. ¿Y al final qué? Al final era como todos, había etiquetado a Nacho sin pensármelo y ni siquiera había sido capaz de hacer una simple llamada para saber si era verdad. Yo lo había dado por hecho como el resto.

Era igual de gilipollas que Gala y su séquito de brujas.

Subí a la habitación a por mi ropa sin mirar a Thiago, aunque sentí que venía tras mis pasos.

—Alexia...

Busqué mi ropa y encontré el vestido bien colocado encima de la silla.

—¿Qué? —Me quité la camiseta sin importarme que Thiago me viera.

Total, la noche anterior me había desnudado él. Me puse el sujetador y se acercó para hablarme de frente.

—Yo no sabía nada. —Lo miré a los ojos.

¿Acaso pensaba que se me había pasado por la cabeza que él estuviera metido en el ajo? Eran sus amigas, pero no creía que fuera como ellas.

—Lo imagino —dije colocándome el vestido—. Pero tus amigas se han pasado, joder. Al final... Nacho era inocente de todo y he sido yo la que le he traicionado. ¿Has visto sus ojos?

Thiago me miró sin responder.

—No somos mejores que ellas, te aviso.

Tragué saliva al darme cuenta de que era cierto. Ellas me habían puteado, pero yo no había dudado en follarme a Thiago. Sin preguntar. Sin saber. Sin pensar que podían mentirme, que quizá era un error, que podía dañar a Nacho.

—Hablaré con él —consiguió decir.

Nos miramos fijamente.

—No hace falta, no vamos a volver. Pero lo que sí tengo claro es que no quiero saber nada de vosotros. —Me humedecí los labios, nerviosa.

Estaba tomando decisiones precipitadas, pero esa panda de pijos empezaba a complicarme demasiado la vida. Incluso Thiago. La noche anterior la había pasado de puta pena al verlo morreándose con su amiga. No quería volver a vivir una situación parecida ni a sentir aquella sensación de quemazón en mi estómago.

—Supongo que estoy incluido en el lote. —Cruzó los brazos sobre su pecho y sus ojos verdes se oscurecieron.

—Tú mismo.

Busqué mi bolso y lo cogí para irme de allí.

—Alexia, estás cabreada, lo entiendo. Eso... eso ha sido una gran...

—Putada. Exacto. Una gran putada de esa panda de tías a las que llamas amigas. Incluye en el lote a la que te morreas delante de mi cara.

—Joder, yo no la besé —soltó cabreado.

—No me jodas, Thiago.

—Vuelves a equivocarte —gruñó de malas maneras.

Lo miré pensando en mi acusación equivocada, pero esto era distinto.

—Te vi, ¿vale? Y te vi después hablando con ella en la barra, con lo cual me quedó claro que lo vuestro sigue ahí. Y después no te vi, ni a ti ni a ella. ¡Dime por qué tengo que creerte! —grité muy dolida.

—Nunca te he mentido, no me gusta mentir.

—No quiero verte más —dije sin rastro de emoción.

Fingía, por supuesto, pero era eso o seguir sufriendo por él. Aquella historia se estaba alargando demasiado y siempre acabábamos en el mismo punto. Estaba claro que no iba a salir bien.

—¿Lo dices en serio?

—Muy en serio.

No dudé y eso lo dejó tan sorprendido que no reaccionó cuando abandoné su habitación con la intención de salir de su casa.

«Muy en serio, Alexia, vas a olvidarte de él.»

Llamé a un taxi.

«Esta historia se ha terminado.»

Subí al taxi.

«No quiero que te eches atrás.»

No dejé de llorar en todo el camino. Joder...

Estaba avergonzada por mi manera de actuar. Mucho.

Con Nacho la había cagado de lleno. Me había fiado de la palabra de Gala y además me había tirado a los brazos de Thiago a la primera de cambio. Nacho debía de estar muy cabreado y con razón. Él había mantenido las manos quietas, mientras que yo no había sido capaz. Pero creo que lo que le dolió más fue saber que no había creído en él y que ni siquiera le había dado la opción de defenderse.

Si yo fuera él, no me lo perdonaría. Esa desconfianza era algo difícil de recuperar.

Así que además de avergonzada estaba triste; triste por mí y por él.

Lo había acabado puteando yo y no podía ni darle consuelo porque evidentemente no quería saber nada de mí. Lo había llamado un par de veces, pero me había colgado. No le llamaba con la intención de volver con él. Sabía que nuestra historia estaba más que terminada. Pero no sé..., necesitaba saber de él. Odiaba hacer daño a la gente que me importaba.

También estaba avergonzada por haberme perdido la noche de fin de año, por no haber estado con Lea, con Natalia, con Max... Yo y mis jodidas historias. Había bebido más de la cuenta sabiendo que no me convenía. Incluso me había drogado con esa mierda sabiendo que ni me gustaba, ¿qué hostias me pasaba? Ya tenía dieciocho años, tampoco era tan niña, y estaba a punto de cumplir los diecinueve. En algunas culturas, a mi edad las chicas ya estaban casadas, trabajando o incluso dirigiendo una tribu. ¿Y yo? Había acabado la noche con Thiago de niñera, con mal cuerpo y sin apenas sostenerme. Digno de admirar, sí, señora.

—Menuda cara... —Mi madre me recibió con su habitual cariño.

—No tengo ganas de discutir. —Puse los ojos en blanco—. Gracias.

—De nada. Esta semana quizá tengamos cena...

—Conmigo no cuentes —la corté.

—Contigo sí cuento.

—¡Y una polla! —le grité fuera de mí—. Haz lo que te salga del coño con mi cuaderno, me importa una mierda. ¡Tú me importas una mierda!

—Haremos ver que no he escuchado nada. Entiendo que estás de resaca.

La miré furibunda, me ponía negra esa tranquilidad que demostraba. Pasaba de mí como siempre.

—No iré a ninguna cena más de pijos. Si vuelves a obligarme, iré a buscar a la mujer de Gerardo para explicarle lo hijo de puta que es su marido.

Mi madre abrió los ojos unos segundos, sorprendida, pero se recompuso con rapidez.

—Alexia, ni se te ocurra meterte en mis asuntos —dijo señalándome con sus uñas perfectas.

Me acerqué a ella y le hablé a cinco centímetros de su cara recién maquillada.

—Alexia, si vuelves a obligarme a algo, lo pagarás muy caro.

Sus ojos se quedaron fijos en los míos. Jamás la había llamado por su nombre. Sabía que yo odiaba compartir mi precioso nombre con ella. No era digna de llamarse así.

30

¿Por qué mi vida no podía ser un remanso de paz? ¿Por qué me daba la impresión de que todo me salía mal? ¿Era culpa mía? En parte sí.

Gala y Débora me habían querido putear y se lo había puesto bien fácil. Habían logrado un dos por uno porque habían conseguido que no quisiera saber nada ni de Nacho ni de Thiago. Se habían salido con la suya, pero me daba igual. Tenía clara una cosa: no quería mezclarme más con esa gente.

Lo sentía por Adri, aunque no entendía por qué iba con ese grupito. Era el mejor amigo de Thiago, vale, pero ni era de su clase social ni sus padres tenían el mismo poder adquisitivo. La verdad era que me gustaba que Adri fuera el mejor amigo de Thiago porque eso significaba que al ojazos le daban igual todas esas tonterías de las clases sociales. Pero ahora ya no importaba nada de eso.

Iba a dejar de ver a Thiago, de tontear con él, de mirarlo en la facultad y no iba a quedar más con él. Ahora a quien no le convenía alguien como él era a mí. Iba a tardar días en quitarme esa maldita imagen de mi cabeza, esa imagen donde lo veía morrearse a escasos pasos de mí con su amiguita. Joder, que habíamos estado toda la noche tonteando y que me había ido de su casa aquel día por lo mismo, por Débora. Por esa cabrona...

Estaba rodeada de cabronas, la primera mi madre.

¿Cómo se atrevía a amenazarme de ese modo? Iba a recuperar ese cuaderno, lo tenía clarísimo. No me sentía orgullosa de haber usado esa información sobre Gerardo, pero no me había dado tregua. Estaba ya hasta el moño de sus imposiciones y no iba ir a casa de los Varela, ya no. Lo último que quería era cenar con Thiago y su familia. Eso se había terminado también. Mi madre ya no tenía con qué amenazarme, y si quería echarme de casa, que lo hiciera. Ella también dejaría de recibir la sustanciosa paga que le pasaba mi padre.

Me sentía más fuerte frente a mi madre gracias a mi padre, era evidente. Saber que lo tenía a un paso de mí, saber que habíamos empezado a recuperar nuestra relación me daba el valor suficiente para encararme con ella. Si ella no tenía pudor en usar sus armas, yo tampoco lo iba a tener. No le debía nada, no la quería y no sentía que estaba traicionando a alguien de mi sangre.

Ella no era nadie para mí.

Joder, al pensar aquello me asusté un poco de mí misma. ¿Sería como ella? ¿Fría? ¿Una hija desnaturalizada? «No... no, Alexia.» Ella nunca se había comportado como una madre, no podía quererla, simplemente. Una madre no lo es porque lo diga un papel, una madre lo es porque daría la vida por ti, porque te ama por encima de todo, por encima de su trabajo, de sus pasiones, de su propia vida... Es un amor incondicional, algo de lo que mi madre no tenía ni idea. Solo hacía falta ver cuál era su vida sentimental: folleteo y poco más. Y ahora encima con un hombre casado, que parecía que no había roto un plato en su vida y que le hablaba con cierto miedo. Quizá lo que ella necesitaba era simplemente eso: sentir el poder en sus manos. El poder y el prestigio que le ofrecía ser una abogada de renombre. ¿Y dónde quedaba el amor?

—Alexia, las señoritas bien no se relamen los labios. —La voz grave de mi progenitora me era muy desagradable a tan corta edad.

Estábamos en el despacho de mi madre, donde estaba todo limpísimo e impecable. Una mesa de roble enorme nos separaba. Yo estaba sentada en una de aquellas sillas tan blanditas que a mis seis años me quedaba enorme. Bajo mis pies había una alfombra de pelo corto de un gris oscuro.

Su mirada de hielo se clavaba en la mía mientras saboreaba una piru-

leta de corazón que me había dado su secretaria dos minutos antes. Lógicamente, me relamía del gustito.

No dije nada. Procuré seguir a lo mío sin hacer ruido, pero salivaba, era incontrolable.

—¡Alexia! —Me asustó cuando me gritó y la piruleta salió volando de mi mano ante mis sorprendidos ojos al verla caer en aquella alfombra.

Solo tenía seis años, pero sabía lo que se me venía encima, así que cerré los ojos con fuerza. Como si de aquel modo pudiera desaparecer de allí.

Papá... papá...

—¡Dios, niña! ¿Qué te pasa en esas manos de cerdo que tienes?

Oí que se levantaba y escondí mi cara para no verla. Sabía que no me pegaría porque no lo había hecho nunca, no se hubiera atrevido. Pero eran sus ojos de bruja lo que más temía yo. Podía pasarme después varias noches sin dormir bien porque la veía delante de mí con esa mirada e incluso susurrando mi nombre con un aliento helado en mi oreja.

En cada encuentro ocurría algo y al final le dije a mi padre que no quería volver a verla. Tampoco hacíamos mucho más que estar en su despacho, yo mirándolo todo, callada y en esa silla mientras ella trabajaba en el ordenador. De vez en cuando me miraba con poca simpatía y volvía a lo suyo después de decirme que en breve terminaba eso y me llevaría a tomar un batido. Batido de diez minutos, por supuesto.

Dejé de recordar aquellos malos momentos y me centré en lo bueno: mi padre y mis amigas. Había quedado con Lea y Natalia aquella misma tarde, así que aproveché para descansar en mi habitación hasta que el despertador me avisó de que era hora de darme otra ducha.

—¿Quién empieza? —pregunté sonriendo—. Adam, ¿me pones otro botellín de agua?

Habíamos quedado la tarde del primer día del año para charlar sobre nosotras, aunque estuviéramos de resaca y muertas de sueño. Sabíamos que aquella tarde El Rincón estaba abierto.

—Tú misma. —Lea me señaló y les expliqué por encima qué había ocurrido, obviando algunos detalles.

No quería que Lea y Natalia supieran que estaba mal.

—Parecéis el perro y el ratón...

—El gato —corté a Lea riendo.

—Ya me has entendido —contestó mirándome fijamente.

—Entonces, ¿se ha terminado? ¿Para siempre, has dicho?

—Decidido. —Me crucé de brazos mientras ambas me miraban con interés.

—Ya, hasta la próxima —comentó Lea.

—No habrá próxima. No quiero saber nada de todos ellos, Adri incluido. Lo siento, Lea, pero se terminaron las citas a cuatro.

Me miró sin parpadear. Era extraña en ella tanta seriedad.

—Gracias, Adam —le dije cuando me sirvió el agua.

—Te entiendo perfectamente. Esas hijas de perra se merecen una buena lección —dictaminó Lea con gravedad.

—¿Estás pensando algo? —pregunté sonriendo.

—Algo se me ocurrirá. Dame tiempo.

—Lo que te hicieron con Nacho no tiene nombre. Es alucinante —añadió Natalia.

—Lo sé, pero yo consentí que se salieran con la suya...

—Alexia, yo hubiera hecho lo mismo —me cortó Natalia, muy segura.

—Claro, ¿quién iba a pensar que era todo un embolado? Menudas arpías —escupió Lea cabreada.

—Bueno, ¿y vosotras qué tal?

—Pues si te cuento lo mío, también tiene tela... —empezó Lea.

—¿Y eso? —pregunté extrañada.

—Lo llamó Leticia.

—¿En serio? ¿A esas horas?

—A esas horas, la muy jodida lo tuvo colgado al teléfono durante casi una hora...

—Joder, ¿y qué hiciste? —pregunté cogiendo la botella de agua.

Estaba seca. Mierda de resaca.

—Pues estuve con Natalia y los demás. ¿Qué iba a hacer? ¿Quedarme a su lado mientras charlaba con ella? Quizá hubiera terminado vomitando.

—Ya... ¿Y qué te dijo Adri? —seguí preguntando.

—Pues eso, que quería charlar con él y poco más. No me dio detalles ni yo se los pedí.

—Le dijo a Leticia que iría a Helsinki —añadió Natalia con entusiasmo.

—¿Y qué dijo ella?

—A Leticia le encantó la idea, claro. Supongo que no se lo espera.

—Bueno..., a ver cómo se lo toma la lechuza —comenté pensando que Leticia era peor que Gala y Débora juntas, y eso ya era decir.

—Y el resto de la noche fue bien. Bailamos, nos besamos a escondidas como dos fugitivos y me acompañó a casa como un buen caballero.

—Ya veo, ¿así no hubo mete saca? —Me reí y ellas rieron conmigo.

—Nada. Cero. Abstinencia total. —Lea puso los ojos en blanco y seguimos riendo.

A ver, no era que Lea se tirara a todo tío que se le pusiera por delante, pero la situación de Adri estaba alargando demasiado aquel tema.

—Aunque... —Lea se acercó a nosotras y bajó el tono de voz.

Nosotras hicimos lo propio.

—¿Qué? —susurró Natalia.

—Debe gastar una talla XXXL, no veas...

Soltamos las tres una carcajada y la conversación discurrió en los mismos términos un ratito más: medidas, funcionalidades, nombres varios y más risas.

Después le tocó el turno a Natalia y nos comentó que la noche había ido bien, sin ningún sobresalto. Lea ya lo sabía porque habían pasado la noche juntas, y por eso también le preguntó por su madre. Nos comentó sin explayarse demasiado que Trini estaba bien, que su padre no había hecho nada más y que parecía que todo volvía a la normalidad. La miré con escepticismo, pero ella ignoró mi mirada. Supongo que quería creer que todo iba a ir bien, ¿y quién no?

Natalia se retiró pronto porque el día siguiente era un martes laboral y tenía que estar en la oficina a primera hora, cosa que no le molestaba demasiado porque se reencontraría con Ignacio. No sabía nada de él desde el viernes y ella no quiso decirle ni mu porque pensaba que el próximo paso lo tenía que dar él.

Lea estaba mirando el móvil cuando regresé del baño y me observó con una cara que no supe descifrar.

—Se van mañana.

—¿De quién hablas?

—De Adri y Thiago. Se van mañana a Helsinki.

—¡Anda! ¿Ya?

En ese momento no pensé en Thiago, solo en Lea y en sus sentimientos. Si yo fuera ella, estaría bastante nerviosa. De ese viaje dependía el poder estar por fin con Adri.

—Me acaba de llamar mientras estabas en el baño. Han encontrado un vuelo de última hora y con un precio muy bueno. Se van por la tarde.

—Supongo que irás... —le dije pensando que yo también debería ir, pero no por Thiago, sino por ella.

Joder, pero ya estábamos de nuevo. Me había jurado que evitaría a Thiago a toda costa, pero ¿qué debía hacer? ¿Pasar también de Lea? Yo era su mejor amiga y sabía que cuando Adri cogiera aquel avión ella necesitaría mi hombro. La conocía a la perfección.

—Sí, claro.

Nos miramos sin decir nada, pero ambas pensábamos lo mismo. Ella, que me necesitaba a su lado, y yo, que sabía que me necesitaba.

—Iré —asentí con firmeza.

—¿Sí? —Estiró su mano y cogió la mía—. Si crees que no...

—Lo primero eres tú y punto.

Lea me miró con cariño y sonreímos las dos. Estábamos para eso, ¿no? Para lo bueno y para lo malo. Y yo a Lea le debía mucho, porque sin ella quizá seguiría en mi submundo deprimente.

Me fui a casa pensando que todo me llevaba a él. Lea estaba enamorada de su mejor amigo, no iba a ser tan fácil evitarlo.

Me sonó el móvil al entrar en mi habitación. Era Thiago. Tan sencillo como no cogerlo, ¿verdad?

—¿Qué?

—Alexia, necesito hablar contigo.

Dejé pasar unos segundos para pensar en mi respuesta. ¿Teníamos algo de lo que hablar?

—Ya nos lo dijimos todo.

—No —negó con una rotundidad que me sorprendió. Thiago solía ser más suave—. Hablaste tú, solo tú, y no dejaste que yo me explicara.

—Yo creo que sí te explicaste, pero no te creí.

—Alexia, te han puteado y no entiendo cómo han podido llegar a ese punto. Tú estás cabreada, Nacho está muy cabreado y yo me siento un gilipollas.

—Todo eso es lo que han hecho TUS amigas...

—Lo sé —respondió cortándome—. Y no hay excusa posible. Yo también estoy enfadado con ellas, si es lo que esperabas.

—No, Thiago, no espero nada, ¿sabes? En fin de año me demostraste que no eres de fiar.

—Débora se tomó un éxtasis. Me besó y me tocó un par de veces la polla. ¿Y sabes qué? Me dio bastante pena.

¿Un éxtasis? ¿La polla? Resoplé al imaginarme a Débora yendo a saco con Thiago.

—No la besé, me separé en cuanto pude, pero volvió a por mí hasta que me la quité de encima. Es Débora, y yo... Quizá debería haberle dado un buen empujón, pero no reaccioné así. Castígame por eso si quieres, por no tirarla al suelo o darle una hostia. Pero no la besé, ni quise besarla, ni me gusta ni me excita ni nada. ¿Lo entiendes?

Me quedé en silencio analizando sus palabras. Parecía sincero, pero...

—Alexia, entiendo tu postura. Entiendo que te jodiera, puedo ponerme en tu piel. Es más, ya lo he hecho cuando te he visto con Nacho. Sí, me fastidiaba, pero me autoconvencía pensando que tú no eras para mí, pero ahora...

¿Ahora qué?

—Siento cosas, Alexia...

—¿Cosas? ¿Qué son cosas? —le pregunté nerviosa por lo que oía. Lo último que me esperaba era que me dijera todo aquello, la verdad. Y quería creerlo, juro que sí, pero estaba acojonada. No quería sufrir más por él.

—Por teléfono no... Mañana nos vamos a Helsinki, ¿podemos vernos cuando regrese?

—Déjame pensarlo —le dije un poco atolondrada por todo.

Se suponía que estaba mosqueada con él, pero cuando lo oía hablar de aquel modo y suplicarme una cita, podía con toda mi mala leche. No le dije que nos veríamos en el aeropuerto, tampoco pensé en ello. En mi cabeza daba vueltas a sus palabras. «Siento cosas, Alexia...» ¿Qué significaba realmente aquello?

Dediqué la mañana a hacer algunas compras. Quería regalarle algo chulo a mi padre, así que recorrí varias tiendas hasta que encontré el regalo perfecto. Un álbum de viaje de Mr. Wonderful: *Vamos a perdernos en algún lugar.* Sabía que entre Judith y él lo personalizarían y era una manera de decirles que quería saber de ellos en un futuro.

Salí contentísima con mi paquete, pero me cambió el gesto cuando vi a Gala y Débora mirando ropa interior en una tienda. Entré como un tornado, sin mirar si golpeaba a la gente y con un solo objetivo: Gala.

—Eres una hija de puta —le solté tan cerca de su rostro que se echó hacia atrás impresionada.

—¡Eh! ¡Eh! Las peleas callejeras con las de tu clase —me dijo Débora metiéndose en medio.

—Sois unas mentirosas amargadas —le gruñí a Gala por encima del hombro de aquella víbora.

—¡Sí, claro! Cada uno se cree lo que quiere.

Miré fijamente a Débora y su mirada triunfante me puso a mil.

—Tienes razón. No te vayas a creer que Thiago quiere algo serio contigo —le gruñí con asco—. Más que nada porque el otro día me lo dijo en su cama. ¿Qué día era? ¡Ah, sí! El día que apareciste como una perra salida con tu biquini... ¿Te sirvió de algo? ¡Vaya, creo que no!

—¿Hablas de ese Thiago con el que me lie ayer? —Acercó su rostro al mío sin miedo.

Daba la impresión de que nos íbamos a zurrar, pero no era esa mi intención. No iba a pelearme a hostias por un tío, ni por uno ni por dos, en ese caso.

—Sí, de ese mismo que te rechazó después de que le metieras mano. ¿Qué pasa? ¿Que no sabes calentar a un tío? Porque mira que son simplones...

Hice diana. Débora me confirmó que las palabras de Thiago eran ciertas.

—Y tú, retrete con patas. —Señalé a Gala, y ella me miró asustada—. Te vas a arrepentir de haberte metido entre Nacho y yo. Estás avisada.

31

GALA

Dicen que la venganza se sirve en un plato frío, ¿verdad? Pues Alexia estaba ardiendo de rabia por dentro, y yo feliz. A fastidiarse, chata. Nacho era mi chico hasta que llegó ella y no iba a quedarme de brazos cruzados viendo cómo me quitaba al hombre de mi vida, al futuro padre de mis hijos. Porque, o sea, yo lo tenía muy claro. Nacho y yo estábamos predestinados.

Desde el primer día supe que él era sin duda mi chico ideal. Era alto, guapo, atento y además venía de una familia adinerada, como la mía. Era de mi clase social y no era fácil encontrar a alguien así. Por ejemplo, Adrián podría haber sido otro candidato perfecto, porque el morenito era guapísimo, pero su familia no tenía un centavo, así que descartado. O sea, que no era tan sencillo congeniar con alguien como lo hacía con Nacho.

Mirándolo bien, le había hecho un favor y a la larga me lo agradecería, lo sabía. Engañar a Alexia había sido tan fácil, o sea, en dos segundos la tipa se tragó lo que quise y ni siquiera se fijó en que aquellos mensajes eran antiguos. Sabíamos que pasaría por alto aquel detalle porque es una chica muy... ¿cómo decirlo? Muy impulsiva y poco reflexiva. O sea, alguien que salta a la mínima y que necesita poco para encenderse.

Por eso mismo yo sabía que a Nacho no le convenía. Él necesitaba alguien más tranquilo, más responsable. Alguien que estuviera a su lado en lo bueno y en lo malo, alguien que entendiera sus escarceos y que continuara a su lado, apoyándolo en todo. O sea, me necesitaba a mí. Yo estaba hecha para él, a su medida. Aquella barriobajera no me llegaba ni a la suela de los zapatos. Solo había que verla en la tienda encarándose conmigo de esa forma tan vulgar. Alguien de nuestra clase social no lo hubiera hecho jamás de ese modo. Débora me había preguntado si le tenía miedo y yo le había respondido con un no rotundo, lo que no quería era ponerme a su nivel. Se había atrevido a amenazarme, pero me reía yo de lo que podía hacerme. De momento la partida la ganaba una servidora.

Me hubiera gustado que Nacho los pillara en Magic liándose o algo así, pero al final Nacho llegó en el siguiente tren, así que lo único que pude hacer fue informarle sutilmente de que Alexia estaba en casa de Thiago.

En fin, mi plan había salido a la perfección. Mi futuro marido estaría unos días enfadado conmigo, pero, como siempre, acabaría de nuevo entre mis brazos y todo volvería a la normalidad. Estaba segura.

32

Te echo de menos.

D. G. A. me había escrito un par de mensajes reclamando mi atención, pero mi cabeza no estaba para historias. Cuando leí su último mensaje, me supo mal y le respondí con pocas ganas mientras comía una ensalada de lechuga y atún, porque no había mucho más en la nevera.

Perdona, Apolo, tengo mil cosas en la cabeza.

¿Sonaba un poco seca? Sí, sí, lo sabía, pero lo de Nacho me había dejado muy mal cuerpo y el mal rollo con Thiago no había ayudado en nada.

Stories.

Miré inmediatamente en su Stories y sonreí abiertamente cuando vi un *collage* de muchas fotos de diferentes países rodeando un «¿viajamos juntos?». Vaya..., era realmente un detalle. Le había comentado alguna que otra vez que echaba de menos ir dando tumbos por el mundo.

Cuando quieras.

Le respondí mucho más animada.

Te tomo la palabra, pequeña. No me falles.

Leí aquel «no me falles» varias veces. ¿Y si le fallaba? Porque esto iba a más, era evidente. Y al final querríamos conocernos. ¿Y si entonces se iba todo al garete? ¿Y si él quería algo y yo no? ¿O al revés? Joder.

Lo intentaré.

Contesté con esos pensamientos en mi cabeza.

Alexia, no puedo esperar.

Joder, era un mensaje de WhatsApp de Thiago. Salí de Instagram para responderle.

Estoy debajo de tu casa.

¿Lo decía en serio? Miré la hora, preocupada. No, mi madre jamás aparecía a esas horas por el dúplex.

Baja, por favor.

Cinco minutos.

Respondí mientras me lavaba los dientes y me pintaba los labios de un rosa muy clarito.

Thiago estaba apoyado en la pared del edificio y al verme dio un par de pasos para acercarse.

—Mejor damos un paseo —le indiqué empezando a andar.

No quería que por una mala alineación de los astros a mi madre se le ocurriese ir al dúplex a por algo. Últimamente sus horarios no eran muy regulares.

—Tú dirás —le dije sin mirarlo.

—Lo que te dije ayer por teléfono...

Sabía que me estaba mirando, pero no le devolví el gesto. No quería caer en sus redes como una tonta redomada, y si lo miraba..., si lo miraba, estaba perdida. Sus ojos verdes me dejaban hipnotizada.

—Alexia. —Cogió mi brazo y me obligó a detenerme, pero me deshice de su mano.

Seguíamos estando demasiado cerca de mi casa.

—Nena —me reclamó alcanzándome de nuevo—. Necesito hablar contigo de todo esto antes de irme.

«Nena...»

—Te escucho —le aclaré levantando la cabeza muy digna.

—No la besé, Alexia, no te miento. Solo que no reaccioné con brusquedad porque era ella. Y después me preocupé por su comportamiento, es verdad. Quizá sea un gilipollas, pero la conozco desde que éramos unos críos y quería saber qué cojones le ocurría para actuar de ese modo tan... descarado. Le pedí un agua, estaba deshidratada por la mierda esa. Se la bebió y salimos a la terraza para que tomara un poco el aire. Allí estaban Gala y Felisa y se quedó con ellas. No la vi más.

Lo miré unos segundos y seguimos andando.

—Y te busqué, Alexia, pero no te vi. Creí que estabas con Lea, pero resultó que te encontré con un tío que quería besarte.

«Sí... Roque...»

—Es verdad, no te di las gracias por quitarme a ese tipo de encima.

—Ni por llevarte a casa.

—Cierto, gracias de nuevo.

—¿Y ya está?

Llegamos al final de la calle y giramos la esquina. Nos detuvimos cerca de la pared y lo miré a los ojos.

—No, claro que no. Gracias también por un fin de año de mierda. Cuando te vi besándola, me quemó algo por dentro y me dolió, ¿sabes? Mucho. Tanto que tuve que irme de allí porque le hubiera arrancado la cabellera a ella y a ti te hubiera cortado los huevos. Me fui al baño y Lea vino detrás porque también te vio y también pensó lo mismo que yo. —Me señalé al pecho enfadada al recordarlo—. Nos tomamos un par de chupitos antes de volver con vosotros y ver que seguías con ella charlando en la barra. ¿Qué crees que pensé?

—Que quería estar con ella.

—Tú mismo. Y después desapareciste, con Débora, claro.

—Pero me fui contigo, Alexia. Te llevé a mi casa.

—¿Y? ¿Cómo sabía yo que no te la habías follado en los baños?

Thiago frunció el ceño como si hubiera dicho una barbaridad.

—Vale, ¿crees en serio que sería capaz? ¿De verdad piensas que después de cenar juntos y de coquetear sería capaz de liarme con otra?

—No es otra, Thiago. Es Débora.

—Voy a ser duro y quizá no te guste escuchar esto. Débora solo me ha atraído sexualmente, solo hemos follado y te lo estoy diciendo todo en pasado. No me liaría con ella estando con alguien, ¿lo entiendes?

—No estás con nadie —dictaminé cruzándome de brazos.

Thiago se amasó el pelo, nervioso ante mi negativa a comprender su postura.

—Joder, Alexia, ya me entiendes. Yo...

Nos miramos fijamente a los ojos y vi un brillo especial en sus ojos.

—Sé que entre nosotros es todo complicado, pero yo siento que eres especial y... yo siento algo por ti...

Mi corazón dio un vuelco y me mordí el labio al oír sus palabras. Madre mía, iba a volverme loca con tanto vaivén en mi vida.

—Dime algo —me pidió en un quejido colocando sus manos en mi cintura para acercarme a él.

Apoyé mi frente en su pecho. Era una lucha perdida de antemano. Yo también quería estar con él, pero... había tantas cosas en nuestra contra que me daba la impresión de que otra más como aquella y acabaría con el corazón hecho trizas. Mis sentimientos por él iban a más y, consecuentemente, mi sufrimiento también.

—Thiago —susurré sin tener claro qué decirle—. No quiero volver a pasar por lo de Antxon y tú... Me da la impresión de que contigo...

—Nena, no... No voy a hacerte daño. Antes me daría de hostias —dijo abrazándome.

—Cuando no es una cosa, es otra —me quejé en un tono más suave.

Thiago cogió aire antes de hablar.

—Está bien, tienes razón. Vamos a hacer las cosas como es debido...

¿De qué hablaba? Lo miré a los ojos esperando a que siguiera.

—Empecemos de cero. Tú y yo.

—¿De cero?

—Sí, parece que hemos comenzado la casa por el tejado. ¿No lo ves? Empecemos de nuevo, como amigos.

Arrugué la frente ante su proposición.

—Y como amigo tuyo que soy desde ya me gustaría salir contigo a tomar una cerveza cuando vuelva de Helsinki, ¿te parece?

Sonreímos ambos porque en el fondo era lo que queríamos: seguir viéndonos, aunque fuera como amigos.

—Hecho —contesté más relajada.

«Las cosas de palacio van despacio», pensé. Mejor así. Si me hubiera pedido algo más serio, probablemente me habría negado, no me sentía preparada para dejarme llevar con él. El miedo a sufrir tenía atrapados mis sentimientos. Prefería no querer a llorar con el corazón roto. Y sabía que él podía partírmelo en dos.

—Tengo que irme, en un par de horas nos vamos al aeropuerto.

—Lo sé, he quedado con Lea.

Me miró sorprendido.

—Creí que no vendrías...

—No iba a ir por ti, Thiago —preferí ser sincera—. Voy a ir por Lea.

—Bueno, la cuestión es que me dirás adiós.

—No sé, no sé...

Nos sonreímos con picardía los dos.

—¿Te acompaño? —preguntó refiriéndose a mi casa.

—No, te acompaño yo. ¿Has venido en coche?

—Sí, está ahí mismo —contestó mirando hacia su derecha.

—Oye... ¿Has hablado con Nacho?

Sabía que lo nuestro estaba terminado, pero eso no implicaba que dejara de preocuparme por él. Tarde o temprano hablaría con él.

—Lo he intentado, pero de momento no lo he conseguido. Está muy cabreado.

—Ya imagino —le dije empezando a andar hacia su coche.

—Si yo fuera él, estaría subiéndome por las paredes.

—Supongo que tú tampoco me perdonarías —dije entendiendo la postura de Nacho.

—¿Tú quieres que Nacho te perdone? —preguntó en un tono más grave.

Lo miré a los ojos para que supiera que no le mentía.

—No, Thiago, no quiero volver con él. Si tú y yo acabamos juntos fue porque yo también lo deseaba. De todos modos, cuando algo se rompe, es complicado que todo vuelva a su sitio.

—Sí, supongo que sí. Nacho no quiere saber nada de nadie. Me siento fatal porque ha perdido a su chica y a sus amigos. Y yo soy uno de los que lo ha traicionado.

—Thiago, nos dejamos llevar, y los dos pensábamos que él... que él se había acostado con Gala. Ellas nos mintieron a todos sin ningún pudor. La primera culpable soy yo por creerlas, porque yo sí sé que me tienen cruzada.

—Supongo que se aprovecharon de las circunstancias, de la fama de Nacho, de que él no estaba... Aunque según Débora no esperaban que tú y yo nos liáramos.

—¿Lo sabe?

—Nacho habló con ellas dos y les echó en cara todo lo que habían provocado con sus putadas. Les dijo que no quería saber nada más de ellas y que Gala se podía morir un rato.

—En la facultad hablaré con él, quiera o no. Quiero pedirle disculpas.

Llegamos a su coche y Thiago se apoyó en él.

—Ojalá el tiempo borre todo esto —dijo en un tono suave—. Pero creo que Nacho no me lo va a perdonar jamás.

—Ya, yo si fuera él no te perdonaría. —¿Una amiga o colega liándose con mi chico? Ya puedes correr, muchacha...—. Y a mí tampoco, no te creas. Pero soy cabezona.

—Mucho. —Alzó sus cejas y nos reímos—. Es parte de tu encanto.

Entrelazó sus dedos con los míos y nos miramos serios.

—Señorita Suil, la veo dentro de un rato.

—Señor Varela, no llegue tarde.

Me dio un beso suave en la mejilla y aproveché para aspirar su aroma. Thiago... Thiago...

Lea me pasó a buscar puntual como un reloj inglés. Durante el trayecto le expliqué el último episodio con Thiago. Realmente aquella historia parecía un culebrón y Lea no salía de su asombro.

—Entonces, ¿solos sois amiguitos o amigos de esos con derecho a roce?

—Solo amigos.

—¿Y es lo que quieres? —me preguntó ella con su mirada inquisitiva.

—Es lo que quiero —puntualicé segura.

—Me gustará ver cómo os comportáis como amigos —me pinchó sonriendo.

—Pues como tú y Adri hasta ahora.

—Ya... Sin sexo.

—Exacto.

—Y cuando os dé el calentón, ¿qué haréis?

La miré divertida.

—Tendremos que aguantarnos las ganas, como vosotros. ¿Todavía nada...? —le pregunté metiendo mi dedo índice en el puño cerrado de mi otra mano en un gesto obsceno para picarla.

Me dio un manotazo y fingió un enfado que no sentía.

—Qué *serda* eres, no me pongas los dientes largos.

—Tú los llevas largos desde que viste al morenito y te imaginaste qué talla gastaba.

Nos reímos las dos; las medidas de Adri eran carne de cañón para bromear.

—Cuando llegue el momento, igual me da un gatillazo de esos.

—¡A ti no puede darte un gatillazo! —exclamé riendo.

Íbamos en el autobús e intentábamos hablar flojo para que no se nos oyera, pero a veces subíamos el volumen de nuestra conversación sin darnos cuenta.

—Eso lo dirás tú. Imagina que de repente veo eso tan grande mirándome y me da un yuyu.

No podía parar de reír: me la imaginé en la situación, con los ojos bien abiertos y la boca desencajada.

—En peores plazas habrás toreado. Anda que...

—Sí, sí, tú ríete. No lo tengo yo tan claro.

—¿Tienes miedo de que no te entre? —le pregunté más en serio.

Lea me miró unos segundos pensativa.

—No creo, ¿no?

Nos echamos a reír las dos de nuevo. Si es que éramos tal para cual. Eran esos pequeños momentos de risas al unísono los que me hacían sentir más cerca de ella que nunca. Mi mejor amiga. Era algo que todo el mundo había tenido a edades muy tempranas, ¿verdad? No era mi caso, para mí era algo bastante reciente. Y cuando sentía esa complicidad con ella, con unas risas, con unas miradas, con un simple comentario... Era algo que me llenaba tanto que pensaba que no quería separarme de ella jamás.

—Oye, Lea...

—¿Qué?

—Que te quiero mucho.

Lea me miró con los ojos bien abiertos y vi cierto brillo de emoción en ellos.

—Y yo, petarda. Pero no me hagas llorar, jodida, que en cinco minutos veo al morenito.

—Como no te lo digo nunca.

Lea me abrazó y nos apretamos mutuamente hasta que nos dio la risa de nuevo.

Dios, ¡la quería muchísimo!

33

Cuando llegamos al aeropuerto faltaban todavía dos largas horas para que saliera el avión, pero Lea había quedado con Adri para despedirse con tranquilidad. Los encontramos tomando un café en el bar que le había indicado él.

Le di un codazo a Lea.

—Están buenos, ¿eh?

—Una *jartá* —respondió riendo—. Pero tú las manitas quietas.

—A veces los amigos se meten mano, ¿no lo sabías?

Me había cambiado totalmente el humor, era evidente. Saber que Thiago no se había liado con Débora y que sentía algo por mí... me hacía sentir eufórica.

—Sí, sí, muy lista eres tú.

Saludamos a los chicos con dos besos. Lea se sentó junto a Adri y yo al lado de Thiago, claro. Durante los primeros diez minutos charlamos los cuatro, pero Adri y Lea querían despedirse con más intimidad y en cuanto pudieron conversaron entre ellos.

—¿Me acompañas a mirar una cosa? —me preguntó Thiago alzando sus cejas un par de veces.

—Claro, quiero ver esa cosa —contesté entre risas.

Los dejamos solos diciéndoles que en media hora estábamos ahí. Tampoco era cuestión de que perdieran el avión. No necesitaban facturar maletas, pero debían pasar el control de seguridad antes de ir a la zona de embarque.

Thiago y yo nos dirigimos hacia una tienda que había enfrente en la que podías encontrar de todo un poco: alimentación, prensa, artículos de viaje, regalos y un largo etcétera.

—Quiero comprarme un libro —dijo yendo hacia la sección de libros.

—Yo leo en *ebook* —le comenté siguiéndolo y admirando su ancha espalda.

—Yo soy más antiguo —replicó hablando por encima de su hombro.

Cogió un libro y lo leyó atento. No pude evitar quedarme mirándolo como una colegiala. Estaba para comérselo a besos...

—¿Cuál es? ¿Uno de amor? —le pregunté bromeando.

—*Irene* de Pierre Lemaitre, ¿lo conoces?

—Es muy bueno, cógelo —le dije yendo hacia la zona de romántica.

A mí me gustaban los *thrillers*, pero el género que me apasionaba era el romántico.

—¿En serio lo has leído? —Me miraba como si no me creyera.

—Claro. Es una novela negra genial. Coge también *Alex*, porque cuando termines el primero querrás leer el segundo.

—Creía que solo leías libros de amor.

Nos miramos fijamente. ¿Cuándo había dicho yo eso?

—Es mi género preferido, pero leo de todo, sobre todo novela negra. De vez en cuando necesito un chute de adrenalina.

Thiago soltó una de sus carcajadas y yo sonreí poniendo los ojos en blanco.

—Creo que te ríes de mí...

—No, no —negó con el libro en las manos—. Me encanta saber que eres tan ecléctica.

—Ya ves, tienes una amiga que lee de todo —le dije quitándole importancia, pero Thiago me miraba como si fuera una pieza de museo—. Dame ese libro, te lo regalo yo. —Le quité el libro de la mano y me miró con su media sonrisa.

—Gracias, amiga.

—De nada —le repliqué guiñándole un ojo.

Thiago cogió la segunda parte de *Irene* y ambos fuimos hacia la caja.

—Me has dejado impresionado —me comentó mientras esperábamos en la cola.

—Eres muy impresionable, Varela. —Miré alrededor disimulando lo nerviosa que me ponía tenerlo tan cerca. Quien dice nerviosa dice excitada.

—Siempre consigues impresionarme y no, no soy muy impresionable. No es tan fácil sorprenderme, créeme, pero tú...

Sentí su aliento cerca y me mordí el labio inferior.

—Tú me tienes un poco tonto —concluyó con su voz ronca.

Joderrr, ¿qué quería? ¿Que me lo llevara a los baños para darle un buen meneo?

—Esto, Thiago... ¿Recuerdas lo de la casa por el tejado o algo así?

—Nada, cero, *nothing*.

Me reí al oír su rápida respuesta con el semblante bien serio. Qué morro tenía el amigo.

—¿Y lo de ser amigos?

Miró hacia arriba un segundo haciéndose el interesante y seguidamente clavó sus ojazos verdes en los míos. Madre mía, otra mirada de esas y me tiraba yo a sus brazos.

—Algo me suena...

Nos reímos los dos hasta que nos dimos cuenta de que nos tocaba pagar. Mientras él pagaba, busqué un bolígrafo en mi pequeño bolso y se lo dediqué.

Para un amigo muy especial. Espero que no pienses mucho en mí cuando lo leas, más que nada porque es novela negra, pero entre sus lecturas sí puedes acordarte de que tu amiga Alexia es muy divertida, muy simpática y muy humilde también. Un beso casto para ti, Thiago.

—¿Me has escrito algo? —preguntó al verme cerrar el libro con el bolígrafo en la mano.

—Nada, algo simplón —le dije entregándole el libro.

Lo leyó con su mirada curiosa y me fijé en que estaba guapísimo cuando en su rostro serio se dibujaba una sonrisa de las suyas.

—Gracias, yo también tengo algo para ti.

Por arte de magia sacó un libro de aquella bolsita de papel que le había entregado la dependienta.

Fuimos canciones de Elísabet Benavent... ¡Adoraba a esa escritora! Por supuesto que lo había leído, lo tenía en mi *ebook*, pero era cierto que verlo en papel, con aquel azul tan bonito impresionaba mucho más.

—Imagino que lo has leído —comentó cogiendo mi bolígrafo—. ¿Puedo?

Le di ambas cosas y Thiago escribió con rapidez. Me moría por saber qué ponía y me coloqué de puntillas para ver algo.

—¡Eh! ¡Eh! Espera un poquito —comentó riendo.

Acabó de escribir y me lo dio.

—¿Lo lees después? —preguntó alzando sus cejas.

—Ni hablar —le repliqué cogiendo el libro.

Nos reímos los dos de nuevo y abrí el libro para leer su perfecta caligrafía que ya conocía.

> Para Alexia, una chica especial donde las haya. Cuando lo releas, porque lo harás, espero que sí pienses en mí porque es una novela de amor y espero que entre lecturas también pienses en tu amigo Thiago, que es muy gracioso, encantador y muy modesto, como tú :) Un beso nada casto para ti, Alexia.

Me reí con ganas al leer su réplica, era único.

—No sabes lo que daría por verte reír así siempre —comentó con más gravedad.

Colocó su mano en mi nuca y me acarició provocando mil sensaciones por mi cuerpo. Nos miramos unos segundos en silencio hasta que los dos apartamos la vista contrariados. Queríamos, pero no debíamos, y lo jodido era que nosotros mismos habíamos impuesto las reglas.

Ese era el famoso calentón del que hablaba Lea...

—Creo que ha pasado ya media hora —le indiqué mirando mi reloj con la garganta seca.

—Creo que sí —dijo con sus ojos en mi boca.

Giré sobre mis talones y me obligué a salir de su influjo.

—A la vuelta quedamos, ¿no? —susurró en mi cuello.

—¿Me estás tanteando? —le pregunté sonriendo al frente.

Nos gustaba jugar, estaba claro clarinete.

La despedida fue más rápida de lo esperado. Los tortolitos nos estaban esperando y nos dijimos adiós con demasiada rapidez para mi gusto. Y para el suyo.

Estoy entre lecturas, pensándote, amiga.

No me eches mucho de menos, amigo.

«Ay, Alexia, qué poco te duraban a ti los enfados con Thiago...» Eso me lo decía a mí misma, por supuesto.

Aquella noche me sentí fuerte, lo suficiente como para maquinar un plan para encontrar la contraseña de aquella caja fuerte de mi madre donde escondía mi cuaderno. Me daba igual si se enteraba, yo quería recuperarlo sí o sí. En muchas ocasiones me apetecía leer episodios de mi vida con Antxon, y allí había muchos escritos que se referían a él. Era como si mi madre me hubiera robado parte de mi pasado.

Pensé de nuevo en su móvil, cabía la posibilidad de que ahí estuviera el número que abría la maldita caja. Así que esperé hasta que se durmió, entré, miré su móvil y me cagué en todos sus santos. Ahí no había nada. Dicen que la curiosidad mató al gato y a mí me jodió la noche entera porque cuando me dio por cotillear entre sus fotos vi a mi madre en pelotas con el padre de Thiago cubierto con una sábana hasta la cintura.

Joderrr. La madre que me parió mil veces.

No se me cayó el móvil de las manos de milagro. Lo dejé tal y como estaba, después de cerrar del Iphone la pantalla de fotos y la de notas, por si acaso.

Entré en mi habitación blanca como el papel y me refresqué con agua antes de dejarme caer en la cama a plomo. No podía creerlo. ¿En serio? Joder, que era el padre de Thiago.

Me pasé la noche dándole vueltas a esa imagen. ¿Mi madre y su padre liados? ¿Y Gerardo? Joder, claro. Gerardo era una puta tapadera, tan simple como eso. Gerardo estaba casado, con hijos, era uno de sus serviciales empleados del bufete que le seguía el rollo a saber a cambio de qué. De ese modo procuraban disimular su relación ante la madre de Thiago.

En ese momento me di cuenta de que lo había pensado en alguna ocasión: Joaquín, el padre de Thiago, miraba a mi madre con deseo... joder, y ella a él. Esas miraditas raras que había captado entre ellos, esas cenitas... De ahí que no quisiera que Thiago y yo anduviéramos juntos, no era por ninguna cuestión relacionada con el trabajo. Era porque no quería que hubiera posibilidades de que acabáramos descubriéndolos. Y fíjate, con una simple foto ella misma me había mostrado todo el pastel.

¿Qué debía hacer con esa información? De momento reservarla para mí. No se lo iba a decir a nadie, ni siquiera a Lea. Era algo bastante grave, la verdad.

¿Y Thiago? Uf, no podía decirle aquello. Lo iba a destrozar porque a mí me la sudaba mucho que mi madre se follara a mil tíos de golpe, pero a él le jodería saber que su padre era un adúltero. Podría romper su familia y no quería ser yo la portadora de esa noticia, pero... ¿debería saberlo? ¿Hubiera querido saberlo yo? Me costaba ponerme en su lugar porque no me imaginaba a mi padre haciendo una cosa así, y menos a Judith.

Y aquella noche, después de mi gran descubrimiento, no hubo manera de dormir.

A la mañana siguiente lo único que tenía claro era que aquello no iba a salir de mis labios, ni siquiera lo iba a usar contra mi madre. Ese secreto se iba a quedar entre mis sábanas y yo. Punto.

—Tú escondes algo.

Lea y yo habíamos decidido pasar aquel miércoles juntas.

—¿Yo? —pregunté cogiendo el móvil que sonaba dentro de mi bolso.

Lea estaba buscando un regalo de Reyes para Adri en una tienda de ropa de pijos, claro.

—¿Marco?

—Hola, muñeca..., digo, Alexia.

Me reí al oírlo.

—¿Creías que me había olvidado de ti? —preguntó él bromeando.

La verdad era que sí, que pensaba que ni se acordaría de su invitación a cenar.

—Llevo de resaca un par de días, así que no he pensado mucho —le contesté divertida.

—Pues como yo, más o menos. Acabé queriéndome bañar en Neptuno, con eso te lo digo todo.

Soltamos los dos una carcajada y Lea me miró como si fuera una abuela regañándome. En aquella tienda de Pijolandia no se oía una mosca.

—¿Cómo lo tienes para el jueves?

—No puedo..., vienen unos amigos de viaje y hemos quedado con ellos.

Les habíamos dicho a Adri y Thiago que los iríamos a recoger al aeropuerto y que después iríamos a picar algo.

—¿Y el viernes?

—Me vas a matar, pero el viernes es la noche de Reyes y voy a ver la cabalgata con Lea y Natalia.

—Joder, es verdad. Si yo he quedado con mi hermana para ir juntos con el hijo de una amiga.

Sonreí al imaginarlo con ese pequeñajo.

—Uf..., pues tendremos que dejarlo para más adelante porque después me voy a Londres.

—¿Otra vez?

—Ya sabes que el don de la labia lo tengo yo, así que me toca ir a mí. ¿Te vienes?

—Sí, claro —contesté riendo.

—¿Qué? Tengo allí un *loft* que está genial. Puedes dormir en el sofá.

Me reí de nuevo.

—Muchas gracias, jefe. Supongo que la cama es para el más viejo, claro.

—¡Uy, Alexia! Cuando te pille...

—Estoy temblando —me burlé.

Marco rio de nuevo.

—Me apetecía mucho cenar contigo —carraspeó para aclararse la voz—. Pero supongo que lo bueno se hace esperar.

—Todo se andará —le dije sin mojarme demasiado porque en ese momento pensé en Thiago... ¿Qué diría sobre esa cena?

Joder, ni lo había pensado porque como siempre no sabía en qué punto estaba mi historia con él. No había tenido antes una relación como esa con nadie y no sabía cuáles eran las normas no escritas. Estaba claro que si salías con un chico en serio no te ibas a cenar con otro que te buscaba las cosquillas. Pero no era mi caso. Ni salía con Thiago, ni estábamos liados, ni nos acostábamos juntos ni nada de eso. Éramos dos amigos con sentimientos que intentaban hacer las cosas bien.

No, no debía ir a cenar con Marco. Cuando colgué, lo tuve claro.

—Supongo que no quedarás con él. —Lea me miró alzando sus cejas.

—Pues no sé qué decirte, porque como con Thiago es como subir a una montaña rusa...

—¿Lo dices en serio?

—No iré a cenar con Marco, pero sí te digo en serio que con Thiago las cosas no son sencillas.

—Las complicáis vosotros.

—¿Has sacado eso de un libro de filosofía?

Lea me dio un culazo y nos reímos a la vez.

—Bueno, al menos una de las dos va a empezar una bonita historia de amor. Me alegro por ti —le dije desdoblando una camiseta gris oscuro—. Esta me gusta.

Lea la cogió y la miró detenidamente.

—Le pega más a Thiago. ¿No vas a comprarle nada?

—No tengo ni idea. Creo que voy a pensar en algo diferente, una experiencia, una vivencia o algo así.

Lea me miró sonriendo.

—Tengo clarísimo que si fuera un tío o si fuera lesbi iría a por ti a saco.

Una mujer mayor nos miró con los ojos abiertos, escandalizada, y Lea y yo nos reímos con ganas.

34

Tanto Adri como Thiago se habían puesto en contacto con nosotras. Adri había llamado a Lea nada más aterrizar mientras que Thiago me había escrito un mensaje divertido donde me decía que había llegado bien.

Lea estaba nerviosa y por eso habíamos decidido pasar aquel miércoles juntas. Ellos regresaban el jueves, era un viaje rápido, pero de él dependía la felicidad de Lea con Adri. Llevaba tiempo esperando ese momento, así que era muy lógico que estuviera inquieta.

—Verás como todo irá bien, petarda. —Intenté animarla, porque a medida que pasaba el día y no sabíamos nada de Adri, Lea iba desmoralizándose.

No era cuestión de agobiarlo ni de irle preguntando cada cinco minutos cómo iba la cosa con Leticia. Habían llegado el miércoles por la noche tras cuatro horas de vuelo y se habían instalado en un hotel cercano al mismo aeropuerto de Helsinki. Al día siguiente Adri había quedado con Leticia. Ella se había pedido el día de fiesta para poder pasarlo con él, desconocedora de la verdadera razón de que Adri viajara a Finlandia.

Yo imaginaba que, en ese mismo momento, a las siete de la tarde en España y las ocho en Helsinki, estaría casi todo hablado. Suponía que ella habría intentado convencer a Adri, pero esperaba que él no sucumbiera a las palabras de la lechuza. Afortunadamente estaba Thiago con él y le serviría de apoyo cuando todo aquello hubiera terminado.

Thiago y yo no nos dijimos nada más porque no queríamos meternos en medio de aquella historia. Adri quería ser él mismo el que más tarde le contara todo a Lea, así que optamos por no preguntarle nada al acompañante.

—Esto es peor que un parto —se quejó Lea cogiendo su café.

Estábamos en la terraza de una cafetería al lado de una buena estufa exterior.

—Vamos, no seas exagerada. Mañana lo tienes aquí y se terminó la clandestinidad.

—¿Tú crees que ella lo dejará irse sin más?

—No lo secuestrará, digo yo. Además, Thiago está con él.

Las dos nos miramos pensando lo mismo: Leticia era mucha Leticia. Todavía recordábamos el episodio en el bar de la facultad cuando me dijo que yo era igual que mi madre. ¿De dónde cojones habría sacado toda esa información? Con dinero se podía lograr todo, pero ¿a tanto había llegado aquella tipa?

—Tengo ganas de que llegue mañana.

—En unas horas lo tienes aquí.

—Los tenemos —comentó alzando las cejas significativamente.

Sonreí ante sus palabras. La verdad era que tenía ganas de ver a Thiago, de pasar un rato con él y de charlar de todo y de nada... como amigos, claro, claro.

—Fíjate quién anda por ahí...

Lea se volvió sin disimulo alguno y vio a Ignacio. Salía de un centro de reproducción asistida y seguidamente lo hizo una chica de menor estatura, delgada y mona de cara. Lea y yo los observamos sin ningún pudor. Charlaron entre ellos, ella rio divertida y él le colocó bien uno de sus mechones. Oh, oh... Y entonces, como si hubiera detectado nuestras miradas láser, nos miró a las dos. Volvió la vista hacia su acompañante y le dio un abrazo y un beso en la mejilla al despedirse. ¿Quién era esa chica? ¿Y qué hacían los dos en ese centro?

Ignacio trasteó con su móvil sin moverse del sitio mientras aquella chica andaba calle arriba. Cuando ella dobló la esquina, vino a saludarnos.

—Hola, no estaba seguro de que fuerais vosotras.

Nos dio los dos besos de rigor y le invitamos a acompañarnos. Nos dijo que tenía prisa, pero que le apetecía tomarse un café calentito. Se sentó y nos comentó que había ido a ese centro con su hermana mayor, Mireia.

No le preguntamos nada para no ser indiscretas, pero entendimos que su hermana podía estar recibiendo tratamiento para poder tener hijos. No lo conocíamos tanto como para inmiscuirnos en su vida. Aquella era su hermana, eso era lo único que necesitábamos saber.

Nos preguntó por Natalia y estuvimos charlando media hora larga. El tipo era simpático y entendía que nuestra amiga estuviera tan tonta con él porque además era muy guapo y no era un crío de esos que no saben qué hacer o qué decir. Antes de irse se abrió un poco más a nosotras.

—Esto..., quería preguntaros algo —comentó pasándose una mano por la nuca.

Lo miré atenta mientras Lea seguía con los ojos a un par de tíos que pasaban por allí.

—Es sobre Natalia... ¿Está bien?

—¿A qué te refieres? —pregunté yo rápidamente.

Lea centró en él toda su atención al oírlo.

—No sé, la mayoría de las veces está contenta, alegre, pero de vez en cuando se queda mirando fijamente un punto en la nada y da la impresión de que su cabeza está en otro mundo.

—Eh... Quizá sueña contigo —replicó Lea sonriendo.

—No, no es eso. Su gesto es casi de... miedo.

—¿Miedo? —Pensé inmediatamente en el padre de Natalia.

—¿Estás seguro? —le preguntó Lea incrédula.

La verdad era que nosotras no la habíamos visto con esa mirada ausente.

—No ocurre siempre, pero sí de vez en cuando.

—Ya. Puede ser por el jefe ese que tiene —dijo Lea mirándome a mí.

Las dos sabíamos que probablemente ese no era el motivo, pero Ignacio se rio y confirmó que podía ser una buena razón. Luego se despidió de nosotras dejándonos con una sonrisa amarga en la boca.

—¿Crees que es por lo de su padre? —me preguntó Lea con cautela.

—No tengo ni idea, pero si Ignacio se ha percatado de que está rara, es porque lo está. Pero ya sabemos que ella no quiere ni oír hablar de malos tratos.

—Natalia necesita un buen polvo para despejarse un poco.

—Ignacio me gusta para ella. Espero que sea algo más que un simple polvo —comenté con sinceridad.

—Sí, a mí también me gusta. Los de veintiséis tienen su puntito.

—Sí, y es tierno ver cómo se preocupa por su hermana.

—¿Ha dicho que tenía otra hermana más?

—Sí, una tal María, menor que él. Estás en la luna, petarda.

—Estoy agilipollada, es verdad. —Lea miró el móvil por enésima vez aquella tarde.

—¿Nada?

—Todavía no hemos parido... Oh, oh... Mira a las tres.

—¿A las tres? —le pregunté molesta.

Natalia y ella últimamente usaban esos términos para indicar posiciones y yo no me enteraba de lo que decían.

—A mi derecha, guapa —me indicó con un gesto de cabeza—. Y disimula.

Era Nacho, solo, con una bolsa de una tienda de marca en una mano y el móvil en la otra. No nos había visto porque toda su atención estaba centrada en la pequeña pantalla.

—Voy a saludarlo. —Me levanté por impulso.

—¿Estás segura?

—No, pero voy a intentarlo.

Sabía que Nacho seguía enfadado conmigo, era lógico. Solo habían pasado dos días desde que se había enterado de todo lo ocurrido entre Thiago y yo. Y encima me había encontrado en su casa.

—Nacho. —Levantó la vista sorprendido y me miró frunciendo el ceño.

—No quiero hablar contigo. —Dio un paso para seguir su camino, pero me coloqué delante de él.

—Oye, solo quería que supieras que lo siento mucho. Fui muy idiota al creerlas, pero...

—Te morías por estar con Thiago, Alexia. No lo niegues.

Me mordí el labio unos segundos. ¿Hasta dónde era necesario ser sincera a estas alturas?

—No es verdad, no es eso. Para mí Thiago no...

—Alexia, ¿te habías acostado antes con él?

Lo entendí, pero quise salirme por la tangente con una pregunta absurda.

—¿Estando contigo?

—No, antes.

Nos miramos fijamente y no quise mentirle. En teoría no tenía por qué saberlo, pero preferí ser sincera.

—Sí. Nos acostamos una vez.

—No me lo dijiste —me acusó enfadado—. Lo intuía, pero quise creer que si estabas conmigo era por algo.

—Sí, era porque estaba segura de que Thiago y yo no nos íbamos a entender.

—¿Y ahora sí? —preguntó con sorna.

—No estamos juntos —le dije insegura, porque tampoco nos habíamos alejado el uno del otro. Al contrario, queríamos empezar desde cero.

—Ya. Hasta que vuelvas a liarte con él.

—Lo siento, de veras. Cuando vi aquel mensaje no dudé en que era verdad y se me nubló la razón. Me cabreé muchísimo y quise verte cara a cara para decírtelo.

—Deberías tener más cuidado con lo que haces. No estaba enamorado de ti, Alexia, pero podría haber sido el caso. No puedes hacer siempre lo que se te antoja sin pensar en los demás. —Me habló como si él fuera un adulto y yo una simple niña que ha hecho una trastada, y me sentí pequeña en ese momento—. ¿Sabes qué imagen das? La de la típica tía buena que va jodiendo al personal a su paso, sin miramientos, sin empatizar con nadie. Eso pareces.

Me señaló con el dedo y di un paso atrás, dolida por sus palabras.

—A ver lo que tardas en mandar a tomar por culo a Thiago y en romperle a él el corazón.

—Oye, no te pases. Si tu amiga Gala no se hubiera metido entre nosotros...

—Sí, está claro que Gala la ha cagado. Tanto que no quiero verla ni en pintura. Pero no te equivoques, tú no eres mucho mejor que ella.

Se largó de allí sin darme opción a réplica y me quedé mirando su espalda mientras se alejaba. Joder, ¿tenía razón Nacho? ¿Hacía las cosas sin pensar? No... Intentaba hacer las cosas bien, aunque muchas veces se escapaban de mi control. Pensé en ese momento en la noche de fin de año y en lo desastrosa que fue. Si hubiera hablado con Thiago en vez de ponerme a beber como una cosaca quizá no habría terminado la noche así de mal. Y hubiera disfrutado de Thiago.

Volví junto a Lea y me senté en la silla, dejando ir un largo suspiro.

—¿Mal rollo?

—¿Crees que voy a mi bola? ¿Que no pienso en los demás? ¿Que uso a los tíos a mi antojo?

—¿Qué dices? —gruñó Lea arrugando la nariz.

Dejé caer mis brazos a ambos lados de la silla en un gesto de derrota.

—Eso opina Nacho de mí. ¿Tendré alguna tara, Lea? Te lo digo en serio. No bromeo.

Me miró con más frialdad.

—A ver, Alexia, en serio. Gala nos la metió doblada, a todos, porque tuvo los santos cojones de ir contándolo por ahí. Tú, a partir de ahí, pensaste que era mejor hablar con Nacho cuando lo vieras. Es verdad que la fama de Nacho le precede y eso no se puede borrar de un día para otro, quiero decir que eso es culpa de él, no tuya, ¿me explico?

Asentí con la cabeza y Lea continuó con su discurso.

—Entonces... tú ya tenías claro que lo vuestro se había terminado y Thiago también lo creía así. Y los planetas se alinearon para que nos emborracháramos las tres el día de Navidad. Tú le mandas ese mensaje calentito, él te llama, tonteáis los dos y al día siguiente salimos los cuatro. ¿Fue así?

—Tal cual —dije sonriendo como una tonta al recordar todo aquello.

—Y al salir los cuatro, pues pasó lo que tenía que pasar, que acabasteis el uno en brazos del otro y dándole al pistón en su casa. ¿Conclusión? Chica, disfruta de lo que te da la vida y deja de darle vueltas a los malos rollos. Nacho está cabreado, es normal, pero no te eches la culpa porque, de todos, eres la que menos culpa tiene.

—Se nota que eres mi mejor amiga —comenté de mejor humor.

—Se nota que tú te comes demasiado la cabeza. A Nacho se le pasará y, si no, dos piedras. Petarda, la vida es así.

—Pues a ver si te aplicas el cuento con lo de Adri.

—Joder, para un rato que no pienso en él —dijo tirándome una patata chip encima.

—Estás colada...

—No, perdona, estoy enamorada, que es peor.

Nos reímos las dos hasta que vimos el nombre de Thiago en mi móvil.

—Cógelo —me instó Lea con prisas.

—¿Thiago?

—Hola, amiga del alma.

Me reí y Lea alzó sus cejas.

—Hola, pijo. ¿Estás ya con Adri?

—Qué va... —Negué a Lea con la cabeza, y esta se recostó en su silla haciendo un mohín—. Espero que no tarde mucho o me veo cenando solo en este hotel lleno de empresarios que me miran de reojo.

—Te mirarán porque eres joven y guapo —le dije riendo.

—O porque no pinto nada aquí.

—¿No has salido del hotel?

—Pues no, le he dicho a Adri que lo esperaría aquí. Como no sabíamos cuánto duraría la charla... Se ha ido a media mañana y fíjate qué hora es. No sé si llamarlo o qué hacer.

—¿Me estás pidiendo consejo, amigo?

—Otra cosa te pediría —musitó por lo bajini y nos reímos los dos—. No me hagas caso, que desvarío. Creo que me conozco los nombres de todos los trabajadores del hotel.

—Eso es ser un buen amigo —le dije orgullosa de él. Otro se hubiera ido por la ciudad a hacer turismo.

—¿Qué tal Lea?

—Nerviosa —respondí mirándola, y ella negó con la cabeza—. Dice que no, pero está histérica. ¿Quieres hablar con ella? —Lea abrió los ojos entusiasmada.

—Claro, pásamela.

Lea casi me arrebató el teléfono y acribilló a preguntas a Thiago.

—Hola, Thiago. ¿Qué tal? ¿Cómo estáis? ¿Adri te ha dicho algo? ¿Está bien? Joder, dime...

Sonreí ante su apuro. Estaba segura de que Adri estaba tardando tanto porque quería hacer las cosas bien después de dos años de relación con la lechuza. Era muy normal. Además, lo lógico era que ella no se lo pusiera fácil y que intentara que Adri se fuera a Madrid con un millón de dudas.

—Sí... Sí, lo intento... Gracias... ¿En serio? —Lea se rio a carcajada limpia y me gustó ver que Thiago podía hacerla reír de aquel modo—. Vale... Muchas gracias, solete. Te paso a tu querida amiga.

Me dio el teléfono, más contenta que unas castañuelas.

—¿Le has ofrecido sexo del bueno? —pregunté casi sin pensar.

Thiago se rio con ganas y yo acabé riendo también al darme cuenta de lo que le había dicho. Ese filtro mental...

—Le he dicho que Adri tenía muchas ganas de que llegara mañana, de estar en Madrid y de bajar del avión para verla.

—Vaya, qué mono, ¿no? —comenté con ternura.

Lea asintió con la cabeza adivinando de qué hablábamos.

—Yo también tengo ganas de que llegue mañana. —Su tono ronco me llegó como una oleada de calor y bajé la vista para que Lea no viera el deseo en mis ojos.

—Ya...

—Y de llegar a Madrid —susurró provocándome un cosquilleo.

—De bajar del avión... —musité tragando saliva.

—De verte.

Nos quedamos en silencio, oyendo nuestras respiraciones.

—Alexia..., estoy en mi habitación, ¿sabes?

Me lamí los labios nerviosa. No, no, por favor, si seguía por ahí me iba a dar un colapso.

—Acabo de ducharme, llevo una toalla atada a la cintura y nada más porque en este jodido hotel hace un calor de mil demonios... —Su tono grave me llevó hasta esa habitación.

De repente Lea se levantó y me indicó con el dedo que se iba al baño.

—Thiago, joder —gemí quejosa.

—Solo quería que lo supieras.

«Qué cabrón.»

—Estoy un poco aburrido y no sé qué hacer con esto que tengo entre mis manos...

Madre mía, madre mía... No podía tener sexo telefónico con él en una terraza en el centro de Madrid. Ni hablar.

—Pues podrías ponerle solución pensando en alguna amiga —le dije en un susurro.

Muy bien, Alexia, muy bien, ¿dónde queda ese «ni hablar»?

—Sí... Tienes razón, podría imaginarla sentada, encima de mí, a horcajadas y cabalgando encima de mi polla. Uf..., sí...

A tomar por culo con todo.

Sabía que se estaba tocando, podía oír sus leves gemidos mientras me hablaba y en ese momento mis braguitas quedaron totalmente empapadas. Junté una pierna contra la otra y apreté aguantándome las ganas de tocarme yo también.

—Seguro que te lo haría despacito y poco a poco iría incrementando el ritmo hasta correrse contigo dentro...

—Tu voz... Me tienes loco, Alexia... Joder...

Se estaba masturbando con ganas, podía oírlo perfectamente.

—¿Vas a correrte dentro de mí? Thiago..., dámelo...

—Hostia..., sí..., nena...

Cerré los ojos con fuerza cuando gritó mi nombre mientras se corría. Joder, podía verlo perfectamente con su mano en su miembro y pensando en mí mientras tenía ese orgasmo. Sentí mis mejillas rojas, mi cuerpo estaba que ardía y solo pensaba en que no sé qué hubiera dado por estar en ese momento con él. Me dolía y todo de las ganas que tenía.

Diosss...

35

ADRIÁN

Nada más poner un pie en Helsinki me mordí los carrillos. Hasta entonces no temía nada, es más, estaba más que convencido y había imaginado mi charla con Leticia en un millar de ocasiones. Pero a medida que se acercaba el momento de verla era como si mis fuerzas menguaran. Incluso mi espalda se encorvaba. Pero debía hacerlo, más cobarde hubiera sido dejarla por teléfono.

Habían sido dos años de relación en los que ella había llevado siempre la batuta. Ahora debía tomar yo el mando de la situación y debía echarle dos huevos. ¿Que me iba a costar? ¿Y a quién no? No es agradable dejar a alguien y menos si has conocido a otra persona. ¿Se lo dices? ¿No se lo dices? Lo acabará sabiendo igual. Pero es jodido hacer daño a alguien con quien has intimado durante dos años. Temía su reacción, era cierto, pero más temía ver dolor en sus ojos al mirarme.

—¡Cariño! —Se tiró a mis brazos en cuanto me vio y me sentí ruin.

Nos abrazamos, pero ella notó que no estaba como siempre. ¿Cómo iba a estarlo, joder? Me hizo pasar a su habitación, compartía piso con dos chicas más. Nos sentamos en el borde de la cama y me cogió de la mano.

—¿Estás bien? —preguntó buscando mi mirada.

—Bueno, tengo que hablar contigo...

Y se lo solté todo, o todo lo que creí conveniente. Que me gustaba Lea, que no estaba seguro de lo nuestro, que tenía un millón de dudas en mi cabeza, que no quería hacerle daño ni engañarla...

—¿Me estás pidiendo permiso para follártela?

Estaba cabreada, era lógico.

—No, no es eso, Leticia. Quiero que lo dejemos, aquí y ahora.

Me miró con una rabia que solo le había visto cuando me explicaba que alguna de sus amigas había hecho algo que a ella no le gustaba. Me asustó porque Leticia cuando quería era un mal bicho.

—Vale, puedes follártela.

—Leticia...

Me daba la sensación de que no me había entendido.

—No, no, te lo digo de verdad. Entiendo que llevo mucho tiempo fuera y que tú tienes unas necesidades. Necesidades que está claro que has confundido con algo más.

—A ver, Leticia, sé lo que quiero...

—¡No! —gritó como una histérica—. ¡No lo sabes! Tú me quieres a mí.

—Leticia...

Se puso a llorar como una desconsolada y tuve que hacerme cargo de ella, claro. Le hice un té con leche en aquella minicocina en la que no había nadie, afortunadamente para mí. No quería dar explicaciones a una desconocida. Se tomó el té y entonces le dio por hablar.

Hablamos largo y tendido. Como si fuéramos dos simples amigos. Habló por los codos, y yo no quise cortarla porque prefería terminar con ella bien, sin enfados ni gritos. Se nos pasó la hora de la comida y la de la merienda. Ninguno de los dos pensó en comer, yo personalmente tenía un nudo en el estómago.

—¿Lo ves, Adri? Fíjate lo bien que estamos...

Apoyó su cabeza en mi hombro y su mano fue directamente a mi entrepierna. Le retiré la mano con delicadeza y ella volvió a intentarlo. Realmente no sentí nada y eso me envalentonó a acabar con esa situación.

—Leticia, vamos a hacerlo bien. Yo he venido con las ideas claras y no quiero seguir con lo nuestro.

—¿No tenías dudas? —La frialdad regresó a sus ojos.

—No quiero alargarlo.

—Para esto no hacía falta que vinieras. —Su tono seco me desagradó.

Me levanté, le di un beso en la mejilla y ella no movió ni un pelo. Aquello era peor que verla llorar porque sabía que en un momento u otro explotaría.

—Lea me las pagará.

La miré frunciendo el ceño.

—Díselo de mi parte. Esto no quedará así.

No le dije nada porque no quise entrar en una discusión sobre Lea. Era cierto que Lea había sido quien había despertado mis sentimientos, pero también lo era que yo con Leticia no era feliz, era un simple títere en sus manos.

De allí me fui en taxi hacia el hotel y nada más entrar en el coche le mandé un mensaje a Thiago diciéndole que estaba de vuelta y llamé a Lea.

Me moría de ganas de escuchar su voz, su risa...

36

—¿Sí? —Lea me dio un codazo indicándome que era Adrián. Regresábamos las dos para casa.

—Hola... ¿Sí?... ¿Y tú cómo estás?... Yo también...

Desconecté de su charla porque no quería parecer una cotilla, así que seguí con mi móvil porque estaba conversando con D.G.A.

¿Ya sabes qué vas a pedir para Reyes?

Creo que no me van a traer nada este año, he sido muy mala.

Jajaja, eso no te lo crees ni tú, si eres una bendita.

Eso es porque no me conoces.

Estuve a punto de decirle lo que me había dicho Nacho: que era una tía sin empatía y que iba jodiendo a los tíos sin pensármelo demasiado.

Sí te conozco y probablemente más que muchos.

Eso es verdad, no sé por qué me inspiras confianza.

Porque no me ves, jajaja.

¿No tienes cara de ser fiable?

¿Te la muestro?

Tardé unos segundos en responder porque no sabía qué decir.

No, todavía no.

¿Eso significa que algún día nos veremos? Yo voy a pedirlo para Reyes, tú misma.

Jajaja, si te has portado bien nos veremos, ¿no?

Alguna cagada he hecho, pero creo que como todo el mundo.

¿Última cagada?

Realmente confiaba en él más que en muchas personas.

Le fallé a un amigo. Me había pedido un favor y le fallé.

Bueno, seguro que te lo perdona. Eso nos ocurre a todos. A veces fallamos sin querer o sin darnos cuenta.

¿Y tu última pifiada?

Pensé bien antes de escribir.

Le miré el móvil a mi madre y vi una foto indiscreta de ella con un tipo.

Necesitaba soltarlo, decirlo y contarlo ni que fuera a medias.

Vaya, vaya... ¿Con el amante ese?

Con el amante. Casi me da un soponcio, jajaja.

No, no le iba a decir que era con otro hombre y que ese hombre era el padre de un amigo mío. No era necesario dar tantos detalles.

¿Y se lo has dicho?

No, joder, ¿qué le voy a decir?

Que te suba la paga, jajaja.

Si se entera de que le he cotilleado el móvil, quizá me muerda. No conoces a mi madre. Es una bruja, pero sin escoba y sin verruga, jajaja.

Seguimos charlando un par de minutos en ese tono, con mucha risilla de por medio y nos despedimos casi a la vez. Lea había acabado de charlar con Adri y quería estar pendiente de ella.

Adri le había explicado cómo había ido con Leticia y le había dicho que se había terminado, lo que significaba que era libre para empezar con ella. Lea no se lo acababa de creer. Le extrañaba que todo hubiera sido tan fácil y se temía alguna jugarreta de la lechuza.

—Mientras esté en la Conchinchina, no debemos preocuparnos. Cuando regrese quizá ya se haya follado a algún finlandés y venga más relajada.

—A ver...

—Ya verás como sí, petarda. Tampoco puede hacer nada. Si Adri no quiere seguir con ella, tendrá que asumirlo.

—Es que esa tía me da un mal rollo que te cagas.

—Es una borde de mucho cuidado, pero mientras esté lejos tú disfruta de Adri. ¿No era lo que querías?

—Sí..., claro...

—A ver si ahora que lo has logrado no vas a quererlo...

—No, no es eso. Me muero por verlo y por estar con él como una pareja más, pero esa chica...

—Nadaaa...

Yo también pensaba que quizá Leticia intentaría putearla, pero no quería incrementar sus miedos. La verdad era que desde Helsinki poco podía hacer, por muy lechuza que fuera.

Me despedí de Lea y me fui hacia el dúplex pensando en mis cosas hasta que la voz de mi madre al entrar en casa me detuvo.

—Ni se te ocurra, Gerardo.

—Alexia, mi mujer está con la mosca tras la oreja. Hasta ahora no había salido a cenar tantas veces por temas de trabajo.

—Le dices que estamos cerrando un trato muy importante con unos rusos.

—Sí, muy bien. ¿Y hasta cuándo? Porque por lo visto no vas a dejar a Joaquín.

Vaya..., ahí estaba la confirmación de toda mi teoría. Joaquín era el padre de Thiago, claro.

Cerré la puerta de entrada con un golpe fuerte.

—¿Alexia? —preguntó mi madre.

—No, soy el cartero que hoy trabajo de noche —le dije con ironía mientras entraba en el salón.

Gerardo y ella estaban tomando una copa de vino.

—Te he dejado la cena en el horno —dijo endulzando su voz.

—¿Me lo dices a mí? —Me señalé el pecho.

—Claro, ¿a quién si no?

¿Qué tramaba mi madre?

—He cenado con Lea. Hola, Gerardo.

—Hola —dijo él con timidez.

—Esto..., Alexia, los Varela nos han invitado a comer...

Eso era lo que tramaba.

—El día de Reyes.

Nos miramos fijamente y pensé mi respuesta. No había impedimento alguno en ese momento porque Thiago y yo habíamos hecho las paces, pero...

—Y te han pedido que vaya tu preciosa hija.

—Exacto.

—¿Sabes que hace un par de años, en París, me pasaron unas pruebas en el colegio?

Mi madre parpadeó varias veces, sorprendida por mis palabras.

—Sí, por el tema de los idiomas, por mi facilidad para aprender cualquier idioma.

—No lo sabía.

—Si hubieras leído el cuaderno, lo sabrías. Pero tranquila que yo te lo explico.

Me apoyé en el marco de la puerta, en plan chula. Ahora era ella la que quería algo de mí.

—Pues la conclusión final fue que soy talentosa para los idiomas y que además mi coeficiente intelectual está por encima de la media sin llegar a ser superdotada.

—Eres muy lista, ¿no? —preguntó Gerardo.

—Lo soy —respondí mirando a mi madre—. Quiero mi cuaderno. Ahora. Y el sábado iré a comer con mi vestido de niña buena y mi pelo bien recogido, aunque no me apetezca nada.

Mentira, cuanto más viera a Thiago, mejor. Pero eso ella no lo sabía.

Mi madre no me respondió, simplemente se fue a la cocina y volvió al minuto con mi libreta en sus manos. Me la dio y volvió a su sitio.

Joder, qué fácil, ¿no?

—Entonces queda claro, el sábado vamos los tres a comer.

—No, no... —empezó a decirle su no amante.

Salí de allí sin decir nada más mientras Gerardo le decía que él no podía. Abracé el cuaderno como si fuera Antxon y subí a mi habitación como un rayo para comprobar que no había sufrido ningún daño. Lo observé detenidamente y pude comprobar que estaba intacto. Mi madre lo habría ojeado, pero no lo había leído entero porque si no se acordaría de lo de esas pruebas que me hicieron en París.

Esas pruebas...

Antxon me dijo que ya sabía que yo era especial. Lo adoraba porque a todo le sacaba su parte buena.

Al subir al coche con Judith y papá, después de saber los resultados de las pruebas del cole, me sentí un poco rara, como si no fuera normal. Eso de que fuera más inteligente no estaba mal, pero ¿realmente era algo positivo? Empecé a darle vueltas a esa pregunta hasta que mi hermano me dijo: «Sabía que eras especial».

Lo decía en serio. Antxon no era un adulador, cuando te decía algo, bueno o malo, lo hacía de corazón. Joder, le echaba tanto de menos. Necesitaba sus palabras de ánimo, sus gestos simpáticos cuando hablaba, necesitaba coger su mano... Lo necesitaba a él y ya no estaba con nosotros. ¿Por qué?

Aquel jueves quedé con Natalia para comer. Le había dicho que la recogería en su oficina y que aprovecharíamos su hora de la comida para ponernos un poco el día. Yo estaba preocupada por ella porque el tema de su madre me tenía mosqueada. No quería que Natalia fingiera con nosotras al pensar que no la apoyábamos. Quería decirle que estaba de su lado, tomara la decisión que tomara.

Salió de la oficina con Ignacio y pude observar cómo lo miraba. Le gustaba de verdad y él también le hacía ojitos. Podían hacer una buena pareja en un futuro no muy lejano. Cuando él se despidió de ella, le colocó bien un mechón del pelo y le dio un beso en la mejilla. Recordé a su hermana y sonreí. Ignacio parecía un tipo bastante cariñoso.

—¡Hola, Alexia! —Natalia se acercó a mí muy contenta.

—Te veo feliz, ¿eh? —Alcé mis cejas y ambas reímos.

—Ignacio me ha invitado a salir...

Nos cogimos de las manos y dimos unos saltitos en plan pijas y nos reímos un buen rato. Nos dirigimos a una cafetería que había cerca donde servían un menú bastante sano.

—¿Habéis quedado entonces? Cuenta, cuenta.

—Yo creía que no quería volver a quedar porque no me había dicho nada desde el viernes...

—Pero ¿nada de nada?

—A ver, las miraditas y el tonteo han estado a la orden del día, pero me daba la impresión de que no quería ir más allá y viendo cómo es pensaba que había decidido pasar de mí. Pero hoy...

Natalia me miró con picardía. Esa mirada la conocía bien: se habían besado o algo más...

—¿Qué?

—Pues estábamos los dos en los archivos y se me ha acercado por detrás. —Natalia cerró los ojos unos segundos y sonreí al ver la cara de gusto que ponía—. Me ha cogido de la cintura y me ha susurrado en el oído si quería salir con él el sábado por la noche...

—Y le has dicho que sí —la corté entusiasmada.

—Me he hecho un poco la remolona, pero cuando me ha besado en el cuello mis neuronas bailaban salsa dentro de mi cabeza.

Nos reímos las dos con ganas y Natalia continuó explicándome.

—Hemos quedado el sábado para cenar y salir de fiesta.

—El día de Reyes, un buen día para enamorarlo.

Natalia rio. Estaba feliz y me gustaba verla así, pero también quería saber cómo andaban las cosas en casa.

—No corras tanto. Ignacio no es un crío, y creo que es de esos a los que les cuesta enamorarse.

—Típico de guapos, pero mira a Adri...

—Y a Thiago —me cortó riendo.

—Joder, qué buen gusto tenemos las tres, ¿no?

Seguimos hablando de Ignacio porque Natalia estaba entusiasmada, así que solo me quedaron los últimos cinco minutos para abordar el delicado tema de su padre.

—Oye, ¿y tu madre qué tal?

Natalia cambió el gesto y miró hacia la barra. Esquivaba mi mirada, ¿por qué?

—Bien, está bien. Entre ellos todo continúa igual, sin mucho cariño, pero respetándose.

—¿Y contigo?

Natalia me miró frunciendo el ceño.

—¿Qué quieres decir? —preguntó a la defensiva.

—Que si contigo sigue todo igual de bien...

—Sí, claro.

—Oye, sé que aquel día me puse un poco tensa, pero quiero que sepas que puedes contar conmigo para lo que sea.

—Lo sé —dijo con más suavidad—. Pero no te preocupes, ¿vale? Fue un malentendido y ya está. No volverá a pasar.

No me lo creía, pero no quise insistir. Sabía que a Natalia no le gustaba nada mi postura.

—¿Me acompañas a la oficina? Así me explicas por el camino cómo vas con tu amigo el internauta.

Sonreímos de nuevo y le comenté por encima en qué punto estábamos Apolo y yo. Cualquier día nos conoceríamos... ¿y entonces qué?

Todo se andaría, al final todo se ponía en su lugar. ¿No tenía yo el cuaderno en mis manos? Tal y como debía ser.

37

Lea y yo llegamos al aeropuerto una hora antes de lo previsto. Estábamos un poco nerviosas y nos pisábamos al hablar. La verdad era que Lea estaba al borde de un ataque de nervios. Antes de venir a recogerme se había cambiado de modelito unas cinco veces y se había maquillado de mil formas.

—Lea. —Cogí sus manos pensando que debía ser yo la que la relajara—. Adri quiere estar contigo, tranquila.

—¿Y si durante el trayecto en avión se lo ha pensado mejor?

—¿Y si le han salido tetas como a nosotras?

Lea me dio un codazo y nos reímos.

—Lo sé, estoy superplasta —se quejó mirando el cartel donde anunciaban las llegadas.

—A ver, que te entiendo, pero no te preocupes. Adri ha subido al avión con las ideas claras.

—Son cuatro horas...

—Cuatro horas que habrá estado charlando con Thiago o durmiendo, a saber.

—A veces en cuatro horas puede cambiar el mundo.

Le di una colleja y se quejó.

—¿Dónde está mi amiga? Esa Lea positiva que todo lo ve de color de rosa... Sal de ese cuerpo —le dije haciendo un gesto con la mano.

Lea se descojonó y yo acabé riendo con ella.

—No sé qué haría sin ti —dijo cogiéndome del cuello.

—Estarías tope aburrida, lo sé.

Nos miramos con cariño y me plantó un beso en la mejilla. A partir de ahí Lea se calmó un poco y charlamos de Natalia e Ignacio. Las dos estábamos seguras de que aquellos dos terminarían juntos después de la noche del sábado.

—¿Vamos? —le dije a Lea mirando el reloj.

—¡Uy! Sí. —Se levantó de un saltito y nos dirigimos hacia la zona de llegada del vuelo de Helsinki.

A los diez minutos los vimos aparecer, con una sonrisa y charlando entre ellos. ¿Estarían también nerviosos? Dios, qué guapo me pareció Thiago con sus tejanos rotos, su camiseta ajustada y su cazadora gris. Clavó su mirada en la mía y nos sonreímos.

Ahí estaba mi chico... ¿Mi chico? Esto..., mi amigo, mi amigo...

—Rubia... —Adri cogió a Lea nada más verla y se fundieron en un abrazo de esos de película.

Thiago se adelantó hacia mí y me dio dos besos suaves.

—Hola, novata...

—Hola, pijo...

Nos reímos con nuestros rostros muy cerca el uno del otro y nos miramos con complicidad.

—¿Me has echado de menos? —preguntó con naturalidad mientras su brazo rodeaba mi espalda.

—No he tenido tiempo entre fiestas y resacas...

Me miró alzando sus cejas y entornó sus ojos verdes.

—Qué mal mientes, pequeña.

Me reí al oírlo y me vino a la cabeza D.G.A. porque siempre me llamaba así.

—En eso te doy la razón, me cuesta mentir, aunque cada día lo hago mejor. Fíjate, ¿eh? —Él me miró con atención y me aguanté la risa antes de hablar—. Eres muy muy feo, Thiago.

Soltó una de sus risillas. Me encantaba verlo así.

—Vale, pues ahora fíjate en mí —comentó señalando su cara—. Alexia, no me gustas nada porque no eres lista, ni divertida y además tu cuerpo es... es de infarto, nena.

Nos reímos los dos por sus palabras. En ese momento Adri se acercó para saludarme con su mano entrelazada con la de mi amiga... Qué ilusión verlos así...

—¿Nos vamos? —preguntó Adri.

—¿No os apetece pasar por casa y eso? —preguntó Lea.

—Yo tengo hambre —respondió Adri mirándola a los ojos directamente.

Sonreí al ver que Lea se sonrojaba. No saqué el móvil para hacerle una foto porque se hubiera cabreado, pero grabé aquel momento en mi mente para recordarlo después.

Cuando nos dirigíamos hacia la salida, Thiago me susurró en el oído:

—Yo sí te he echado de menos.

Su mano buscó la mía y nos cogimos como si fuera lo más normal entre nosotros. Mientras caminábamos, su dedo pulgar iba acariciando mi palma y sentía cosquillitas ahí y en mi estómago. ¿Cómo podía ser que un simple gesto como ese me hiciera tocar el cielo?

Decidimos ir a Malasaña, concretamente a Pintores, un local muy de moda que estaba en una de aquellas calles estrechas. Era un bar no muy grande, pero muy bien distribuido, con mesas y sillas de colores, con una barra de madera blanca bastante larga y con un constante movimiento de camareros.

Como era pronto, todavía había algunas mesas libres, pero en menos de una hora sería imposible sentarse, y entonces la gente se apelotonaría en la barra para disfrutar de sus deliciosos pinchos y tomar cerveza artesana. Nos pedimos una cualquiera y varias tapas porque ellos venían hambrientos.

—La comida del avión no vale nada —comentó Adri sonriendo a Lea.

—Si quieres, puedes darme un bocadito —soltó ella tan pincha.

Thiago y yo nos miramos y creo que pensamos lo mismo: aquellos dos necesitaban intimidad urgentemente.

—¿Nos buscamos un plan B? —me preguntó Thiago en un susurro.

—¿Como qué?

—No sé, algo en plan amigos. Como subir a tu habitación y jugar al parchís.

Solté una buena risotada, y Lea y Adri me miraron sorprendidos.

—Perdón, perdón —les dije aguantándome la risa—. Ha sido culpa de él. —Señalé a Thiago y él negó con la cabeza.

—A mí no me miréis, ya sabéis que yo no cuento chistes.

Thiago y yo nos miramos y reí de nuevo al recordar su propuesta. Qué tío...

—Si lo sé, te digo que juguemos a otra cosa...

—¿Al teto? —pregunté divertida.

—Pues ya sabes quién se agacha —replicó alzando sus cejas un par de veces.

—Nunca se sabe...

—¡No me fastidies! ¿Te ha crecido mientras yo estaba fuera?

Me quedé pasmada al oírlo y empecé a llorar de la risa. ¿Dónde estaba el Thiago serio y formalito que yo conocía?

Lea y Adri ya pasaban completamente de nosotros e iban a su rollo, lógicamente. Así que Thiago no se cortó un pelo y acercó su silla a la mía.

—No sabes lo que daría por oírte reír así siempre. —Su voz grave se coló en mi ropa interior y dejé de reír de golpe para quedarme prendada de sus ojos verdes.

—Eres un liante, amigo —le dije con retintín.

Sonrió de medio lado y no pude evitar mirar sus labios. Eran tan apetecibles...

—¿Quién está mirando mi boca? ¿Quién es aquí la que provoca?

—Estoy estudiando tus labios de bizcocho, solo eso.

—¿De bizcocho? —preguntó alargando su sonrisa.

—Esponjosos, suaves, apetecibles...

—¿Has dicho apetecibles?

—No, he dicho sensibles.

Nos reímos los dos de nuevo. Menuda tontería llevábamos encima...

—¿Los dejamos solos y nos vamos? —preguntó Thiago tras aquellas risotadas.

—Sí, creo que será lo mejor.

Adri y Lea estaban en su mundo y nosotros en el nuestro. Thiago carraspeó antes de hablar y los miró con seriedad.

—Perdón, parejita. —Adri y Lea se volvieron hacia él sonriéndole—. Alexia y yo os vamos a dejar un poco de intimidad y esas cosas...

—Ya, ya —dijo Adri con cierta ironía.

—Qué majos son, ¿verdad? —comentó Lea riendo y mirándome a mí.

—Lo sabemos, lo sabemos —le repliqué yo de cachondeo.

—Pago yo, recuerda —le dijo Adri a Thiago más serio.

—Qué pesado eres —contestó él poniendo los ojos en blanco—. Hasta mañana, pa-re-ji-ta.

Thiago puso su mano donde la espalda pierde su nombre y salimos de allí sin rumbo fijo.

—¿Quieres ir a algún sitio en especial? —preguntó colocándose a mi lado.

—Estarás cansado...

—¿Me estás echando? —me cortó al momento, y me reí.

—No, qué va...

—Pues te cuento. Me pasé el día de ayer encerrado en ese hotel gris, estaba que me subía por las paredes. Por la noche estuve charlando hasta las tantas con Adri porque estaba bastante tocado con lo de Leticia. Y hoy nos hemos levantado casi a mediodía y hemos cogido el avión. No estoy cansado, pero tengo ganas de estar a solas contigo, charlar y verte sonreír.

Le cogí del brazo entusiasmada con sus palabras.

—Pues tú mandas.

—¿Qué te apetece?

—¿Tomamos algo en un sitio más tranquilo?

Me apetecía acurrucarme en sus brazos, charlar con él hasta que amaneciera y besarlo cada cinco segundos. Pero éramos solo amigos, habíamos quedado en eso.

—Perfecto, conozco un lugar donde la música es suave y se puede hablar sin gritar. Personal, ¿lo conoces?

—Ni idea.

—A veces va algún famoso por allí...

—¿Un bar de pijos? —me quejé.

—Es que tu amigo es un pijo, ¿recuerdas? —preguntó bromeando.

—Pues no suelo tener amigos pijos, que lo sepas.

—¿Soy una excepción?

—Probablemente —musité.

Thiago se rio y yo le saqué la lengua.

—Pues me gusta ser tu excepción —sentenció mirándome—. Por cierto, tienes mayonesa en la comisura de los labios...

—¿Qué? —pregunté cortada.

Thiago paró y me observó los labios con mirada de investigador.

—Sí..., aquí...

Su dedo señaló a mi derecha y cuando quise darme cuenta su boca estaba junto a la mía. Uf.

—Y aquí también...

Posó sus labios en los míos y me besó despacio, con mucha suavidad, mientras sus manos atrapaban mi cintura para acercarme a él.

—Nena...

—Thiago...

—Lo siento, me moría por besarte un poquito.

Lo cogí de la nuca y acaricié su pelo sin poder contenerme.

—Te entiendo perfectamente —le dije sonriendo en sus labios.

Se acercó de nuevo y me besó introduciendo su lengua en busca de la mía. Un fogonazo recorrió todo mi cuerpo cuando nuestras lenguas chocaron y empezaron a juguetear entre ellas. Sus brazos me apretaron contra su cuerpo duro y solté un gemido al notarlo tan cerca. Era algo que se escapaba de mi control, realmente lo deseaba y no era consciente de cuánto.

Pero no era cuestión de montar un numerito en medio de la calle, así que nos separamos ambos a la vez, para coger aire, sin dejar de mirarnos a los ojos. Queríamos lo mismo, era evidente, pero ¿nos convenía? Habíamos dicho que necesitábamos ir despacio, y acostarnos a la primera de cambio no era precisamente ir despacio.

Inesperadamente, fui yo la que puso un poco de cordura.

—Deberíamos dejarlo aquí.

—Deberíamos —repitió apretando un poco sus dedos en mi cadera.

—Tú lo sabes, yo lo sé. Y los astros lo saben.

—Lo sabe demasiada gente —comentó divertido.

—Exacto. No podemos fingir y después nos arrepentiremos.

—Bueno, eso de arrepentirnos...

Reímos los dos ante su comentario.

—Ya me entiendes. Lo hablamos el martes y estamos a jueves. Han pasado dos días...

Thiago me miró serio y acabó suspirando mientras se separaba de mi cuerpo.

—Joder, ¿has madurado mientras he estado fuera?

Solté una buena carcajada porque no le faltaba razón. ¿Dónde estaba mi yo más impulsivo y alocado? Estaba supeditado a que yo quería realmente que las cosas salieran bien con Thiago. Otra cagada más y ya serían demasiadas en nuestra corta historia, que parecía que no avanzaba.

—He madurado mucho —respondí alzando la barbilla con dignidad.

—Dios, cómo me pone verte así...

Lo miré pasmada y Thiago se puso a reír de nuevo.

—Por cierto —me habló en el oído y me puso la piel de gallina—, todavía pienso en lo que hicimos por teléfono, a-mi-ga.

Tragué saliva al recordarlo: su mano en su sexo, masturbándose, gimiendo, corriéndose...

—Joder, Thiago, así no se puede —me quejé haciendo un mohín.

Me sonrió con picardía y me abrazó de nuevo.

—Está bien, vamos a ser buenos, aunque me cueste un dolor de...

—De cabeza —le corté inmediatamente—. De cabeza.

Risas y más risas..., y no pude sentirme mejor, entre sus brazos, notando cómo vibraba su pecho al reír, sintiendo el calor de su cuerpo, viendo el cariño que expresaba con ese gesto... Dios, me encantaba Thiago, mucho.

Entramos en Personal charlando de la facultad, faltaba poco para volver a las clases y debíamos entregar trabajos y realizar varias exposiciones ante el profesor y el resto de compañeros. Thiago me iba explicando sus primeras experiencias en la universidad y me hacía reír continuamente. Según él, la primera vez que expuso un trabajo tuvo que salir del aula porque le entraron unas ganas tremendas de mear, no podía aguantarse y hubiera sido un poco fuerte manchar los pantalones delante de ciento ochenta personas.

—Si se lo cuentas a alguien, te las verás conmigo —me amenazó sonriendo—. No lo sabe nadie.

Cerré la boca con una cremallera invisible justo en el mismo momento en que el camarero nos tomó nota.

—Un par de margaritas. —Miré a Thiago sorprendida—. ¿Te gusta?

—Sí, sí.

Observé mi alrededor y a la gente sentada en esos sofás blancos; nadie bebía cerveza, la mayoría tomaba cócteles de diferentes colores que contrastaban con la blancura de aquel lugar. La luz era tenue y eso le daba cierto encanto, pero estaba segura de que a la luz del día aquello parecía más un hospital que un pub. En fin, Pijolandia era así.

Debía reconocer, eso sí, que la música estaba bien y que era un local donde podías charlar tranquilamente recostado en sus cómodos asientos.

—¿Ya has hecho tu análisis?

Mis ojos buscaron los suyos, burlones.

—Muy blanco —le dije con sinceridad—. Soy más de colores, pero podré sobrellevarlo.

El camarero nos sirvió las copas con la sal en el borde y una rodaja de limón. La verdad era que tenía buena pinta, aunque no había probado uno de aquellos en mi vida. Sabía que llevaba tequila, zumo de lima o de limón y algo más, pero había dicho que me gustaba por no parecer una mojigata.

Cogimos la copa, brindamos al aire y probé aquel mejunje. Thiago me miraba fijamente y yo dejé la copa pensando que estaba muy rico. Lo apuntaría en mi lista de bebidas preferidas.

—¿Está a tu gusto o un poco fuerte?

—Está buenísimo —respondí con un entusiasmo que lo hizo reír. «Tú ve riendo así, que voy a terminar enamorándome de ti...»

¿Perdona? ¿Había dicho yo eso?

38

Con la segunda copa, charlábamos los dos por los codos y nos reíamos continuamente. Desde fuera parecíamos una pareja más de las muchas que había allí; una pareja que terminaría besándose con pasión y quizá algo más. Pero no lo éramos, y cada vez que nos tocábamos y nos rozábamos, procurábamos dar un paso atrás para no acabar volviendo a caer en el mismo error. ¿Qué conseguimos? Tensión. Una tensión sexual entre nosotros que se podía cortar con un cuchillo.

—Perdonen. —Un camarero muy educado nos llamó la atención y mientras nos servía una tercera copa que no habíamos pedido se dirigió a Thiago concretamente—. Están invitados por un amigo suyo que está en la barra.

Ambos miramos hacia allá y nos quedamos pasmados al ver a Nacho.

Joder.

Él levantó su copa y nos sonrió con frialdad.

—Me cago en mi alma —musité yo al volverme.

—Hostia... ¿Qué hace Nacho aquí?

Thiago lo seguía mirando con el ceño arrugado.

—Pues no es tan raro que esté en Pijolandia, digo yo —comenté molesta.

Y no molesta con Thiago, sino con la sensación de estar haciendo algo mal.

De repente, vimos que se sentaba a mi lado y alargaba su brazo por encima de mi cabeza, como si estuviera en su casa.

—Vaya, qué sorpresa, ¿verdad?

Su tono no era amigable, más bien irónico, muy irónico.

—Pues sí —le contestó Thiago ante mi mutismo.

Estaba bastante alucinada al tenerlo sentado a mi lado con esa pose de «aquí no pasa nada».

—¿Habéis salido en plan amigos o cómo va la cosa? Te ha durado poco el luto, princesa.

Lo miré a los ojos y vi cierto dolor en ellos. Joder y mil veces joder. No dejaba de cagarla con él.

—Adrián y yo hemos vuelto de Helsinki y ha sido todo casualidad.

¿Por qué nos teníamos que esconder? Supuse que para no dañarlo más. Nacho y Thiago eran colegas, quizá era lo mínimo que podía hacer por él.

—¿La misma casualidad que la llevó a tu cama? —le preguntó Nacho con dureza.

—Nacho, si quieres quedamos y hablamos de lo que ha ocurrido. Solos. Ahora no creo que sea el momento.

—¿Por qué? ¿Porque os voy a joder el polvo si os sentís culpables?

—Nacho, déjalo —le ordenó Thiago.

Yo, en medio de los dos, me sentía pequeña y un poco agobiada.

—Te metiste entre nosotros. —Le señaló con el dedo—. Ella me importaba y tú... Joder, Thiago, no te lo pensaste ni cinco minutos.

Cerré los ojos unos segundos sintiendo el dolor en su voz. Me supo fatal porque... porque, aunque no estaba enamorada de él, habíamos estado bien juntos: habíamos charlado, habíamos reído, nos habíamos acostado...

—Lo siento, Nacho. De verdad —le dije mirándolo de frente y dejando a Thiago a mi espalda.

Nos miramos de hito en hito y sus ojos bajaron hacia mis labios unos segundos.

—Alexia... Estoy jodido.

Se me formó un nudo en la garganta. Al principio me había dado la impresión de que a Nacho no le había afectado tanto toda aquella historia, que le había dolido en su ego masculino sí, pero ¿a nivel sentimental?

—Lo siento —repetí de corazón.

Nacho cogió mis manos y siguió mirándome de aquel modo.

Sentía la respiración de Thiago detrás de mí, como si fuera mi sombra. Supuse que estaba a la expectativa.

—Podíamos haber funcionado —dijo en un susurro.

—Lo sé —repliqué casi sin pensar.

Nacho se levantó de repente y desapareció entre la gente. Me dejó un vacío extraño.

—¿Estás bien? —preguntó Thiago acercándose a mí.

Sus manos acariciaron mis brazos, como queriendo reconfortarme.

—La he cagado bien con Nacho —comenté sin volverme hacia él.

—La hemos cagado —recalcó.

Me abrazó y sentí su cuerpo en mi espalda. Recosté mi cabeza en su hombro y él besó mi cuello con suavidad. Cerré los ojos.

—No podemos echar marcha atrás, Alexia. De todos modos, ambos queríamos lo mismo. Hubiera ocurrido antes o después.

—¿Tú crees?

—No se puede luchar contra el destino —dijo en un murmullo.

En parte tenía razón, lo más probable es que hubiéramos acabado liados, aunque yo hubiese estado saliendo con Nacho. Lo único que habíamos hecho Thiago y yo hasta ese momento era reprimirnos. Al final hubiera explotado de todos modos. Nos sentíamos mal por Nacho, pero era algo que escapaba de nuestro control. ¿Quién puede controlar los sentimientos?

Cogí sus manos alrededor de mi cintura y lo miré por encima de mi hombro.

—Gracias por todo.

—¿Por todo? —preguntó sonriendo.

—Por tu paciencia, por tus consejos, por venir a buscarme...

—No podía dejarte escapar otra vez. No me lo hubiera perdonado.

—Aun sabiendo que Nacho se iba a cabrear más contigo.

—Nacho es un colega, no es Adri. De todos modos, a veces uno debe elegir...

—Sí, tienes razón. Y tú eres mi elección.

—¿Sin dudas?

—Sin dudas —repetí sonriendo.

Me volví hacia él, nos miramos y entendimos que lo que empezábamos era realmente importante. Aquello no era una historia más, no era un rollete, no era un «ya veremos cómo nos va». De allí saldrían sentimientos de verdad y ninguno de los dos quería sufrir.

—Pero prefiero seguir a este ritmo —le aclaré pensando que era mejor ir despacio con él.

—Me parece perfecto —dijo dándome un beso cariñoso en la frente.

—Tampoco tan lento, ¿eh?

Thiago soltó una de sus espléndidas carcajadas y me reí con él hasta que sus labios me dieron un beso fugaz en la boca.

—Nacho sigue aquí —me dijo más serio—. Está de espaldas, pero prefiero ser precavido.

Lo observé orgullosa. Me gustaba mucho que no mirara solo por él, aunque Nacho lo hubiera mandado a la mierda claramente.

Ambos nos fijamos en la copa que teníamos delante, detalle de Nacho, y decidimos no hacerle un feo bebiendo un poco antes de irnos de allí. Él estaba con un par de amigos y, aunque daba la impresión de que estaba a su rollo, yo sentía el peso de su mirada. Era lógico, yo en su lugar habría reaccionado del mismo modo. Aunque duela, a veces, seguimos mirando para asegurarnos de que no nos hemos equivocado. Eso me ocurrió cuando vi a Thiago besándose con Débora; fueron solo unos segundos, pero no pude despegar los ojos de ellos dos.

Decidimos ir dando un paseo hasta mi casa. Era tarde, Thiago debía de estar cansado y yo quería levantarme pronto para acabar de prepararle mi regalo. Lo había buscado todo por internet y estaba casi segura de que le iba a encantar la idea.

Íbamos andando por mi calle charlando distraídos, pero cuando miré al frente vi la silueta de mi madre. ¡Mierda! Me vería con Thiago... Claro que ahora ya no tenía por qué esconderme. Siempre le podía decir que ya sabía sus verdaderas razones.

Lo jodido fue que estaba con alguien y no era Gerardo. Se abrazaron sin ningún miedo y, aunque no estaba segura de que fuera el padre de Thiago, se parecía mucho por altura y constitución. Y en mi casa dos más dos son cuatro. ¿Qué debía hacer?

Cogí al ojazos y le di un tirón repentino para apoyar mi espalda en la pared, de manera que Thiago no los pudiera ver. Siempre y cuando no se le ocurriera mirar hacia su izquierda, claro.

—¡Eh, eh...! ¿Y ese arrebato?

—Eh... Quería decirte algo...

—¿Algo? —Alzó sus cejas significativamente y mostró su media sonrisa.

Cogí su rostro temiendo que girara la cabeza sin querer y pillara a su padre con mi madre.

—¿Estás nerviosa? —me preguntó observando mis ojos.

—Un poco —respondí una verdad a medias porque estaba acojonada.

Si Thiago veía a su padre en brazos de mi madre, se podía liar gorda. Pero ¿quién era yo para meterme en todo aquello? Quizá me estaba equivocando, pero fue un instinto de protección. No quería ver a Thiago sufrir.

—Nena, todo se andará...

Lo miré sonriendo porque me encantaba esa calma que emanaba siempre de él.

—Lo sé, solo quería decirte que desde que te conocí, desde que te vi el primer día, supe que eras... especial.

Thiago sonrió con sus ojos verdes.

—Entonces nos ocurrió lo mismo...

—Eso parece —dije colgándome de su cuello.

—Y eso que yo pensaba que te caía como el culo.

Me reí y Thiago me besó en los labios cortando aquella risilla. Un calor inesperado me recorrió de arriba abajo y junté mi cuerpo con el suyo.

—Nena..., por favor...

Sus manos recorrieron mi espalda buscando mi piel y, cuando sentí la yema de sus dedos acariciándome, lo besé con más ganas. Estaba desatada, con ganas de él y no pensaba que estaba en medio de la calle y a pocos metros de mi casa. ¿Y si me veía mi madre? Tendría carnaza para meterse conmigo durante días.

Me separé de Thiago y me miró con los ojos brillantes.

—¿No debemos? —preguntó esperando no sé qué respuesta.

Nuestros pechos subían y bajaban por la excitación.

Miré con disimulo hacia mi portal: ahí ya no había nadie.

—No deberíamos —contesté algo frustrada.

¿Por qué no? Ya nos habíamos acostado un par de veces. Ambos teníamos claro que queríamos empezar ese algo. Era simplemente una manera de demostrarnos el uno al otro que podíamos respetar nuestra propia decisión de empezar desde cero e ir despacio.

—No vuelvas a acorralarme así o no respondo de mí —dijo acercándose de nuevo a mis labios.

Me besó con suavidad y me guiñó un ojo.

—¿Vamos?

Dejé que me acompañara hasta el portal, donde nos volvimos a besar con más tranquilidad.

Subí al dúplex sin hacer demasiado ruido. Mi madre debía de estar despierta, pero no salió de su habitación, y yo tampoco le dije nada. Me desvestí pensando en ella y el padre de Thiago. Incluso ahí tenía que putearme esa mujer, joder. ¿No había miles de hombres en el mundo?, ¿tenía que ser justamente el padre de Thiago? Me vinieron mil preguntas: ¿desde cuándo? ¿Dónde se veían? ¿Existirían sentimientos entre ellos? ¿No pensaba mi madre que estaba destrozando una familia? No, seguro que no. Ella no sabía lo que era la empatía, ponerse en la piel de alguien, entender que puteaba a otra mujer...

¿Y dónde encajaba yo en todo aquello? ¿Y Thiago? Joder, empezaba a pensar que quizá... quizá debería decírselo. Era algo muy gordo como para no contárselo. Si acabábamos siendo pareja, si entre nosotros nacía esa confianza real, si empezábamos a compartirlo todo... ¿No era lógico que yo se lo dijera?

«Oye, pijo, tengo que decirte algo. Resulta que mi madre se folla a tu padre.»

Joder, joder, menudo percal.

¿Y si le decía a mi madre que lo sabía todo?

«Oye, o dejas al padre de Thiago o le iré con el cuento a su mujer.»

No colaría, mi madre sabía que no lo haría y encima la tendría de uñas. No era la mejor idea.

¿Entonces? Vale, no tenía que decidirlo ni en ese momento ni al día siguiente. Podía pensarlo un poco más: unos días, y tomaría una decisión en firme. Pero algo en mi interior me decía que debía decírselo a Thiago. ¿Cuándo y cómo? Ni idea, pero ya lo pensaría también.

A la mañana siguiente me levanté de muy buen humor. Lo primero que quería hacer era imprimir los vales que iban a ser el regalo de Reyes de Thiago. Me había costado lo mío decidirme porque sabía que tenía de todo y más. No quería regalarle algo material, ya que estaba segura de que lo que deseaba lo podía tener al momento sin problemas. De ahí mi idea de regalarle una experiencia bonita, yo incluida en ella, claro.

Me había decidido por regalarle un vale para un fin de semana en unas cabañas colgadas en los árboles del Parque Nacional de la Sierra de Guadarrama, a una hora en coche desde Madrid. El vale era para dos personas y ya me veía allí con él, en plena naturaleza y admirando el precioso paisaje del parque.

Además, le había añadido un salto en paracaídas, también para dos personas, con el que regalaban un curso de fotografía de cuatro horas. Todo ello me había costado una pasta, pero gracias a la gilipollez de mi madre de ingresarme por la cara aquellos dos mil euros, había podido costearlo sin problema alguno.

Cuando imprimí los vales y los tuve en mi mano, pensé que era un buen regalo, pero... me entró un poco de miedo. ¿Y si no quería ir conmigo? En fin, quizá prefería ir con Adri... Tendría que aguantar el tipo si esa era su opción, no me quedaba otra.

Compré un sobre muy mono en una librería y metí los vales dentro junto a una pequeña nota que le había escrito esa misma mañana:

Espero que te guste mucho mi regalo, tanto que quieras compartirlo con una buena amiga (o amigo, jajaja). La cuestión es que quiero que sepas que eres alguien especial y que por eso he buscado un regalo especial. Tuya, Alexia.

Era pronto para hablar de sentimientos o de cosas más serias. Ambos sabíamos que lo nuestro era algo fuerte, pero no era necesario precipitarnos. Le hubiera podido escribir mil cosas más: me gustas tanto que se me ponen los ojos al revés cuando te veo, me tienes muy loca y pienso en ti a todas horas, me encanta cuando ríes porque me dan ganas de comer a besos esa risa tuya... Podría escribir un folio entero diciendo lo que sentía por él, cuando estaba con él, cuando pensaba en él. Pero de momento con eso bastaba.

Thiago era inteligente, mucho. Y yo sabía que él entendería que tras ese regalo había una declaración de intenciones. No le había comprado un reloj caro, una camisa de marca o una cartera de piel. Mi regalo era un claro indicativo de que me importaba de verdad, tanto como para regalarle una vivencia, a poder ser junto a mí.

¿Me habría comprado algo él? Uf. ¿Y si no era así? Me imaginaba dándole mi sobre con toda la ilusión del mundo y él... nada. Me reí en voz alta al imaginarlo y una señora me miró con cara rara al pasar por su lado. Joder, ni reír podía una.

39

THIAGO

Si algo adoraba de ella era su impulsividad y aquel modo de actuar imprevisible. No sabías por dónde saldría y era realmente como un soplo de aire fresco en un mundo donde casi todo estaba programado. Podía estar riendo escandalosamente y de repente preguntarte algo con un gesto tan grave que no podía evitar que se me escapara la risilla sin querer.

Simplemente era adorable y tenía claro que era la chica de mis sueños, ahora sí. Y me sudaba la polla, hablando en plata, lo que pensara mi padre y lo que dijera sobre esta relación. Porque estábamos empezando una relación. Yo con todos los sentidos puestos en ella, porque no quería que se me escapara de entre los dedos de nuevo. Por eso lo mejor era hacer las cosas despacio, aunque me moría por correr junto a ella.

Aquella noche no la iba a ver, ya que ella había quedado con Lea y Natalia para ver la cabalgata de los Reyes Magos. Así que Adri y yo habíamos decidido ir solos a cenar. Adri no quería agobiar a Lea acaparándola a todas horas y a mí me ocurría algo parecido con Alexia, aunque lo que deseaba realmente era pasar las veinticuatro horas a su lado.

Nuestro grupo de amigos se había desvanecido. Débora apenas me hablaba desde que la había rechazado claramente aquella noche tras tomarse esa droga. A Gala no queríamos verla ni en pintura, y Nacho seguía enfadado con todos. Así que nadie dijo nada y Adri y yo entendimos que aquella noche la íbamos a pasar juntos y solos, sin más compañía.

Al día siguiente Alexia comería en mi casa, así que ya nos encontraríamos allí. De repente, mis padres se habían vuelto íntimos de su madre y de su novio. No me molestaba, la verdad, quizá así mi padre se daría cuenta de que Alexia no era una niñata, sino alguien realmente especial.

Tenía pensado darle el regalo después de comer. La llevaría junto a la caseta de la piscina y se lo daría allí. ¿Le gustaría? Esperaba que sí porque me había partido los cuernos buscando algo diferente, algo original y que le entusiasmara de verdad. Y, de paso, le presentaría a Arya, que estaba seguro de que le iba a encantar.

—¿Dónde te apetece ir? —me preguntó Adri cuando bajó de su piso a las ocho de la tarde.

—Donde digas, ¿quieres ver la cabalgata?

—La verdad es que no, ¿y tú?

—A mí me da igual. ¿Vamos a picar algo por Malasaña?

—Sí, podríamos ir a Mar de Amores.

Cogimos el metro y en diez minutos llegamos al bar. Sus dueños preparaban las mejores tortillas de Madrid, de todo tipo. Escogimos algunas de ellas, le añadimos un par de tapas más y nos las tomamos junto a una buena Mahou. Estuvimos allí charlando con tranquilidad hasta que Lea le mandó un mensaje a Adri y él, claro, pasó olímpicamente de mí. Pensé que quizá Alexia podía estar pendiente del móvil así que le escribí por Instagram.

¿Qué tal, pequeña?

Justo en ese momento me llegó un mensaje de WhatsApp de Débora.

Estoy con tu chica tomando algo en La Taberna de Dios.

Fruncí el ceño y salí de la aplicación, pasaba de responder a sus provocaciones. Abrí Instagram de nuevo para ver si Alexia me había leído: pues sí, allí marcaba visto y estaba escribiendo en ese momento.

Picando algo con una amiga para llenar el estómago y no terminar besando a una farola medio borracha. Hemos disfrutado de la cabalgata como niñas. Chulísima. ¿Estabas por ahí? Me ha parecido ver tus botas, jajaja.

Sonreí al leerla. Ella siempre mantenía una distancia prudente a través de Instagram.

Era yo, fijo que era yo. ¿Te refieres al de la barba blanca y que saludaba a todo quisqui, verdad? Jajaja. Creo que he visto un paquete donde había escrito LA PROTECTORA y era enorme. Has sido buena, ¿ves?

Jajaja, muy buena y he pedido miles de cosas. ¿Quieres saberlas?

Volvió a llegarme un mensaje de Débora. Joder, qué pesada. Era una imagen y la abrí esperando cualquier tontería.

Alexia estaba en la barra de aquel bar junto a Lea, Natalia y dos personas más: Marco y otro tipo que desconocía. Justo en ese momento Alexia y Marco se estaban mirando y riendo muy juntitos.

Bueno, esa imagen no indicaba nada. Habrían coincidido en el bar, simplemente, y se estaban saludando.

Esas manitas.

Débora lo escribió con su particular mala hostia.

Agrandé la imagen y pude ver la mano de Marco en el interior de la camiseta de Alexia, tocando la piel de su espalda, con todas las intenciones del mundo. Miré durante unos segundos más sintiendo que algo me quemaba por dentro... ¿Celos? Joder, eran celos de verdad. Noté la garganta seca y ganas de decirle cuatro cosas al susodicho, pero inspiré más aire del habitual y solté un largo suspiro pensando que iba a confiar en ella.

40

Las tres habíamos optado por ir a La Taberna de Dios por ser el lugar más cercano que conocíamos. Estábamos hambrientas y no queríamos cruzar medio Madrid para ir a La Latina, ya iríamos más tarde a tomar algo.

Cuando entramos en el local alucinamos con la de gente que había, pero esa noche era lo normal. Así que nos hicimos un hueco en la barra y pedimos tres cervezas y unas tapas. Charlamos por los codos, como si hiciera mucho que no nos veíamos. Teníamos ese espíritu infantil que nos hacía disfrutar al máximo de la cabalgata de Reyes. Era la segunda vez que íbamos juntas a verla y ya lo habíamos instaurado como una tradición.

Al poco entró Marco acompañado de un amigo y nos vino a saludar con su habitual simpatía.

—Joder, qué pequeño es el mundo —murmuró Lea con sorna, y yo le di un codazo con poco disimulo.

—Fíjate, si está aquí mi muñeca preferida. —Marco me cogió de la cintura y me dio dos besos con sonido incorporado.

¿Había bebido? Eso parecía porque estaba más suelto de lo normal.

—Mi primo, Rafa. —Nos lo presentó a las tres y continuó charlando—: Venimos de una comida familiar, ya sabes, vino y más vino. Y creo que estamos un poco pedo los dos.

Me reí por su sinceridad y Marco se acercó peligrosamente a mí.

—Alexia, cuando ríes me dejas ciego.

—¿Ciego? Ciego el que vas a pillar como sigas bebiendo.

—Si es que esa boca de piñón siempre pintada me tiene muy tonto.

Su mano se coló por debajo de mi camiseta y me acarició la espalda con todo su descaro.

—Marco, esa mano... —le avisé sin enfadarme.

Él no era de los que te metían mano sin más, supuse que el alcohol lo desinhibía más de la cuenta.

—¿Qué mano? ¿Qué mano? —preguntó bromeando.

Cogí su mano y la retiré sin problemas.

—Alexia, Alexia, tú y yo tenemos que hablar muy en serio. Te lo digo de verdad.

Me miró fijamente y sonreí ante sus palabras.

—Marco, Marco, no sabes tú nada.

—Marco, nos esperan —le dijo el primo dándole un golpecito en el hombro.

—Joder con la familia, ni ligar uno puede —musitó mirándome.

Me hizo reír porque estaba gracioso con ese medio punto que llevaba. Y guapo, estaba muy guapo con una camisa de niño bueno, él siempre usaba camisetas más bien apretaditas que marcaban su cuerpo de diez.

—Nos vemos luego, muñeca.

—Por supuesto —le dije sabiendo que sería algo improbable.

—Y si no, a la vuelta de Londres tú y yo —dijo señalándonos a ambos con una amplia sonrisa.

Aquella noche era nuestra, nada de chicos, aunque Lea se intercambió mensajes con Adri y yo no pude evitar responder a D.G.A. cuando vi una notificación suya de Instagram. Me había dejado con la palabra en la boca, pero pensé que quizá tenía lío. Aquella noche era especial: preparar regalos, los niños, la cabalgata...

Lea y Natalia comentaron que el primo estaba para hacerle un buen favor. Yo apenas me había fijado, pero por lo visto ellas sí.

—A ese tío lo tienes comiendo de tu mano en cuanto quieras —me comentó Natalia refiriéndose a Marco.

—¿Marco? Ese debe de tener una agenda de tías más larga que un día sin pan. ¿No ves cómo mira? Parece un león a punto de comerte.

—A mí no me ha mirado así —añadió Natalia, erre que erre.

—Le molas, Alexia. Está más claro que menos. Otra cosa es que tú pases de él, y más ahora.

—Es mayor, joder, muy mayor...

Y además en mi cabeza solo cabía un nombre: Thiago.

—Ya estamos con los prejuicios tontos —me cortó Lea con un gesto de mano—. Ese tío podría enseñarte cuatro cosas, es divertido y está para mojar pan.

—Bueno, ya, dejemos el temita. A mí no me interesa —les aclaré.

—Eso es otra cosa —volvió a intervenir Natalia con una sonrisa de picardía—. Y yo porque tengo a Ignacio en mente, que si no quizá le pedía un hijo.

Nos reímos las tres y seguimos charlando de nuestras cosas con un entusiasmo incrementado por la tercera cerveza.

—Joder, petardas —dijo Lea de repente—. Están aquí las víboras.

Natalia y yo arrugamos el ceño sin entenderla.

—Gala, Débora y dos más. No os giréis, pero están en una mesa bastante cerca de la barra.

Vaya, menuda casualidad. Nuestras archienemigas en el mismo jodido local. Natalia y yo no hicimos caso y nos volvimos para verlas bien. Me daba igual si se daban por enteradas. Eran ellas las que tendrían que ir con la cabeza gacha, sobre todo Gala. Pero para nada. En ese momento cruzamos nuestras miradas y ella me sonrió con malicia. Hija de su madre. No tenía vergüenza, la muy zorra. Después de lo que había liado y seguía con su pose altiva y orgullosa. No entendía esa manera de actuar porque una podía cagarla y hacer cosas que no debería en nombre del amor. Pero lo de Gala no era normal.

—Deberíamos putearla de alguna manera —insistió Lea.

Yo le había dicho que dejara el tema porque no valía la pena. ¿Ponernos a su nivel? ¿Para qué? Ese tipo de personas no cambian y por mucho que hagas no sirve de nada.

—De momento Nacho no quiere saber nada de ella, con eso ya le basta —le repliqué yo.

—¿Cómo lo sabes? —me preguntó Natalia.

—Thiago me lo comentó. El grupito de pijos se ha ido a tomar por saco y cada uno va por su lado. Gala la ha jodido bien, pero no solo a mí, sino también a sus amigos. Supongo que Débora también está molesta porque eso la separa de su querido Thiago.

—Que se joda, menuda lagarta está hecha —concluyó Lea.

En ese momento Débora se levantó, se acercó a la barra y se colocó a mi lado. Mira que había sitio...

—¿Qué? ¿Nueva víctima?

Me volví hacia ella y quedamos cara a cara. Era guapa de verdad, una de esas chicas que echan para atrás a muchos tíos por ser demasiado guapa.

—No creo que seas tan poco inteligente como finges ser —le repliqué sin miedo.

—Lo digo por el que te metía mano hace unos minutos. ¿Sabe Thiago que tienes esos amigos tan tocones?

—Lo que sí sabe es que las que eran sus amigas ya no lo son. ¿Por qué será?

—Alexia, qué ilusa eres. ¿Crees que tantos años de amistad y de sexo esporádico van a desaparecer sin más? ¿Crees que Leticia va a dejar que Adri se vaya con una rubia cualquiera?

—Creo que no sabes perder.

—Y yo que no nos conoces a ninguna de las tres. —Su mirada amenazante podía dar miedo, pero a mí no me asustaba. Por el contrario, conseguía que la adrenalina corriera por mi cuerpo con más ímpetu.

—Sois muy predecibles. Tres tías con dinero, extramaquilladas y con medio cerebro. ¿Qué hay que conocer? ¿Que sois unas amargadas? ¿Que sin trampas no ganáis? Dile a Gala que yo he perdido a Nacho, pero que ella ha perdido al chico de su vida.

Acercó unos centímetros su rostro al mío y no me moví. ¿Yo, dar un paso atrás? ¡Ja!

—Que corra el aire, huele a mierda —le escupí con mucha ironía.

—Quien ríe el último ríe mejor.

—Realmente pensaba que dabas para más. Menuda frase. ¿Ya está? ¿Eso es todo lo que tienes que decirme? ¿O quieres que le diga algo a Thiago de tu parte?

—Cuando Leticia venga, ya hablaremos.

—Llama a Thiago y se lo cuentas. ¡Ah, no! Que no os habláis.

Sabía que Lea y Natalia estaban pendientes de nuestra charla, aunque con el ruido ambiental dudaba que lo escucharan todo.

—No es para ti, él lo sabe y tú también. Thiago necesita una mujer, no una niña que va liándose con todos a su antojo.

—No hables por él, porque no tienes ni idea.

—En eso te equivocas, lo conozco mucho mejor que tú. Desde hace años.

—Como si son siglos, chata. Vive tu vida, ¿puedes?

Me miró con ira, pero no dijo nada más porque yo ya estaba dándole la espalda. Conversación terminada. Aquello era un puto bucle y podía no acabar nunca. Lo último que quería era pasarme la noche discutiendo con aquella víbora.

—¿Qué? —me preguntó Lea muy interesada.

—Nada, es imbécil la pobre. Más de lo que pensaba...

Les expliqué por encima nuestra charlita y Lea arrugó la frente cuando nombré a Leticia.

—¿Lo ves? Esa tía es el mismísimo demonio.

—Hasta verano no regresa y queda medio año. Se le habrá pasado, digo yo —le dije quitándole hierro al asunto.

—A ver, Lea, igual exageras con esa tía, ¿no?

—Tú es que no la has visto en acción —contestó Lea muy segura buscando mi apoyo con su mirada.

—Sí, vale, es verdad. Leticia es de las que da grima, pero está en Helsinki, ¿recuerdas?

—Ya, ya, pero aun así esas amenazas no me gustan un pelo.

—No seas tan pesimista, Lea —insistí por su salud mental.

No podía pasarse los siguientes seis meses pensando en la vuelta de Leticia. Lo lógico sería que todo aquello se enfriara y que ella aceptara que Adri se había enamorado de otra persona. Punto.

Dejamos de hablar de aquellas y nos entusiasmamos con el tema de los regalos de Reyes. Ellas explicaron lo que habían comprado a sus familiares y yo les conté con todo lujo de detalles el regalo que le había preparado a Thiago. Era el único que iba a hacer. Bueno, lo que les había comprado a mi padre y Judith ya lo sabían.

Lea le había comprado a Adrián una camisa de lino preciosa y un vale de un masaje relajante que realizaría ella misma. Nos reímos mucho porque le preguntamos si se lo haría en el salón de belleza de su madre y respondió tan tranquila que sí. A su madre le iba a dar algo...

A pesar de que apurábamos ya la tercera Mahou, no se me pasó por alto que Natalia no nombrara en ningún momento a su padre. Supuse que seguía dolida con todo lo que había ocurrido en su casa y que había pasado mucho de comprarle nada.

En ese momento sonó mi teléfono: papá.

Lo cogí con rapidez y salí del local bajo la mirada de perplejidad de mis amigas.

—¿Papá? ¡Hola!

Habíamos hablado en fin de año, habían pasado solo cinco días, pero tenía muchas ganas de saber de él.

—¡Hola, cariño! ¿Ya has visto a los Reyes?

Nos reímos los dos porque él sabía mejor que nadie lo mucho que disfrutaba viendo la cabalgata.

—Sí, ha sido una pasada —le dije aún riendo—. ¿Qué tal por Londres? ¿Cómo está Judith?

—Está muy bien, con muchas ganas de verte. Y Londres mojado, como siempre...

Nos reímos de nuevo y me encantó esa sensación de conexión que tenía con él. Parecía que sí, que las cosas se ponían en su lugar.

—¿Y tú?

—Yo muy bien, papá. Disfrutando de las vacaciones y esperando que los Reyes me traigan muchas cosas.

Bueno..., muchas no serían. ¿Quizá ninguna? En fin, no podía quejarme: tenía a Lea, a Natalia, a Thiago... Podía ser igual de feliz sin esos regalos.

—Pues de eso quería hablarte. Tengo un regalo para ti y te lo quería dar en mano porque me da miedo que se pierda por el camino.

Me quedé muda unos segundos hasta que mi padre me interpeló:

—¿Alexia?

—¿Qué es? —pregunté ilusionada.

—Siempre te han gustado las sorpresas, ¿verdad?

—Sí, sabes que sí.

—Tengo un vuelo para mañana a Madrid. Llegaría a las siete de la tarde...

—¿En serio? —pregunté aturullada.

—Si tú quieres, sí. A mí me encantaría darte el regalo y ver si te gusta o si lo tengo que cambiar...

Me reí porque mi padre jamás había tenido que cambiar uno de sus regalos: siempre acertaba conmigo.

—Pues me encantará verte —le dije de corazón.

Me puse nerviosa al pensar que había llegado el momento, pero las ganas me podían más. Oí suspirar a mi padre y sonreí.

—Pues nos vemos mañana, cariño. Me muero por abrazarte.

—Y yo, papá.

—Llegaré sobre las siete. ¿Dónde podemos vernos?

Evidentemente, en el dúplex no era posible.

—¿Dónde te vas a alojar?

—Estaré en el Gran Meliá...

—¿Pues te espero en la cafetería del hotel hacia las ocho?

—Perfecto, cariño. Podríamos cenar juntos —sugirió mi padre con cautela.

—Hecho —le confirmé excitada.

En pocas horas lo vería, lo abrazaría... Uf. Notaba la sangre correr por mis venas de la emoción. Joder, era mi padre, el que me había criado, el que siempre había estado a mi lado, el que me había convertido en esa persona fuerte y decidida...

Lo quería, mucho.

41

El día de Reyes me levanté más feliz de lo normal básicamente por dos cosas: porque iba a ver a Thiago a la hora de comer y porque había quedado con mi padre después de casi dos años sin verlo.

Bajé a desayunar y me crucé con mi madre, que salía de la cocina.

—Recuerda que tenemos comida en casa de los Varela.

«En casa de tu amante. Sí.»

—Lo recuerdo —le dije en un tono neutro—. Y por la noche he quedado con papá.

Mi madre se detuvo de repente y yo fui a prepararme el desayuno.

—¿Con tu padre?

—Con el mismo —contesté contenta.

Solo de pensarlo me salía una sonrisa.

—¿Están aquí? —preguntó volviéndose despacio.

Me fijé en su mirada. ¿Y ese interés?

—No, están en Londres, pero vendrá a verme hoy. Mañana regresa porque el lunes tiene trabajo.

No dijo nada más, como si con esa información ya tuviera suficiente. Ni preguntó dónde habíamos quedado, ni qué sentía, ni si estaba contenta... Nada. Y no era que me jodiera, ya no, porque después de tanto tiempo con ella estaba más que acostumbrada a vivir con la mujer de hielo.

Supuse que su interés era simplemente económico. Si yo me iba con ellos, ella perdería aquella paga, que no sabía de cuánto era, pero por lo visto debía ser bastante sustanciosa. ¿A ver si tenía yo la paella por el mango y no me había enterado? Últimamente apenas me decía nada: ni se metía conmigo, ni me criticaba a todas horas, ni me tiraba la cena a la basura... Me había dado cuenta de que mi madre había suavizado las maneras conmigo, ¿sería por el dinero? Si a ella dinero no le faltaba... ¿Entonces? A saber, pero fijo que había trampa en todo aquello.

Dediqué la mañana a mimarme: ducha caliente y relajante, cremas por todo el cuerpo, manicura, pedicura y maquillaje. Una mañana de esas que de vez en cuando sentaban de maravilla y, cuando salí de mi habitación, con mi vestido negro de manga larga, mis medias de cristal negras y mis zapatos de tacón, me sentí sexi, guapa, segura y, sobre todo, contenta.

Cuando entré en casa de Thiago tuve que aguantarme las ganas de comérmelo a besos porque estaba... estaba pijo, pero guapísimo. Con unos pantalones de vestir de color gris, una camisa de rayas finas con la que parecía mayor y con su pelazo bien peinado, en plan niño bueno. Dios, qué ganas de despeinarlo...

—Hola, Alexia —me dijo con gravedad mientras me daba dos besos en plan muy formal.

Me entraron también ganas de reír, pero me aguanté y seguí con aquel teatro.

—¿Qué tal?

Lo olisqueé y al separarme me sonrió.

—¿Huelo bien? —susurró.

—De maravilla —respondí sin cortarme un pelo.

Sus padres nos interrumpieron para saludarme y cuando hablé con su padre me fijé bien en sus facciones. Thiago y él se parecían bastante, así que debía reconocer que mi madre no tenía mal gusto. Pero estaba casado, joder. Casado con Carmela, una mujer a la que estaban engañando sin ningún pudor.

—¿Estás bien? —me preguntó Thiago al ver que no les seguía hacia la mesa.

—¿Eh? Sí, sí...

Estaba claro que aquellos pensamientos me rondarían durante toda la comida porque tener a mi madre y al padre de Thiago en la misma mesa, sabiendo lo que sabía, era ya demasiado. Pero no me tocaba otra que callar y disimular todo lo posible.

A Thiago y a mí nos sentaron uno frente al otro. El padre de Thiago estaba en la cabecera de la mesa y Carmela y mi madre una a cada lado, como Jesucristo con los dos ladrones. Gerardo no había venido y supuse que en un día como hoy no podía faltar en su casa, era el día de Reyes y él tenía una familia.

Como en otras ocasiones, los adultos charlaron de sus cosas y nos dejaron bastante al margen. No nos importaba porque así Thiago y yo íbamos charlando de lo nuestro, aunque sin intimar demasiado. Por lo visto, ninguno de los dos quería demostrar que entre nosotros había sentimientos. Yo estaba más tranquila porque sabía que mi madre no podía impedirme salir con él, pero aun así preferí no darle más información de la necesaria sobre mi vida personal. Que ella se estuviera enrollando con el padre del chico que me gustaba no era lo ideal, la verdad.

Cuando terminamos de comer, ellos tres se sentaron frente al fuego del salón, con una copa en las manos. Y pensé que era el momento ideal para darle el regalo, aunque no allí. Cogí mi bolso donde tenía el sobre con los vales dentro.

—Alexia, tengo una nueva amiga.

Lo miré sin entenderlo. ¿Una nueva amiga? ¿Y por qué me lo decía así?

—En teoría, debía llegar a mediados de enero, pero ha venido antes.

—¿De dónde? —pregunté por inercia.

—De Móstoles. Se llama Arya —dijo indicándome con la cabeza que lo siguiera.

—¿Arya Stark? —pregunté bromeando.

—Exacto, eso pone en los papeles —comentó riendo.

—¿Me tomas el pelo?

Oí la risilla de Thiago y pensé que simplemente estaba de cachondeo. Abrió la puerta de la caseta de madera del jardín con cuidado.

—Ahí la tienes.

Me asomé y vi a un cachorro de pastor alemán precioso.

—Dios, qué cosa tan bonita...

La perrita se levantó de su cómodo cojín y se nos acercó con cautela mientras movía la pequeña cola de un lado a otro.

—Arya, pequeñaja...

Thiago acarició a la perra y ella apoyó su cabeza en su rodilla.

—Es mi regalo de Reyes, ha llegado antes de hora. Esta mañana nos ha llamado el dueño de sus padres y nos ha dicho que tenía una urgencia y que necesitaba que nos la quedáramos una semana antes. Yo lo tenía todo preparado, así que no ha habido problema.

Acaricié la cabeza peluda y nos miramos con una sonrisa.

—Menudo regalazo, es una pasada.

—Lo es, aunque cuando me independice me veré obligado a dejarla aquí, meterla en un piso sería una putada para Arya.

—No pienses en eso ahora...

—No me queda tanto.

Nos miramos fijamente y supe que estaba pensando en un futuro inmediato. En teoría tenía trabajo en Francia, ¿qué haría?

—Todo se andará —le dije dándole un codazo para que sonriera un poco—. Por cierto, aparte de esta monada, tienes otro regalo... que no es tan chulo, pero lo he preparado con mucho cariño.

—¿Ah, sí? —Su sonrisa regresó a su rostro y saqué de mi bolso aquel sobre para entregárselo—. ¿Un sobre? Miedo me das.

Nos reímos los dos al recordar aquella bronca en mi casa debido al sobre que le pillé en las manos.

—Vamos, ábrelo.

—Primero déjame que adivine qué es... Dinero no, claro. Eso quedaría fatal, ¿no? —Me miró con los ojos bien abiertos y me reí al tiempo que negaba con la cabeza—. Pues entonces... dos entradas, sí. ¿Dos entradas para el teatro? —Negué de nuevo—. ¿Cine?

—No.

—¿Un musical?

—No.

—¡Ya lo sé! Un concierto de...

—¿De quién?

—Ni idea.

Soltamos una buena carcajada.

—Si lo abres, saldrás de dudas.

Me miró con picardía y me dio un beso en la nariz, supercariñoso.

—Gracias de antemano.

—De nada, a ver si te gusta...

Empezó a leer la nota que había dentro con una gran sonrisa.

—«Espero que te guste mucho mi regalo, tanto que quieras compartirlo con una buena amiga (o amigo, jajaja). La cuestión es que quiero que sepas que eres alguien especial y que por eso he buscado un regalo especial. Tuya, Alexia.»

Me miró con ese brillo especial y lo animé a sacar los vales del sobre.

—«Vale por un fin de semana para dos personas en las cabañas colgadas del Parque Nacional de la Sierra de Guadarrama.»

Me miró sorprendido y volvió la vista a las fotos que había en el sobre en las que se veían perfectamente las cabañas en medio de la naturaleza.

—Hay más, lee —le dije contenta de ver que lo había impresionado.

—«Vale por un salto en paracaídas y un curso de fotografía de cuatro horas en los exteriores del Parque.»

Me miró alucinado.

—¿Paracaídas? ¿Desde una avioneta?

—Sí... —respondí con cautela porque no sabía si lo decía de ese modo porque le gustaba mucho o porque le horrorizaba la idea.

De repente me cogió en volandas y me dio una vuelta riendo.

—¡Eres increíble!

Me reí con él.

—¿Eso significa que te gusta?

—Pues sí —dijo dejándome en el suelo—. Siempre he querido hacerlo, pero no encontraba el momento. Ahora ya no hay excusa que valga. ¿Cuándo iremos? —preguntó como un niño con zapatos nuevos.

—No estás obligado a ir conmigo —respondí aclarando aquel aspecto.

—Pero yo quiero ir contigo... ¿Tú no?

Lo miré sonriendo.

—Me encantaría, pero puedes pensártelo...

—No tengo nada que pensar —me cortó cogiendo mi cintura.

Y me abrazó. Simplemente. Pero me encantó, porque ese cariño que transmitía con ese gesto me llegaba hasta el corazón.

—Decidido —concluyó en mi pelo—. Iremos juntos. Y ahora... tu regalo, ¿no?

Nos separamos y nos miramos con esa intensidad tan nuestra. Alzó ambas cejas y sacó un sobre. Nos reímos de nuevo, yo más por los nervios que por otra cosa. ¿Qué podía ser?

Saqué varios papeles pequeños grapados y sonreí porque no tenía ni idea de qué iba aquello.

—En orden —me indicó señalando el primero.

—«Alexia, espero que con este regalo entiendas que para mí eres muy especial.»

Lo miré y él alzó ambas cejas.

Pasé página; allí había dibujado un avión y debajo la palabra Barcelona.

—¿Barcelona?

Pasé a la siguiente página y había una tarjeta regalo de Vueling para viajar a Barcelona, para dos personas de ida y vuelta.

—Joder... ¿Y esto? —le pregunté asombrada.

—Sigue, sigue...

Pasé a la siguiente página donde leí de su puño y letra:

—«Alexia, sé que te apasionan los pintalabios.»

Lo miré con gesto interrogante y nos sonreímos. ¿Qué tenía que ver Barcelona con aquello? En la siguiente página lo entendí. Era un trozo de periódico donde daban una noticia: «Apertura en España de una nueva tienda de cosméticos, donde puedes crear tu propio pintalabios, a tu medida, artesano...».

—Joder, ¿en serio? No tenía ni idea...

En el último papel había una pequeña foto de la tienda con su nombre debajo: TusLabios.

—¿Te gusta? —preguntó apurado ante mi mutismo.

—¿Que si me gusta? ¡Me encanta!

Salté a sus brazos como un monillo y nos reímos escandalosamente mientras la perrita intentaba expresarse con su ladrido agudo.

—Iremos juntos, supongo —le dije clavando mis ojos en los suyos.

—No entiendo de pintalabios, pero te acompañaré encantado. Podemos ir los días que quieras...

Me mordí los labios pensando que podíamos pasar allí una semanita..., por ejemplo, en Semana Santa o en verano. ¿Corría mucho? Esos regalos demostraban que los dos íbamos en serio, que nos comprometíamos y que teníamos claro que nos veíamos juntos en un futuro próximo. Queríamos ir juntos a la sierra y a Barcelona, eso debía significar algo, ¿no?

Oímos las voces de nuestros padres al salir de la gran mansión y entendimos que venían a ver a Arya. Nos separamos con tranquilidad y nos pusimos a jugar con la perrita, todo muy controlado para cuando llegaron sus padres con mi madre.

Le enseñaron a mi madre la nueva inquilina, pero mi madre tenía los ojos puestos en Thiago. ¿Qué miraba?

—Tienes pintalabios en el cuello —le dijo por lo bajini, pero yo también la oí.

Él se limpió con premura y ella me miró a mí alzando una de sus cejas. Temí que dijera alguna de las suyas allí delante de sus padres, pero no abrió la boca sobre ese tema. Supuse que ya lo haría en casa, pero me daba igual, ya no tenía poder sobre mí. Ya no.

42

—¿Hay algo entre vosotros?

Fue lo primero que me preguntó nada más entrar en el dúplex.

—Somos amigos —contesté con pocas ganas de hablar de ese tema con ella.

Si me pinchaba, no sabía si acabaría saltando.

—Ya sabes que no quiero que andes con él. Y menos que os vayáis metiendo mano por las esquinas.

—Soy mayorcita para saber lo que hago, ¿estamos?

—No, no estamos. Ya te lo dije en su día y no me gusta repetirme.

—Tú cuídate de lo tuyo, ¿no?

—¿De lo mío?

Mi madre me miró fijamente, pero no dijo nada. Mejor así, porque de lo contrario quizá le hubiera dicho cuatro cosas más, como «deja de morrearte con el padre de Thiago en medio de la calle» o «no te hagas más fotos con él en pelotas por si alguien las ve»... Eso por no decir «deja de follártelo de una puta vez».

Me fui hacia mi habitación pensando que debería habérselo dicho, pero estaba de buena luna y no quería enturbiar el día discutiendo con mi madre. No me valía la pena.

Me tumbé un rato en la cama después de cambiarme de ropa, esperando que llegara la hora de ir hacia el hotel. Cerré los ojos y pensé en Thiago y en su regalo. Me había encantado porque no había comprado una simple tarjeta regalo de algunos grandes almacenes o un típico estuche de maquillaje. Se lo había currado, había buscado algo para dejarme con la boca abierta. Sabía que había una tienda similar en Canadá y Estados Unidos de otra marca labial, pero no tenía ni idea de que en Barcelona habían abierto una. Aquello iba a ser como aterrizar en el paraíso de los pintalabios. Me reí sola y me abracé a mí misma pensando en Él.

Tal y como le había dicho una vez a D.G.A., yo creía en que había un Él y en ese momento estaba segura de que era Thiago. Me gustaba todo del ojazos. Me gustaba cuando estaba serio y formal, cuando sonreía y se le iluminaban los ojos o cuando soltaba una de sus caras carcajadas. Me encantaba charlar con él de cosas banales y de cosas más íntimas. Me lo pasaba bien a su lado, me sentía cómoda y además despertaba un deseo en mí casi enfermizo. Era verlo y morirme de ganas de besarlo. No entendía cómo podía aguantarme tanto, pero lo hacía, realmente lo hacíamos los dos. En su casa nos habíamos comportado y habíamos fingido algo que no éramos. Parecíamos dos simples conocidos que charlan entre ellos, pero que no se miran con intensidad. Alguna mirada se nos había escapado, pero siempre fuera del alcance de nuestros padres. El pintalabios en su cuello había sido un fallo técnico porque ni siquiera nos habíamos besado. Aquella marca se la había hecho sin querer al abrazarnos. Podía sentirlo todavía cogido a mí. Joder, me estaba colando mucho por él...

Tampoco iba a negármelo, ¿para qué? ¿Para no sufrir? Era más fuerte que yo y realmente estaba cansada de no dejarme llevar con Thiago. Tenía ganas de conocerlo bien, de simplemente pasear con él, de disfrutar de su compañía y de darle un millón de besos, eso también. Así que lo tenía decidido: ni mi madre ni Débora y su séquito de brujas iban a lograr joderme el plan.

Miré la hora en el móvil: hora de irse. Estaba nerviosa, pero sabía que todo iría bien. Era mi padre y tenía tantas ganas de verme como yo a él.

Llegué a la cafetería quince minutos antes de la hora y me senté a una de las mesas de madera observando el lujoso ambiente del hotel de cinco estrellas. Un camarero acudió inmediatamente y le pedí un té verde. Hacía frío en la calle y me apetecía algo caliente. Había bastante gente tomando algo allí y me entretuve analizando a los más cercanos hasta que su silueta captó mi atención.

—Alexia... —Apenas le salió la voz y yo lo miré sonriendo.

—Papá...

Me levanté y nos abrazamos con cierta presión. Era increíble tenerlo allí conmigo, sentir el mismo aroma y emocionarme al escuchar su voz. Aquella voz que siempre me había acompañado, que había estado conmigo en los momentos difíciles en los que yo me tenía que adaptar a nuevos lugares. Sonreí al recordar muchas de las buenas cosas que había hecho siempre por mí. ¿Cómo podía ser que meses atrás no viera nada de todo aquello? La ira me había ofuscado demasiado.

Nos sentamos, sin dejar nuestras manos y nos miramos queriendo comprobar que éramos los mismos. Había pasado un año y nueve meses, casi dos años, pero él estaba exactamente igual.

—Estás... ¿igual? —le dije con una amplia sonrisa.

—No puedo decir lo mismo —comentó riendo—. Estás más...

—Mayor, papá, ya lo puedes decir.

Nos reímos ambos. En pocos días cumpliría los diecinueve y nos habíamos separado cuando acababa de cumplir los diecisiete. Era tiempo, pero además era un tiempo significativo porque había pasado de ser una adolescente a casi una mujer. Una mujer muy joven que iba dejando atrás a aquella niña que se enfurruñaba por todo.

—Pero estás preciosa, lo sabes.

Me miró con aquel cariño de padre, y me fundí allí mismo. Lo había echado tanto de menos...

A partir de ahí empezamos a hablar de todo con más profundidad. Primero de mis estudios y después de mis amigas. Seguidamente le pregunté por su trabajo y por Judith y lo escuché atenta mientras me iba explicando que habían seguido viajando por todo el mundo y que a Judith le había ido muy bien todo ese trajín para salir de la depresión tras el accidente. Nombramos por encima a Antxon, pero él vio que yo no quería hablar demasiado de él, no me sentía preparada, porque no quería acabar llorando en medio de esa cafetería.

—¿Tienes hambre?

—Un poco sí —respondí con sinceridad.

—Podemos cenar en un restaurante que hay a una calle de aquí. Es un italiano, pero de los buenos, de esos que ponen esos platos de pasta que no te los acabas en dos días.

Me reí porque él sabía que me gustaba mucho la pasta y toda la comida italiana. Nos fuimos de allí y de repente mi padre se paró para observar un coche. Estaba muy limpio y reluciente. Era un Volkswagen Polo de color gris oscuro.

—¿Vas a comprarte un coche? —le pregunté bromeando.

Mi padre sabía conducir muy bien, pero no había tenido nunca un coche propio debido a su trabajo. Yo no tenía coche porque no lo había necesitado, aparte de que no tenía dinero. En Madrid, con el metro y los autobuses te apañabas mucho mejor que con el coche.

—¿Te gusta? —me preguntó sin responder.

—Sí, es muy chulo. Pero pequeño para ti, ¿no? Quiero decir que es como... muy juvenil.

—¿Me estás llamando viejo?

Volvimos a reírnos y mi padre pasó su brazo por mi espalda.

—No sé qué tengo aquí que me molesta...

Lo miré viendo su cara teatrera. ¿Qué tramaba?

—Ya. —Sacó unas llaves de coche de su bolsillo y le dio al botón.

Tuit, tuit. Y se encendieron las luces del coche.

Joder...

—¿Es tuyo? —pregunté alucinada.

—No, es tuyo.

Me dio la llave y me miró esperando mi respuesta.

—¿¿¿Mío???

—Es tu regalo de Reyes. Entra, vamos, vamos...

Abrió la puerta y casi me obligó a sentarme porque estaba en estado de shock. ¿Mi coche? ¿En serio?

Toqué el volante como si quemara y mi padre se acomodó en el asiento del copiloto.

—¿Qué te parece? Seguridad al máximo y confort por todos los lados.

Lo miré flipada.

—Pero, papá, esto es muy caro...

—Llevo casi dos años de regalos retrasados, así que a mí no me parece tan caro —argumentó muy seguro de sus palabras.

Lo miré con los ojos húmedos porque no me esperaba ese regalo. Habíamos perdido a Antxon en un accidente y ahí estaba diciéndome indirectamente que no podíamos quedarnos dentro de esa burbuja que lo protege todo porque entonces nos dejamos cosas por vivir. El carnet me lo había sacado nada más cumplir los dieciocho con el dinero que él mismo me dio para ese propósito. Ese era mi padre.

Lo abracé impulsivamente y se puso a reír.

—Creo que he acertado.

—¡¡¡Me encanta!!!

Estuve preguntándole mil cosas del coche y él me las fue explicando igual de exaltado que yo. Parecíamos dos niños con un juguete nuevo. Salimos del coche porque era hora de ir a cenar y cuando lo cerré con el mando a distancia lo miré de reojillo con una sonrisa.

«¡Joder, ese coche es mío!»

No me había faltado nunca nada en la vida, pero tampoco había vivido rodeada de lujo y de cosas materiales. Por eso mismo le daba valor a ese regalo: ¡era un regalazo!

Cenamos charlando de nosotros y fuimos turnando nuestras preguntas porque los dos queríamos saber del otro. La única pregunta que respondí con pocas explicaciones fue la que se refería a mi madre. No quise mentirle y le comenté por encima que no me llevaba bien con ella, que nunca me había llevado bien, pero que ambas lo soportábamos. No entré en detalles que podrían resultar escabrosos para mi padre. Tampoco me apetecía decirle lo borde que yo podía ser con ella porque sentía que no me quería.

—Podrías volver...

Lo miré más seria. ¿Volver con ellos?

—En dos o tres meses nos vamos a París de nuevo, tengo trabajo para unos nueve meses o incluso puede que sean más. Podrías matricularte allí y seguir con tus estudios o podrías venir en verano...

—Bueno, ahora me coges en frío... Yo tengo mi vida aquí desde hace casi dos años. Tengo a Lea, a Natalia, a mis amigos...

«A Thiago.»

—Lo sé, cariño. Pero yo tengo que intentarlo. A mí me encantaría tenerte de nuevo en casa y escuchar la música de aquel que rapea a todas horas. ¿Sigues escuchando esa cosa?

—Eminem, papá —respondí riendo.

—Ese mismo... Y a Judith también le haría mucha ilusión.

—¿Os encontráis solos? —le pregunté pensando que de cuatro habían pasado a ser solo dos.

—A veces sí, pero no es por eso. Te echamos de menos.

—Lo imagino. Yo también pienso en vosotros y en nuestra vida anterior..., pero yo tengo la mía en Madrid y no sé si quiero irme...

Si necesitaba una respuesta inmediata, lo tenía claro: no.

—Tranquila, ya lo iremos hablando.

Solté el aire más relajada al saber que mi padre no insistiría en ese tema. La verdad era que estar en Madrid casi dos años me había descubierto muchas cosas, entre ellas la amistad de una buena amiga. No era lo mismo conocer a alguien y al cabo de nada irte que forjar una amistad sincera y real con más tiempo por delante; nada que ver.

Además, estaba Thiago. Aunque de momento estuviéramos dando los primeros pasos, tenía ganas de salir con él y disfrutar del ¿amor? Quizá... Hasta entonces no había estado con alguien más que unos meses y eso era debido a nuestra vida nómada en la que no podías crear vínculos fuertes con nada ni con nadie.

El único vínculo que yo recordaba era con mi padre, y al tenerlo delante no me cabía en la cabeza cómo había podido estar casi dos años ignorándole. Verlo hablar, reír, ver cómo me miraba, cómo gesticulaba y cuánto nos parecíamos... me llenaba. Daba igual el tiempo, porque el amor que sentía por él seguía intacto, la confianza que siempre habíamos tenido seguía latente y esa forma de mirarnos entendiéndonos a la primera también. Me había criado solo, había hecho de madre y de padre, su amor se había multiplicado por dos y el amor que yo sentía por él no se dividía entre mamá y papá, era exclusivamente para él.

Después de una exquisita cena en el Piazza quisimos dar un paseo. Ninguno de los dos tenía ganas de despedirse, así que anduvimos dando vueltas por la ciudad hasta que le sonó el teléfono. Era Judith.

—Hola, mi amor... Sí, sí... Estamos explorando Madrid.

Mi padre se puso a reír y sonreí al imaginarlos juntos. Siempre habían hecho muy buena pareja. Antxon y yo lo dijimos desde el primer día.

—Claro, te avisaré, tranquila... ¿El coche? Le ha encantado, ¿verdad? —preguntó mirándome a mí.

Le pedí el teléfono con una seña y mi padre me lo dio sorprendido. Estaba de muy buen humor y me vi con ánimos de charlar con Judith.

—Me ha gustado mucho, de verdad. Gracias a los dos —le dije muy flojito.

—Alexia... —Le tembló la voz y se me humedecieron los ojos.

Por unos instantes pasaron por mi mente varias imágenes de Antxon y de ella, separados y juntos.

—Hola, Judith. ¿Cómo estás?

Realmente yo había madurado, porque meses atrás era impensable que tomara el mando de la conversación.

—Bien, cariño, ¿y tú?

—Muy contenta de ver a papá y de poder hablar contigo.

—¿Te ha contado tu padre que volvemos a París?

Lo dijo con tanto entusiasmo que por unos momentos pensé que yo también quería regresar a la Ciudad del Amor. Los recuerdos con Antxon allí estaban aún muy vivos.

De París pasamos a Madrid y de Madrid a la universidad y de la uni a hablar de chicos. Nos dio la risa a las dos y mi padre me miró con gesto de querer saber de qué hablábamos.

—Cosas de chicas —le dije, y Judith y yo volvimos a reír. Me dirigí de nuevo a ella—. Ya te contaré.

Y no le dije más porque tampoco quería hablar de Thiago, de momento prefería reservarlo para mí.

Aquella noche fue todo rodado y cuando llegué a casa no podía estar más contenta. Mi regalo le había gustado muchísimo y, aunque al lado del suyo era un simple detalle, me dijo que entre Judith y él iban a ir rellenando el álbum con sus fotos y apuntando lo más importante que habían vivido en esas ciudades.

Conduje muy ilusionada mi coche hasta un garaje cercano al dúplex que mi padre había alquilado para mí durante un año y cuando salimos de allí volví a darle un abrazo intenso. No era por el coche, ni por el alquiler de esa plaza de aparcamiento. Era por lo mucho que añoraba sentirlo tan cerca de mí. Nunca lo había dejado de querer, ya lo sabía, pero sí había dejado de tenerlo tan cerca físicamente.

Y eso lo añoraba de verdad.

43

LEA

¿Qué queréis que os diga? Estaba la mar de feliz y me sentía como en una nube. Por fin Adri y yo estábamos juntos. Había sufrido lo mío, pero había valido la pena. La paciencia y la constancia habían dado sus frutos. Aunque debo decir que no las tenía todas conmigo, y no por él, sino por Leticia.

La lechuza era una arpía y dudaba mucho que dejara tranquilo a Adri. Alexia me decía que no me preocupara porque estaba lejos, pero aun así no me fiaba un pelo. A saber de qué era capaz esa chica porque, cuando le dijo todo aquello a Alexia sobre su madre, ni mi amiga ni yo entendimos de dónde había sacado esa información.

Con Adri habíamos hablado de su ex y él coincidía conmigo en que Leticia era muy suya, pero no creía que fuera capaz de liarla. Así que si tanto Adri como Alexia creían que exageraba, pues quizá debía relajarme y disfrutar de mi chico.

¡Mi chico! Qué bien sonaba eso... y lo bueno que estaba, y lo mucho que me gustaban sus rizos... y todo, todo lo demás también...

Me sonó el móvil e interrumpió mis pensamientos. Era Alexia, ¿qué hacía tan pronto levantada? La noche pasada se había ido a dormir tarde porque había estado con su padre. Me había enviado un mensaje diciéndome que todo había ido genial. Me alegraba mucho que las cosas empezaran a irle mejor.

—¿Te has caído de la cama, petarda? Estaba teniendo sueños húmedos con Adri.

—Qué guarri. —Nos reímos las dos a la vez—. ¿Y tú? Te he visto en línea en el WhatsApp hace unos minutos y he alucinado. Es domingo.

Ninguna de las dos solía madrugar los domingos. Aquello era algo excepcional, era cierto.

—Ayer me acosté pronto porque Adri tenía familiares en casa. Cuéntame cómo fue con tu padre. Bien, ¿no?

—Genial, Lea, fue genial. Esta mañana he hablado con él antes de que cogiera el vuelo...

Me explicó atropelladamente que habían estado charlando en la cafetería del hotel donde se hospedaba su padre y que después habían cenado juntos en un restaurante italiano.

—Y... me dejo algo por contarte.

—¿El qué? —pregunté curiosa ante su tono de emoción.

Por unos segundos temí lo peor: se iba, Alexia se iba con su padre a saber dónde.

—Me hizo un regalo... ¡increíble!

—Joder, dímelo ya —le dije entre aliviada y nerviosa.

—¡Un palo, tía!

Arrugué la frente, la nariz y torcí la boca. ¿Qué coño decía?

—¿Un palo?

Alexia empezó a partirse de risa y yo también. Me estaba tomando el pelo, coño.

—¿Vas a decírmelo ya o qué? —le pregunté aún riendo.

—Un coche. Un Polo.

—Sí, claro. Y a mí me han regalado a Nick Bateman, no te jode.

—¡Que sí! De color gris oscuro, superchulo y todo para mí.

—Como sea una broma... —la advertí en serio.

—Ya estás viniendo. Vamos, te espero en diez minutos. Está en el garaje de al lado de la floristería. Mi padre ha alquilado una plaza para un año.

—Hostia, qué guay, ¿no?

—Te espero, no tardes. Ponte lo primero que pilles, ¡vamos!

Colgué y me apresuré a vestirme, pero no con lo primero que pillara. A ver, una tiene su caché. Y me maquillé un poco, claro. ¿Y si me encontraba a algún modelazo por la calle? En Madrid nunca se sabía, aunque debo confesar que no me había cruzado con ninguno, aparte de aquel modelo chino que me tomó el pelo.

Volví a pensar que lo del coche sería una de sus bromas, pero cuando nos vimos delante de su portal, me enseñó las llaves y entonces ya sí que aluciné en colores. Madre mía, ¡un coche! Así, caidito del cielo.

«¿Virgencita, no podía caer otro para mí?»

—Dios, es una pasada. Te veo, te veo.

—Yo también me veo conduciéndolo. ¿Damos una minivuelta?

—No, no, si yo te veo tirándote a Thiago ahí.

Alexia me miró abriendo mucho los ojos y acto seguido me dio una colleja, suave, pero colleja.

Nos reímos de nuevo y nos empujamos para ver quién se sentaba primero en el asiento del conductor. Acabamos abrazadas y riendo como dos gallinas cluecas. Es que la adoraba...

Sin duda alguna los amigos son la familia que escogemos, ¿verdad?

44

Aquel domingo por la tarde Lea había quedado con Adri, Natalia con Ignacio y yo con Thiago. Al día siguiente teníamos clase y queríamos aprovechar hasta el último momento de las vacaciones. Habían sido especiales y aunque se nos terminaban habían resultado de lo más productivas.

Antes de salir del dúplex me crucé con mi madre, pero apenas me dijo nada, y ni se le ocurrió preguntarme cómo estaba mi padre. Lo suyo era increíble, pero si ella pasaba de mí, yo también pasaba mucho de decirle nada del regalo que me había hecho mi padre. Estaba segura de que lo dejaría por el suelo con sus palabras dañinas.

Tenía ganas de ir con mi coche nuevo a todos los sitios, pero conducir por Madrid no era moco de pavo, y era preferible ir en metro o autobús. La verdad es me saqué el carnet un poco por inercia, porque muchos de mis compañeros al cumplir los dieciocho se apuntaban a la autoescuela casi como si fuera una obligación. También me quise demostrar que no le tenía miedo y que sería capaz de ponerme tras el volante sin pensar en el accidente. La verdad era que me fijaba mucho en los demás cuando conducían: nada de correr, mejor frenar con el motor, no usar el móvil cuando estabas al volante, estar atenta a las señales... En fin, me lo saqué en un plis plas.

Pero de momento usaríamos el transporte público, así que cogí el metro para llegar a Sol. Había quedado allí con Thiago porque al ser domingo quizá mi madre podía aparecer por el apartamento con Joaquín y no quería que Thiago los pillara. Aquel tema era como una mosca cojonera, por hache o por be siempre aparecía en mi cabeza recordándome que debía decírselo a Thiago. Pero ¿cuándo? Uf. No encontraba el momento; de hecho, dudaba que existiera un buen momento para decirle algo así a alguien que te importa.

Thiago me esperaba al lado de la boca del metro y cuando salí lo observé sin que se diera cuenta. Estaba mirando su teléfono, vestido con vaqueros oscuros, una chaqueta negra con capucha y unas botas negras, muy parecidas a las de mi amigo Apolo y a las de medio Madrid, claro.

Siempre me había parecido guapo con esos ojazos verdes, pero ahora que empezaba a conocerlo me gustaba más. Levantó la vista como si me intuyera y le sonreí. Su sonrisa se alargó despacio y me mordí el labio inconscientemente pensando que me apetecía mucho besar esa boquita.

—Cuando haces eso no puedo evitar pensar que me gustaría ser yo el que te mordiera...

Dos besos castos y una mano en mi cintura, que ya me empezaba a quemar.

—Si no fueras tan guapo, no me pasaría eso —repliqué aleteando mis pestañas llenas de rímel.

—Alexia, Alexia... —dijo en tono de advertencia.

Nos reímos los dos y nos miramos con picardía.

Empezamos a andar sin rumbo fijo y nos dirigimos hacia el Palacio Real. Se adelantó a cualquier pregunta mía y quiso saber cómo me había ido con mi padre, aunque por WhatsApp ya le había dicho que el encuentro había ido genial. Le resumí la noche pasada con mi padre y dejé lo del regalo para el final.

—Por cierto, yendo hacia el restaurante me presentó a un amigo.

—¿Un amigo?

—Sí, joven, guapo y potente.

—¿Potente? —Thiago me miró frunciendo el ceño.

—Polo, se llama Polo.

—¿Polo Ralph Lauren? —Soltó una risilla y lo miré arrugando la nariz.

—¡Venga ya! Polo a secas.

—Joder..., ¿me estás hablando de un Volkswagen Polo?

Se detuvo para mirarme a los ojos.

—Gris oscuro, chulísimo —contesté guiñándole un ojo.

—¿Y eso? Menudo regalo...

—Porque yo lo valgo —le dije dando una vuelta sobre mí misma y logrando sacarle otra de esas carcajadas.

—La verdad es que vales eso y mucho más...

Atrapó mi cintura y me acercó a él en un solo movimiento.

—Gracias —le dije con sus ojos verdes clavados en los míos.

Si seguía mirándome de ese modo, podía no responder de mis actos, sobre todo de mis actos sexuales.

—¿Puedo? —preguntó mirando mis labios.

¿Me pedía permiso?

Le sonreí dándole a entender que tenía todos los permisos necesarios para besarme. Tenía tantas ganas como él.

Acarició mi rostro despacio y se acercó sin dejar de mirarme hasta que su nariz rozó la mía.

—¿Sabes? A veces no sé por qué no me paso el día aquí...

Tragué un pequeño nudo que tenía en la garganta y mi respiración se aceleró al notarlo tan cerca y al oír sus palabras cargadas de deseo.

—Porque somos dos personas muy responsables que quieren hacer las cosas bien...

—Pues besarte ahora mismo me parece superbién...

—Y a mí...

Sus labios rozaron los míos y noté su aliento cálido sobre mi piel. Sentí su respiración y marcó su boca en la mía en un beso apretado, como si quisiera dejar huella en ella. Cerré los ojos y detrás de aquel beso llegaron otros, pequeños pero cargados de pasión hasta que se separó de mí unos centímetros.

—Necesito besarte sin público —dijo entrecortadamente.

Los dos respirábamos agitados. Tenía razón: los alrededores del Palacio Real no eran el lugar idóneo para dar rienda suelta a nuestras ganas de besarnos.

—Conozco un bar donde podemos estar más... tranquilos. —Su tono precavido me hizo sonreír—. Y sirven la mejor cerveza artesana de Madrid —añadió con un gesto tímido.

¿Thiago tímido conmigo? Uf, para comérselo.

—Genial, vamos allá —le dije dándole un beso corto en los labios.

Nos sonreímos y seguimos andando y hablando hasta llegar a aquel bar. Pedimos una cerveza que no conocíamos y nuestros cuerpos se juntaron casi por inercia cuando nos sentamos en aquellos cómodos sofás que había en el local.

Nuestras manos se rozaron y nuestros dedos juguetearon entre ellos mientras hablábamos del proyecto de Francés. Yo seguía el hilo de la conversación, pero a la vez tenía puestos mis cinco sentidos en aquel tonteo tan ingenuo que me ponía el vello de punta.

—A ver con quién nos toca cuando regresemos porque, como sea la teniente, me da algo —dije pensando que prefería mil veces a Lucía y un millón de veces más a Hugo.

Ana era muy quisquillosa, y encima tenía un morro que se lo pisaba porque curraba más bien poco. Había trabajado con ella un par de veces y había tenido más que suficiente. Por ser alumna de cuarto se creía una semidiosa y a las de primero nos consideraba un cero a la izquierda.

—¿La teniente? —preguntó Thiago sonriendo.

—La teniente Ana, joder. Solo le faltan las medallas y la gorra militar.

Rio con ganas y lo miré embobada, como siempre.

Se puso serio y me miró a los ojos.

—¿Te he dicho que me encantas?

Le sonreí y me acerqué a él despacio. Yo también sabía tomar la iniciativa y pensaba que no tenían por qué ser ellos los que dieran el primer paso siempre. Además, ambos lo deseábamos y ambos lo sabíamos.

Thiago se quedó quieto, esperando a que llegara hasta sus labios y lo besé despacio, sintiendo el calor de su piel. Nos empezamos a besar y trenzamos nuestros dedos. Entreabrió su boca y su lengua buscó la mía con cautela. Recorrió mi boca despacio y me mordisqueó con suavidad el labio inferior. Joder..., besaba como nadie...

Apoyó su frente en la mía para coger aire, y sonreí.

—¿Te he dicho que besas... de una manera especial?

—¿Especial? —preguntó sonriendo.

—Me haces sentir especial.

—No, perdona, es que tú eres especial.

Se separó un poco y me miró a los ojos.

—Tanto que a ratos estoy acojonado...

—¿Y eso? —le pregunté extrañada.

—Me da miedo que pase algo y vuelvas a desaparecer.

Su tono extremadamente serio y su rictus grave me dieron a entender que sus palabras estaban bastante meditadas.

—Bueno, tú mismo dijiste que habíamos empezado la casa por el tejado... y lo que nos ha separado han sido algunos malentendidos.

—Lo sé, pero no puedo evitar pensar que ocurrirá algo y volverás a alejarte de mí.

Lo miré a los ojos. Se estaba abriendo con una sinceridad aplastante y me encantaba, pero a la vez no quería que sintiera esos miedos.

—Thiago, los dos queremos estar juntos. Ahora lo sabemos, lo tenemos claro y no hay nada que pueda separarnos así, de repente...

«Mi madre follándose a su padre.»

Borré ese pensamiento de un plumazo y ambos fruncimos el ceño al mismo tiempo. ¿También tenía algún pensamiento parecido al mío? ¿Algo que podía separarnos?

—¿Verdad? —pregunté queriendo reafirmar mi teoría.

«Teoría que se coge con pinzas, Alexia.»

¡Joder, con la puta voz de la conciencia! No era momento de soltar aquella bomba. Necesitaba disfrutar un poco de Thiago y aquello lo iba a destrozar.

Sonrió y ambos relajamos el gesto.

—Sí, vamos a hacer un *carpe diem*...

No podía estar más de acuerdo. Y un pensamiento fugaz pasó por mi cabeza: ¿y si obligaba a mi madre de un modo u otro a que fuera ella la que solucionara aquel tema? O dejaba a Joaquín o se iba con él, pero sin medias tintas. ¿Por qué tenía que cargar yo con aquel peso si era algo que provocaba ella? No era mala idea, pero tenía que pensar cómo enfocar aquello, porque mi madre no era precisamente tonta y podía girarme la tortilla en cuanto me despistara. Yo podía ser más lista que ella, pero como decía Lea: la experiencia es un peine que te dan cuando te has quedado calvo.

Thiago, como un auténtico caballero, quiso acompañarme al dúplex, pero le pedí que no lo hiciera. ¿La excusa? Le dije que me diera tiempo para decírselo a mi madre y a él no le pareció mal. Sabía cómo se las gastaba mi progenitora y el tipo de relación que teníamos. Quizá ese hubiera sido otro de esos momentos buenos para decir la verdad, pero, joder..., me costaba un montón.

Nos supuso un esfuerzo separarnos para despedirnos cuando tuve que bajar del metro antes que él, pero sabíamos que nos veríamos al día siguiente en la facultad.

Nada más salir del metro me sonó el móvil y lo cogí. Era un número desconocido.

—¿Sí?

—Soy Débora.

Estuve a punto de colgar, pero lo pensé mejor. ¿Qué quería?

—¿Qué te pica? —le pregunté con sequedad.

—Hablar un poco contigo.

No respondí y esperé a que siguiera.

—¿Sabes que el padre de Thiago no quiere que andes con él?

—Vale, muy bien. Me parece una tontería que me llames para decirme esa gilipollez.

—Es verdad. Pregúntaselo a Thiago. ¿Te ha hablado de Carol?

No, él no me había hablado de esa chica. Lo que sabía sobre esa tal Carol era porque Lea me había puesto al corriente.

—Sé la historia —le dije sin comentarle nada más.

—Vaya, sí que os habéis hecho amiguitos. A Thiago no le gusta hablar de eso...

—Sí, muy bien —la corté mosqueada—. ¿Qué coño quieres?

—Decirte que el padre de Thiago no quiere que salgas con su hijo y ¿sabes por qué?

—Me lo acabas de decir tú, por la chica esa.

—Y por algo más, ¿sabes ese algo más?

Se me secó la garganta al segundo. ¿Qué sabía ella del lío entre Joaquín y mi madre? Joder.

—¿Tengo pinta de adivina?

—Pensaba que cabía la posibilidad de que lo supieras.

—Ni lo sé ni me importa —le dije en un tono neutro para que no intuyera que lo sabía.

Afortunadamente estábamos teniendo esa charla por teléfono, porque de lo contrario estaba segura de que hubiera visto la sorpresa en mis ojos. ¿Por qué lo sabía Débora?

—Si quieres te lo explico —insistió ella para ver si yo acababa confesando algo.

—Me la suda lo que tengas que explicarme, y si el padre de Thiago tiene algún reparo en que salgamos juntos, yo no puedo hacer nada, así que deja ya de tocarme los ovarios.

—Sí puedes hacer algo...

—Mira, Débora, entiendo que te sientes ignorada y despechada por el tío que te lleva de cabeza. Es jodido ver que el chico que te mola se folla a otra, pero, hija, es lo que hay. ¿Lo pillas? Me parece muy bien que luches por él, pero hazlo sin trampas y, por favor, deja de tocarme la moral, ¿puedes?

—Ya veo —dijo sin añadir más antes de colgar.

Supuse que había entendido que yo no sabía de ninguna otra razón, pero me quedó un malestar en el cuerpo increíble: ¿sabía Débora que mi madre y el padre de Thiago estaban enrollados? Madre mía, lo que me faltaba. ¿Le iría con el cuento a él?

¿Por qué era todo tan complicado? Me cagué en mi madre mil veces, siempre jodiéndome y sin saberlo. Cuando entré en casa, todavía la maldecía en mi cabeza.

—Alexia, mañana viene el carpintero para revestir tu armario.

Miré a mi madre que estaba sentada en el sofá con un libro en las manos.

—¿Y eso? —pregunté extrañada por ese buen gesto.

Aquel armario por dentro daba pena, la verdad.

—Vino la semana pasada para tomar medidas, ¿no te lo dije?

—No —respondí en un tono seco.

—Se me pasaría.

Sí, claro, como si ella me lo explicara todo.

—Hace un rato me lo ha recordado. Es un amigo mío y me ha pedido que vacíes el armario.

«Joder, un poco más y me lo dice en el mismo momento.»

—¿Cuándo viene?

—Por la mañana.

Me di la vuelta para subir a mi habitación y empezar a vaciar el armario para que el carpintero ese pudiera hacer su trabajo. Ni siquiera había preguntado cómo lo iba a revestir, pero estaba tan mal organizado que cualquier cosa que hiciera estaría bien.

Fui sacando mi ropa con cuidado y la fui dejando en un rincón de la mesa. Después saqué las cuatro piezas que tenía colgadas y las dejé en la silla bien puestas para que no se arrugaran. Dejé el armario vacío a excepción de una manta fina de cuadros que había en la estantería de arriba. La cogí con la intención de cubrir toda mi ropa para que no se llenara de polvo cuando el carpintero trabajara en mi habitación. En cuanto estiré de la manta, algo cayó al suelo.

Un sobre.

Lo miré y por su color amarillento intuí que ese sobre llevaba allí mucho tiempo. Lo cogí y lo miré con curiosidad. Estaba abierto... Observé su interior y vi la caligrafía de mi madre. Vaya, vaya... ¿Sería una carta de amor de un antiguo novio? ¿O sería para mi padre?

Saqué el papel de dentro con prisas al pensar que podía ser una carta para mi padre. Me moría de ganas por saber qué le diría, cómo había sido su amor por él, me moría por saber de dónde había salido yo...

De repente, la carta desapareció de mis manos.

—Esto es mío —dijo mi madre de forma tajante.

Nos miramos a los ojos, más cerca que ninguna otra vez. Escondía algo, estaba claro.

—Estaba en mi armario —le dije sin miedo alguno.

—Pero sabías que era mío y lo ibas a leer igualmente.

—¿Algún oscuro secreto? —pregunté más para defenderme que por otra cosa.

Sus ojos brillaron unos segundos antes de responder.

—Nada que te incumba.

45

Está claro que cuando te dicen que no leas algo, que no comas algo o que no busques algo, haces todo lo contrario. Así que iba a encontrar ese sobre e iba a saber qué carajos había escrito mi madre años atrás. Estaba segura de que era una carta de amor para mi padre y quería ver si aquella mujer de hielo era capaz de sentir algo real por alguien.

Mi plan era muy sencillo. Dejaría pasar varios días, haciéndole creer a mi madre que no me importaba nada aquella carta y después la buscaría hasta encontrarla. Sabía que estaba en su habitación porque mi madre se había encerrado allí después de salir de mi cuarto y seguramente la habría guardado en alguno de sus muchos cajones.

Aquella noche soñé con sobres, con cartas y con la sensación de que mi madre seguiría jodiéndome toda su vida. Quizá debería apartarme de ella, pero de momento no deseaba irme de Madrid. ¿Y si le planteaba a mi padre la posibilidad de independizarme? Era un gasto más para él, pero con lo que le pagaba a mi madre tal vez tuviera más que suficiente.

No necesitaba un piso de lujo para mí sola, me conformaba con una habitación en un piso de estudiantes. Prefería soportar el olor de pies de una compañera que a mi madre. Y eso que últimamente la mujer estaba más relajada. Aquella idea debería rumiarla con calma para ver cómo se lo planteaba a mi padre en un próximo encuentro. Sabía que su ilusión era que regresara con ellos, pero yo no quería separarme de Lea, de Natalia o de Thiago y no quería cambiar de nuevo de universidad.

Aquella mañana de lunes Lea y yo estábamos más contentas de lo habitual para ser el primer día de la semana después de las vacaciones de Navidad. Los motivos tenían nombre y apellidos, claro. Y es que no era lo mismo ir a la facultad sabiendo que tu chico guapo estaría rondando por allí. Eso siempre alegra la vista y los ánimos.

—¿Cómo fue? —le pregunté a Lea una vez que nos acomodamos en el autobús.

—¿Ayer? Le hice un masaje que alucinó.

La miré alzando ambas cejas.

—¿Y eso? ¿El regalo?

—Claro, y le enseñé el centro de mi madre.

—Joder, Lea. ¿Y si te llegan a pillar?

—Mi madre no va nunca allí los domingos.

—Madre mía, tía —le dije pensando que le hubiera liado un buen pollo.

—Adri no se tragaba que sé hacer unos masajes de la hostia, así que fuimos al centro, se tumbó en una camilla...

—¿Con unas braguitas de papel? —pregunté entre sorprendida y divertida.

—Joder, no. Qué poco sexi eres. Sin nada, petarda, sin nada.

Abrí los ojos y me mordí el labio.

—Le puse una toalla en sus partes, nada más. A ver, que salimos juntos, ¿no?

—Ya...

—Total, que le hice un supermasaje con final feliz.

Me reí y ella me dio un codazo.

—No te rías, coño. El final fue que lo hicimos allí...

—¿En la camilla?

—En varios sitios...

—¡Vale! No necesito detalles. Por tu cara ya veo que cumplió tus expectativas.

—Ya te digo yo que sí —aseguró pasando su lengua por sus labios en plan lasciva.

Nos reímos de nuevo y cambiamos de tema porque las dos mujeres mayores que teníamos delante habían puesto la oreja. Ya hablaríamos con más calma.

En cuanto bajamos del autobús, vimos a Adri y él se volvió buscando a alguien: a Lea, claro. Sonrió al verla y vino hacia nosotras.

—¡Buenos días!

Cogió a Lea por la cintura y ella rio feliz.

—¿Qué tal, Adri? —le pregunté adelantándome para dejar que se dieran su beso matutino.

Mientras iba andando hacia la facultad, me acordé de que a primera hora nos tocaba clase con el profesor Carmelo. Sonreí al recordar todo aquel asunto del libro de la biblioteca que montó Thiago; parecía que hacía años de todo aquello y tan solo habían transcurrido tres meses.

Al levantar la vista vi a Nacho en la entrada charlando con otro tipo. Cruzamos nuestras miradas y él retiró la suya con pesar. Era pronto para que lo nuestro se normalizara, pero estaba segura de que a la larga Nacho acabaría aceptando que nos habían puteado a los dos y que yo había actuado sin ninguna maldad.

Alguien colocó su brazo por encima de mi hombro y me volví sorprendida.

—¡Max!

—¿Qué tal, guapísima?

Nos dimos dos besos con entusiasmo y nos dirigimos juntos hacia la cafetería. Todavía quedaban quince minutos para que diera comienzo la primera clase. Allí nos encontramos con Estrella, había regresado el día anterior de Barcelona y tenía ganas de empezar las clases y de que la pusiéramos al día de todo.

—Alexia...

Me volví despacio al reconocer la voz de Nacho.

—Hola —le dije observando su pelo bien peinado.

—¿Podemos hablar un segundo?

Joder, ¿lunes a primera hora? No podía decirle que no, así que me senté con él a una mesa cara a cara.

—Dime —le dije invitándolo a hablar.

—¿Estás con él? —preguntó directamente.

«No más mentiras, Alexia.»

—Estamos empezando.

—He estado pensando, ¿sabes? Me he puesto en tu lugar y creo que, en parte, puedo entenderte. Tú eres así, quiero decir que haces las cosas tal y como las sientes. Te hicieron creer que te había engañado.

—Me lo creí demasiado rápido, pero sí, caí de cuatro patas.

—Y después no había nada que os impidiera liaros a ti y a Thiago. Vale.

Parecía que estaba haciendo un resumen de algo que yo ya sabía bien.

—Y ahora parece que empezáis algo. De acuerdo, lo acepto. Pero voy a hacer un inciso, ¿te parece?

—Claro —le dije más relajada al ver que entendía la situación.

—Tú me sigues gustando. Mucho.

Lo miré preocupada porque esperaba que no me propusiera volver con él. Yo tenía claro que quería estar con su amigo.

—Supongo que un poco de competencia sana no le importará a Thiago —comentó sonriendo por primera vez.

—Nacho...

—No me digas nada. Solo quiero saber si podemos ser amigos.

¿Amigos? Aquello era nuevo para mí.

—Sí..., claro —dije titubeando.

Días atrás había estado echando pestes de mí y ahora... ¿quería ser mi amigo?

—Ya, ya sé que reaccioné como un idiota, pero es que... estaba dolido y muy jodido. Vine con ganas de verte y de estar contigo y me encontré todo ese circo. —Pasó una mano por su pelo rubio y me miró con cierta timidez—. Los dos hemos sido víctimas de Gala. No quiero que se salga con la suya. Necesito saber que podemos ser amigos.

Alcé ambas cejas, algo impresionada por ese giro.

—Me parece bien, aunque...

—Lo sé, estás con Thiago —dijo colocando su mano encima de la mía.

—Exacto —afirmé pensando en cómo retirar esa mano sin parecer una borde.

Se acercó un poco más a mí y sonrió de lado.

—Dile a Thiago que voy a seguir intentándolo.

Puse los ojos en blanco y me reí. Era un auténtico descarado.

—Si no se lo dices tú, se lo diré yo —añadió señalando con la cabeza hacia su derecha.

Volví la vista hacia allí y vi a Thiago mirándonos. Retiré mi mano de la suya y observé de nuevo a Nacho.

—No te pases, listillo —le dije bromeando.

Atrapó mi mano de nuevo y la besó como si fuera un caballero del siglo XIX.

—A sus órdenes, mi señora.

Reí, no pude evitarlo. Qué manera de hacer el tonto.

—Cuídate, Nacho...

—Cuídate, princesa...

Su tono de deseo lo conocía de sobra y me fui pensando que prefería estar de buenas con él, aunque esperaba que no confundiera las cosas.

Me fijé en que Thiago estaba charlando con los de su clase, concretamente con Luis, y pasé por su lado rozando su brazo. No se inmutó y pensé que ni se había dado cuenta.

—Perdona, novata. Sin tocar, ¿eh?

Me volví y vi ese rostro serio que tanto me gustaba.

—Perdona, pijo. Ha sido sin querer.

—A mí me ha parecido que me estabas buscando. —Dio un paso hacia mí y se quedó a pocos centímetros de mi cuerpo—. Y quien me busca al final me encuentra.

—Estoy temblando, Varela. Qué miedo —dije con socarronería.

—¿Te estás burlando, novata?

—¿Yo? Pobre de mí. No se me ocurriría jamás meterme con uno de cuarto.

Thiago mostró una especie de sonrisa, pero volvió a ponerse serio.

—¿Estaba usted ligando, Suil?

—¿Con el rubio? No, estábamos charlando.

Acercó su boca a la mía, pero justo un milímetro antes de llegar a ella se detuvo.

—Que no me entere yo, novata.

—¿O qué? —pregunté siguiéndole el juego.

—O tendré que tomar medidas drásticas, como por ejemplo hacerte el amor durante toda la noche...

—Cuando quieras —contesté retándolo.

Thiago se lamió los labios con rapidez y yo lo miré atontada.

—Hora de ir a clase, novata —dijo en un tono ronco que me puso la piel de gallina.

«Qué cabrón...»

—A las diez y media en el baño de chicas. Segunda planta.

Me fui de allí sin esperar su respuesta, pero yo notaba mis mejillas arder por el deseo que sentía en esos momentos. Era pensar en él dentro de mí y ponerme cardíaca.

A las diez y treinta minutos me dirigí hacia los baños con una sonrisa de picardía en mi cara. ¿Estaría Thiago allí o habría ignorado mi propuesta?

Al girar la esquina del pasillo lo vi apoyado en la pared mirando su móvil, simulando que no esperaba a nadie. Levantó la mirada y el deseo en sus ojos me nubló la mente unos segundos. ¿En serio iba a meterlo en el baño de chicas?

Tomé su mano al ver que no había nadie y entramos apoyando su cuerpo en la puerta.

—Creí que no vendrías, pijo.

—Yo he pensado lo mismo de ti, novata.

Sus labios rozaron mi cuello y apreté mi cuerpo contra el suyo.

—Nena...

—Me estás provocando —le dije con soltura.

Me cogió por la cintura y me recostó en su cuerpo.

—Puede entrar alguien.

—Va a entrar alguien —le repliqué riendo.

Era la hora del descanso y, aunque estábamos en la segunda planta, probablemente alguna chica iría a ese baño. Presioné de nuevo mi cuerpo contra el suyo.

—Eres muy mala...

Una de sus manos subió hasta mi nuca y me besó con delicadeza. Uf, esperaba algo más agresivo y aquello me desarmó. Entreabrí los labios y su lengua buscó la mía con ganas de saborearme. Dios, besaba tan bien...

—¡Uy! —oímos que alguien intentaba entrar desde el exterior.

—Señorita, estamos arreglando la puerta que se ha atrancado —dijo Thiago con voz grave.

Me aguanté la risa y él puso su mano en mi boca.

—En quince minutos estará arreglado —añadió igual de serio.

Joder, cómo me ponía esa seriedad...

—¡Ah, vale! Gracias —oímos que decía esa chica mientras se alejaba.

—Estás loco —le solté riendo cuando quitó la mano de mi boca.

—Por ti —replicó sin vacilar mirándome desde su altura.

Uf, me lo comía.

Enrosqué mis manos en su cuello y lo atraje hacia mí para seguir con aquel lánguido beso. Cuando nos separamos, nos miramos fijamente.

—Creo que hay un poquito de tensión sexual —dije sin bromear, notando su latente erección en mi estómago.

—Un poquito bastante.

—Tendremos que solucionarlo, ¿no crees?

—No quiero que creas que...

—Thiago, acabaremos haciéndolo en cualquier rincón.

Suspiró y nos miramos con una sonrisa de oreja a oreja. Era cierto. Nos deseábamos y a cada roce aquello iba a más.

—Sal tú primero —le dije separándome unos centímetros.

—No puedo. —Me señaló su entrepierna y vi cómo marcaba paquete.

—Qué incómodo, ¿no?

—Pues bastante.

Nos reímos los dos como dos críos. Me encantaba ese Thiago travieso. Cada vez que estábamos juntos descubría cosas nuevas en él y todas me gustaban... ¿demasiado? Qué más daba, no iba a detenerme a pensar si me estaba enamorando o no o si corría demasiado. Estaba harta de darle tantas vueltas a las cosas. Iba a disfrutar mi historia con Thiago porque nunca se sabía cuándo podía terminar.

46

—¿Adónde vamos?

—Es una sorpresa. Alexia, ¿puedes dejar de preguntar?

Me reí porque era la tercera vez que le preguntaba lo mismo a Thiago.

Era viernes, estábamos en su coche y habíamos quedado aquella noche para salir juntos en plan parejita.

—Es que no me fío, pijo. A ver si vamos a ir a uno de esos restaurantes donde tienes que coger el tenedor como si fuera un bicho.

—¿Un bicho? —Me miró un segundo sonriendo y continuó concentrado en la carretera.

—Sí, como si te diera cosa tocar el tenedor o cualquier cubierto. Me pone enferma cuando mi madre hace eso.

Thiago rio con ganas y yo sonreí divertida.

En ese momento pensé en la carta que había encontrado en mi armario; la verdad es que no me había acordado de ella en toda la semana, y es que con Thiago en mi cabeza las veinticuatro horas del día tenía suficiente. Estaba feliz con él y no necesitaba mucho más. Incluso las pesadillas eran algo más ligeras y menos repetitivas.

Thiago se dirigió hacia el Barrio de las Letras y entró en el aparcamiento de un hotel.

—Vaya, vaya, ¿me llevas al huerto?

Soltamos los dos una buena carcajada y me miró de reojo.

—Este hotel tiene un restaurante con una carta de comida italiana exquisita.

—Pero ¿en plan finolis? —le pregunté pensando que no me apetecía nada cenar entre estirados. Para eso ya tenía a mi madre.

—No —respondió riendo—. Es un hotel *boutique*, muy pequeño, pero especialistas en ese tipo de comida. Ya verás.

Salimos del coche para subir por unas escaleras estrechas que nos condujeron hacia un pequeño vestíbulo donde había una mujer tras una mesa de hierro forjado.

—Buenas noches —dijo aquella mujer—. ¿Tienen reserva?

—Sí, a nombre de Thiago Varela.

—Señor Varela, ahora mismo les preparo todo. Pueden pasar al restaurante. El *maître* los acompañará a su mesa. Que lo disfruten.

—Gracias —dijimos ambos a la vez.

Thiago me cogió de la mano y me guio hacia una puerta antigua con cristalera. Todo el decorado era de estilo *vintage* y le daba un toque moderno y actual.

Cuando entramos, me sorprendió la poca luz que había en el restaurante. La iluminación era muy tenue, como si quisieran dar la máxima intimidad a las parejas del salón, porque estaba claro que allí solo había parejas.

El *maître*, muy amablemente, nos asignó una mesa en una de las esquinas y nos sentamos. No era un tipo estirado, sino más bien todo lo contrario y nos hizo sentir muy a gusto.

Thiago y yo nos sonreímos y, mientras él miraba la carta, yo eché un rápido vistazo al local. Paredes pintadas en colores suaves y sin cuadros, pero con unos pequeños apliques de luz que incrementaban esa sensación de calidez. Los manteles eran de punto de color gris claro y la vajilla blanca. Todo muy armónico y relajante.

—Es un hotel solo para adultos.

Miré a Thiago y fruncí el ceño.

—Quiero decir que no dejan entrar a niños.

—¿Y si quieres comer en el restaurante tampoco?

Thiago sonrió de lado.

—Solo puedes comer o cenar en el restaurante si estás alojado en él.

Vaya... Pues sí que me había llevado al huerto.

—¿Tenemos habitación? —pregunté con picardía.

—La doscientos quince.

—¿Y la vamos a usar? —pregunté aguantándome la risa.

—Todavía es pronto, ¿verdad?

Lo dijo tan serio que durante unos segundos dudé que lo pensara realmente.

—A ver, es pronto para según qué. Es pronto para que te presente a mi padre en plan formal, es pronto para que te llame novio o es pronto para tener hijos. Pero no es pronto para...

—¿Para? —preguntó alzando una ceja.

Se estaba divirtiendo a mi costa. Le indiqué con el dedo que se acercara.

—Para que entres en mí y me hagas gemir como una loca. —Mi voz ronca provocó que Thiago se lamiera los labios.

—Alexia —dijo en tono de advertencia mientras se echaba hacia atrás.

Me reí con ganas. Él me tomaba el pelo y yo lo provocaba.

—Eres un bicho —dijo riendo también.

—Lo sé.

Leí la carta con atención y me sorprendió la variedad que había; no sabía qué elegir.

—¿Qué me recomiendas? —le pregunté.

—No lo sé, es la primera vez que vengo...

Nos miramos a los ojos fijamente. No sé por qué yo había sacado la conclusión de que Thiago ya había estado allí, con otra chica, claro.

—Busqué el sitio ideal por internet, me apetecía ir a un sitio bonito contigo.

En ese momento el camarero nos interrumpió y nos tomó nota. Yo pedí unos *fusilli alla norma* y Thiago unos *penne rigate all'arrabiata.* Coincidimos en pedir un vino *chianti*, que acompañaba perfectamente a la salsa de tomate de nuestros platos. Cuando nos lo sirvieron, brindamos con él y comimos disfrutando de aquellos platos deliciosos.

La cena fue genial y la charla aún mejor, porque con Thiago se podía hablar de cualquier tema. Parecía que sabía de todo y que de todo tenía su propia opinión. También hubo muchas risas al final de la noche cuando la botella de vino estuvo casi vacía. Pedimos el postre y casi sin darnos cuenta habíamos terminado de cenar. Las horas parecían volar a su lado.

No hubo discusión sobre quién pagaba porque ya me había avisado antes de que la idea era suya y que quería invitarme. Me dejé querer un poquito y no me puse pesada con el tema. Tras pagar nos miramos como si escondiéramos algo.

—¿Una copa? —me preguntó con gravedad.

Negué con la cabeza.

—¿Un cigarro?

—Tampoco.

—¿Te apetece algo en concreto?

Me mordí el labio inferior y lo miré con sensualidad. Él puso los ojos en blanco y me reí.

—Vale, creo que lo intuyo —comentó alzando sus cejas—. ¿Vamos?

Nos cogimos de la mano y entramos en el ascensor que nos llevó hasta la segunda planta. Los pasillos eran muy estrechos y había pocas habitaciones por planta.

Thiago sacó una llave magnética y abrió la puerta. La habitación seguía con aquella decoración cálida y con esas luces tenues. En el centro había una enorme cama con una colcha gris de figuras geométricas acompañada de dos mesillas de noche bastante modernas y de diferentes alturas. A un lado había un gran ventanal que daba a un pequeño balcón y al otro lado, un armario y una puerta que daba al baño. Todo muy sencillo, pero muy limpio.

Thiago cogió mi cintura y me miró a los ojos.

—Tenía ganas de estar contigo a solas.

—Algo he notado estos días.

Cada vez que nos tocábamos sentía su erección pidiendo a gritos ser liberada.

—Eso es culpa tuya. Estás demasiado buena.

Me reí con ganas al oírlo hablar de aquel modo. Thiago solía ser más comedido.

—No sabía si querrías, pero me conformo con tumbarme en esa cama y besarte con tranquilidad, sin miradas y sin pensar en nadie más que en nosotros dos.

Uf...

—Ha sido una idea genial porque yo también me moría por estar contigo así..., sin que nadie nos moleste.

Thiago empezó a subir por mi cintura acariciando mi piel. Un escalofrío me recorrió de arriba abajo y él sonrió.

—Qué sensible.

—Son tus manos.

—¿En serio? Veamos...

Me desabrochó el sujetador con maestría y sentí el doble placer de notar mis pechos liberados y de saber que me iba a acariciar en breve. La yema de sus dedos fue subiendo hasta alcanzar mis pezones y los rozó con una suavidad extrema. Sabía cómo hacerlo y apreté mis piernas al sentir aquel placer que sacudía mi cuerpo lentamente.

Thiago no dejaba de observar mis ojos, como si quisiera estudiar cada una de mis reacciones.

Con cuidado me quitó la camiseta y luego deslizó los tirantes del sujetador con delicadeza y lo dejó caer al suelo. Miró mis pechos como si fuera la primera vez que los veía y me mordí el labio pensando que lo deseaba más que a nada. Bajó su rostro hasta la altura de mi pecho izquierdo y me besó despacio, saboreándome y provocando que mi placer aumentara con cada caricia.

—Sabes dulce —dijo rozando su boca en mi vientre.

Me quedé sin respiración al sentirlo por aquella zona.

—Respira, Alexia —comentó con sorna.

Pero es que no podía: sus dedos estaban en el botón de mi pantalón negro y ajustado. Clic... y sin dificultades bajó la cremallera.

—¿Braguitas rosas?

—Es un tanga, va a juego con el sujetador.

No era mi conjunto de ropa interior más sexi, pero era muy provocador porque la parte trasera del tanga era de un encaje muy suave que resaltaba la redondez de mis glúteos.

—Me pones a mil —gruñó mientras veía cómo yo misma me quitaba los pantalones.

Thiago se había sacado la camiseta y las botas y se había quedado en tejanos. Le desabroché el primer botón y lo miré sonriendo.

—Ahora pareces Grey.

—¿El de las sombras? —preguntó sonriendo.

—El mismo. ¿Vas a azotarme? —le pregunté poniendo morritos.

Me acercó a su cuerpo con un solo movimiento y solté un gemido. Me miraba con sus ojos verdes cargados de deseo.

—Deja de provocarme o...

—¿O? —pregunté juguetona.

Bajó sus manos hacia mi culo y me acarició con delicadeza.

—Joder... Tengo que verte.

Me volví con cierta brusquedad.

—No te muevas —me ordenó desde atrás—. Dios, Alexia, estás sexi de cojones...

Me salió una risilla.

—¿Te ríes, eh?

—Me río porque veo que te gusta mi trasero.

—Si solo fuera eso —dijo dando una vuelta a mi alrededor mirándome de arriba abajo—. Creo que voy a comerte entera...

Otro de esos escalofríos recorrió mi cuerpo.

—No voy a dejar ningún rincón por explorar...

Su dedo pasó por uno de mis pezones erectos y sopló en él para después mirar el brillo de mis ojos.

—Creo que te gusta, Alexia.

—Sí —le dije con contundencia.

—Y a mí me encanta tu seguridad, tu entereza, tu fuerza. Eres única... Y estás preciosa, casi desnuda, para mí...

—Solo para ti —le dije mirándolo a los ojos fijamente.

Se quedó a mi espalda y se quitó sus tejanos. Pegó su cuerpo al mío y sentí lo duro que estaba, madre mía... Ninguno de los dos íbamos a durar más de cinco minutos como siguiéramos calentándonos de aquel modo. Era curioso lo mojada que estaba sin que apenas me hubiera tocado.

—Quiero hacértelo muchas veces —susurró con voz áspera en mi oído—. Así que primero déjame que sea un poco bestia.

¿Bestia? Uf. Me temblaron las piernas porque no me lo imaginaba: siempre tan tranquilo, tan formal, tan...

Sus dedos separaron el tanga de mi piel y de repente tocaron mi sexo con maestría.

—Nena..., cómo estás...

¿Cómo iba a estar? Si lo raro era que no hubiera tenido ya un orgasmo.

—Mírame...

Volví mi rostro y empezamos a besarnos mientras sus dedos entraban y salían de mí. El placer iba creciendo y estaba segura de que estallaría en sus dedos. Demasiados días esperando aquello...

—Quiero que te corras conmigo, ¿estamos?

Con una rapidez increíble se colocó el preservativo y apartó el tanga hacia un lado para dejar su sexo en la entrada del mío. Dejó caer la tira del tanga y empujó mi espalda para que me agachara un poco y colocara mis manos en el borde de la cama. Estaba toda expuesta y me moría por sentirlo de una vez.

—Tenerte así, Alexia... Es un sueño...

—¿Erótico? —le pregunté cargada de deseo.

—Muy erótico...

Entró de golpe, sin avisar y ambos gemimos al mismo tiempo.

—Dios...

Su sexo se deslizó dentro del mío, que lo acogió atrapándolo.

—¿Suave? ¿Fuerte?

Sonreí en mi interior, pero respondí rápidamente.

—Muy fuerte.

Tenía ganas de follar, no de hacer el amor.

—Hostia, Alexia...

La sacó despacio y volvió a embestirme con fuerza. Y a partir de ahí su ritmo fue aumentando de velocidad y nuestros gemidos también.

Thiago tiró de mi pelo y me dio un pequeño azote en una de mis nalgas con lo que logró que mi orgasmo acabara llegando sin mi permiso. Empezó en la punta de mis pies y me recorrió el cuerpo hasta explotar en mi epicentro provocando que mi sexo se contrajera varias veces. Él lo notó y aceleró al máximo para correrse después de mí con mi nombre en sus labios.

—Dios, Alexia...

47

MARCO

Giré mi cabeza al ver la luz que venía del baño. ¿Qué hora era? Las seis de la mañana y volvía a llover. Puto Londres.

Oí la cisterna y recordé que aquella noche había dormido acompañado. ¿Laury? Algo así, no estaba seguro. Llevaba un ritmo exagerado y a ese paso las inglesas esas me iban a dejar chupado.

La espectacular rubia que había conocido la noche anterior entró en la habitación y me habló en un perfecto español.

—¿Despierto? —preguntó señalando mi erección matutina.

—Eso parece.

¿Laury o Laura? No lo recordaba bien, y la resaca no ayudaba mucho, la verdad.

Cerré los ojos y coloqué mi brazo encima de mi cara maldiciendo mi resaca. Aquella chica se acercó y me acarició el miembro con suavidad. Cogí su mano y la retiré de mi sexo, no me apetecía en aquel momento con aquel dolor de cabeza que aumentaba por momentos.

—¿Estás seguro?

—Sí, gracias. Necesito una ducha, simplemente.

Busqué sus ojos esperando decepción, pero solo encontré indiferencia. Se vistió sin decir nada más y se despidió con un «Ya me llamarás». No la iba a llamar. No solía repetir para evitar problemas y porque ninguna me gustaba tanto como para ir más allá..., excepto ella.

Alexia...

Alexia, la niña de dieciocho años que trabajaba con nosotros en la empresa. No sabía qué cojones me pasaba, pero desde el primer día que me había topado con ella en las oficinas algo dentro de mí había cambiado.

Al principio pensé que era culpa de la novedad, de que estaba muy buena y de que encima era lista y simpática. La suma de todo eso hacía que Alexia me la pusiera dura más veces de lo normal. ¿Qué debía hacer? Tirármela y quedarme satisfecho. Pero no, Alexia no era una tipa cualquiera y yo quedaba excluido de sus posibles ligues. No me lo había dicho directamente, pero se reía cuando la piropeaba o cuando intentaba ligar con ella. No había nada que hacer, y eso..., joder, eso me ponía más a tono.

Que una chica se te resista... le da un morbito a la cosa.

La había invitado a cenar, pero no encontrábamos el momento. Tenía claro que a mi vuelta de Londres tenía que lograr salir con ella una noche, sí o sí. Y no era una cuestión sexual. Alexia me había ido calando poco a poco con su manera de reír, sus comentarios sobre lo que había visto viajando por el mundo con su padre y, sobre todo, me había calado con esa mirada limpia y sincera que tenía. Recordaba todavía lo que pensé el primer día al clavar mis ojos en los suyos: «La hostia en verso, qué ojos...».

Lo jodido era que siempre estaba rodeada de moscones, y así era complicado. El último día que quise estar con ella a solas apareció un amigo suyo que la miraba como si fuera un bollo delicioso. Estaba claro que a Alexia le gustaba el chico en cuestión, pero también la había pillado mirándome a mí alguna que otra vez. Así que no estaba todo decidido. Sabía que yo le divertía y tenía que jugar esa baza.

Empezaba a creer que debía pensar en mis dieciocho años para llegar hasta ella. ¿Qué me gustaba a mí a esa edad? Bueno, mejor pensar en los veinte o veintiuno porque ellas siempre iban más adelantadas que nosotros.

El tonteo. Eso me molaba. Las miraditas, los juegos de palabras, los mensajitos...

Claro, ya lo tenía.

Le mandaría un mensaje diciéndole que pensaba en ella, pero en plan informal y divertido. ¿Me respondería? Estaba casi seguro de que sí, aunque lo que me diría..., de eso ya no estaba tan seguro.

Alexia... Alexia... ¿Qué tenía esa chica para estar pensando en ella después de pasar una noche de sexo desenfrenado con una rubia espectacular?

«Estás jodido, Marco, muy jodido...»

48

Thiago y yo habíamos decidido dormir juntos en el hotel. Él ya había avisado a los suyos de que quizá pasaba la noche con un amigo y yo le mandé un mensaje a mi madre después del primer asalto. No quería irme de su lado y me apetecía muchísimo dormir entre sus brazos, aunque mi progenitora me metiera la bronca al día siguiente por avisar tan tarde.

La luz de mi móvil me despertó. ¿Quién sería tan pronto? Estiré el brazo para cogerlo y leí el mensaje en la pantalla. Era Marco.

> Hola, Alexia. ¿Cómo va por mi ciudad? Aquí todo el día escupen desde el cielo. Llevo chubasquero amarillo y botas azules, ¿me imaginas?

Sonreí al leerlo y al imaginarlo de aquella guisa. Estaba segura de que iba con sus tejanos ajustados con rotos en las rodillas y con alguna de aquellas camisetas que se pegaban a su cuerpo de bombero. Eso si no estaba semidesnudo a esas horas con alguna tipa en la cama porque la fama le precedía. A su lado, Nacho era un novato.

Dejé el teléfono y decidí contestarle más tarde. Thiago tenía mi brazo atrapado entre los suyos y no quería despertarlo. Volví mi rostro hacia él y observé cómo dormía. Era guapo de cojones y verlo tan relajado era todo un gustazo. Cerré los ojos y recordé mis tres orgasmos, casi nada. El primero había sido casi instantáneo, el segundo había sido mucho más pausado y el tercero me lo había dado con su boca en mi sexo... Madre mía...

—Estás pensando en mí. —Su voz ronca me sorprendió.

Abrí los ojos y lo vi sonriendo.

—¿Cómo lo sabes?

—Estabas casi gimiendo...

Me reí y buscó mi boca.

—Estás bonita...

—Me falta mi pintalabios —le dije bromeando y Thiago puso los ojos en blanco.

—No te falta nada... o quizá sí...

—¿Sí?

—Te falto yo...

Sus besos bajaron por mi cuello y su sexo se frotó contra mi pierna. Ahí estaba su erección saludándome de nuevo.

—¿Ya podrás? —le pregunté con ironía.

Su último orgasmo se lo había provocado con mi boca y sus palabras exactas fueron: «No puedo más, se me va a caer a trozos». Nos habíamos reído los dos a carcajada limpia tras decir aquello.

—Cuando uno duerme, se recupera, ¿no lo sabías?

—No sé yo...

Thiago se colocó entre mis piernas y besó mis pechos con esa delicadeza tan exquisita.

—Tendremos que comprobarlo —dijo hablando mientras recorría mi piel.

Dejó su sexo en la entrada del mío y empezó a frotarse en mi zona más delicada provocando calambres en mis piernas.

—Podría entrar sin problemas —susurró subiendo hacia mi boca.

—Pero no queremos un bebé tan pronto, ¿verdad?

Me miró a los ojos y sonrió ampliamente.

—¿No?

—Thiago, joder...

Se rio con ganas y me gustó sentirme así de cómoda con él, desnudos y riendo. Era algo mágico y distinto.

—Está bien, está bien —dijo aún con una risilla y cogiendo un preservativo de la mesilla de noche—. Esperaremos un poco.

Lo dejó a un lado sin ponérselo aún. Eso significaba que los preliminares se iban a alargar y yo me lamí los labios pensando que me encantaba que no fuera al grano. A Thiago le gustaba acariciarme, besarme, mordisquearme y lamerme por todos los rincones de mi cuerpo mientras yo me retorcía de placer.

—Thiago...

—Alexia..., eres deliciosa...

—Te necesito dentro...

—Sus deseos son órdenes...

Después de dos orgasmos más caímos rendidos en la cama y nos dormimos abrazados con una sonrisa en la cara hasta que el sol nos despertó avisándonos de que empezaba a ser tarde. Miré el móvil y vi que eran casi las once de la mañana. Mi chico seguía durmiendo a pata suelta, así que decidí darme una ducha y dejar que descansara.

Había sido una noche perfecta y no podía pedir más. El sexo con Thiago era auténtico, pero además dormir pegada a su cuerpo era como dormir entre algodones. Aquella noche apenas había tenido pesadillas y estaba claro que era por él. Parecía que Thiago calmaba esa parte negativa de mi mente, con lo cual podía descansar de verdad.

De todos modos, desde que había visto a mi padre una semana atrás, las noches cargadas de pesadillas se habían aligerado bastante. Quedar con él, así como charlar con Judith, me había quitado un peso de encima. Estaba segura de que a partir de ese momento las cosas mejorarían entre nosotros. Ellos habían olvidado mis desplantes y yo había entendido que mi padre había actuado en el pasado pensando en mi bienestar. ¿Podría haber dejado sola a Judith? ¿Qué clase de hombre hubiera sido? La que tenía un problema real era ella. Era su hijo el que se había muerto. Y sí, yo también estaba fatal, pero estaba totalmente cerrada a todo. Mi actitud era egoísta e infantil, pero no había sabido reaccionar de otra manera. Tenía un hermano al que adoraba y, de repente, me lo arrebataron...

—¿Dónde estará esa cabeza? —Thiago me sacó de mis pensamientos.

Había salido de la ducha y estaba envuelta en una toalla sentada en la taza del váter. Venía desnudo y no pude no darle un buen repaso.

—Necesito una ducha, no me mires así —me dijo riendo mientras me daba un beso suave en los labios.

—Estás tremendo —le dije con sinceridad.

Nos reímos y salí del baño para vestirme. A las doce debíamos dejar la habitación y no quería que tuviera que esperarme.

Thiago me miraba desde el quicio de la puerta del baño con la toalla atada a su cintura. Parecía un jodido dios griego y lo miré de reojo mientras terminaba de peinarme.

—¿Todo bien, Varela?

—Demasiado bien —respondió con voz ronca.

—Tenemos que irnos —le avisé sonriendo al oír aquel tono.

—Podríamos quedarnos aquí todo el día...

—Te recuerdo que esta tarde tienes un torneo de esos.

Puso cara de fastidio y entré en el baño para secarme el pelo. Aquella melena necesitaba un buen secado si no quería pillar una pulmonía. Cuando salí, Thiago estaba sentado en la silla, esperándome, y hablando por teléfono.

—Ya te he dicho que no... No es tan difícil de entender... Sí, claro... Mira, Débora, ya hablaremos.

Colgó y levantó la vista para mirarme.

—Era Débora. Quería quedar esta tarde para hablar conmigo.

Recordé la llamada telefónica que me había hecho y sus insinuaciones. No le había dicho nada a Thiago de todo aquello porque ni me había acordado, la verdad. Pero quizá era mejor no comentarlo porque temía que Débora acabara diciéndole lo de mi madre y su padre llevada por la rabia de saber que yo le había ido con el cuento a Thiago.

—¿Hablar sobre vosotros?

—Sí, dice que no quiere que estemos así.

—Y supongo que querrá...

No terminé la frase porque él ya sabía a qué me refería: querrá follarte de nuevo.

Thiago se acercó a mí y cogió mi rostro con sus dos manos.

—Me da igual lo que quiera, yo no quiero nada con ella. Solo quiero estar contigo. No necesito a nadie más, ¿entendido?

Afirmé con la cabeza. Le creía. Thiago no era de esos; yo sabía que era noble y leal.

—Confío en ti —le dije con sinceridad.

—Y yo en ti, a pesar de que Nacho quiera tenerte a su lado de nuevo.

Lo miré sorprendida. ¿Qué sabía él? Yo no le había dicho nada.

—Ayer nos vimos.

—¿Os visteis?

—Nos encontramos en el club de pádel y coincidimos en el vestuario al terminar el partido.

—¿Qué te dijo?

—Que lo iba a intentar contigo, aunque estuviéramos juntos. Quería que lo supiera, simplemente.

—Joder...

Qué raros eran los tíos...

—Y ¿qué le dijiste?

—¡Que gane el mejor!

Lo miré abriendo los ojos y Thiago empezó a reír. Le quise dar un empujón bromeando y me cogió de la cintura para apretarme contra él.

—¿Qué le iba a decir? Que eres mía, solo mía...

—Bueno, bueno, no te pases, que no soy de nadie...

Thiago sonrió y me miró más serio.

—Le dije que lo entendía y le pedí que jugara limpio, nada más.

Vamos, como yo con Débora cuando le dije que no hiciera trampas.

—Yo creo que al final se darán cuenta de que no tienen nada que hacer —sentencié muy segura.

Por fin estábamos juntos y sabíamos que queríamos estarlo.

—Y, si no, dos piedras —concluyó Thiago sonriendo—. ¿Nos veremos esta noche?

—¿Sales con Adri?

—Creo que sí, pero podrías chivarme por dónde vais a salir.

Nos reímos de nuevo y le dije en un murmullo que Lea, Natalia y yo habíamos quedado en tomar algo por La Latina, exactamente en Marte.

—De todos modos, estoy segura de que Adri lo sabe. Probablemente Lea se lo haya dejado caer.

—Hacen buena pareja —comentó pensativo.

—Sí, tienes razón.

Me miró a los ojos y me sonrió.

—Como tú y yo.

—¿Tú crees?

Me besó despacio y saboreé sus labios. Dios, me gustaba tanto besarlo como comer chocolate, y eso ya era decir mucho.

Salimos de la habitación cinco minutos antes de las doce y mientras Thiago dejaba la llave aproveché para responder algunos mensajes. Pero no contesté a Marco. No sabía bien qué decirle porque una cosa era tontear con él mientras estaba sola y otra hacerlo ahora que mi situación había cambiado. Sabía que Marco era así y que quizá me había enviado el mensaje porque de repente se había acordado de mí, pero eso no quitaba que yo pudiera coquetear con cualquiera.

¿Y D.G.A.? ¿No era un tonteo descarado y constante? Buf. Debería acabar aquello también. Si empezaba con Thiago algo serio, debía ser consecuente con mis actos, lo supiera mi chico o no. Porque podía seguir charlando con mi amigo Apolo sin que Thiago se enterara, pero no me parecía ni leal ni lógico. O estamos o no estamos.

¿Qué podía decirle a Apolo? He conocido a alguien... He empezado a salir con alguien... Joder, no me molaba un pelo, pero debía ser honesta conmigo y con él. D.G.A. me gustaba, sí, y me encantaba charlar con él, pero lo que sentía por Thiago era mucho más fuerte, era alguien real y no tenía la menor duda. Con Apolo... ni siquiera sabía si realmente era joven o si era un chico. Vale, sí, estaba segura de que era un tío, pero... yo quería estar con Thiago, y punto. Y las dos cosas no eran compatibles.

—Si un día te echo un cubo de agua encima no te asustes. —Thiago aparcó en una de las esquinas de mi calle y siguió hablando—. Es por el humo que sale de tu cabeza.

—Es que de vez en cuando pienso —le dije con retintín.

—Yo prefiero no pensar y dejarme llevar por mis instintos —gruñó bromeando mientras mordisqueaba mi labio inferior.

—Un poco troglodita sí eres —le dije riendo y buscando su boca.

—Es culpa tuya, sacas el animal que hay en mí...

—Excusas, excusas...

Nos besamos durante unos minutos con pocas ganas de separarnos, pero debíamos ir a comer y además él tenía que prepararse para jugar al pádel aquella tarde.

—Hasta luego, novata.

—Suerte, pijo —le dije cerrando la puerta.

Sentí su mirada en mi espalda y anduve contoneando las caderas exageradamente. Me reí sola y me volví para mirarlo. Sus ojos verdes cargados de deseo me traspasaron y me mordí el labio al tiempo que le guiñaba un ojo. Thiago negó con la cabeza y me sonrió. Estuve a punto de volver al coche, pero me obligué a seguir caminando porque de lo contrario aquella despedida podía alargarse varias horas más.

«Esta noche ya lo verás», me dije a mí misma pensando que estaba muy, muy colada por él.

Entré en el dúplex y no había nadie, tan solo una nota de mi madre en la nevera: «No duermo en casa».

«Muy bien, mamá, todo eso que me ahorro.»

Miré en la nevera y vi que mi progenitora había hecho la compra, pero que no había dejado nada preparado. No pasaba nada, yo me apañaba muy bien sola, así que decidí cocinar un arroz frito con verduras. Era una receta fácil que me había enseñado Natalia y a la que recurría a menudo.

¿Cómo estaría Natalia con su padre? Desde el jueves no había charlado con ella de ese tema. El día de la cabalgata había hablado casi exclusivamente de Ignacio. Era como si obviando el tema de su padre lograra pensar que todo aquello no había ocurrido, pero lo que yo temía era que se repitiera. En fin, tampoco quería parecer una pesada, pero una llamadita...

—¿Natalia?

—Hola, guapísima.

—¿Qué tal todo?

—Pues currando a tope toda la semana, pero con el incentivo del guaperas pululando por allí se soporta mucho mejor.

Nos reímos las dos.

—¿La cita genial, verdad?

Nos había dicho por WhatsApp que la salida del domingo con Ignacio había ido a las mil maravillas.

—¡Sí! Esta noche os cuento, ¿nos vemos, no? ¿O me llamas por algo?

—No, digo sí. Que sí, que nos vemos, y que te llamaba porque estaba haciendo arroz frito y me he acordado de ti.

Natalia rio de nuevo y yo sonreí pensando que si estaba así de feliz debía de ser porque las cosas en su casa iban bien.

—Las verduras blanditas, ya sabes, y las gambas también.

—Todo controlado, jefa.

—Pues te dejo que estoy ayudando a mi madre a cerrar.

—¿Tu madre bien? —pregunté aprovechando la coyuntura.

Tardó un par de segundos de más en responder, pero lo hizo con la misma alegría que antes.

—Sí, sí, todo bien. Un beso, petarda.

—Un beso. Hasta luego.

Colgué pensando que no lo tenía claro. No sabía por qué, pero mi intuición me decía que Natalia no era del todo sincera. ¿Sería capaz de escondernos que su padre maltrataba a su madre? ¿Y si era algo más habitual de lo que pensábamos? Joder, esperaba que no porque era un tema que me ponía los pelos de punta.

49

En cuanto terminé de comer y de recoger la cocina, me tumbé en aquel sofá que apenas usaba y decidí escribir a Marco.

Hola, Marco. Debes de estar la mar de mono. Ya te queda menos, ánimo.

Sí, sí, fría como el hielo, pero no sabía qué carajos poner.

Sosa.

Su respuesta fue inmediata y me reí mucho al leerla.

Bastante.

Debe ser culpa de la lluvia esta. Te llamo.

Y ahí lo tenía: llamada entrante de Marco.

—¿Ahí también llueve? —preguntó nada más descolgar.

Seguí riendo porque era un payaso de mucho cuidado.

—No te rías, muñeca.

—No me llames así, joder —le dije intentando ponerme seria.

—Ay, Alexia... No digas esas palabras, que mi estado de ánimo está muy sensible.

—Sí, claro. Seguro que estás a pan y agua...

No lo pensé demasiado, me salió sin más, y Marco se trochó de risa.

—¿Quieres saber algo, Alexia?

—Nada, guaperas...

Mierda, me costaba cortarme con él. Estaba acostumbrada a relacionarme de ese modo con Marco.

—No, no, si quieres te explico qué he hecho esta noche —soltó con picardía.

—No hace falta —le dije esperando que no siguiera por ahí.

—Pues nada más levantarme he pensado en ti, ya lo has visto.

—Qué honor —le dije riendo y quitándole hierro al asunto.

—Estás muy sosa, Alexia. Creo que voy a adelantar mi viaje para salir una noche de estas contigo y espabilarte un poco...

—Eh... Esto, Marco, estoy...

—Joder, ya se me han adelantado. Como si lo viera —lo dijo con tanta naturalidad que me sorprendió.

Era todo un juego, vale.

—Pues sí, aquí el que no corre vuela.

—Pues nada, me conformaré con perseguirte por los pasillos de la oficina y con mirarte pegado al cristal.

Me reí al imaginarlo y Marco se unió a mis risas.

—Solo te digo una cosa: si ese tipo no te hace reír, mándalo a tomar por culo y llámame.

«Joder, qué tío...»

—Lo tendré en cuenta.

—Ay, Alexia, no sé qué tienes que nos vuelves locos. A todos.

Su tono serio me dejó parada. Pero ¿no estábamos bromeando?

—Será que soy muy sosa.

—Cuando quieres, pero aun así yo te iba a...

—Vale, vale —le dije cortándole antes de que se viniera arriba.

Marco rio de nuevo y sonreí al ver que cambiaba de tema.

—Por cierto, ¿cómo va por la oficina?

Le expliqué lo que habíamos hecho últimamente y me felicitó. Como jefe era bueno, aunque aparentemente no daba el perfil. Marco era un tipo diferente y quizá por eso me caía tan bien. Era un hombre hecho a sí mismo que daba preferencia al trabajo y que después se dejaba querer, si se daba el caso. Sabía que se había liado con un par de chicas de la oficina y, aunque había sido cosa de una sola noche, aquellas chicas lo habían puesto por las nubes. Por lo visto, estaba bien provisto y sabía usar su armamento. A ver, que no me interesaba, pero era un dato que las féminas de la oficina siempre comentaban.

—Mira, mira, carga hacia la izquierda —me dijo Lidia un día que estábamos tomando un café en la sala.

—Joder, ¿puedes dejar de decirme eso?

—Si es que se le nota... Madre de Dios, si se le nota.

—Te va a pillar —le dije pasando de mirar.

—¿Y qué? Que se joda. Ellos siempre andan mirándonos, que si los pechos, que si el culo...

—Pero esto no es lo mismo.

—Pues que no marque tanto paquete...

—¿... esta semana?

Joder, Marco me había preguntado algo y había desconectado por completo pensando en las medidas de su minga.

—¿Qué has dicho? Perdona...

—Siempre en las nubes, mi chica...

«¿Mi chica?»

—Te he pedido si podías mandarme los últimos documentos que has hecho esta semana.

—Sí, sí, claro. Te los envío el lunes mismo.

—Dime que estabas soñando conmigo.

—¿Qué? —pregunté asustada—. No, no...

—Ya, ya...

Siempre me daba la impresión de que Marco iba muy por delante de mí. La edad debía tener la culpa de eso, porque era ocho años mayor que yo. Eso o que yo era más ingenua de lo que creía.

Después de aquella divertida charla, me eché una buena siesta. Tenía sueño y tocaba salir con las chicas, así que no quería estar bostezando cada dos por tres. Lea podía pasarse toda la noche dándome por saco si me veía soñolienta.

Habíamos quedado directamente para salir porque Natalia iba corta de pasta tras las fiestas. Cada una cenaba en su casa y a las once nos veríamos frente al portal de Lea.

Me tomé un sándwich vegetal tras una buena ducha y mientras masticaba pensando en mis cosas recordé la cartita de marras. Joder, ¿cómo no lo había pensado antes? Miré el reloj, ya no me daba tiempo. O buscaba la carta o me maquillaba y estaba clara cuál era la prioridad.

Me maquillé pensando que cuando regresara buscaría el sobre aquel, tenía tiempo hasta el día siguiente. Mi madre no dormía en casa.

Al salir del dúplex recibí una notificación de mi amigo de Instagram.

¿Cómo está mi pequeña?

Saliendo de casa, noche de chicas.

Me sentía como si le traicionara. Yo misma me sentía tensa al escribirle y estaba segura de que Apolo también.

¿Todo bien?

Ahí estaba la confirmación, si es que me costaba fingir.

Sí, claro. ¿Y tú?

Cobarde.

Joder, necesitaba mi tiempo, ¿vale? No era tan fácil decirle a alguien con quien tonteabas desde hacía meses que había aparecido una persona en tu vida que te importaba demasiado, tanto como para dejar de coquetear con Apolo.

Acabo de cenar y creo que me voy a quedar leyendo.

¿Qué lees?

Lo pregunté porque vi que su respuesta era más bien seca.

Una novela negra buenísima. ¿Por dónde sales? Quizá me escapo y te invito a un baile.

Sonreí con cierto pesar.

Por La Latina, ¿te apuntas?

Iba a ser complicado dejar de jugar con él.

No te digo que no. El del clavel rojo seré yo, jajaja.

Jajaja, de acuerdo. En Marte nos vemos.

Hostia..., hostia puta. Se me había ido la boca, bueno, más bien el dedo.

Contigo a Marte o al fin del mundo, pequeña...

Madre mía... Alexia, a veces parece que tienes la cabeza solo para llevar esa mata de pelo, ¡joder!

—Tía, normalmente estás en las nubes, pero creo que ahora mismo estas en Saturno. ¿Qué piensas? —me preguntó Lea con interés.

—Eh, nada —mentí porque no quería hablarles de mi cagada con D.G.A.

Lo último que necesitaba era que mis dos amigas estuvieran pendientes de todo bicho viviente que nos rondara.

Eran las doce de la noche, Marte estaba bastante lleno y yo estaba en la luna, era cierto. No me quitaba de la cabeza que quizá mi amigo Apolo anduviera por ahí.

—Está enamorada, déjala —comentó Natalia mirándome con una gran sonrisa.

—Mira quién habla —repliqué bromeando.

—Y mira qué jamelgos a mi izquierda —canturreó Lea señalando con la cabeza.

Nos volvimos las tres, cómo no, y cruzamos nuestras miradas con tres chicos de nuestra edad, altos y sonrientes. Uno en particular me sonreía a mí y mi corazón dio un vuelco. ¿Sería él? Joder, qué nochecita me esperaba.

—Dios los cría y ellos se juntan —dijo Natalia riendo.

—Qué especímenes, chatas —añadió Lea—. Suerte tienen de que no esté soltera.

Los chicos estaban de buen ver y no tardaron nada en tener a un par de chicas alrededor de ellos.

—Se te han adelantado, petarda —le dije observando cómo aquellas dos chicas tomaban el mando de la situación.

—Porque he querido, guapa —dijo ella con retintín.

Observé de nuevo a aquel tipo y vi que me estaba mirando. Ay, ay, que era él... Alto, guapete, moreno, buen cuerpo y... ¿llevaba botas? No, en ese momento no, pero los tejanos sí estaban rotos.

«Alexia, como muchos otros, por Dios.»

Vale, se lo iba a preguntar. Iba a dar el paso, pero me detuve al ver cómo una chica menuda se le acercaba y él la cogía por la cintura. Se besaron y él volvió a mirarme. Joder, joder. ¿Qué coño le pasaba a ese tío? Era Apolo, salía con una tipa y sabía quién era yo. ¿Y por qué iba a saberlo? Qué tontería... Dejé de hacerle caso para dedicar toda mi atención a mis amigas, pero mi móvil vibró y de nuevo me exalté al ver que era D.G.A. ¿Lo leía? Mejor lo ignoraba...

Hola, preciosa. ¿Estás por aquí?

Oh, mierda, mierda. ¿Por qué no me hacía nunca caso a mí misma?

Por aquí, por allí, por el más allá...

Joder, parecía tonta, ¿no?

Jajaja, vale, lo pillo. Estás acojonada.

Puto Apolo.

No estoy preparada.

Creí que al decirme lo de Marte... sí lo estabas.

Ha sido un lapsus.

Joder, ahora me mandaría a la mierda, estaba segura. Y lo entendía porque yo quizá también lo hubiera hecho.

Está bien, buscaré a la chica más guapa de Marte y te vendré a saludar. Pásatelo bien, pequeña.

Solté un suspiro. No se había enfadado e incluso bromeaba, buena señal. No quería acabar mal con él o, mejor dicho, no quería acabar...

Lea y Natalia estaban bailando y me uní a ellas. Ya estaba bien de tener la cabeza en todos los lados menos en mis amigas. Así que me dejé llevar por el ritmo de la música y disfruté un buen rato con ellas saltando, rozándonos y riendo por cualquier tontería hasta que la voz del *disc jockey* nos sorprendió a todos.

—Buenas noches, genteee... Ya sé que no suelo interrumpir mi buenísima música, pero me han pedido una canción. Y como me lo han pedido con mucha educación, acompañada de un billete de cien euros, no he podido decir que no.

Nos reímos todos ante su broma porque supusimos que no sería cierto.

—Ahí va Eminem...

Joder, lo supe, lo supe en el mismo momento en el que el *disc jockey* dijo el nombre de mi rapero favorito...

—«Love You More» para la Protectora...

Algunas personas silbaron y la música empezó a sonar con la voz de Eminem arrasando en el local: a la gente le gustaba y se movía al ritmo con gracia.

Lea y Natalia me estaban mirando con la boca abierta porque evidentemente ellas sabían que ese era mi apodo. Con un gesto les dije que no tenía ni idea y observé como una espía a la gente que me rodeaba. Nada, simplemente aquel chico con novia que me miraba de vez en cuando.

—Está aquí —confirmó Lea señalando con su dedo hacia el suelo.

—Creo que sí —contesté alucinada—. Se me ha escapado que estaríamos por aquí...

—¿Hablas de Apolo? —preguntó Natalia, tan sorprendida como yo.

Afirmé con energía con la cabeza. Esa canción dedicada confirmaba mis sospechas: D.G.A. estaba en Marte, cerca, muy cerca.

—Hola, novata...

Di un saltito al oír la voz de Thiago tan próxima a mi cuello.

—¿Eminem? He llegado en el momento ideal para verte bailar con sensualidad —añadió cogiendo mi cintura.

Cerré los ojos, me apoyé en su pecho y me dejé llevar por el ritmo.

50

El *disc jockey* cambió el ritmo totalmente y sonó «No me compares» de Alejandro Sanz y su voz rota envolvió totalmente el pub porque incluso la iluminación bajó de intensidad. Sonreí al pensar que Thiago no podía haber llegado en mejor momento, en sus brazos no debía preocuparme de nada.

«*Yo no me parezco a él... ni a él ni a nadie...*»

Rodeé su cuello con mis manos y él me miró sonriendo. Thiago era incomparable, lo tenía claro. No había conocido a nadie como él. En esos momentos D.G.A. dejó de existir y eso significaba que yo solo tenía ojos para Thiago.

Después de aquella canción nos acercamos a la barra donde estaban Adri, Lea y Natalia. No era cuestión de dejar sola a Natalia, así que nos reunimos con ellos. Pedimos nuestra segunda copa y charlamos animadamente un rato antes de bailar de nuevo.

Aquel chico guapete con novia seguía mirándome y me tenía realmente mosqueada. Tanto que en cuanto vi que se iba al baño lo seguí con la excusa de que tenía la vejiga llena.

Los baños estaban al fondo y a la izquierda, cómo no, pero había un espacio común que dividía el baño de chicas y el de chicos. Un espacio con un enorme espejo donde siempre había gente. En cuanto entré allí, a pocos pasos de él, el tipo me cogió de la mano y me asustó.

—¿Qué haces? —le inquirí.

—Me estás siguiendo —respondió con voz grave.

Me fijé en que tenía unos ojos negros muy bonitos y que su nariz era algo grande, pero no desentonaba en su rostro cuadrado.

—¿Quién eres? —le pregunté sin cortarme un pelo.

—¿Quién voy a ser? —preguntó con cierta ironía.

Necesité solo dos segundos para montar mi película: ¿quién iba a ser? Pues Apolo.

—Tienes novia —le dije en un tono acusador.

Ya ves tú, yo estaba con Thiago, pero en ese momento solo pensé que quería aclarar aquello con Apolo.

—¿Novia? Qué va, es un rollete.

Ya. D.G.A. siempre había vacilado de ser un ligón, tampoco debía extrañarme tanto.

—¿Y lo tuyo? —me preguntó entornando los ojos.

Claro..., lo mío...

—Pues lo mío es lo que has visto.

—Solo he visto que bailabas con él y poco más. El tipo es tan alto que no me dejaba verte. Pero ahora no está...

Dio un paso hacia mí y me quedé petrificada. Sentir a Apolo tan cerca me dejó bloqueada.

—¿Cómo... cómo te llamas?

—Alejandro, para servirte. ¿Y tú?

Apolo, Alejandro... Tenía su lógica.

—Alexia.

—Vaya, somos la doble A. Qué casualidad.

Uy, uy, que cara a cara Apolo-Alejandro perdía bastante...

—Pues sí, mi nombre significa «la protectora».

Me miró frunciendo el ceño.

—¿No ha dicho algo de eso el *disc jockey*?

Lo miré abriendo los ojos. ¿Es que me tomaba el pelo?

—Sé que has sido tú, Apolo.

—Alejandro, guapa.

—Sí, sí, Alejandro.

—¿Tienes dislexia?

—¿Cómo? —pregunté creyendo que no lo había entendido bien.

—Sí, mujer, eso que confundes palabras y nombres y no sé qué más cosas.

Joder... o D.G.A. usaba un filtro mental en Instagram o de noche perdía mucho. Quizá había bebido..., pero no lo parecía, la verdad.

—¿Has bebido?

—No bebo, solo bebo Cola-Locas.

¿Cola-Locas? Madre mía... Ese no podía ser Apolo.

—Esto...

Debía preguntarle algo que me confirmara que no lo era. Rápido.

—¿Te acuerdas de mis tres secretos?

—¿Tú te drogas?

Vale, no lo era. Joderrr...

—No, no. Creí que eras alguien...

—Y soy alguien.

—Alguien conocido.

—Ahora ya nos conocemos. ¿Vamos fuera?

—No alucines —le dije saliendo de allí, pero el falso Apolo me siguió.

—Oye, oye. —Me cogió del brazo y me habló al oído—. No puedes ir calentando al personal y después desaparecer.

—¿Perdona? Poder puedo y tú no eres nadie, por mucha fuerza física que tengas, para tocarme un pelo sin mi permiso. ¿Lo sabes, imbécil?

El tipo dio un paso atrás, muy sorprendido por mis palabras y por la rabia que había en ellas. ¿Quién se había creído que era? Como si iba desnuda por la vida, no te jode. No tenía ningún derecho a ponerme una mano encima. Si se le calentaba la polla era su problema, no el mío.

Me fui de allí flipando conmigo misma. ¿Cómo había podido pensar que aquel estúpido era Apolo? No le llegaba ni a la suela de los zapatos. Ya me valía...

Cuando regresé, Lea y Natalia estaban bailando y Thiago y Adri estaban charlando apoyados en la barra. Thiago me miró y me sonrió. Le guiñé un ojo indicándole que todo estaba bien y me reuní con las chicas.

—Creí que te habías ido por la taza del váter —me dijo Lea riendo.

—Si te lo cuento, no me crees, joder...

—¿Qué?

—Ya hablaremos —le comenté por lo bajini.

—¿Qué coño hacen esas tres aquí? —preguntó de repente Lea mosqueada.

Me volví para ver a quién se refería.

Débora, Gala y Felisa.

—Joder, ni con lejía nos las quitamos de encima —dije asqueada.

Saludaron a Adri y Thiago. Débora iba a por todas, era algo evidente. Lo arrinconó a la que pudo y habló con él. Thiago, cruzado de brazos, la escuchaba e iba diciendo algo de vez en cuando. No quería parecer que estaba superpendiente de ellos dos, pero no podía evitarlo.

—Acabarás perdiéndolo. —La voz de Gala me taladró la oreja.

Me volví despacio mirándola con mucho desprecio.

—¿Como tú a Nacho? —le pregunté acercándome a ella para que me oyera bien.

—No, como tú a Nacho, recuérdalo. —Su tono de repipi, sumado a que no me dejaba ver qué ocurría entre Débora y Thiago, me puso muy nerviosa.

—Si quisiera, estaría con Nacho, tonta del culo.

—Qué fina eres. ¿Sabe Thiago que eres tan palurda?

—¿Y tu madre sabe que su hija es una zorra?

Gala endureció su gesto y yo di un paso hacia ella. ¿Cómo se atrevía a tocarme los cojones de esa manera después de todo lo que había provocado? No tenía vergüenza, joder.

—Eres una...

—¿Una qué? —la corté con rapidez acercando mi rostro al suyo.

En ese momento alguien me cogió de la cintura y me separó de ella.

—Pequeña, no vale la pena.

Me quedé sin aire al pensar durante unos segundos que era Apolo..., pero no, era Thiago, joder. ¿En qué momento se me ocurrió decirle a mi amigo virtual que iba a estar en Marte?

—Es una gilipollas —gruñí todavía mosqueada con Gala, que me miraba con aire triunfal.

Un día le iba a quitar esa sonrisa estúpida de la cara...

—No le des el gustazo, es lo que quiere. Créeme, las conozco bien.

Nos miramos a los ojos y no hizo falta preguntarle por Débora. Él mismo me lo explicó. Su amiga quería volver a ser eso mismo: su amiga. Thiago le había dicho claramente que estaba conmigo y que no quería ni líos ni rollos. Ella le había prometido que solo quería su amistad.

Sí, claro, y yo era Jennifer López y tenía el culo asegurado. Bueno, lo del culo asegurado era un rumor desmentido, pero bien podía ser.

La cuestión era que yo no la creía y él sí. ¿Qué podía decirle?

—Por cierto, ¿y están aquí las tres Marías porque...?

Tanta casualidad no podía ser, eso sí que no se lo tragaba ni el más inocente de los mortales.

—A Adri se le ha escapado en el gimnasio y estaba Felisa por allí. Ella misma nos lo ha dicho.

—Están en todo —comenté con ironía observándolas.

—Como si no estuvieran —me dijo acercándome a él.

—Gala me pone de muy mala leche.

—No tardarán en irse, ya verás. A ellas les gustan los tíos más pijos.

Puse los ojos en blanco y Thiago rio. Si es que eran idiotas al cien por cien. Pero mi chico acertó de lleno porque a la media hora se fueron de allí con sus aires de divas y yo me quedé más tranquila. No me gustaban nada las miradas que me echaba Débora. No me intimidaba, pero no me apetecía discutir más con ninguna de ellas.

La tercera y última copa decidimos tomarla en otro pub que estaba al final de esa misma calle, en La Casa, un local de dos pisos donde aquella noche celebraban una fiesta los de la Complutense con la intención de recaudar dinero para el viaje de fin de curso.

Nos fuimos los cinco hacia allí. Lea charlando con Thiago y Adri, y yo del brazo de Natalia conversando de nuestras cosas. Ellos iban delante y yo observaba de vez en cuando la espalda de Thiago: podías perderte en ella y mis pensamientos eran más bien calenturientos, pero procuraba prestar atención a lo que me iba diciendo Natalia porque no quería parecer una cachonda mental. Pero, joder, qué espalda...

Cuando entramos en La Casa, un golpe de calor nos sacudió. Estaba hasta los topes, pero a esas horas era lo normal y estábamos acostumbradas a hacernos un hueco en cualquier pub. Lea iba al frente y yo cerraba la comitiva.

—¡Alexia! —Alguien me agarró el brazo y me volví hacia mi derecha.

¿Quién era?

—¿Cómo estás?

Joder, era Gorka...

—¡Eh! ¿Qué tal? Cuánto tiempo... —comenté sorprendida.

Nos dimos dos besos y nos sonreímos con simpatía. La última vez que nos habíamos visto en la discoteca no habíamos terminado demasiado bien, pero el tiempo lo ponía todo en su sitio. Nos habíamos enviado un par de mensajes pidiéndonos disculpas mutuamente. Él por comportarse como un novio celoso y yo por no ser más clara con él. En fin, que no íbamos a ser los mejores amigos, pero el mal rollito entre nosotros se había esfumado.

—Estás guapísima, ¿no? —me preguntó con un brillo en los ojos.

—Gracias, tú también estás cañón —le dije bromeando.

Seguía igual de guapo, saltaba a la vista. Por algo era modelo.

Miré hacia la izquierda y me di cuenta de que había perdido a Thiago y a los demás.

—¿Qué tal estás? —preguntó más serio.

—Bien, muy bien. ¿Y tú?

—Pues como siempre, haciendo malabarismos entre la uni y el curro, pero no me quejo porque este verano me voy un mes entero a Nueva York para grabar un anuncio de una conocida firma de ropa. No puedo decir nada, pero ya me verás.

—¡Vaya! ¡Te vas a hacer famoso!

—No exageres —dijo riendo.

Se le veía feliz y me alegraba por él. Aunque en algunos momentos se hubiera comportado como un capullo, Gorka siempre me había parecido un chico encantador.

Miré de nuevo hacia mi izquierda para ver si veía a mis amigos. Estaban los cuatro en la barra y Thiago nos miraba a nosotros fijamente.

—Tengo que irme —le dije a Gorka para despedirme—. Me alegro de que te vaya todo bien.

—A veces pienso en ti —soltó de repente.

Nos miramos a los ojos y pude vislumbrar en los suyos que yo todavía le gustaba.

—No hace falta que digas nada, entiendo que estás con él. Desde el primer día vi que te comía con los ojos.

—Uno no elige —le dije dándole a entender que no era culpa de nadie.

Los sentimientos eran los que eran.

—Lo sé, cuídate, Alexia.

—Y tú, cuídate mucho.

Me fui de allí sintiendo el peso de su mirada, pero busqué la de Thiago. El brillo de sus ojos podía animar a cualquiera.

—Pensábamos que te habías perdido —me dijo Natalia al verme.

—No, no, es que me he encontrado a Gorka.

Ellas dos me miraron y no preguntaron nada más. Thiago me cogió de la cintura y me dio un beso suave en el cuello.

—¿Más competencia? —preguntó en tono bromista.

—¿Quién puede hacerte a ti algo de competencia, pijo? —le repliqué divertida.

Me gustaba que fuera directo, que no se anduviera con rodeos y que no fuera melodramático. Las cosas claras y el chocolate para comérselo, o eso era lo que decía siempre Lea.

La noche transcurrió sin ninguna sorpresa más y no aparecieron otros ex por allí. Yo estaba más relajada en aquel pub al saber que Apolo no andaba por allí y los cinco disfrutamos bailando y conversando, pero sobre todo bailando.

Natalia era como yo, no necesitaba a nadie para pasárselo bien e iba bastante a su bola. De todos modos, ni Lea ni yo dejábamos de estar pendientes de nuestra amiga, aunque estuvieran Adri y Thiago con nosotras. A las cuatro de la mañana decidimos retirarnos. Todos habíamos ido en metro, así que en el último tramo Adri se marchó con Lea, y Thiago y yo decidimos acompañar a Natalia hasta su portal. Nada más girar la esquina vi a un hombre sentado en el escalón de su puerta y fruncí el ceño pensando que habíamos hecho bien en insistir en acompañarla hasta su casa. A saber quién era aquel tipo que llevaba una botella en la mano. Fijo que algún puto borracho...

«Hostia... hostia...»

Era su padre. En cuanto levantó la vista hacia nosotros tres vi que era él y pude ver el pánico en el rostro de Natalia. Mierda, ¿qué pasaba?

—Es tu padre —le susurré con rapidez.

—Ya —comentó ella con voz trémula.

—¿Te está esperando?

Pregunta estúpida, lo sabía, pero me negaba a pensar que su padre estaba bebiendo como un jodido borracho en el portal de su casa. Daba pena, la verdad.

—Mírala..., mírala... —dijo en un tono de voz demasiado alto cuando se dio cuenta de que era Natalia.

Mi amiga no dijo nada y yo me tuve que morder la lengua. Si hubiera sido yo...

Natalia pasó por su lado ignorándolo y se volvió un segundo para decirnos adiós con un movimiento de cabeza. Su padre la cogió del tobillo y ella soltó un quejido.

—Siéntate un poquito, cariño —le dijo con esa voz pastosa.

Iba muy bebido.

—Estoy cansada —comentó ella en un tono duro.

—Vaya, siempre estás cansada. Naciste cansada. Tú y tu madre, siempre cans...

—¡Papá, basta! —exclamó Natalia furiosa.

Me miró a los ojos y supe que estaba tratando de saber qué intuía yo de esa situación, pero la verdad era que en ese momento estaba bastante colapsada. Natalia se soltó de esa mano y desapareció tras la puerta. Su padre me miró unos segundos y se puso a reír.

Menudo gilipollas.

Me agaché un poco para hablarle al oído, fue un impulso de los míos, pero no lo pude evitar.

—Si le hace daño a Natalia, se arrepentirá.

Mi voz áspera lo sorprendió y Thiago me cogió del brazo para separarme de él.

—Es mi hija —balbuceó con un aliento apestoso.

—Yo le he avisado —le dije señalándolo con la mano que tenía libre.

—Alexia —me advirtió Thiago antes de que dijera algún disparate.

Ganas no me faltaban. Me caía mal por lo que le había hecho a su madre, pero había algo más..., mi intuición me decía que ese tipo era un mal bicho y que de un modo u otro andaba jodiendo a mi amiga.

Grandísimo hijo de su madre... La intuición no suele fallar, ¿verdad?

51

NATALIA

Cuando Alexia despotricaba de su madre, la entendía perfectamente, porque ese odio lo sentía yo por mi padre.

Todo empezó años atrás. La crisis provocó que la tienda de mis padres no diera tantos beneficios como antes y la situación en casa empeoró notablemente. Mi madre no tiró nunca la toalla y fue ingeniándoselas para sacar la tienda adelante, pero mi padre siempre fue un inseguro y un perdedor. Era de aquellos hombres que sin una mujer a su lado no sabía hacer absolutamente nada.

Era machista de nacimiento porque mi abuela era una machista convencida: las mujeres sirven para lo que sirven. Eso a mi padre ya le estaba bien. En la tienda trabajaban los dos, pero en casa solo lo hacía mi madre mientras él se relajaba con una cerveza en la mano delante del televisor. Oí alguna vez a mi madre quejarse, pero con el tiempo optó por el silencio. Ese silencio angustioso que envolvía el piso cuando mi padre empezó a beber, a llegar tarde y a decir barbaridades a las tantas de la noche.

Cuando era pequeña, me escondía bajo las sábanas, pero no era sorda. Hasta ese momento nunca pegó a mi madre; no, no era violencia física, pero sí psicológica, que es igual de jodida que la otra: no sirves para nada, eres una mala madre, eres una inútil, no te quiero porque es imposible querer a alguien como tú, eres una ignorante, me das asco..., y un millón de comentarios parecidos a estos. Crecí en ese ambiente, intentando ignorar que las noches en mi casa no eran como las de mis compañeras. Y lo sabía porque cuando había dormido en casa de alguna de mis amigas las noches eran apacibles, sus padres se hablaban en susurros cariñosos y se dormía increíblemente bien.

Lea y Alexia no sabían nada. Ni ellas ni nadie. Había crecido con esto y no necesitaba que me mirasen con lástima ni que me juzgasen. Mi familia era así y no había más. Y mi madre siempre me había enseñado a callar.

—Calla, Natalia. Calla.

—Pero, mami, no me gusta que chille de ese modo.

Tenía nueve años y hasta ese momento estaba segura de que mi madre era mi tabla de salvación y yo la suya. Mi padre siempre le decía que si no fuera por los niños le hubiera dado una buena paliza.

—Lo sé, pero es mejor callar.

Pero a veces callar no es la solución y llegó el día en que le puso una mano encima. Lo vi todo escondida tras el marco de la puerta. Mis hermanos tenían veinte años y yo diez. Llegó muy bebido y la buscó a gritos por toda la casa. Mi madre salió de su habitación diciéndole que me iba a despertar y él, en un arrebato, le dio una bofetada que la hizo caer al suelo. Me tapé la boca con las manos, muy asustada. Lo siguiente que vi fue que mi padre la cogió del cabello y que ella intentó no gritar. Por mí. Lo sabía y cerré los ojos con fuerza esperando que aquello solo fuera una pesadilla más. Pero no, fue real.

Al día siguiente mi madre iba muy maquillada. Y ella no se maquillaba para ir a trabajar.

Aquello se repitió otras veces; no era algo diario, pero sí demasiado continuo. Cuando cumplí los dieciséis años, me metí en medio de una de aquellas disputas y mi padre me dio una sonora bofetada. Me dio igual, seguí metiéndome en medio porque no podía permitir que mi madre sufriera de aquel modo. A veces resultaba, otras no.

Mis hermanos estudiaban fuera y mi madre me prohibió rotundamente comentarles nada de todo aquello. Me decía que si ellos se enteraban podían hacerle algo a mi padre y quizá acabarían encerrados o a saber cómo...

A los dieciocho años pensé en irme de esa maldita casa, pero ¿cómo iba a dejar sola a mi madre con ese monstruo? Ella no quería ni hablar de separarse de su marido, cosa que no entendía. No me atreví nunca a decirle nada.

De momento sobrevivía, pero ¿hasta cuándo? Me daba la impresión de que Lea y Alexia sospechaban algo, sobre todo Alexia, cuyos ojos me traspasaban el alma. ¿Podía ella estar enterada de lo que se cocía en mi casa? Sabía que Alexia no soportaba esas actitudes machistas y que de saberlo hubiera insistido en que hiciera algo, pero es que no podía. Mi madre no iba a dejar a mi padre y no serviría de nada que yo lo denunciara. Mi madre acabaría pagando por mi rebeldía.

Qué sencillo era pensar que una podía escapar de esa situación.

52

—Alexia, ¿a qué ha venido eso? —me preguntó Thiago al irnos.

—No he podido aguantarme las ganas —le dije mosqueada.

¿Iba a meterme la bronca por eso? Que yo supiera no era mi padre. Eso para empezar. Y lo segundo era que él no tenía ni idea de lo que había ocurrido con el padre de Natalia y su madre.

—Nena, no te enfades. Solo pregunto —dijo en un tono más suave.

Thiago empezaba a conocer mi genio y sabía que si suavizaba el tono yo me relajaba y era capaz de abrirme a él.

—El padre de Natalia es un cabrón de mucho cuidado.

—¿Y eso? —Me miró a los ojos intentando descifrar el significado real de mis palabras.

—Ya lo has visto, bebe y se le va la pinza.

—¿Le pega a Natalia? —preguntó un poco más alterado.

Lo miré arrugando la frente. ¿Era eso lo que ocurría realmente? Porque según Natalia aquello con su madre había sido algo excepcional.

—¿Por qué lo dices? —le pregunté; me interesaba mucho la opinión de Thiago.

—Por lo de la bebida y por la cara que ha puesto ella al verle. No hace falta ser muy listo para ver que no traga a su padre.

Joder, al final íbamos a poder hacer un club. El puto club de los hijos con padres odiosos.

—Pues no sé qué responderte. Un día destrozó el salón y pegó a su madre, pero Natalia nos dijo que era la primera y última vez...

—Y tú no te lo crees.

Nos miramos a los ojos fijamente al detenernos en el portal del dúplex.

—Si me conoces un poco, ya sabes que no.

—Pues poco puedes hacer si ellas no toman una decisión en firme.

—Lo sé, pero me cuesta quedarme de brazos cruzados. Y encima ver a ese imbécil ahí, borracho y diciendo tonterías. Me hierve la sangre.

Thiago me abrazó y me calmé en un segundo, como si entre sus brazos no hubiera un mundo exterior. Disfrutar de esa sensación durante unos segundos era realmente gratificante. Pensé en decirle que subiera al piso, ya que mi madre pasaba la noche fuera, pero no quise arriesgarme. ¿Y si ella regresaba pronto por la mañana y veía a Thiago por ahí? No, no, de momento mejor dejarlo así.

Nos besamos sin prisas y nos despedimos durante más de media hora entre bromas y besos robados. Al final se fue y yo subí a casa con una sonrisa de oreja a oreja que borré en cuanto crucé el umbral.

Unos gemidos me recibieron y tuve que taparme la boca con la mano para obligarme a no soltar una jodida exclamación. Pero ¿no había escrito mi madre una nota diciendo que no dormía ahí? ¿Y quién era él? ¿Joaquín? Dios...

Y estaban en el puto salón, ¿de qué iba mi madre? Me quedé inmóvil sin saber qué hacer. Si entraba y subía a mi habitación, ella sabría que los había oído y que sabía lo del padre de Thiago. Bien, vale. ¿No era lo que quería? ¿Decirle que lo dejara?

Subí como un cohete extrasilencioso. Lo último que me faltaba era que oyeran algún ruido y mi madre me reclamara. Estaba clarísimo lo que estaban haciendo en el salón. Joder, ¿en el sofá? Esperaba que no. ¿En la mesa? Dios, qué asco. No iba a tocar nada de allí hasta que no lo limpiasen con salfumán. ¿No podían hacerlo en su puta cama, como todo hijo de vecino?

Antes de entrar en mi habitación, me fijé en que la puerta de la habitación de mi madre estaba abierta. Me quedé en la entrada y vi la ropa de ambos desparramada por allí. Joder, encima en pelotas. Seguro que habían bajado a por algo a la cocina y se habían puesto a tono... Vale, mejor dejar de pensar en eso.

Seguían gimiendo como dos posesos y aproveché el momento para buscar el sobre. Abrí varios cajones sin hacer ruido, pero no encontré nada porque allí había más cajones que ropa y todavía me faltaban por mirar en otros tantos. Tuve que salir porque dejé de oírlos y supuse que quizá la sesión se había terminado. Podían subir en cualquier momento, así que me metí en mi habitación y escuché tras la puerta.

Al minuto los oí subir por las escaleras.

—No seas tan canalla...

Mi madre iba borracha como una cuba.

—Todo esto es culpa tuya, cielo...

Era Joaquín, borracho también, pero era él.

—Yo no fui la que escogió el hotel donde iba a estar tu socio...

Se rieron los dos y me mordí el labio al entender que habían quedado en un hotel, pero que la cita les había salido rana. De ahí que estuvieran en el dúplex. Pero mi madre cada día tenía menos vergüenza, porque sabía que yo podía pillarlos en cualquier momento. ¿Le daba igual que supiera que se follaba al padre de Thiago?

—Da igual, cielo, el vino que tienes aquí es delicioso, cocinas de vicio y tú estás para hacer una maratón de polvos...

Se rieron los dos una vez más mientras entraban en la habitación de mi madre. Cerraron la puerta y dejé de oírlos.

Joder, qué asco.

No era agradable escuchar a tu madre en plena faena, pero encima con el padre de tu chico que estaba felizmente casado con su madre. Había que joderse...

Mientras me quitaba la ropa decidí que debía hablar con Thiago. No podía retrasarlo más porque, tal y como se comportaban, en cualquier momento los pillaría alguien, ese alguien se lo diría a Thiago y entonces él me vendría con el cuento..., ¿y qué cara le pondría yo? Se me daba fatal mentir y más en algo tan importante como eso. Acabaría cabreándose conmigo y con toda la razón del mundo. Yo no quería que sufriera y había querido protegerlo de toda esa mierda, pero acabaría enterándose, cada vez lo veía más claro.

Decidido, hablaría con él pronto, en cuanto encontrara el momento más idóneo.

Aquella noche di muchas vueltas hasta que logré dormir pensando que el padre de Thiago seguía en la cama con mi progenitora. ¿Qué le habría dicho a su mujer? ¿Viaje de negocios? Probablemente, esa era la típica excusa. Esa y la de las reuniones.

Aquel domingo me desperté tarde y, cuando lo hice, en el dúplex no había rastro de ninguno de los dos. Daba la impresión de que lo había soñado porque estaba todo en su sitio, como siempre. Aunque un par de botellas vacías de vino eran la prueba innegable de que habían cenado allí y de que habían cogido una buena peana.

¿Me diría algo mi madre? Podría aprovechar para hablar con ella, pero estaba un poco saturada porque una voz en mi cabeza me decía constantemente que tenía que hablarlo con Thiago. Lo haría, sí, sí... Todo a su tiempo.

Lea me llamó por teléfono y nos liamos a hablar de otro tema. Le expliqué lo que había sucedido al llegar a casa de Natalia, y mi amiga y yo despotricamos un rato largo de su padre. Yo estaba mucho más preocupada que Lea, porque ella creía que la cosa no había ido a más. Yo no lo tenía tan claro, quizá porque era una malpensada o porque ese pálpito dentro de mí no me dejaba verlo igual.

Aquella tarde quedamos en El Rincón con Natalia, pero nuestra amiga no soltó prenda. Su padre estaba bebiendo al fresco... Sí, claro, al fresco de enero, no te jode. En fin, si ella no quería hablar del tema, era harto complicado ayudarla. Todas teníamos nuestros secretos, yo la primera.

—Bueno, bueno, ¿y tú, Alexia? —preguntó Lea con voz cantarina.

—Yo ¿qué?

—Tu madre no estaba, el dúplex vacío y el ojazos contigo. Dos más dos, cuatro, ¿no? —Lea me miraba con ganas de saber más.

—Pues a veces dos más dos suman cero, ya ves tú —respondí sin querer dar más explicaciones.

—Vale, que tienes la tonta.

No, no tenía la regla, pero no podía decirles la verdad, ¿O sí?

Las miré a ambas detenidamente.

—Tía, ¿qué miras así?

—¿Vas a besarnos? —preguntó Lea.

Ellas dos se rieron, pero yo solo sonreí. Estaba planteándome seriamente explicarles todo el tinglado. Eran mis mejores amigas, ¿no?

—Tengo algo gordo —solté casi sin pensar.

—¿Entre las piernas? —preguntó Lea agachándose para mirar en mi entrepierna.

No pude evitar reír; cuando quería, era muy payasa.

—Ahora nos besará y nos follará —añadió Natalia tronchándose de risa.

—Sois un par de lelas —les dije mirándolas con una sonrisa en los ojos.

—Vale, cuenta —me ordenó Lea en un tono más serio.

—Chicas, es que no sé por dónde empezar... —dije titubeando.

—¿Por el principio? —preguntó Natalia con cautela al ver mi cara de agobio.

—Esto que no salga de aquí —les advertí con gravedad.

—Por la virgen de la teta en el hombro que no sale de aquí —soltó Lea con rapidez besando su dedo pulgar.

Natalia pasó los dedos por sus labios como si cerrara una cremallera.

Inspiré con fuerza para empezar mi relato: mi madre con un amante, Gerardo; Gerardo que estaba casado y con hijos; la foto donde salía mi madre con el padre de Thiago; la confirmación de que mi madre estaba liada con Joaquín al verlos juntos y de que Gerardo era simplemente una tapadera para que la madre de Thiago no los descubriera... y anoche. La sesión de sexo que tuve que escuchar la pasada noche.

No entré en detalles, pero me explayé porque necesitaba sacar todo aquello de dentro, necesitaba hablarlo con ellas y necesitaba saber cómo iba a enfocar aquel mismo relato ante Thiago. Porque al irlo verbalizando y ver sus caras de alucinadas solo pensaba que a Thiago le iba a dar un ataque.

La primera en hablar fue Lea. Natalia me miraba incrédula.

—Tía, tu madre cada día se supera más.

—Ya te digo —respondí suspirando.

—Entonces, ¿vas a decírselo a Thiago?

Natalia frunció el ceño y yo asentí con la cabeza.

—No sé cuándo, pero sí. ¿Tú no querrías saberlo?

—Pues no lo sé —respondió Lea muy segura.

—Supongo que tienes que estar en la situación —comentó Natalia.

—Bueno, es que yo pienso que acabará sabiéndolo. Y empiezo a relacionarlo ya con todo. El otro día hablando con Débora me dio la impresión de que también lo sabía.

—¿Débora?

—Sí, me llamó por teléfono para decirme que al padre de Thiago no le hacía gracia que su hijo saliera conmigo. Me preguntó si yo sabía la razón. Me hice la tonta y acabé diciéndole que me dejara en paz.

—Madre mía, qué culebrón —dijo Natalia abriendo mucho los ojos.

—Y creíste que se refería al lío con tu madre —concluyó Lea.

—Estoy casi segura, si no, ¿a qué venía eso? Oye, ¿Adri te ha comentado algo alguna vez sobre los padres de Thiago?

—No, no solemos hablar de eso, la verdad. Lo único que sé es que el padre de Thiago es muy pesado con el tema del pádel. Pero de su vida privada no tengo ni idea.

—Imagino que no sabrá nada —murmuré recostándome en la silla y sintiéndome agobiada, muy agobiada.

—Se va a liar parda —susurró Natalia como si hablara solo para ella.

—Menudo marrón —añadí yo mirándolas a ambas—. ¿Qué me aconsejáis?

Lea alzó ambas cejas y respondió acercándose a mí.

—Debes hablar con él, tienes razón. Si no, puede acabar salpicándote a ti y a vuestra relación.

—Pero... ¿se lo contarás todo tal cual? —preguntó Natalia.

—Pues sí, aunque no sé cómo se lo tomará cuando le diga que hace días que lo descubrí...

—No se lo digas —dijo Lea con decisión.

Las miré inquisitivamente. A veces una media verdad podía fastidiarlo todo.

—No. Le diré la verdad.

—Ahí, con dos ovarios —soltó Natalia animándome.

—Pues también es verdad, tampoco es algo que sepas de meses. Solo han pasado unos días desde que te enteraste.

—Siempre puedes decirle que estabas asimilándolo, algo tan fuerte no se puede soltar así como así. —Natalia me miró fijamente y me dio la impresión de que hablaba de otra cosa, pero bajó la vista hacia su móvil porque en ese momento se encendió la pantalla—. Perdonad, es Ignacio.

Sonrió mientras escribía algo y Lea y yo nos miramos.

—Haces bien, ya verás que sí. Aunque se va a armar la de San Pepín...

—San Quintín, Lea. Y gracias por recordármelo. —Mi tono irónico la hizo reír.

—Si quieres, te digo que Thiago se lo va a tomar muy bien, que su madre también y que no va a pasar nada.

—Joder. ¿Te crees que no lo sé? —le repliqué mosqueada por lo que iba a provocar yo misma—. No quiero joder a Thiago, pero debo decírselo.

—Si eso lo tenemos claro todas, petarda. Pero se va a liar. Eso también.

La miré resoplando. Tenía razón. En parte yo me quería curar en salud y además pensaba que Thiago tenía derecho a saberlo, pero al decírselo estaba segura de que atacaría a su padre y de que su madre se enteraría. Destrozaba una familia, sin más.

«No, perdona, Alexia, es tu madre la que está destrozando esa familia.»

Sí, vale, pero no podía quitarme esa sensación de encima. Iba a ser yo la portadora de esa mala noticia.

—De todos modos, Alexia —continuó Lea—. Gracias por confiar en nosotras, estoy superorgullosa de ti.

Nos miramos con cariño hasta que Natalia intervino.

—Lo siento, chicas. Ignacio quiere que nos veamos mañana.

—¿En serio? —le pregunté contenta por ella.

Era un buen momento para cambiar de tema.

—Sí, después de trabajar.

—Esto parece que va por buen camino, ¿no? —comentó Lea también sonriendo—. ¿Tocará estrenar ese piso de soltero que tiene?

—Bueno, no seré yo quien proponga ir a su piso...

—¿Y por qué no? —le pregunté alzando mis manos—. Las chicas de hoy en día tomamos las riendas de la situación, ¿no?

—Sí, sí —respondió Natalia—. Pero no quiero ser una más.

—¡Ah! Ahí le has dado. Con los tíos buenos debes usar ese tipo de estrategias. —Lea afirmó con la cabeza para reforzar su teoría.

—Pues ya está. Mañana saldremos a tomar algo y poco más. No hemos quedado para cenar ni nada parecido.

—A ver si será gay, petarda —le dije yo riendo.

—Para nada —negó Natalia con picardía.

—Eso solo te pasa a ti —me burlé de Lea.

—¿A mí?

—Te recuerdo que estuviste enrollada con aquel chico, ¿cómo se llamaba? ¿Pedro?

—Joder, era bisexual, no es lo mismo.

—Ya, ya...

Lea me tiró una patata frita y nos reímos las tres.

—Chicas, ya os digo yo que Igna no es homosexual.

—Pero ¿es que habéis chingado? —preguntó Lea interesada.

—No, todavía no...

—El abogado no sabe usar lo que tiene ahí colgado —concluyó Lea riendo.

—Gilipollas —le soltó Natalia riendo también.

Las miré satisfecha de tenerlas a mi lado. Me había quitado un peso de encima al charlar con ellas y ahora me sentía mucho mejor. A veces me reñía a mí misma por querer comérmelo todo yo sola. Tenía más que comprobado que compartir mis miedos, mis dudas y mis pensamientos con ellas era la mejor terapia que podía seguir, pero me costaba hacerlo, no estaba acostumbrada y me resultaba difícil abrirme a los demás.

No obstante, iba aprendiendo al lado de aquellas dos locas a las que quería de verdad.

53

Aquella semana cumplía diecinueve años, el sábado 20 de enero, y nadie había dicho nada de celebrarlo, cosa que me extrañaba bastante.

—¿Sabes qué día es el sábado? —le pregunté a Lea en el autobús.

—Pues sí, hija, el día que voy a estar desde las ocho de la mañana hasta las ocho de la tarde depilando patas a un equipo de ciclistas.

—¿Qué dices?

—Lo que oyes. El sábado no me veis el pelo. Son unas cuarenta chicas que han decidido depilarse todas el mismo día. No me preguntes por qué.

La miré frunciendo el ceño. Joder, ¿y mi cumple? ¿Se le había olvidado?

—¿No ibas a quedar con Thiago? —me preguntó ignorando mi mala cara.

—No sé —le dije un poco molesta.

—Ostras, creo que tiene un torneo de esos. Algo me dijo Adri ayer cuando hablé con él. Le comenté que el sábado no saldría y él me dijo que no me preocupara porque quería acompañar a Thiago al torneo ese. Creo que terminan hacia las doce de la noche. Vaya horas de jugar, ¿no?

—¿Eh? Sí, sí.

Joder, otro que tampoco estaría para mi cumpleaños. Pues qué bien.

En ese momento me llegó un mensaje al móvil: «El envío de Marco Santos está a su disposición en la oficina de...». ¿Y esto? ¿Un paquete para mí? Si era por mi cumple, iba a flipar mucho: que Marco supiera que el sábado era mi cumpleaños y mis amigos ni se acordaran...

Le escribí un mensaje para aclarar aquello. Quizá era un paquete para la oficina y yo estaba haciéndome tontas ilusiones.

Jefe, ¿es un paquete para la empresa? Me ha llegado un mensaje indicándome que debo ir a la oficina de correos.

Apagué el móvil y miré de reojo a Lea. Estaba escribiendo con rapidez en su teléfono, pero no podía ver con quién.

—¿Qué escondes, petarda?

—¿Yo? —preguntó mirándome con una sonrisa—. Nada, solo es sexo con Adri. ¿Quieres leerlo?

Me pegó el móvil a la nariz y me retiré riendo.

—¿De buena mañana? Venga ya.

—Eso es sano a cualquier hora, Alexia. Un poco de alegría para el cuerpo, ¿no? Te veo muy mustia.

Sí, claro. Me acababa de enterar de que ni ella ni Thiago estarían disponibles el sábado. Jolines, era mi cumple. ¿Y Natalia?

¡Hola, loca! Ya sé que es pronto para hacer planes, pero el sábado Lea estará currando, ¿cenamos juntas?

Me respondió al momento.

Pues me parece una muy buena idea. Ya concretaremos.

Bueno, otra que no se acordaba de que era mi cumpleaños, pero ¡al menos no tenía planes! Menos mal, porque ya me veía en el dúplex soplando sola una vela en una jodida magdalena.

El pasado año, cuando cumplí los dieciocho, lo celebramos las tres juntas cenando en un restaurante chino y saliendo de fiesta hasta que se hizo de día. Nos lo pasamos en grande, pero este año no se iba a repetir. Sin Lea no era lo mismo, la verdad.

En ese momento Marco respondió a mi mensaje.

Hola, currante. No es para la oficina, es para ti. Creo que el sábado alguien se verá alguna arruguita más en esos ojos bonitos.

Era un adulador, pero me gustó el detalle. Sabía que era mi cumple por mi ficha, pero había tenido el gesto de enviarme algún regalito. No como otras... ¿Qué sería? ¿Una pulserita? ¿Un pintalabios? A saber, con Marco nunca podías estar segura. Quizá era un simple perfume o un ramo de flores. Esperaba que no, porque tendría que fingir que me había gustado mucho, y con lo mal que se me daba hacer el paripé. Aquella misma tarde pasaría por correos, tenía ganas de descubrir qué me había regalado, aunque me llevara un chasco.

Gracias, jefe. ¿Me gustará? Me tienes acojonada.

Jajaja, te gustará, pero quizá no lo querrás usar.

Estoy por hacer novillos e ir a correos ahora mismo.

¡Tira pa clase y que no me entere yo!

Jajaja, un beso.

Otro para ti, húmedo porque llueve, ¿eh?

Me reí al leerlo y Lea me miró alzando sus cejas.

Ya, ya.

Dime que lo pensarás.

¿El qué?

Usarlo.

Joder, ¿qué carajos sería?

Miedo me das.

Dímelo.

Lo pensaré.

Por pensar no perdía nada, aunque no tenía ni idea de qué podía ser ese regalo misterioso.

Bieeen. Espero noticias suyas, señorita.

Marco dejó de estar en línea y yo releí nuestra charla. Me moría por saber qué era aquel paquete, siempre había sido demasiado curiosa.

—¿Era Thiago? —preguntó Lea con interés.

—No, no. —No quise explicarle nada porque estaba mosqueada por lo del sábado.

Entendía que cada uno tenía su vida y que a veces era fácil olvidarse de un cumpleaños, pero, joder, Lea era mi mejor amiga.

A media mañana salimos a desayunar al césped y nos tumbamos las dos a tomar el sol.

—Esto es la gloria, joder.

—Lo es —le dije sonriendo con los ojos cerrados.

—Alexia...

—¿Mmm?

—No hay ciclistas.

—¿Cómo?

—El sábado... que te he metido una bola.

Abrí los ojos y la miré. Lea me miraba con el rostro demasiado serio.

—¿Y eso? —pregunté preocupada.

—Se lo dije a Thiago, joder, se lo dije —comentó enfurruñada.

—¿El qué? Lea me estás poniendo nerviosa.

—Te está preparando una fiesta sorpresa —lo dijo en un tono tan bajo que me costó entenderla.

—¿Para mi cumpleaños? —pregunté entusiasmada.

—¿Para qué va a ser? Claro. Me va a matar.

La miré pensando que Thiago conocía muy poco a Lea porque le costaba un mundo tener el pico cerrado con cosas así. Me puse a reír al saber que me estaban montando una fiesta, me sentía feliz.

—Tú ríete, cabrona. Verás cuando lo sepa...

—No va a saberlo —le dije muy segura.

Lea me miró sorprendida primero y después sonrió.

—¿Vas a fingir? ¿Tú?

—Por ti sí, fíjate.

Lea me abrazó de repente y nos caímos tumbadas en el césped mientras reíamos.

—¿Y vas a decirme dónde es la fiesta?

—No, no, que tanto no vas a saber fingir. Tú quedas con Natalia y lo demás deja que sea una sorpresa, ¿vale?

—Está bien —dije conforme—. ¿De quién ha sido la idea?

—Natalia y yo estábamos pensando qué hacer y Thiago nos lo puso en bandeja. Así que un poco de todos.

—¡Ay, qué ilusión! Esta mañana pensaba que pasabais todos de mí.

—Ya te he visto la cara y se me ha partido el alma. Por eso te lo he dicho, tía, yo una semana así no puedo.

Nos reímos de nuevo las dos. La entendía. Yo hubiera estado pensando cada día que a mi mejor amiga se le había olvidado mi cumpleaños. No necesitaba regalos, pero sí estar con ella, era un día especial y a Lea la quería muchísimo. Y bueno, también me apetecía estar con Thiago o por lo menos verlo un poco aquel día. Al final lo iba a tener todo y aquello cambió mi humor radicalmente. No era muy dada a las fiestas sorpresas, pero mejor eso que pasarlo medio sola.

—Hola, princesa...

Abrí los ojos después de pasar varios minutos en silencio con Lea.

—Nacho, ¿qué tal?

—No tan bien como tú. Esta semana los de cuarto vamos de culo, ya lo sabes.

Después de Navidades los de cuarto organizaban el viaje de fin de curso que realizaban antes de Semana Santa. ¿Dónde ir? ¿Cómo ir? ¿Cuántos días? Y todo lo que conllevaba montar un viaje para tantas personas. Cada facultad organizaba su propio viaje, pero era complicado que se pusieran de acuerdo a la primera de cambio. Al final siempre lo conseguían, pero durante unos días todo aquel tinglado resultaba un poco caótico.

—¿Habéis decidido algo?

—Si siete destinos distintos es «algo», pues sí. Mañana habrá una nueva votación y entre los dos primeros se vuelve a elegir.

—Joder, qué organizados. ¿Tenéis urnas también?

Nos reímos los dos y Lea sonrió.

—Y espérate, que falta decidir cómo vamos, las fechas y lo peor de todo: dónde nos alojamos. Algunos quieren camping; otros, un hostal, y otros, un hotelazo.

—Madre mía, qué palo —le dije escuchándolo atenta.

—Bueno, el viaje vale pasta y la gente quiere invertirla en algo que les guste. Es lógico.

—¿Dónde quieres ir tú? —le preguntó Lea.

—Yo he votado por ir a Nueva York.

—Joder, con lo que cuesta el avión —le dije yo; lo sabía porque había ido varias veces con mi padre.

—Sí, supongo que no será uno de los elegidos. A ver mañana qué decidimos.

En ese momento vimos que Thiago y Adri se acercaban hacia nosotros. Nacho se levantó con rapidez.

—No hace falta que te vayas —le dije con sinceridad.

—Lo prefiero —me dijo medio sonriendo.

Nos dijo adiós con su bonita sonrisa. Al pasar a su lado los saludó y siguió su camino. Parecía que las cosas entre ellos mejoraban, pero nada volvería a ser como antes.

Thiago me dio un beso suave en los labios y se sentó a mi lado.

—Vengo del despacho del profesor Peña. Me ha dicho que vamos a tener bastante trabajo con el proyecto porque los de la editorial están muy contentos con nuestras traducciones. No creían que tuviéramos tanto nivel.

—¡Qué bien!

—Sí, y nos toca juntos...

—¿Solos?

—Eso me ha dicho el profesor. Nos pasa uno de los textos más complicados y quiere que lo hagamos tú y yo.

—Vaya, qué honor trabajar codo a codo contigo.

Thiago rio y yo aproveché para observarlo de cerca. Estaba guapísimo.

—No me mires así que me hipnotizas —dijo acercándose a mis labios.

—No puedo mirarte de otro modo, es superior a mí.

—¿Recuerdas los primeros días? No podía dejar de mirarte.

—Ni yo a ti. Lo recuerdo perfectamente. ¿Sabes cómo te llamaba? «El ojazos» o «el tipo de ojos verdes».

Thiago soltó una risilla.

—Pues yo te llamaba en mi cabeza «la guapísima novata con dos pares».

Me reí al escuchar ese apodo.

—Tienes genio —me dijo sonriendo.

—Un poco, pero soy buena tía.

—Sí, sí, pero eres peleona.

—Eso me dijo Adri una vez. Supongo que repetía tus palabras.

—Adri me hizo el favor de acercarse a ti para preguntarte cosas...

—Cosas como, por ejemplo, si tenía pareja.

—Pues sí, y aluciné el día que te vi en el piso de Gorka.

—Yo también me quedé muy sorprendida, y Gorka, mosqueado. Fue la primera vez que discutimos porque vi que no íbamos por el mismo camino.

—Él quería algo más.

—Y yo no. Tenía claro que no quería nada serio con nadie.

—¿Y ahora?

Thiago rozó mi nariz con la suya hablándome en un tono muy bajo.

—Ahora me he convertido en una persona muy seria. Y sé lo que quiero.

—¿Y se puede saber qué es?

Quería oírmelo decir y a mí no me importó hacerlo.

—Sí... Quiero estar contigo en serio. Quiero que me des la mano y que juntos empecemos a escribir nuestra historia.

Thiago mordisqueó mi labio inferior.

—Eso me gusta —dijo en un ronroneo—. Creo que lo nuestro es especial, Alexia.

Yo también lo pensaba, con él todo era muy distinto.

Cogió mi mano y la puso en su corazón. No nos dijimos nada, pero los dos lo entendimos. Sentíamos algo fuerte, aunque fuera pronto para decir que era amor... ¿o no?

Suspiré y nos sonreímos. Quizá sí que estaba un poco enamorada...

54

El jueves por la tarde decidí ir al cementerio. Quedaban dos días para mi cumpleaños y no podía evitar acordarme de Antxon. Siempre lo tenía presente, pero en los días clave lo echaba más de menos. Sentía que me faltaba y no dejaba de pensar en todo lo que se había perdido: mis dieciocho años, ahora mis diecinueve... Y toda una vida por delante. Todavía me costaba entenderlo, pero no podía hacer mucho más que hablar con él en ese espacio donde reposaban sus restos.

Había poca gente a esas horas de la tarde, pero siempre había alguien visitando a un familiar. Por eso mismo no me extrañó sentir unos pasos detrás de mí.

—Una verdadera pena —Esa voz...

Me volví impresionada.

—¿Qué coño haces tú aquí? —pregunté entre enfadada y sorprendida.

—Mi hermano murió a los trece años.

La miré alucinada. ¿En serio? Joder... Adri no nos había comentado nada de ese tema. Ni Adri ni nadie, vamos.

—Era mi hermano gemelo. No suelo hablar de él.

Leticia miró hacia un punto lejano y me sentí demasiado cerca de ella porque podía entender algo de ese dolor que se veía reflejado en sus ojos.

—Entiendo —le dije más bien seca.

—No, Alexia, no entiendes una mierda. Tu hermano postizo no era tu hermano. No es lo mismo.

Nos miramos con rabia. ¿Qué coño sabía ella?

—No te he dicho que sea lo mismo. Afortunadamente no soy tú —le espeté cabreada.

—Yo sí entiendo que Thiago tenga ganas de follarte, le van los retos, y supongo que ser una deslenguada con él te ha funcionado. Pero te aviso que se cansará de ti antes de que te des cuenta. Thiago es especial.

Observé esos ojos de hielo. ¿Qué pretendía? ¿Y por qué no estaba en Helsinki?

—Ay, Antxon... Antxon... con esos rizos tan monos que tenía, ¿verdad?

¿Lo conocía? No, no podía ser tanta casualidad. De todos modos, me disgustó oírla hablar de él.

—¿Qué haces aquí?

No iba a hablar con ella de él. Podía sacarme de mis casillas y no había nadie para detenerme. No quería montar un número precisamente ante la lápida de Antxon.

—Ya te lo he dicho, he venido por mi hermano —respondió con calma—. Y he regresado a Madrid, para quedarme.

—¿Para quedarte? —pregunté entornando los ojos.

Joder, joder..., la que nos faltaba.

—Sí, desde que me fui a Adrián se le ha ido un poco la cabeza. Pero no pasa nada, ya he vuelto.

—Adri no quiere estar contigo, te lo dijo bien claro —comenté cruzándome de brazos.

—No tienes ni idea, Alexia. Adrián volverá a mí. Y Thiago con Débora. En menos que canta un gallo lo verás en sus brazos.

Aluciné al oírla, sobre todo por la seguridad con la que hablaba. ¿Y eso? ¿Estaba pirada o qué?

—Me parece genial, esperaré sentada para verlo —le dije intentando mostrarme serena. No quería perder los papeles.

—Pues ya nos veremos —me replicó ella dando un paso hacia delante, pero se detuvo antes de continuar—. Por cierto, ¿qué tal Judith? ¿Bien?

Abrí los ojos asimilando su pregunta.

—¿La conoces? —pregunté sin pensar.

—¿Yo? Para nada. Ni a tu padre. Aunque sé que están en Londres. Como también sé cosas de tu madre. Y cosas del padre de Thiago.

Nos miramos fijamente. ¿Por qué sabía Leticia todo aquello?

—Que mi madre es una cabrona lo sabe todo el mundo —le dije sin remordimientos, y ella abrió los ojos sorprendida—. Me da igual lo que sepas de ella, no me interesa.

—No estés tan segura —dijo con rapidez.

Di un paso hacia ella y me encaré un poco nerviosa. No me gustaba que supiera tanto.

—Mira, Leticia, métete en lo tuyo y procura no molestarme.

—¿O qué?

—Nunca se sabe lo que puede hacer la hija de una chalada, ¿no crees?

Leticia me miró frunciendo el ceño.

—Por cierto, ¿tu madre ha salido ya de ese centro? —le solté de pronto.

—¿Qué... centro? Era un centro de estética... —Su rostro se transformó en una mueca.

¿Diana? ¡Hostia! Había dado en el clavo sin saberlo. ¿En qué tipo de centro habría estado su madre para que le cambiara la cara de esa manera? ¿Sería un centro de salud mental? ¿De desintoxicación?

—Yo también tengo mis fuentes —le gruñí con seguridad.

—Ya veo —dijo enfadada.

—Dale recuerdos de parte de la loca de mi madre —le dije para ver si iba por ahí la cosa.

Leticia inspiró con fuerza y chasqueó la lengua con desprecio.

—Tú dale recuerdos a la rubia de bote. Adri le va a durar muy poco, más que nada que lo sepa.

—Que mal perder tenéis las pijas.

—No, guapa, no. No tenemos mal perder, porque no perdemos nunca. Recuérdalo.

—Muy bien, me parece genial.

—En ese accidente quizá deberías haber muerto tú, ¿no crees? —comentó señalando la lápida de Antxon.

Aquella suposición me supo a hierro quemado. Joder, ¿cómo se atrevía? ¡La madre que la parió! Me daba donde más dolía.

«No... no te pongas a su altura...»

Podría haberle hecho el mismo daño con la muerte de su hermano, pero me mordí la lengua. No era como ella. Así que le di la espalda y fijé la mirada en el nombre de mi hermano.

«Antxon, te echo tanto de menos...»

Estaba segura de que él me hubiera dado un buen consejo para superar una situación como aquella.

—Espero que no olvides nunca la suerte que tuviste. Estoy segura de que él dio la vida por ti en ese volantazo...

Cerré los ojos con fuerza y empecé a llorar en silencio. Leticia acababa de verbalizar uno de los muchos pensamientos que había usado al principio para fustigarme indiscriminadamente tras su muerte.

«Hija de puta...»

Desapareció tras decir aquellas duras palabras, pero yo me quedé rota por dentro. Podía fingir, podía hacerme la dura y podía disimular ante esa arpía, pero lo que había dicho había abierto mi herida. Aquello era algo que siempre me había preguntado. ¿Había procurado Antxon salvarme en aquel accidente? Nadie me lo aclaró jamás y era una duda más que tenía clavada en mi corazón. Incluso había creído durante mucho tiempo que Judith también pensaba que Antxon se había sacrificado por mí. Vale, era algo que no sabíamos, pero es que él era un cielo... Era generoso, lo daba todo por ti. No hubiera sido tan extraño.

Salí por la puerta de hierro forjado como si fuera un zombi del cementerio. No levanté cabeza hasta que anduve varias calles. No dejaba de pensar en las palabras de la lechuza.

Leticia era mala, era una mala persona. Y había logrado hacerme daño. No podía dejar que me afectara tanto, pero era complicado cuando se trataba de Antxon o de aquel maldito accidente.

Cuando empecé a sentirme más despejada, me di cuenta de la situación: Leticia había vuelto para conquistar a Adri. La tipa había abandonado aquel Erasmus sin ningún problema y la teníamos aquí. Y ella no era como Débora o Gala, era peor. Y venía con ganas de guerra, eso estaba claro.

¿Y por qué parecía saberlo todo? ¿Sabría también tantas cosas de Lea? De momento parecía que la información que manejaba era sobre mí. Esperaba que no jodiera del mismo modo a mi mejor amiga, porque al final acabaría arrancándole esos ojos de hielo, joder.

Debía avisar a Lea. Madre mía, se lo iba a tomar fatal...

—¿Es una broma?

Estábamos en El Rincón, esperando a Natalia, y acababa de darle la mala noticia a Lea.

—Joder, ¿crees que bromearía con esto?

Le expliqué todo lo sucedido en el cementerio y Lea no abrió boca, cosa bastante preocupante.

—¿No dices nada? —le pregunté arrugando la frente.

—No... no sé qué decir.

Las dos suspiramos a la vez y nos miramos con gravedad. Aquello no era un asunto para tomárselo a la ligera, sabíamos que nombrar a Leticia era sinónimo de tener problemas. Lea podía tener problemas con Adri y yo con Thiago por el lío que había entre su padre y mi madre.

—¿Qué vamos a hacer? —preguntó demasiado seria.

—De momento, nada. Vamos a dejar que ella dé el primer paso.

—Porque lo va a dar —añadió Lea convencida.

—Evidentemente. Si no, no estaría en Madrid. Ha pasado del Erasmus ese, que ya tiene tela.

Lea volvió a suspirar y no quise echar más leña al fuego.

—Bueno, petarda. Esperamos tranquilas y sin agobiarnos, ¿vale? Tú deberías hablar de este tema con Adri, eso sí. Más que nada para decirle que no quieres mentiras ni cosas raras, porque esa lechuza sabe mucho.

—Sí, claro. Y tú deberías hablar cuanto antes con Thiago. Aunque lo tuyo es más jodido.

—Sí, si no lo hago yo, acabará haciéndolo ella, y a saber qué cojones le dirá.

—Menuda bruja —comentó Lea tocándose la frente nerviosa.

No estaba segura de Adri, lo sabía.

—Casi tanto como mi madre, harían buenas migas.

—Seguro que sí... ¿Natalia? ¿Qué...?

¡Hostia...! Natalia venía con un ojo morado...

—Tranquilas, chicas. No es nada.

¿Nada?

«Su padre...», fue lo primero que pensé.

—¿Qué te ha pasado? —preguntó Lea observando bien su ojo.

—Una caída tonta, pero tonta de verdad.

Ambas esperamos su versión de los hechos y continuó hablando después de acomodarse en la silla.

—Ayer fui a la tienda para ayudar a mi madre a cerrar porque mi padre tenía que irse. Me subí en una escalera demasiado rápido y me caí hacia un lado con tan mala suerte que me di un buen golpe en el ojo. Joder, menudo susto...

—Ya imagino. Esto con un buen maquillaje te lo apaño yo para el fin de semana.

Natalia y yo nos miramos. Esperaba mi dictamen, era evidente.

—No estamos en racha últimamente —comenté intentando no ser tan mal pensada.

Si hubiera sido su padre, nos lo explicaría, ¿no?

—Eso parece —gruñó Lea recostándose en su silla.

—¿Por qué dices eso? —me preguntó Natalia sonriendo.

Entre Lea y yo la pusimos al día de todo lo ocurrido con la lechuza. Su cara de pasmo lo dijo todo, aunque nos dio varios consejos sobre cómo tratar a aquella pirada. Mientras charlaba, yo la observé con lupa. Natalia parecía estar bien, no podía haber sido su padre..., pero qué mala pinta tenía ese ojo.

55

MAMÁ

Alexia, con sus dieciocho años, pensaba que podía fastidiarme de alguna manera, pero cuando ella llegaba, yo había dado ya cinco vueltas y me había tomado un café.

De acuerdo, me sorprendió que hubiera averiguado que Joaquín y yo éramos amantes. Lo supe en el momento en que lo medio insinuó. Pero en parte casi era mejor, porque así no tenía que esconderme en el dúplex. Estaba harta de hoteles de lujo, me apetecía tenerlo en mi cama. Y hacerla callar iba a ser muy fácil, tanto que a veces no podía creer que esa chica fuera mi hija.

Realmente no teníamos una relación de madre e hija. Mi exmarido la prefirió a ella desde el primer día, así que opté por no seguir con aquella farsa. Nuestra relación no era idílica, pero en la cama funcionábamos bastante bien. Emilio era un hombre fogoso y sabía satisfacer a una mujer. Pero cuando me quedé embarazada todo se fue al garete.

Desde el primer mes de embarazo odié a ese ser que gestaba en mi interior. No podía dormir, tenía siempre náuseas, me disgustaban demasiados olores y lo peor de todo: mi cuerpo se convirtió en una masa deforme que no reconocía delante del espejo. Jamás quise que el tiempo pasara más rápido que durante aquellas cuarenta semanas. Qué agonía.

Para más inri, mi marido se empeñó en que se llamara Alexia, como yo. Según él, era un nombre con fuerza y carácter, y estaba seguro de que aquella criatura sería valiente y tenaz. A mí me dio igual porque la mayoría de la gente me llamaba Álex.

Por suerte para mí, el parto fue natural y no hubo ningún contratiempo. Cuando me colocaron a la niña encima, no sentí nada. ¿Emoción? Ninguna. Ella abrió de repente sus ojos y me miró. Yo solo pensé que me quitaran a esa criatura ensangrentada de encima. Necesitaba descansar, necesitaba una buena ducha y necesitaba recuperar mi vida.

¿Mi vida? Si lo llego a saber antes...

Estuve un mes con unas ojeras de campeonato porque allí no había quien durmiera. Alexia tomaba cada tres horas el biberón y, aunque mi exmarido se encargaba de las noches, la niña lloraba cuando tenía hambre, con lo cual me despertaba y me costaba un año coger el sueño. Otra agonía sumada a los pañales, los malos olores, los montones de ropa, las visitas al pediatra y el no poder volver a nuestra vida normal.

No lo soporté. Los últimos días ni quise cogerla. Emilio estaba muy enfadado conmigo, pero no bajé del burro, aquello no estaba hecho para mí.

Yo tenía una carrera prometedora por delante como abogada. Era la mejor de mi promoción y sabía que podía llegar a crear un imperio si quería. Pero no con un bebé maloliente y llorón de por medio.

Y ahora que la tengo en casa y ya es mayorcita cree que me va a incordiar de nuevo.

—¿Hola? —Cogí el teléfono en horas de trabajo sabiendo quién era.

—Regreso mañana.

—Perfecto.

—¿Alguna novedad?

—Ninguna, todo marcha bien.

—¿Y el sobre ese?

—No te preocupes por nada. Tú haz lo que debes. Yo te avisaré de sus movimientos.

—Está bien.

Colgué con una sonrisa en los labios. Me encantaba cuando las cosas salían como yo esperaba.

La venganza se sirve en un plato frío, el de mi querida hija iba a estar helado.

56

—¿Cariño?

—Papá...

—¡¡¡Felicidades!!! —me gritaron al unísono Judith y mi padre.

—¡Gracias! —exclamé entre risas.

Mi padre me llamó a primera hora y estuvimos charlando media hora larga. Después se puso Judith y me encantó conversar con ella de nuevo. Los sentía tan cerca que me daban ganas de coger un vuelo y plantarme en Londres para verlos, pero no podía ser. Las cosas debían hacerse con calma y bien. Paso a paso, como decía mi padre. Nos despedimos con mil besos y con la promesa de vernos pronto.

Más tarde decidí ir a la oficina de correos para recoger el regalo de Marco. Cuando me entregaron ese sobre, lo miré con una sonrisa. Últimamente mi vida estaba rodeada de cartitas y sobres. Lo rasgué con cuidado y cuando vi un billete de avión para Londres aluciné muchísimo. ¿Y esto? Iba acompañado de una pequeña nota, claro: «¡Felicidades, muñeca de diecinueve años! Ahí va mi regalo. Es una invitación para que vengas a Londres unos días. Sí, sé que tienes clase y blablablá, pero solo serán unos días. Ya ves las fechas, el avión sale el domingo y la vuelta es para el viernes. ¿Qué son seis días con tu amigo-jefe-compañero-guapo? Jajaja. En fin, si no vienes, lo entenderé perfectamente. Y si vienes, te juro que me subo a la noria esa contigo, aunque lo haga con los huevos de corbata. Que pases un cumpleaños muy feliz. Tuyo, Marco».

Madre mía... Se le había ido mucho la pinza, ¿no? ¿Irme a Londres? ¿A su *lofi*? No, no, vamos..., no era necesario ni pensarlo.

¡Hola, loco! Muchas gracias por tu regalazo, pero no puedo ir por varias razones. Si quieres a la vuelta hablamos y eso... De todos modos, mil gracias y un besazo

No me leyó en ese momento y casi que lo agradecí porque era todo un poco raro y violento. A su vuelta le diría que estaba con Thiago, pero a través de mensajitos tampoco me parecía lo más correcto, aunque yo a Marco no le debía ninguna explicación. ¿Quizá mi jefe era así con todas? No, no lo creía. ¿Iba regalando billetes de avión como si fueran caramelos? Probablemente no, lo que significaba que yo le gustaba más de lo normal...

No salía de una y me metía en otra.

¡Pequeña, muchísimas felicidades! Espero que disfrutes a tope de tu día. ¿Puedo darte mi regalo?

Jajaja, gracias Apolo. ¡Adelante!

He hablado con mi tía, la pelirroja que echa las cartas, y me ha dicho que en nada te conoceré..., así que si no te importa te lo daré en mano...

Joder, joder. Más líos en mi cabeza. Debía hablar con Apolo un día de estos... ¿Por qué me costaba tanto coger el toro por los cuernos? Porque sabía que lo acabaría perdiendo.

Genial, entonces me espero mordiéndome las uñas, jajaja.

Y así pasé toda la mañana: pensando que debía hablar con Marco, con Apolo y con Thiago. Y no podía retrasarlo mucho más, o al final lo acabaría jodiendo todo.

En fin, aquel sábado día 20 de enero era mi cumpleaños y debía dedicarlo a mimarme un poco. Me di un baño de espuma y seguidamente me preparé para la gran fiesta sorpresa.

Estaba todo bien planeado. La fiesta era en casa de Thiago porque sus padres estaban fuera el fin de semana, como mi madre..., qué casualidad.

Había quedado con Natalia y estaba nerviosa porque sabía que estaban todos esperándome en casa de Thiago. Durante el trayecto charlamos de todo un poco, pero cuando quise hablar sobre el tema de su padre ella se cerró en banda. ¿Por qué? ¿Qué pasaba realmente en su casa? No iba a parar hasta averiguarlo, no quería mirar hacia otro lado. No podía hacerle eso a mi amiga.

Antes de llegar a casa de Thiago, Natalia me tapó los ojos con un lazo de raso, indicándome que era parte de la sorpresa. Ella sabía que a Lea se le había ido la lengua, pero seguimos el plan al pie de la letra. Se lo habían currado mucho y no quería que se llevaran una desilusión. Así que llegué a las puertas de su casa, cogida del brazo de Natalia y riendo de verdad porque parecía un pato que no sabía por dónde andaba.

—Ya hemos llegado, Alexia.

—A ver, ¿dónde estoy?

—Dame un segundo.

Natalia me soltó y solté una risilla al notar ese silencio extraño.

—¡Feliz cumpleaños!

Sonreí ampliamente y me quité la venda para verlos a todos a mi alrededor: Lea, Natalia, Thiago, Adrián, Estrella, Adam, Ivone y Max. Se acercaron a mí entre felicitaciones y risas. Estaba feliz, muy feliz. Thiago se quedó el último y cuando le tocó a él me lancé a sus brazos riendo y comiéndomelo a besos.

Alguien puso la música bien alta y empezaron a bailotear por ahí mientras yo saboreaba los labios de mi chico. Mi chico... Uf.

—Felicidades, novata —susurró en mi boca.

—Gracias, pijo. Creía que tenías un torneo.

—No había torneo, pero tú ya lo sabías. —Me miró fijamente y ambos nos reímos.

Thiago empezaba a conocerme y sabía que me costaba un mundo mentir y fingir.

—Yo solo sé que eres único —le repliqué besándolo de nuevo.

La fiesta fue genial.

Estuvimos en el salón. Habían retirado un poco los muebles para dejar un espacio donde colocar la mesa sobre la cual había varias bandejas con diversos bocaditos. Comimos de pie, hablando entre nosotros sin parar y brindando cada dos por tres. La música en un tono más bajo no dejó de sonar y las risas eran continuas.

Los miré a todos, a cada uno de ellos, pensando que no sabían lo feliz que me sentía al tenerlos ahí el día de mi cumpleaños. Era algo que no olvidaría, una simple fiesta que no había tenido nunca. Era mágico para mí.

—¿Esa cabeza no descansa?

Thiago me abrazó por la cintura y yo apoyé mi cabeza en su hombro.

—Solo pensaba que me encanta todo esto.

—Sabíamos que te gustaría.

Me volví para ver sus bonitos ojos verdes.

—¿No pensaste que quizá no me gustaban las fiestas sorpresas?

—No conozco a nadie que le gusten más las sorpresas.

Nos reímos ambos y sus labios rozaron los míos.

—Y aún hay más...

—¿Más?

—Los regalos...

Lea me separó de Thiago.

—¡Los regalos, chicos!

Volvió a liarse parda y me dieron una caja que abrí con rapidez.

—¿Qué será? —preguntó Natalia.

La miré sonriendo y terminé de quitar el papel de regalo. Era un vestido de marca que había visto en Serrano, carísimo pero precioso. Uno de aquellos caprichos que no te compras porque te sabe mal.

—Os habéis pasado... ¡Gracias!

Nos abrazamos todos haciendo el tonto y nos separamos entre risas. Les di las gracias uno a uno mientras Thiago y Adri nos servían una copa.

—¿Te ha gustado? —Thiago me dio la bebida.

—Mucho. Lea sabía que ese vestido me encanta.

—A ver cuándo te lo veo puesto... —Su mano acarició mi cintura y mi temperatura subió unos cuantos grados.

—Si quieres, después...

—Después lo que querré es quitártelo —gruñó con voz ronca.

—Como no pares de provocarme, seré yo quien te desnude a mordiscos, Varela.

—Y falta mi regalo...

—¿Otro? —pregunté en serio.

—Este es solo mío.

Casi sin darme cuenta me colocó una pulsera en mi muñeca.

—Vaya...

Era una pulsera de piel rosa que daba tres vueltas. ¿Había algo escrito?

—Está personalizada, conozco al hijo del dueño y me ha hecho el favor...

Lo miré con una sonrisa condescendiente.

—De Pijolandia, ¿eh?

Thiago rio y yo leí lo que había escrito: «Aquí empieza nuestra historia, A&T».

No hizo falta decir nada, con una sola mirada nos entendíamos perfectamente.

La noche transcurrió fantásticamente bien. Tomamos aquella copa, recogimos entre todos y de ahí nos fuimos a Magic. Aquel sábado celebraban la fiesta de los noventa y nos apetecía escuchar ese tipo de música. Bailamos todos como descosidos, bebimos un par de copas más y a las cuatro de la mañana decidimos retirarnos en taxi. No hubo problema alguno, excepto que Max pilló una buena cogorza y Thiago lo tuvo que acompañar hasta la puerta de su piso mientras Natalia y yo esperábamos en el taxi.

—¿Te lo has pasado bien? —me preguntó Natalia cogiendo mi mano.

—Mucho, ¿y tú?

Su ojo estaba mejor, pero todavía quedaban restos del golpe. La miré pensando que estaba segura de que Natalia nos mentía sobre ese tema. Con el alcohol en mis venas lo tenía clarísimo.

—Sí, ha sido un cumpleaños muy divertido. Max es la leche.

—Lo es. Me ha gustado que también quisiera venir.

—Le dijo a Lea que no quería perdérselo por nada del mundo. Estrella también es muy agradable.

—Sí, es muy maja. Y tu ojo ¿qué tal?

Yo seguía en mis trece.

Natalia se tocó con cuidado y me miró sonriendo.

—Mejor, ya está casi curado.

—Natalia, ¿ha sido tu padre?

Ella abrió los ojos impresionada y, no sabría decir por qué, supe que había dado en el clavo.

—¿Qué dices? —preguntó desviando su mirada hacia el portal de Max.

Thiago acababa de salir de allí.

—Natalia, no puedes seguir así...

—Alexia, no sabes qué dices. Has bebido demasiado...

—Soy muy cabezota, ya lo sabes —le dije intentando acercarme a ella.

No sabía cómo hacerlo. ¿Cómo le dices a tu amiga que crees que te miente en un tema tan delicado?

—Ya estoy. —Thiago entró en el taxi con su bonita sonrisa—. Madre mía, Max me ha dicho que vive en el cuarto y resulta que es el quinto. Joder...

—¿En serio? —le preguntó Natalia riendo.

La miré unos segundos. Tema zanjado, estaba claro.

Llegamos al piso de Natalia y Thiago la acompañó hasta la puerta, asegurándose de que entraba sin problemas a su casa. De ahí nos fuimos a la de Thiago cogidos de la mano y con miradas cargadas de intenciones. Ambos teníamos muchas ganas de estar solos, juntos, besándonos y haciéndonos el amor...

Nada más entrar en su casa, me cogió en volandas y me besó con pasión apoyándome en una de las paredes.

—Nena, me paso todo el día pensando en ti...

Nos sonreímos y seguimos con aquellos besos desesperados. Teníamos ganas de dejarnos llevar y eso hicimos. La ropa desapareció en un instante. Thiago se colocó el preservativo con rapidez, mis piernas se enroscaron en su cintura mientras sus manos cogían mis nalgas y su sexo entró de una estocada en el mío. Eché mi cabeza hacia atrás y él gruñó palabras ininteligibles con esa voz ronca que me volvía loca. Su ritmo ágil provocó que sintiera el principio de mi orgasmo y no quise reprimirme, prefería disfrutarlo y dejarme llevar.

—Vamos, nena, dámelo...

—Thiago..., ya...

Con él era así, en pocos segundos sentía que todo el deseo acumulado se unía en una gran ola de placer que recorría mi cuerpo de los pies a la cabeza.

—Dios... Sí... Thiago...

Sus gemidos se fundieron con los míos mientras sentía aquel explosivo orgasmo que me dejó casi sin respiración.

Madre mía, podía engancharme fácilmente a esto...

57

—Hemos follado... —Thiago dejó la ropa en su silla y me señaló la cama—. Ahora toca hacer el amor...

—Dame un respiro —le dije cayendo en la cama a plomo.

Él se rio y yo sonreí feliz. Esa risa...

Aquella mañana de domingo me desperté contenta. Abrí los ojos y sentí el cuerpo de mi chico muy cerca del mío... Empezaba a estar segura de lo que quería y todas mis dudas sobre el ojazos se habían evaporado. Él también quería estar conmigo, yo no era un juego y aquello iba en serio. ¿Qué más podía pedir?

Despertarme cada día con él...

«Alexia, no corras tanto que el tiempo no acaba.»

Debía tomarme las cosas con más calma, tenía tendencia a querer vivirlo todo de golpe..., quizá porque el accidente me marcó en muchos aspectos y no quería pasar por la vida sin disfrutarla. Pero ya tenía diecinueve años, ya no era una adolescente y debía aprender a disfrutar del ahora, no del futuro. Y ese ahora era Thiago.

Lo observé mientras dormía. Que era guapo nadie podía negarlo, pero además tenía ese algo que atraía mi mirada como un imán. Esa chispa indescriptible que me hacía girar la cabeza al verlo pasar. ¡Me gustaba tanto...! ¿Solo gustar? Vale, sí. Sentía algo por él, algo fuerte que hacía que se me encogiera el estómago cuando pensaba mucho en él. ¿Estaba enamorada? Sí. ¿Para qué negármelo a mí misma? Era pronto para que él lo supiera o para verbalizarlo tranquilamente, pero yo lo sabía: quería a Thiago. Y no era un sentimiento fugaz que no sabía dónde encasillar, no. Aquello era amor y en mayúsculas.

—¿Y esa preciosa sonrisa?

Thiago interrumpió mis pensamientos y lo miré de nuevo.

—Estaba pensando en ti —le dije con sinceridad.

Alargó su sonrisa y me dio un beso en la punta de la nariz.

—¿Y qué te hacía? ¿Te comía a besos o te decía que eres la chica más especial de la faz de la Tierra?

Nos reímos a la vez y nos abrazamos pegando más nuestros cuerpos para volvernos a dormir. La noche había sido larga e intensa..., muy intensa.

—No sé, Joaquín, a mí no me parece lógico...

—A mí tampoco, pero si han anulado la reunión de esta tarde será por algo...

—Imagino que sí, pero podríamos habernos quedado hasta la tarde...

—Carmela, tengo mucho trabajo, ya lo sabes.

—Sí, cariño, lo sé...

¡Hostia puta! O los padres de Thiago se habían metido en mis sueños o... o estaban en casa antes de la hora prevista. Miré el reloj de su mesita con rapidez: la una del mediodía. ¡Mierda! En teoría llegaban a casa por la noche.

—Thiago —lo llamé en un susurró al tiempo que lo zarandeaba con fuerza.

—¿Mmm?

—Despierta, joder...

Di un salto de la cama para colocarme la ropa lo más rápidamente que pude. Por lo menos estaría vestida si se les ocurría entrar.

—¿Qué pasa, nena?

Thiago me miró somnoliento.

—Tus padres están en casa.

Abrió los ojos muy sorprendido y se levantó tan rápido que se lio con las sábanas y acabó cayendo al suelo.

—¡Joder! —exclamó con una mueca.

—¿Thiago? —Su padre subía por las escaleras.

«¡Joder, joder! ¿Dónde podía esconderme?»

Abrí el baño y me metí allí dentro rezando para que no me pillaran. ¿Lo tenía todo? Sí, aunque llevaba los zapatos en la mano y el bolso mal puesto.

—Ya salgo —respondió mi chico.

—¿Todavía duermes?

Supuse que por la cercanía de la voz de Joaquín había entrado en la habitación.

—¿Qué haces en el suelo?

—Se me ha enredado la jodida sábana y me he hecho daño en el pie.

—¿Puedes moverlo?

—¡Joder! No me toques ahí...

El tono de Thiago era de dolor. Me moría por salir de allí, pero tuve que aguantarme las ganas.

—¿Puedes levantarte?

—Ayúdame...

En ese momento sonó el timbre de la entrada. ¿Más gente?

—Es la tía, Pilar —le dijo Thiago a su padre.

—¿Pilar? ¿Y cómo lo sabes?

—Quedé con ella a mediodía porque tenía que preguntarle... unas cosas.

—¿No serían tonterías esas de las cartas?

«¿Las cartas?»

—No, no —respondió Thiago apurado—. Vamos fuera.

—Pero ¿puedes andar? Ponte algo encima.

Hubo unos segundos de silencio durante los cuales solo pensé en cómo iba a salir de allí sin que me vieran sus padres.

—No quiero que eche las cartas aquí, ya lo sabes...

—¿Puedes esperarme fuera?

—¡Pero si no puedes ni andar! Thiago, ahora viene el torneo del club y tú así... ¡Por favor! Voy a llamar al médico.

—No hace falta, me pondré hielo y ya está.

Dejé de oírlos y abrí la puerta con cuidado. Salí despacio procurando no hacer ruido. Me asomé por las escaleras y escuché sus voces en el salón. Imposible salir porque tenía que pasar por allí y además debían abrirme desde dentro para pasar por la puerta que daba al jardín. Opté por quedarme en las escaleras, a la espera. Supuse que Thiago no tardaría demasiado en deshacerse de su tía y de sus padres para subir y pensar cómo podía salir yo de allí sin que me vieran.

—¿El café solo? —preguntó su madre a su tía.

—Coño, pues claro, Carmela, como siempre. Parece que no me conozcas. Te acompaño a la cocina.

Las vi pasar hacia la cocina. La tal Pilar era una mujer menuda, vestida con una falda plisada roja y una camisa de flores y tenía un pelo rizado y de un naranja que te dañaba los ojos.

«Joder, qué pelo...»

Y algo en mi cabeza hizo clic. Un interruptor que encendió una serie de pensamientos que se sucedieron uno tras otro.

El pelo naranja, la tía que decía palabrotas y que echaba las cartas...

Los escritos en el ordenador...

La talla 45 de pie, las botas oscuras...

Ojos verdes...

Las novelas policíacas y la música de Eminem...

Los secretos... mis secretos...

Cerré los ojos unos segundos queriendo borrar todo aquello de mi mente.

No, no, no...

«No me jodas, no me jodas, Alexia. Todo esto es fruto de tu jodida imaginación.»

Entré en la habitación de Thiago como un rayo y miré a mi alrededor. Tenía muchos libros de género negro y policíaco... Eso no quería decir nada. Ya, ¿y todo lo demás?

Me fijé en su ordenador. Joder... no, no debía, pero necesitaba saber la verdad.

Abrí la pantalla y en cuanto le di al botón Enter, la pantalla se encendió. No me hizo falta ver demasiado porque abrí Instagram de su barra de tareas y vi en usuario su nombre: D.G.A.

Dios, Dios... Pero ¿lo sabía él? No lo tenía claro...

Eché un vistazo rápido a su pantalla y vi a un lado que había un documento: A+A. Tenía buena memoria y recordaba que Adam nos había comentado que en ese documento Thiago había escrito cosas sobre mí.

Lo abrí sin ningún tipo de remordimiento. Me estaba metiendo en sus cosas, pero era necesario. Necesitaba saber la verdad y en ese momento él estaba con sus padres y su tía..., la de las cartas. Si es que cuanto más lo pensaba... No podía ser tanta casualidad. Pero no tenía pruebas de que él lo supiera...

Abrí el documento sin problemas y leí casi con desespero buscando esas tres letras: D.G.A. Cuando las vi me dio un salto el corazón...

«Cuando soy D.G.A., siento que me deja conocerla un poco más. Alexia es tan hermética que a veces creo que no puede ser la misma persona...»

Puse la mano en mi boca para no soltar un grito.

¡La madre que me parió mil veces! ¿De qué iba Thiago? ¡Él era... era Apolo! Y lo sabía. Y no me había dicho nada. Y había seguido con el rollito. Y había dejado que siguiéramos coqueteando y... ¡Dios! Qué idiota era. ¿A qué jugaba este tío? ¡Joder, joder y un millón de veces joder!

Cerré el ordenador justo en el mismo momento en que Thiago entró en la habitación.

—Nena..., qué marrón, lo sient... ¿Alexia?

Mi mirada de hielo se clavó en la suya.

—¿Eres Apolo?

Abrió la boca, pero no respondió inmediatamente.

—Lo eres, ¿verdad?

Estaba cabreada, muy cabreada, porque me había tomado el pelo con todo aquello...

Mis secretos, mis confidencias, mis intimidades.., conocía mucho de mí sin yo saberlo.

—Qué bien te lo has pasado a mi costa —le gruñí con rabia, pero sin gritar.

—A ver, Alexia, no ha sido así...

—Hace días que lo sabes...

—Sí, es verdad, y quería decírtelo.

—¿Y a qué esperabas?

—Pues no encontraba el momento, y hoy mismo quería hablar contigo sobre esto...

—Sí, claro. Puta casualidad. ¿Piensas que te voy a creer? No eres de fiar, joder. Thiago, que eres... eres el tío de Instagram y no has tenido los santos cojones de decírmelo. ¿Sabes qué pienso de ti? Que eres un liante, igual que tus putas amigas.

—Alexia, vamos a hablar con calma...

Dio un paso hacia mí, pero me separé de él mirándolo con desprecio. ¿Con calma? Y una mierda. Yo lo único que quería en ese momento era largarme de ahí y perderlo de vista.

—Nena, entiendo que estés cabreada, pero vamos a hablarlo.

—No quiero hablar nada contigo —le dije muy segura.

Era un mentiroso, un jodido mentiroso. Y no, no era lo mismo decirme eso que la información que yo tenía sobre su padre y mi madre. No tenía nada que ver. Yo lo había hecho para protegerlo y él simplemente para tomarme el pelo: conocernos, vernos... De ahí que a veces me pareciera que Apolo sabía tanto de mí. Joder, qué inocente.

—Alexia, vamos a hacer una cosa. Te conozco y sé que ahora mismo estás ofuscada y que lo ves todo negro. Y como nos conocemos y sabemos que esa impulsividad tuya no te deja pensar ni razonar, vamos a hacer lo siguiente: te vas a tu casa, piensas tranquila en todo esto y esta tarde lo hablamos. Acataré tu decisión, pero dejarás que me explique, esta vez me lo debes.

Lo miré fijamente pensando que algo de razón sí tenía.

—Está bien.

—A las seis en El Rincón.

—De acuerdo. Y ahora quiero irme.

Thiago me llevó por una salida trasera que no conocía y me acompañó hasta la puerta sin decir nada más. Sabía que cuanto más dijera sería peor.

En el trayecto a mi casa no pude dejar de pensar en todo aquello. Joder, siempre estábamos igual. Cuando parecía que las cosas iban bien, ocurría algo que lo fastidiaba todo.

Thiago era D.G.A. y yo había sido tan tonta que no me había dado cuenta de nada. ¿Por qué no me lo había dicho en cuanto lo supo? Hubiera sido bien fácil decirme: ¿Alexia? ¿Eres tú? Seguro que hubiéramos alucinado los dos y después nos hubiéramos reído con ganas de aquella casualidad. Pero no, él había preferido reírse a mi costa, usar aquella información en su favor y a saber qué más... ¿Cómo íbamos a empezar algo así?

En cuanto bajé de aquel taxi, llamé a Lea, la necesitaba como el aire para respirar.

58

Cuando entré en el dúplex no me extrañó ver a mi madre en la cocina. Si los padres de Thiago habían regresado antes, estaba claro que ella también.

—¿Vienes de casa de Lea?

—Sí.

—Ajá.

Y esa fue su bonita felicitación.

«Gracias, mamá.»

Subí sin decirle nada más y, cuando pasé por su habitación, me llamó la atención ver la maleta de mi madre abierta en su cama con un sobre encima. ¿Era lo que pensaba que era? Me acerqué con sigilo y lo cogí al vuelo.

A tomar por culo si me pillaba.

Saqué aquel papel con prisas y empecé a leer, muy nerviosa.

> Joaquín, no sé si te daré esta carta, pero necesito decírtelo.
>
> Cariño, no puedo olvidarte. Por mucho que me lo repita y por mucho que mi voz interior me diga que es lo mejor para los dos, no puedo. Lo que siento por ti va más allá de la lógica de este mundo y estoy enamorada de ti. Desde el día que te vi, con tu traje de niño bueno, con tu pequeño bigote y con esos andares tan seguros, supe que eras el hombre de mi vida.
>
> Pero tú estás casado y yo también...

Joder..., la puta carta era de cuando estaban casados. Inspiré aire y seguí leyendo a pesar de saber que debería haberla quemado en ese mismo momento.

> ... y no podemos estar juntos, lo entiendo perfectamente. Te casaste con Carmela porque era casi una necesidad para tu negocio y, además, tienes a tu bebé, a Thiago, con tan solo dos años...

¿Dos? Yo aún no había nacido. Tragué saliva y mi parte masoca quiso seguir leyendo.

> ... pero quiero que sepas que estoy embarazada y que creo que puede ser tuyo...

Se me cayó el papel al suelo. Lo recogí y acabé de leer, a pesar de que tenía el corazón en la garganta.

> ... necesito que nos veamos donde siempre y hablemos de mi embarazo. Este niño será fruto de nuestro amor, pero los dos sabemos que no podemos estar juntos.
> Tuya,
>
> Álex

Estaba sentada, con la mirada perdida y viendo despegar los aviones, cuando me sonó el teléfono. Era Lea.

—¿Alexia?

—Dime.

—¿Dónde estás?

—Da igual donde estoy, Lea.

—Alexia, ¿qué pasa?

—No quiero hablar.

—Petarda, vamos...

—Lea, en serio. Te lo digo en serio.

—Thiago está...

—No me hables de él. No quiero oír su nombre nunca más.

—Pero, Alexia, esto tenéis que hablarlo. No puedes quedarte solo con lo malo, ¿lo entiendes? Lo hemos hablado antes, cariño.

—Lo sé, pero las cosas... las cosas han cambiado.

—¿Qué ha cambiado?

—No quiero hablar.

No podía dejar de darle vueltas a esa idea y no me veía capaz de verbalizarla. Me daba pavor. ¿Cómo iba a explicar aquello a nadie? Estaba acabada.

Thiago era mi hermano, hostia. Mi hermano mayor. Mi hermano, al que me había follado. Dios, ¿cuándo dejaría mi madre de putearme?

—Alexia, recapacita...

—No tengo nada que pensar.

—Alexia, a ver, ¿por qué no...?

—¿Alexia?

Joder... Era Thiago el que hablaba ahora, con la voz temblorosa, y no pude evitar las lágrimas.

«Thiago...»

Tragué saliva. Yo estaba enamorada de él. ¿Qué cojones iba a hacer con eso?

—Nena, por favor, por favor...

No podía dejar de llorar.

—Lo solucionaremos juntos...

«Imposible, Thiago...»

No había nada que hacer, cuanto antes rompiéramos, mejor.

—No... no quiero seguir con esto.

—Alexia, pequeña...

Apolo... Thiago... Se había terminado todo.

—Necesito hablar contigo —me rogó con un hilo de voz y me mordí los labios sintiendo aquel dolor en el centro de mi ser.

Dolía demasiado.

—No te quiero, no siento nada por ti ni quiero seguir contigo. Olvídame.

Thiago no dijo nada, aunque pude oír perfectamente su respiración. A pesar del ruido ambiental que me envolvía, yo estaba totalmente concentrada en esa conversación.

«Buenas tardes. —Una voz femenina y aguda nos interrumpió de repente—. Los pasajeros con destino a Londres, por favor, tengan la tarjeta de embarque y los pasaportes preparados para subir a bordo...»

—¿Alexia? ¿Estás en el aeropuerto?

Le di un golpe al móvil de la rabia y me resbalaron los pedazos entre los dedos.

Así estaba yo, rota. Rota de nuevo.